Las aventuras de Barbaverde

Literatura Mondadori, 353

Las aventuras de Barbaverde

CÉSAR AIRA

MONDADORI

Barcelona, 2008

© 2008, César Aira
© 2008, de la edición en castellano para todo el mundo:
  Random House Mondadori, S. A.
  Travessera de Gràcia, 47-49. 08021 Barcelona
Primera edición: febrero de 2008
Printed in Spain – Impreso en España
ISBN: 978-84-397-2105-5
Depósito legal: B. 2.152-2008
Fotocomposición: Fotocomp/4, S. A.
Impreso en Limpergraf

Encuadernado en Encuadernaciones Roma

GM 2 1 0 5 5

ÍNDICE

EL GRAN SALMÓN

I

La recepción del viejo hotel Savoy de Rosario, una mañana ajetreada de un día de semana (época cercana al presente). Un joven se había acercado al mostrador y esperaba el momento de poder intercalar una pregunta, con una mezcla de impaciencia e incertidumbre. El empleado del hotel, un hombre mayor, hablaba con una pareja de pasajeros con las valijas, que tanto podían estar llegando como marchándose. Una mujer más joven, que debía de ser la telefonista, charlaba en un rincón con un hombre de traje azul. El joven se preguntaba si debía interrumpir. Lo habría hecho en otras circunstancias, pero esta vez temía que pudiera llegar a necesitar de la buena voluntad del personal del hotel, y no quería ponérselo en contra. Le molestaba que a sus espaldas hubiera más gente, otros pasajeros probablemente, charlando y quizá esperando turno también. La situación se complicó cuando entraron dos hombres de portafolios, se abrieron paso hasta el mostrador y se dirigieron a la mujer en confianza, como conocidos, y se pusieron a hablar con ella. Empezó a desesperar de poder hacer su pregunta, que por lo demás no tenía nada especial: sólo quería saber si estaba alojado allí el famoso Barbaverde, al que le habían mandado entrevistar. Claro que si la respuesta era afirmativa tendría que pedir que lo anunciaran, y darse a conocer y explicar su cometido. No era tan simple, y en realidad no sabía cómo se hacía. Estaba improvisando, o mejor dicho esperando para empezar a improvisar.

Aldo Sabor era en realidad muy joven, aunque no tanto como parecía. Delgado, torpe y nervioso, tímido, con un rostro inexpresivo y como ausente (tenía más que una gota de sangre oriental), se lo habría tomado por un niño, o un adolescente en proceso de crecimiento. Había pensado que este aspecto podía serle útil en su nuevo empleo, si sabía sacarle el debido provecho; pero sabiendo lo lento que era sospechaba que el tiempo que le llevaría aprenderlo sería el mismo tiempo que lo transformaría en un adulto que pareciera adulto. Aunque nunca se podían calcular de antemano los trabajos del tiempo.

Por lo pronto, la experiencia le había enseñado a no sentirse un adolescente. Pues desde que se graduara años atrás en la Facultad de Humanidades había estado dando clases en colegios, y el contacto cotidiano y fastidioso con chicos que eran de verdad lo que él sólo parecía le había mostrado con creces cuánta diferencia había entre ellos y él. De hecho, la percepción cada día más insoportable de esas diferencias era lo que a la larga lo había llevado esa mañana al hotel Savoy.

Cansado de impartir las clases de lengua y literatura a alumnos cuyo hastío comprendía y se le contagiaba, Sabor había estado atento a cualquier posibilidad laboral que se presentara. Cuando al fin se presentó no dudó en saltar sobre ella. Sobre todo porque no era una oportunidad cualquiera sino una que lo llenaba de expectativas: se abrió una vacante en el plantel de reporteros del periódico local, y la recomendación de un amigo hizo el resto. No era un puesto muy codiciado, salvo por él. Sintió que de pronto, mágicamente, pasaba al mundo de la realidad, y abandonó las aulas como quien sale de un mal sueño.

Claro que en su estadio de iniciación periodística no podía pretender asignaciones muy emocionantes. Pero no hacía distinciones por ese lado. Salir a buscar una información, y después ponerla por escrito, se le aparecía como una tarea rica en sí misma, una mezcla de la artesanía de la observación y la magia del azar. La primera mañana, cuando desayunaba, su madre le advirtió que lo más probable era que lo mandaran a tomar nota del reclamo de cloacas en algún barrio, o a cubrir la inauguración de una sala en un hospital. Podría haber sido así, y seguramente sería así mañana o pasado, y lo habría hecho con la misma curiosidad y buena disposición del novato ingenuo. Pero su primera misión, por una insólita fortuna, lo llevó a la aventura, a la felicidad, y al amor.

Se había producido un hueco frente al mostrador de la recepción, pero no supo aprovecharlo porque en ese momento se dio cuenta de que no había preparado la pregunta. No es que hubiera mucho que preparar, pues sólo debía averiguar si estaba Barbaverde y si aceptaba verlo para responder un par de interrogantes sobre su presencia en Rosario… Aun así, se le ocurrió que había una diferencia entre decir directamente «¿Está el señor B.?» y empezar con «Soy del diario *El Orden* y vengo a…». La momentánea vacilación bastó para que se colara delante de él una mujer que con un cantarín «Buenos días» captó toda la atención del empleado.

La molestia de sentirse burlado lo hizo volver a la realidad, y su atención fue recompensada con la sorpresa de que la mujer, a la que seguía viendo de espaldas, hacía la pregunta que debía haber hecho él:

—¿El señor Barbaverde, por favor?

El empleado la miró en blanco un largo momento:

—¿Quién?

Su propia pregunta anunciaba algo así como «No, aquí no hay nadie con un nombre tan absurdo. Esto es un hotel, no un circo». Sabor se alegró de no haber sido él quien rompiera el hielo. La mujer miró a su alrededor, con un involuntario gesto de irritación y vergüenza (en efecto, todos la estaban mirando) y entonces Sabor pudo verle el perfil y ver que era una chica joven, muy linda. Con una sonrisa de perdonavidas, el empleado había condescendido mientras tanto a mirar el registro, una planilla manuscrita, y anunció:

—Trescientos once. Barbaverde.

Otra vez su pronunciación era irónica. Resultaba extraño que si el nombre le parecía tan ridículo no lo hubiera registrado antes y no supiera que lo tenía alojado en el hotel. Quizá el famoso aventurero había llegado por la noche, lo había atendido otro empleado, y la joven era la primera que venía a preguntar por él.

—¿Puedo hablar con él, por favor? —Señalando con el mentón, ofendida, el teléfono.

—¿De parte de quién?

—Karina del Mar.

El hombre marcó el número de la habitación. Sabor seguía sus movimientos con la misma atención con que había seguido el intercambio anterior, y se preguntó si no sería el momento de intervenir diciendo que él también lo buscaba. No tuvo tiempo de hacerlo porque el teléfono ya volvía a la horquilla:

—No contesta.

—Habrá salido…

Una mirada al gran casillero de la pared del fondo, mirada que siguieron todos los presentes:

—No. La llave no está.

Una impasse. Antes de que alguien preguntara por el horario del desayuno, o pidiera un taxi, y el movimiento de la recepción se reanudara como antes, la empleada al costado dijo «Está», como si hubiera sabido todo el tiempo que Barbaverde estaba en su habitación. Pero no hubo más explicaciones.

La joven se retiró del mostrador, con el gesto y los pasos inciertos del que no sabe cómo siguen las cosas, y Sabor tras ella.

—Señorita… —Ella se dio vuelta y lo miró, con una sonrisa prometedora. Una sonrisa de sumo encanto, que Sabor admiró debidamente, junto con el resto de la persona, que por primera vez veía de frente. Venciendo la distracción, siguió—: Yo también había venido a buscarlo. Estaba esperando a preguntar por él… Usted se me adelantó.

La sonrisa se desvaneció a medias. Seguramente al oírlo llamarla había esperado alguna rectificación al desencuentro; quizá había esperado encontrarse cara a cara con el mismo Barbaverde. Como sea, no dijo nada, y Sabor se apresuró a aclarar:

—Me mandaron del diario a hacerle una entrevista. No sé si esperarlo…

Ella puso cara de «no esperes que yo resuelva tus dudas», pero fue evidente que la mención del «diario» le había interesado (el periodismo era la llave que abría todas las puertas, pensó Sabor) porque después de una breve reflexión propuso:

—Podemos probar dentro de un rato.

—Yo no tengo nada que hacer, y al fin de cuentas si no lo veo da igual. No sería la primera vez que se inventa una entrevista.

Ella respondió con una risita de compromiso, mientras su mirada recorría el reducido lobby del Savoy, que en realidad era poco más que un rincón, con dos desvencijados sillones de cuero (ocupados), y la escalera que desembocaba a centímetros de la puerta de calle. Todo estaba apretado, como si el tiempo hubiera comprimido majestuosas instalaciones antaño desplegadas en un espacio más razonable. Un arco sostenido por dos columnas separaba el lobby del bar, que ocupaba toda la esquina del edificio. No había mucho que pensar, y Sabor propuso tomar un café.

Instantes después estaban sentados frente a frente, mesa de por medio, conversando. Él había tenido la cortesía de cederle la silla que daba de frente a la recepción, con el resultado de que ella estuvo todo el tiempo mirando por encima de los hombros de él, atenta a que no se le escapara su presa. De modo que lo miró poco, pero Sabor pudo consolarse de esa desatención con la oportunidad que le daba de admirarla a sus anchas. Había bastante que admirar: los rasgos eran de una regularidad perfecta, el cabello castaño, que usaba corto, sedoso y brillante, las orejitas dos hojuelas de nácar rosa, y los ojos, que no enfocaban los suyos sino por fugaces instantes, dos botones de un verde dorado que tenía algo del mundo submarino y algo del amanecer de las galaxias. En cuanto al gesto, también tenía su ambigüedad: combinaba desorientación y decisión en partes desiguales y fragmentarias: hasta cierto punto era la chica que flotaba al azar en la vida sin saber lo que quería, y a partir de ese punto era la mujer segura de sus intenciones. Sabor creyó poder explicarse la duplicidad cuando la oyó decir que era artista plástica y que hacía «instalaciones» que se habían expuesto más de una vez en museos del país y de Europa.

Este dato era el prólogo necesario a la explicación de su presencia allí. Karina, que era unos años mayor que Sabor pero coincidía con él en la categoría de «joven», tenía a sus espaldas una esforzada carrera artística. En la época en que se había manifestado su vocación ya no tenía ningún mérito especial ser vanguardista, y ella lo había sido con la mayor naturalidad. A Sabor, que lo ignoraba todo del desarrollo reciente de las artes, la mención casual que hacía Karina de sus actividades le abría un mundo insospechado hasta entonces. No sabía, sinceramente, que hubiera gente que hiciera esas cosas. Y lo que supo entonces fue muy poco, casi nada, porque ella se limitó a mencionar unos pocos antecedentes de su último proyecto, que tenía que ver con «superhéroes», reales o ficticios, grandiosos o risibles, buenos y malos. Con todos ellos se proponía crear una gran instalación interactiva, en formato de feria de atracciones y juegos. De ahí que, dijo, al enterarse de la presencia en la ciudad de Barbaverde hubiera tenido la idea de filmarlo o fotografiarlo o grabar su voz… No sabía bien qué podía hacer con él: dependía de la medida en que él estuviera dispuesto a colaborar.

–Pero Barbaverde no es un «superhéroe» –dijo Sabor.

En realidad nadie lo era en sentido literal, respondió ella; el concepto de «superhéroe» era de por sí un prisma bivalvo de ficción y realidad, metáfora del deseo de potencia realizándose en el sueño, el sueño de la aventura despertando en la metáfora. Por eso mismo le daba importancia a la figura ambigua (ella dijo «border») de Barbaverde, que tenía algo de parodia asumida, nietzscheano tercermundista, etcétera, etcétera.

De este fárrago de teorizaciones mal asimiladas, cualquier otro habría concluido que la bella Karina tenía una fenomenal confusión en la cabeza; Sabor quedó deslumbrado, aunque ya estaba deslumbrado de antemano, y le habría sido difícil explicar qué lo deslumbraba exactamente. Además, se le ocurrió que aun si no podía ver a Barbaverde, con Karina ya tenía una nota. Después de todo (lo descubría en ese instante) el periodismo tenía una flexibilidad temática que le permitía realizarse en cualquier nivel, en el de las causas y el de los efectos por igual. Se lo dijo y ella estuvo de acuerdo, tan de acuerdo como si lo hubiera dado por sentado desde el comienzo.

Cuando Karina sugirió que probaran de nuevo (había llegado a la conclusión, y se asombraba de no haberlo pensado antes, de que Barbaverde debía de haber estado en la ducha cuando lo llamaron antes), Sabor no hizo nada por prolongar el *tête-à-tête*, como habría hecho en otra ocasión, porque ya se sentía asociado a la bella artista, y estaba seguro de que seguirían operando juntos al menos por el resto de la mañana. Pagó, y cuando lo hacía le preguntó al mozo si no lo había visto desayunando a Barbaverde. Debió de formular mal la pregunta, porque el mozo se retiró sin siquiera responderle.

Volvieron al lobby, donde la actividad se había multiplicado. Llegaban o se iban pasajeros, y el equipaje cubría el suelo, haciendo difícil desplazarse. Antes de que hubieran encontrado el camino para acercarse al mostrador, se les acercó la empleada de la recepción:

—¿Ustedes buscaban a Barbaverde?

—Sí —respondieron a dúo—. ¿Está? ¿Bajó? —Y, adelantándose a la respuesta barrieron con la mirada el reducido espacio atestado del lobby.

—Les recomiendo que no pierdan el tiempo —dijo la mujer—. Está encerrado en su habitación y no contesta el teléfono. Ni siquiera lo oye, porque está escuchando música a todo volumen con auriculares.

—¿En serio? ¿Todo el tiempo? ¿Y para eso vino a Rosario?

—¡Está loco! —dijo la mujer encogiéndose de hombros y pasando por encima de unos bolsos se puso a hablar con un grupo de turistas.

Karina y Sabor retrocedieron hacia la escalera.

—¿Será cierto?

—¿Y ella cómo lo sabe?

—Seguramente por las mucamas, que se enteran de todo lo que pasa en el hotel.

—Eso me da una idea —dijo Sabor mirando hacia arriba con los ojos entrecerrados—. Podríamos pedirle a una mucama que nos abra la puerta, y le hacemos señas.

Era un plan bastante absurdo. En realidad él no tenía ningún interés especial en encontrarse con Barbaverde, y sospechaba que para Karina tampoco era cuestión de vida o muerte. Pero le gustaba el papel que había asumido, del reportero encarnizado que agota todos los recursos para obtener la noticia. Por supuesto, se había abstenido de decirle a su reciente amiga que era su primer día en el diario, y la primera misión que le encomendaban. Todo su conocimiento del trabajo periodístico derivaba del cine y las historietas, y actuaba en consecuencia. Si estos hechos hubieran sucedido apenas una semana después, la experiencia acumulada en siete días habría bastado para hacerlo proceder con más realismo. En su ignorancia de «primera vez», se portó como un personaje novelesco, y los hechos respondieron haciéndose tan aventureros y fantásticos como nunca habría osado esperarlo.

Una mirada al mostrador, para comprobar que nadie se fijaba en ellos, y subieron. La escalera era de mármol blanco, los bordes de los peldaños redondeados por el desgaste del tiempo: dos tramos largos por piso, pues los techos del hotel eran altísimos. En el primer recodo, cuando quedaron fuera de la vista del lobby, Sabor se relajó y empezó a gozar de la travesura. Karina iba adelante, sus piernas largas enfundadas en pantalones ajustados moviéndose rápido. Era liviana como una niña; Sabor no le sacaba los ojos de encima, lo que hizo que tropezara un par de veces, aunque sin perder el equilibrio. El primer piso, el segundo…

—Ya estamos.

En el pasillo reinaba una oscuridad casi total. Se internaron por él leyendo los números de las puertas, hasta ver el 311. En todo el ascenso no se habían cruzado con nadie, y en el tercer piso, además de la soledad, el silencio era absoluto. Hablaban en susurros, y se oían respirar. Más que subir, les parecía haber bajado a un profundo subterráneo, en el que la vida se hubiera extinguido muchos siglos atrás. Se quedaron indecisos frente a la puerta. Karina apoyó la oreja contra la madera, escuchando. Los ojos le brillaban en la penumbra.

—No se oye nada.

—Si hubiera una mucama… ¿Habrá mucamas en este hotel?

—¿Llamamos?

Sabor tragó saliva. Asintió con la cabeza. Como un caballero, golpeó él: toc toc toc. La madera de la puerta era sólida y no retumbaba. Se dio ánimos y volvió a golpear con más fuerza.

—Si no oye el ruido, debería sentir la vibración. —Volvió a golpear. Nada.

Karina miró a su alrededor, levantando el mentón. En el extremo del pasillo había un florero de pie, con unas ramas secas adornadas con pompones también secos de inflorescencias amarillas.

—¿No sentís un olor raro?

Sabor olfateó ruidosamente.

—Sí. Es un olor a…

—…

Envalentonado, Sabor volvió a la escalera y miró hacia arriba y abajo. Volvió diciendo que no veía a nadie. Karina había sacado un bloc de la mochila que llevaba a la espalda:

—Voy a dejarle una nota.

—Yo también.

Sacó su anotador, la Bic, y empezó: «Señor Barbaverde…». Hasta ahí nomás llegó su primer impulso; entrecerró los ojos pensando cómo formular la frase introductoria. Lo distrajo el susurro del lápiz de Karina sobre el papel. Lanzó una mirada disimulada y vio con sorpresa que ella estaba dibujando. No podía ver qué, pero supuso que adornaba su nota de presentación con una viñeta, como para impresionarlo favorablemente y hacerle saber que era una artista. Él no disponía de tales recursos; debía hacerlo todo con la palabra. Y le convenía hacerlo rápido. Como la vio terminar y arrancar la hoja del bloc, se apresuró a escribir, y le salió algo bastante confuso y desprolijo.

Pasaron los dos papeles por debajo de la puerta, volvieron a escuchar un momento, y se retiraron. Cuando llegaban a la escalera, hubo un momentáneo parpadeo de la luz, casi imperceptible, pero bastó para sobresaltarlos, tan tensos estaban. Se volvieron, y no había nada. Aunque a Sabor le pareció ver por un instante, frente a la puerta de la 311, un objeto flotando en el aire, algo vagamente parecido a una pipa. Encima de la cazoleta, una nubecilla rosada, transparente, y en su centro un gusanito verde. No le dijo nada a Karina, que ya estaba bajando. Pensó que debía de ser uno de esos fosfenos que producen en conjunto la mente y el ojo, en esta ocasión favorecido por la atmósfera encerrada, el olor, la penumbra, el estado de nerviosidad en que se encontraba. Más tarde se le ocurrió que quizá no había sido un invento de su fantasía sino algo objetivo, para lo cual había una explicación: una corriente de aire podía haber hecho volar desde abajo de la puerta el papel de Karina, y lo que él había visto era su dibujo.

II

Esa tarde, Sabor entraba a una peluquería de hombres, a cortarse el pelo. No porque lo tuviera largo, ni porque le gustara perder el tiempo escuchando el ruido de la tijera alrededor de la cabeza, sino porque fue lo único que se le ocurrió hacer, de cara a la cita que había hecho con Karina, para verse más apuesto y prolijo.

En algún momento había pensado que debería haberlo hecho el día anterior, para empezar renovado su nueva vida profesional. En realidad, esa vida todavía no había empezado, después de la tentativa fallida de la mañana. Pero la sensación que lo dominaba era que sí había empezado, y vertiginosamente. La bella pintora no era ajena a esta sensación. La peluquería era un rito mágico con el cual modificar la mirada de esos ojos verdes que se habían metido en su vida.

No parecía a priori un lugar muy mágico. Era una de esas viejas peluquerías de caballeros, sin decoración, con aire de hospital: piso de baldosas blancas y negras, azulejos blancos en las paredes, dos sillones a fuelle con enlozados blancos, sillas de respaldo redondo, una mesita de tres patas con revistas ajadas. Los espejos que cubrían la pared frente a los sillones parecían tener una profundidad desmesurada, quizá efecto de la luz. Aunque era pleno día, estaban encendidos los tubos fluorescentes del techo... ¿O no? Podía ser una ilusión óptica. La tarde invernal promediaba, y un rayo del sol declinante daba al sesgo con intenso brillo, en las vidrieras desnudas. Todo el blanco del interior concentraba esa luz. Distraído en sus pensamientos, Sabor no prestó mucha atención, ni habría podido hacerlo porque uno de los dos sillones estaba vacío y no bien entró el peluquero correspondiente lo invitó a sentarse. Antes se sacó el montgomery y lo colgó. El perchero era de pie, de madera, de esos percheros-paragüeros, pero modificado: la parte inferior, que había servido para depositar los paraguas, había sido transformada en tiesto, y contenía un haz de ramas secas cargadas de inflorescencias amarillas también secas. Sabor colgó el abrigo del cuerno más alto del perchero, pero aun así no pudo evitar que el ruedo rozara esa especie de ikebana polvorienta. Habría hecho algún reacomodamiento, pero el peluquero ya lo esperaba con la tela blanca extendida, casi impaciente, y él fue a sentarse.

Siempre, desde chico, le había resultado difícil explicarle al peluquero cómo quería el corte. Muchas veces había pensado que lo ideal sería poder señalar una fotografía, o a alguien real que estuviera presente, y decir «lo quiero así». Pero nunca había tenido la suerte de poder hacerlo; nunca había fotos ni gente disponibles. Y con palabras, por mucho que se había esforzado, no lograba transmitir exactamente lo que quería, al menos a los peluqueros, que aun con la mejor voluntad hacían algo que nunca coincidía con lo que él traía como intención. Una vez hecho el trabajo, no se atrevía a protestar, aunque en ocasiones le habían hecho algo tan opuesto a lo que había pedido, y tan seguro estaba de haberlo pedido con claridad, que le daban ganas de rebelarse y decir «No, no era así, empiece de nuevo». Se culpaba a sí mismo, por no emplear los términos técnicos adecuados, y planificaba la fórmula de antemano, puliéndola, corrigiéndola. Esa tarde no había preparado nada, por la distracción en que se hallaba, así que tuvo que improvisar. Le salieron unos balbuceos totalmente confusos, y además interrumpidos porque en ese momento el cliente del otro sillón se levantaba y pagaba y hablaba con su peluquero con un vozarrón que tapaba la vocecita trémula de Sabor. Le dio la impresión de que su peluquero atendía más a lo que decía el vecino que a sus indicaciones, mientras le ajustaba la gran tela blanca al cuello; como tenían por costumbre, se la ajustaba en exceso, como si se propusiera estrangularlo. El otro peluquero acompañó a su cliente a la puerta, siempre hablando, y siguieron haciéndolo en el umbral, y sólo entonces el que lo atendía a él volvió a concentrarse y le pidió que repitiera cómo quería el corte.

—¿Dejamos más bien largo, entonces?

—¡No! ¡Corto, bien corto, pelado!

—¿Todo?

—No, arriba un poco más largo, pero corto…

—¿Rebajado?

—No…

Pero ya el lapso de concentración había pasado, porque el otro peluquero volvía de la puerta y se ponían a charlar animadamente. Sabor cerró la boca y se hundió en sí mismo diciéndose «Que sea lo que Dios quiera».

El corte le pareció el más rápido de su vida. De pronto ya le estaban pasando el cepillo blando para sacarle los pelitos de la cara, y le quitaban la tela y se ponía de pie y estaba pagando. «Así debería ser siempre», pensó un poco aturdido. El peluquero le sostenía el montgomery; metió los brazos en las mangas y ya estaba en la calle. Notó una leve disminución de la luz; las tardes de invierno eran cortas.

Pero se preguntaba cómo había podido pasar todo tan rápido en la peluquería. Lo normal era que esas sesiones de corte se le hicieran eternas. Evidentemente había estado distraído. Sí, recordaba haberlo estado. Pero ¿por qué? Había estado buscando una palabra, o más bien el recuerdo correspondiente a una palabra. ¿Cuál? Tenía una niebla en la cabeza… Al pensarlo se le ocurrió la solución al enigma, o parte de la solución: se había quedado dormido, quizá dormido con los ojos abiertos. Era bastante obvio, o lo habría sido si alguna vez en su vida él se hubiera dormido en una peluquería o un cine o un tren o cualquier sitio que no fuera su cama. Pero no existía ese antecedente. Y sin embargo…

Todo le empezó a volver de golpe. Y lo primero (aunque fue una sucesión rápida y encadenada) fue lo más extraño y más irreductible al recuerdo: un olor, un olor insidioso que había empezado a percibir no bien se sentó, y recordó que en ese momento, cuando todavía estaba tratando de explicarle al peluquero cómo quería el corte, un sector marginal de su conciencia se había dicho «Ese olor me adormece, porque es el olor del sueño». Y había sabido, sin decírselo, que era el mismo olor que había sentido por la mañana en el tercer piso del Savoy. Ahora, en la calle, recapitulando, ataba cabos y encontraba que había una coincidencia significativa: a la mañana el olor le había producido la fugaz alucinación de una pipa flotando en el aire… En su segunda aparición lo había dormido, efecto más contundente que podía deberse a la forzada inmovilidad del sillón del peluquero.

Era rarísimo, pero no se detuvo a ponderar las probabilidades en juego, porque ya estaba haciendo presión otro recuerdo: el de la palabra por la que se había estado exprimiendo el cerebro en el momento de su hipotético adormecimiento. Esa palabra era «Frasca», y así como entonces lo había desorientado ahora tenía perfectamente claro su significado. Más aun, entendía (todos estos razonamientos se precipitaban unos sobre otros en fracciones de segundos) por qué no le había encontrado sentido allá en el sillón: porque tenía frente a sus ojos, sobre la repisa en que se apoyaba el espejo, una fila de «frascos» que debían de haber hecho obstrucción al recuerdo. Ahora se le aparecía con toda claridad. Frasca era el nombre del supervillano que figuraba en todas las aventuras de Barbaverde como su archienemigo, siempre derrotado y siempre insistente...

A partir de ese punto, la reconstrucción pasó a otro nivel, y se aceleró. Si realmente había estado dormido, el aire de la calle le estaba despejando el sopor, y empezaba a revivir, todos juntos, los acontecimientos.

¿Por qué le había vuelto en la peluquería la palabra «Frasca»? No podía ser casualidad. Alguien la había pronunciado. Creyó oírla otra vez, en la voz resonante del otro cliente, el que se había ido cuando empezaban con él, al que no había mirado una sola vez. Casi creía poder oír frases de la conversación... pero no, no podía. Lo atacó una súbita certeza: ese cliente al que no había prestado atención... ¡había sido Barbaverde! No supo por qué se le ocurría tal cosa, pero el solo hecho de que se le ocurriera era significativo. Y si era de veras él, si había estado hablando a los gritos de sus aventuras (no había sido una charla banal sobre el clima, para que mencionara a su archienemigo) ¿cómo era posible que él, a medio metro de distancia, no lo registrara? Quizá por el efecto hipnótico del olor, ese olor repetido que era una prueba más de que había sido el mismísimo Barbaverde su vecino de sillón.

Se concentró enérgicamente. ¿Era cierto que no lo había visto? Que no lo hubiera mirado no era decisivo en ese sentido, porque los dos habían tenido enfrente un enorme espejo. Por un instante creyó poder recuperar una imagen, pero la apartó pues se dio cuenta de que la estaba trayendo de otros sitios de su memoria, no del pasado inmediato. Volvió al audio.

No, no le volvían palabras ni frases. Pero de la conversación entre los dos peluqueros, una vez que el supuesto Barbaverde se había marchado, le volvía... el tema. Estaba casi seguro que habían hecho comentarios sobre el que se acababa de ir, como era lógico después de la visita de una celebridad a esa modesta peluquería rosariana. ¡Y él en Babia! Era increíble que el azar le sirviera en bandeja de plata una oportunidad semejante, y la dejara pasar.

No se resignaba a no poder reconstruir algo que había pasado apenas unos minutos atrás. La distracción era un abismo, y como todos los abismos, tenía un invencible poder de atracción. Quizá era hilar demasiado fino, pero lo que lo había distraído era la preocupación por su corte de pelo, y lo distraía de la presencia de un superhéroe cuya mecánica mítica (¡y hasta su nombre!) provenía de la pilosidad.

De las imágenes confusas con las que combatía surgió, con una punta de esperanza, un movimiento que se había producido a su espalda. ¿Barbaverde yendo a descolgar su abrigo del perchero? Sería lo esperable. Trató de ver el perchero cuando él había colgado su propio abrigo. ¿Había otro colgado? No, definitivamente no recordaba, y si seguía tratando de recordarlo lo iba a inventar.

En ese momento se le ocurrió algo tan obvio que fue un motivo más para recriminarse. Debía volver a la peluquería y preguntar, así de simple. Se detuvo, dio media vuelta, y fue como si se despertara. No tenía idea de dónde lo habían llevado sus pies trabajando en automático, pero, preventivamente, echó a andar en dirección contraria a la que traía. Lo hizo mirando a su alrededor, para ubicarse, y le parecía estar en una ciudad extranjera. Pero era la vieja Rosario, y ya en la esquina la reconoció. Apresuró el paso, pero volvió a frenar cuando se dio cuenta de que no estaba tan seguro de la calle donde se hallaba la peluquería. Por lo visto, se había alejado más de lo que creía, en la profunda abstracción de sus perplejidades. Se equivocó dos veces de calle, terminó casi corriendo, tanta era su conciencia de estar perdiendo un tiempo precioso, y al fin pasó frente a la peluquería sin verla. Cuando volvió atrás y la localizó al fin, no le extrañó no haberla visto porque estaba cerrada, las persianas bajas, sin cartel ni señal alguna. Tanto, que dudó que fuera ahí. Se quedó con la boca abierta. Era demasiado temprano para que cerrara una peluquería. Pero en el fondo no lo sorprendía tanto. El ejercicio de reconstrucción al que se había venido librando había fortalecido su capacidad de recuperar lo perdido, y ahora recuperaba una sensación de apuro en los peluqueros, en la velocidad con la que le habían cobrado y lo habían despedido, en su diligencia por traerle el montgomery del perchero... Y entonces se explicaba también el breve lapso que había insumido el corte.

Pero no explicaba el motivo del apuro por cerrar la peluquería en la mitad de la tarde, cuando más trabajo había. ¿No tendría que ver con la visita de Barbaverde? La excitación con que se habían quedado comentando esa visita apuntaba en esa dirección.

Miró el reloj. Era temprano, en eso al menos no se había equivocado. Tenía un rato todavía antes de la hora en que lo esperaba Karina en su taller. Cruzó la calle y volvió a mirar la peluquería cerrada. Ni siquiera podía prometerse volver al día siguiente, porque el día siguiente era domingo y seguiría cerrada, lo mismo que el lunes, día de descanso de peluqueros... Si bien no era cliente habitual, había ido a cortarse allí un par de veces, y hasta tenía el recuerdo de haber ido muchos años atrás, de colegial. Y al pensarlo le volvía el dato de que los dos peluqueros eran hermanos, y muy parecidos, tanto que la gente los confundía. Ni siquiera a eso había prestado atención esta vez. Sacudió la cabeza con desaliento: su primer día como reportero, y estaba en el reino de la distracción absoluta.

Lo cual lo llevó una vez más a la escena perdida. Mientras emprendía la marcha, en dirección al río, volvió a sentir la tentación de reconstruir los sucesos borrados de la peluquería, desde el comienzo, con más empeño, con más sistema... Pero desistió. No sólo era inútil, sino perjudicial. ¡Basta de conjeturas! Porque si seguía con eso, otra vez se iba a hundir en sí mismo y a aislarse del exterior. Era un círculo vicioso. Debía concentrarse en el presente, y sólo en el presente.

Obediente a esta consigna, se obligó a mirar las fachadas, a leer los carteles, a mirar las caras de la gente con la que se cruzaba, los autos, los perros. Todo lo veía transfigurado por la atención, y se dio cuenta de que había empezado a vivir otra vida, una vida de aventura y descubrimientos; sólo dependía de él. Insensiblemente se dejó llevar a una ensoñación, sin palabras ni formas definidas, una pura impresión, pero lo bastante fuerte como para no dudar de su realidad. Y eso era lo que definía su estado en última instancia: un sueño que sin dejar de ser un sueño, también era realidad. ¿A qué podía deberse esta conjunción? ¿A la presencia de Barbaverde en la ciudad? ¿A Karina? La aventura y el amor siempre habían sido sueños para él, y se dio cuenta de que aun cuando se hicieran realidad seguirían siendo sueños.

Antes de que pudiera responderse, la calle por la que bajaba se había terminado, y estaba frente al río, que se desplazaba lento y silencioso hacia el mar. Los árboles gigantescos de la costa estaban inmóviles, las islas a lo lejos se apoyaban en un horizonte trémulo. Cruzó la explanada desierta y se asomó al agua. Un resto de entontecimiento lo confundía. No habría podido decir si estaba triste o contento. Debería estar triste, y lo estaba, por el fracaso que venía de experimentar. Pero también estaba feliz por la perspectiva de ver a la bella pintora dentro de unos minutos.

El paisaje reflejaba, en sus propios términos, esa duplicidad. El día y la noche se tocaban. Se esbozaba un crepúsculo rosa, hecho de transparencias y de instantes extensos. El ruido de la ciudad moría a sus espaldas, y adelante crecía el silencio. En el cielo limpio flotaba una difusa niebla rosada inmaterial, que se hacía blanca fosforescente al acercarse al borde de una mancha elíptica color borravino, opaca, que ocupaba la mitad izquierda del espacio.

III

A diferencia de él, Karina había pasado la tarde encerrada, trabajando. Le dijo que el incidente de la mañana la había inspirado, lo que tenía algo de intrigante porque a la mañana, en resumidas cuentas, no había pasado nada. Salvo que ellos dos se habían conocido, y habría sido muy halagador para el joven reportero pensar, si se hubiera atrevido a pensarlo, que él era el motivo de inspiración.

—Así cualquiera —dijo con un suspiro, mirando a su alrededor. Ella lo miraba enarcando las cejas. Se apresuró a explicarse—: Yo también me inspiraría si tuviera un lugar de trabajo como éste.

—Está todo desordenado. Nunca me hago tiempo para limpiar.

Sabor negó con la cabeza descartando esos escrúpulos femeninos. El lugar era envidiable, al menos para él que nunca había tenido un cuarto propio (dormía en un sofá-cama, en el living del pequeño departamento que compartía con su madre). Era amplio y a la vez privado, casi secreto, metido en el fondo del piso alto de lo que habría sido una gran casa señorial subdividida en departamentos. No tenía ventanas. La luz provenía de una gran claraboya en cúpula en el centro del techo, de membranas de plástico amarillento. El techo era muy alto, y en un ángulo había un entrepiso, con una baranda a través de la cual se podía ver una cama deshecha. Abajo, mesas, estanterías, cajas apiladas, una modernísima computadora con dos monitores, un televisor grande conectado a un equipo de DVD, y por todas partes cuadros, papeles, cartones, maquetas. Igual que en la conversación de la mañana, y por las mismas causas, Sabor se sintió frente a un mundo nuevo. Su idea del pintor se había quedado en las representaciones tradicionales del caballete, la modelo, y el olor a trementina. Esta visión tecnológica de la fábrica de imágenes lo deslumbraba, en la línea del deslumbramiento que habían puesto en marcha los ojos de la bella artista.

Se sentaron y se pusieron a conversar.

—¿Ya escribiste el artículo? —le preguntó Karina.

Sabor estuvo a un tris de responder «¿Qué artículo?», y aun esa pregunta no habría expresado la magnitud completa de su perplejidad. No sólo no había escrito nada sino que no se le había cruzado por la mente la idea de hacerlo. Y sin embargo, al oírla, caía en la cuenta de que era lo que debía hacer, lo único que lo justificaba. ¿No era periodista de un diario? ¿No escriben artículos los periodistas? ¿No deben escribirlos todos los días, a medida que se enteran de los hechos, a medida que los hechos se van sucediendo? ¿No hay, todos los días, una hora de «cierre» en que los artículos deben estar escritos? Y esa hora (que no sabía cuál era, porque no había preguntado) podía estar acercándose, o ya podía estar encima… Dirigió una rápida mirada a la claraboya, en la que la suave luz crema parecía amenazada por una media luna oscura que crecía desde uno de los lados.

Recordó que al separarse unas horas antes, habían acordado que él escribiría un artículo sobre la visita de Barbaverde a Rosario, empezando con los antecedentes de la carrera del aventurero y luego saltando, para disimular el hecho de que no hubiera logrado entrevistarlo, al trabajo artístico que preparaba con su figura la joven instalacionista rosariana, etcétera, etcétera. El truco lo habían pergeñado entre los dos; ella participaba con el ostensible motivo de ayudarlo a quedar bien parado ante su jefe de redacción, pero era evidente que la movía algún interés propio, de publicitar su nombre y su trabajo. Esto último se revelaba en la premura con que le preguntaba por el artículo. Y él se había pasado la tarde pensando en cualquier cosa (en cortarse el pelo) menos en el artículo.

—Lo tengo esbozado —mintió—, pero esperaba a reunirnos para redondearlo. Quería ver algo tuyo…

—Yo creía que los periodistas lo inventaban todo, sin necesidad de comprobar los hechos.

—Qué irónica.

—No puedo evitarlo. Es un rasgo de mi personalidad que me ha traído problemas.

—¿Sí?

A partir de ahí la charla tomó un rumbo personal, del que no salió en un buen rato. Descubrieron que tenían mucho en común: virtudes y defectos, gustos, y hasta ascendentes astrológicos, aunque Sabor tuvo que inventar el suyo, pues nunca se le había ocurrido preguntar la hora de su nacimiento.

Al fin fue Karina la que volvió al asunto entre manos, y Sabor volvió a sentirse culpable. Ella le mostró los dibujos que había hecho, todos ellos variaciones del mismo tema. La mayoría estaban coloreados con lo que parecía acuarela, pero eran tintas vegetales. Puesto en el papel de crítico de arte, el joven reportero no tenía más opción que enmudecer. De hecho, tuvo que contemplar media docena de dibujos antes de empezar a ver de qué se trataba. Pero cuando lo vio tuvo un sobresalto, porque el tema no era otro que la pipa y la nubecita rosa con el gusanito verde en el centro. Las variaciones deformaban tanto estos tres objetos que sólo cuando uno ya sabía de qué se trataba podía interpretar los dibujos. Y aun sabiéndolo, como era su caso, no resultaba fácil. No se atrevió a preguntar «para qué servían». No fue necesario porque Karina le informó que eran bocetos para una especie de escultura inflable (con helio coloreado).

—¡Ah, me olvidaba! —exclamó Sabor—. Me enteré de que Frasca está en la ciudad.

—¿Frasca?

—El profesor Frasca, el famoso Genio del Mal, archienemigo de Barbaverde.

—Ah, sí…

Parecía dudosa. No debía de estar muy al tanto de las aventuras de Barbaverde. Como Sabor no se consideraba tampoco una mina de erudición al respecto, y no quería que le preguntara cómo se había enterado (había decidido ocultarle su bochornosa distracción en la peluquería), encontró más prudente volver a los dibujos. Tomó uno y lo miró de cerca. La artista había usado un papel de pésima calidad, en el que la tinta se corría en todas direcciones.

—Qué buenas deben de ser estas tintas. Has logrado un rosa tan transparente como el que toma el cielo al atardecer.

—La eché directamente del frasco, así que no es mérito mío. Además, yo nunca he visto ese famoso rosa del cielo, y no creo que exista.

—¡Pero sí! A cierta hora de la tarde, cuando se pone el sol, se vuelve todo rosa.

—Debe de ser que yo a esa hora siempre estoy metida aquí trabajando —dijo ella, y agregó contradiciéndose—: He visto amarillo, anaranjado, rojo, violeta, pero nunca rosa.

—Bueno… Es un matiz. Seguramente un pintor es más riguroso con los nombres de los colores. Yo lo llamo rosa.

Sin hacerle caso, ella seguía:

—Y lo he visto siempre en las nubes, no en el aire.

—Por supuesto, por supuesto: en las nubes, en los cúmulos.

—Las nubes no son transparentes.

—Pero a veces el aire mismo se colorea, quizá por una niebla muy fina, invisible.

—Eso sí que no me lo creo.

—¡Es que lo vi hace un rato, cuando venía para aquí! No te miento. Era un color rosa, que flotaba sobre el río, sobre todo Rosario, en el aire…

Pensó que nada lo haría más feliz en la vida que mostrarle a Karina esa impalpable maravilla de la naturaleza, que ella por algún motivo seguía desconociendo; para ello deberían caminar, los dos solos, por la costa del río, sin apuro, murmurando palabras tontas, compartiendo los pensamientos… Como si ella hubiera adivinado estos anhelos secretos, le preguntó, con un desagradable chirrido de sorna:

—¿Y todos los días ves eso, vos?

—No, no todos. Yo también a esa hora casi siempre estoy adentro, en la redacción del diario. —Le daba vergüenza mentir con tanto descaro—. Es la hora de cierre. Pero hoy lo vi, te lo juro.

—Quizá fue la primera vez, y la última.

—Deberías verlo. Me pregunto… —Alzó la vista hacia la claraboya—. No. Hoy ya no sería posible. Ya pasó. Siempre es muy fugaz, el rosa.

Las membranas de la claraboya habían tomado un color dorado oscuro, y la sombra negra que antes asomaba por un costado había avanzado hacia el centro separándose del borde y dibujando en la concavidad la silueta nítida de un pez.

Karina siguió su mirada, y se dibujó en su bello rostro de muñeca una mueca de extrañeza, reemplazada de inmediato por una sonrisita: tomó el fajo de dibujos y lo acomodó golpeando los cantos contra las piernas. Lo hizo correr bajo el pulgar.

—¿Conocés —le preguntó—, esos… acertijos… no sé cómo se llaman… cuando se forma una palabra con dibujos?

Sabor negó con la cabeza. Ella tomó un lápiz del escritorio cercano, dio vuelta uno de los papeles y dibujó muy rápido un pescadito y al lado una taza de té humeante. Se lo mostró; no era necesario por que él no le había sacado los ojos de encima.

—¡Precioso! ¡Qué bien dibujás! ¡Cómo te envidio ese don!

Ella hizo a un lado los elogios con un gesto encantador de la mano.

—No, no lo hice para que los admiraras. ¿No podés… leerlo?

—¿Cómo «leerlo»?

—Fijate bien. Pensá en los nombres de las figuras. ¿Qué es esto?

—Un pescado.

—Muy bien, un pez. «Pez…»

—Ajá.

—¿Y esto?

—¿Taza?

—«Té».

«Debe de estar pensando que soy un idiota», pensó él, pero realmente no entendía adónde quería llegar. Con cierta impaciencia ya indisimulable ella puso la punta de su bien torneado índice sobre un dibujo y luego sobre el otro:

—Pes… te. Peste. —Sabor seguía sin caer—. ¡No me digas que no sabés lo que es una peste!

—Sí, la peste, la plaga, la epidemia.

—Exacto.

—Pero, Karina, «pez» va con zeta, y «peste» con ese. —Le salía de adentro el profesor de lengua, que después de todo era lo que había sido hasta unos pocos días atrás. Por suerte reaccionó antes de que ella llegara a la conclusión de que era definitivamente imbécil—. Ya entendí, ya entendí. Por supuesto. Yo mismo he jugado a ese juego, aunque con dibujos muy malos. No caía porque lo conocía con un sol y un dado, es decir «soldado».

—«Soldado» es un ejemplo, lo mismo que esto es un ejemplo. Pero puede formarse cualquier palabra, o frases enteras.

—¿Sí? ¿De veras? ¿Cualquier palabra? ¿Todas?

—Casi todas. Algunas deben de ser más difíciles. Depende del ingenio del que lo haga. Pero yo iba a otra cosa. —Dio vuelta el papel donde había dibujado el malhadado ejemplo, y volvió a hacer correr el fajo con el pulgar—. Lo que se me ocurrió fue que estas imágenes, la pipa, la nube rosa, el gusano, sean una serie que forme una palabra o una frase.

Sabor quedó con la boca abierta como fulminado por un rayo. Le llevó un momento asimilar las consecuencias de esa idea.

—Entonces, ¿podría ser que Barbaverde nos esté enviando una especie de mensaje en clave?

—No, no tanto.

—¿Por qué iba a hacerlo?

—Lo único que digo es que cuando hay una serie de imágenes que no tienen ninguna conexión visible, una posibilidad es que formen palabras con sus nombres.

—¿Qué palabras? —exclamó Sabor tomando los dibujos para volver a mirarlos.

Ella se rió de la brusquedad infantil con que lo había hecho.

—Qué niño sos.

Halagado, él se olvidó de los dibujos y los mensajes cifrados.

—Todos llevamos un niño adentro.

—Algunos lo llevan afuera.

—Yo había pensado también que vos tenías algo de niña. En un artista es comprensible.

—Bueno, yo todo lo que hago tiene por objetivo recuperar la creatividad de los niños.

—Cómo te envidio.

Así siguieron un rato, descubriéndose y revelándose, y habrían seguido indefinidamente si una súbita asociación de ideas no le hubiera hecho exclamar a Karina:

—¡Ya sé de dónde me sonaba ese nombre que me dijiste!

—¿Qué nombre?

—Frasca.

—Es el enemigo de Barbaverde…

—Sí, ya lo sé. Lo que me desorientó fue que me sonaba de otra parte, y ahora me acordé. Hace una semana se mudó aquí un profesor Frasca.

—¿Aquí, a este edificio?

—Sí, al departamento de al lado.

—¿Será el mismo? No es un nombre común.

—No sé. No lo he visto, pero recibe cajas y paquetes, y vi el nombre escrito en las etiquetas. Me llamó la atención por lo raro: «Profesor Hilario Frasca y Frasca».

—¡Qué coincidencia extraordinaria! Apuesto a que es el famoso Frasca, y está montando un laboratorio secreto…

—No delires.

—Pero enriquecería la historia.

Se dio cuenta de la imprudencia de haber dicho esto último, porque los llevaba de vuelta al tema de su artículo, con el que no había avanzado nada a pesar de toda la charla. Se sentía culpable por haberle hecho creer a Karina que era un periodista experimentado; era una ficción que no podría sostener mucho tiempo más, y temblaba de sólo pensar en la posibilidad de quedar como un mentiroso.

Por suerte Karina se distrajo mirando el reloj.

—Ya tendrían que haber vuelto mis abuelos —dijo.

Nueva sorpresa para Sabor. Ella le explicó que sus abuelos, residentes en Venado Tuerto, estaban de visita en Rosario por unos días, y ella les daba alojamiento en su taller. Sólo para dormir, aclaró, porque comían en las casas de sus hijos, los padres y los numerosos tíos de Karina. De hecho, sus visitas a la ciudad duraban tantos días como hijos habían tenido (ocho), porque se hacían un deber de aceptar todas las invitaciones. Una hija había muerto, y ese día lo dedicaban a la correspondiente visita al cementerio.

—Pero si fueran a almorzar con unos y a cenar con otros —dijo Sabor—, podrían reducir la visita a la mitad de días.

—Es que no cenan. A esta hora vienen, se hacen un té, miran la televisión y se acuestan.

—Una costumbre muy sana, para gente de edad.

—Si los vieras almorzar no dirías lo mismo. Comen como bestias, pura grasa y frituras. Pero ya nadie en la familia se preocupa. Los dejan hacer lo que quieren, hasta que revienten. Son unos cabezaduras. —Volvió a mirar el reloj—. Por suerte son muy caminadores. Pero nos tienen con el Jesús en la boca por miedo a que se pierdan. Es la última vez que los alojo aquí. ¿Dónde se habrán metido?

Sabor se levantó y se puso el montgomery. Empezó a despedirse, con frases incoherentes porque mientras las decía estaba ocupado pensando una buena excusa para volver a verse al día siguiente. Ella lo acompañaba hacia la puerta. En uno de sus movimientos nerviosos, Sabor metió la mano en el bolsillo del abrigo, y encontró un objeto que no debía estar ahí. Lo sacó. Era una llave de hierro. Se detuvo en seco y la mostró en la palma de la mano.

—Alguien me metió esta llave en el bolsillo…

Hizo un rápido recuento mental de sus actividades de la jornada. Desde que había salido de la redacción del diario a la mañana no se había sacado el abrigo… ¿O sí? Recordaba que no lo había hecho en el bar del Savoy, cuando estuvo charlando con Karina: el hotel era parejamente decadente en todas sus instalaciones, y el bar no sólo carecía de calefacción sino que además tenía unas temibles corrientes de aire helado circulando entre las mesas. El resto de sus andanzas había sucedido al aire libre; ni loco se habría sacado su cálido montgomery en esta época del año. Claro que alguien podía habérsele acercado y deslizado la llave en el bolsillo sin que lo notara; había gente con mucha habilidad para esas cosas, tanta que no necesitaban víctimas tan distraídas como él. Pero de pronto recordó una ocasión en que sí se había despojado de la prenda: lo había hecho en la peluquería. Con el recuerdo le volvieron las sospechas que le había dejado el episodio. El desconocido que quizá era Barbaverde había ido al perchero… ¿Habría metido entonces la llave en el bolsillo? Y en ese caso, ¿era un accidente, o algo deliberado? Quizá un modo de comunicarse con él, como había estado suponiendo Karina de los dibujos… Era improbable, pero acorde con los hábitos misteriosos del personaje. Además, le gustaba porque le permitía extender la conversación con Karina; vaciló antes de empezar con las explicaciones porque se dio cuenta de que tendría que hacerle el relato de su visita a la peluquería, con sus ensoñaciones y ausencias.

No tuvo que hacerlo porque en ese momento ella parecía haber oído algo, y dio el paso que la separaba de la puerta y la abrió. Una pareja de viejecitos apareció en el marco.

—¡Querida! ¿Salías?

—¡No! Los estaba esperando, y ya empezaba a preocuparme.

Los viejos miraban a Sabor, por lo que ella lo presentó:

—Un periodista que me estaba haciendo una nota.

Se dieron la mano. Seguían en el umbral.

—Estábamos charlando con el muchacho de al lado —dijo la vieja, y oyeron cerrarse la puerta del departamento vecino—. Nos explicaba que es un salmón…

—¡Y el tamaño! —exclamó el viejo—. Directamente no se puede medir.

—¿Cuánto dijo?

Karina los interrumpió con el tono impaciente que parecía usar siempre con ellos:

—¿De qué están hablando?

—¡Del pescado, querida!

—¿Qué pescado?

—El pescado gigante que hay en el cielo. ¿No lo viste?

—¿No lo viste? —repitió el viejo, incrédulo.

—¿No lo vieron? —insistió la abuela, esta vez incluyendo a Sabor—. ¿No te lo dijo el periodista?

—Es que yo tampoco…

—Estuve toda la tarde adentro.

—¡Pero lo están pasando por la televisión, querida!

—Entonces, vamos a verlo —dijo Karina tomando a su abuela por el brazo para poner fin a la escena, que a todas luces la irritaba.

—Bueno, yo me voy…

—Sí, andá a ver el pescado —dijo Karina con una sonrisa. Era evidente que no se lo creía—. Mañana la seguimos —agregó solucionando mágicamente los problemas de Sabor, que le dio un beso en la mejilla y dijo mostrándole la llave:

—Después te llamo para contarte de esto. —Y a los abuelos—: Adiós.

—Adiós, señor. —El viejo le volvió a dar la mano—. Encantado. Nosotros nos acostamos temprano. ¡Pero hoy vamos a ver el noticiero!

IV

No bien salió a la calle, Sabor vio gente mirando el cielo y él también miró. Una gran forma alargada cubría una buena porción del espacio, y parecía curvarse hacia el horizonte y desaparecer tras él; aunque no podía asegurar que se extendiera tanto, porque la línea de edificación le cortaba la perspectiva. Además, se hacía de noche precipitadamente, y todo lo que se veía en el cielo se veía oscuro sobre fondo oscuro. Pensó que debía de ser una nube en forma de pez, pero no le dedicó mucha reflexión porque su conciencia barajaba y volvía a barajar las palabras intercambiadas en el umbral. «Mañana la seguimos»… ¿Qué era lo que debían «seguir»? ¿La conversación? ¿La relación? Seguramente Karina lo había dicho sin pensarlo, sólo por decir algo, quizá apurada por sacárselo de encima. Pero de todos modos dejaba una puerta abierta al futuro. Y ella no era de las que dicen algo que no quieren decir. Más lo preocupaba el modo en que lo había presentado a los abuelos: «Un periodista…» cuando podría haber dicho simplemente «un amigo». Y eso de «que me está haciendo una nota»… Quizá quería legitimarse ante la familia, que como todas las familias, no se tomarían muy en serio la vocación de artista de un vástago. De todos modos, le habría gustado más que lo presentara como «un amigo».

Ya que estaba, también le daba vueltas a lo que había dicho él mostrando la llave: «te llamo»… ¿Qué más? ¿Qué había dicho, exactamente? «Te llamo para contarte de esto.» Y ella no había respondido nada, se limitó a dar media vuelta y arrastrar adentro a la abuela. ¿Debía traducir ese gesto como «Hacé lo que quieras, a mí no me importa»? ¿Y por qué él había tenido que decir «te llamo» en lugar de «nos vemos»? El teléfono podía ser un verdugo de tímidos e indecisos. Podía llamarla para concertar una cita y contárselo cara a cara. Pero ¿contarle qué? Por suerte tenía tiempo para pensar una buena historia, o mejor dicho una versión de la historia que no lo dejara demasiado mal parado.

Y pensando en una historia, se acordó del encargo que le habían hecho esa mañana en el diario. En realidad, se acordó del diario, y sintió cierta inquietud. ¿Tendría tiempo todavía de hacer algo? Aunque no habría podido decir qué haría, ya que no había tomado notas ni recopilado material alguno. Supuso que tendrían alguna consideración con él, por ser su primer día de trabajo. De cualquier modo, no quería causar mala impresión. Apurando el paso, se encaminó a las oficinas de *El Orden*, que estaban cerca. Seguía cruzándose con gente estacionada en las veredas mirando hacia arriba. Esa vana curiosidad de las multitudes, tan infantil, le produjo un asomo de euforia. Todos buscaban la poesía de lo maravilloso, aun desde el fondo de la rutina cotidiana todos levantaban la vista al más allá de la imaginación, a lo sobrenatural, a la belleza. Quizá a él también le había llegado la hora de hacerlo. Hoy era un día histórico en su vida: había iniciado una nueva profesión, y había conocido a Karina. Algo había empezado.

La inesperada confirmación la tuvo al llegar al diario: la novedad desbordaba de su persona y abarcaba al mundo entero, y casi podría decirse que al universo entero. Se había inaugurado una nueva era. Lo cual tuvo la benévola consecuencia de que su inoperancia pasó inadvertida. Por lo pronto, nadie le prestó la menor atención: todos los ojos estaban prendidos a las pantallas de los televisores, que navegaban en un frenético zapping por canales de todo el planeta. Los fotógrafos estaban en la terraza, adonde corrían los que querían una versión en vivo de lo que estaban viendo por televisión. También se escribía, se hablaba por teléfono, y se preparaban dibujos, fotos y diagramas, en un vértigo que le dio una visión comprimida del trabajo periodístico de urgencia. Creyó entender que la hora de cierre ya había pasado, pero se elaboraría durante toda la noche una edición especial.

Como no le habían asignado todavía un escritorio, fue de uno a otro recogiendo vestigios de información hasta ponerse al tanto de lo que estaba pasando.

Durante toda la tarde, mientras él andaba absorto en sus cosas, un gigantesco pez cósmico había venido derivando desde los confines externos del Universo hacia nuestra galaxia. Tan enorme era que su paso había apartado constelaciones y echado a rodar estrellas y cúmulos en todas las direcciones del cosmos. El delicado equilibrio de las grandes elípticas gravitacionales se había disuelto, para volver a reconstruirse, alterado, al paso del gigante. Silencioso como un sueño, abría y cerraba los agujeros newtonianos, atravesaba las madejas de átomos, cruzaba umbrales negros de distancias portentosas por su mera presencia. ¿De dónde venía? Del fondo de la nada impensada e impensable. El color rojizo podía adjudicarse a la dirección, que era la de acercarse; pero su magnitud hacía que siempre estuviera acercándose a todos los puntos posibles; y el rojo en consecuencia se expandía, aun en él mismo, desde un centro de fulgor frío oculto en su centro inconcebible. Una mente que hubiera seguido su progreso desde el comienzo no habría encontrado nada de agresivo en él, por el contrario, difundía una dulce serenidad mientras hacía a un lado con delicadeza a Casiopea, a Andrómeda, a Perseo, y curvaba el Ecuador magnético del que colgaban, como linternas en una feria coreana, los soles de los crepúsculos intergalácticos. Novas espontáneas se pegaban a su oro, por momentos parecían hacer transparentes sus escamas colosales.

No es necesario decir que los astrónomos de la Tierra entraron en una suma excitación desde el primer avistamiento. El pez desbarataba todos sus conceptos, por lo que debieron forjar conceptos nuevos de urgencia; las contradicciones y paradojas eran tan palpables como si toda la ciencia se volviera de adentro hacia afuera y viceversa. Fue tanto más notable porque todo se precipitó en unas pocas horas (las pocas horas que duraba una tarde de invierno en Rosario), y el sentimiento de urgencia se realzó por la certeza de que el complejo astral en el que se encuentra nuestro planeta no quedaría inmune. ¿Era el fin del mundo, entonces? Todos los astrónomos pensaron al unísono: «¡No puede ser, tan pronto!». Esto último era una deformación profesional. Pero el tiempo también estaba cuestionado. En efecto, un avance de hechos reales provenientes de las fronteras del universo necesariamente debía anunciarse con muchísimos siglos y milenios de anticipación. Y esto era un encadenamiento fulminante, instantáneo. Hubo que elaborar de apuro una teoría que lo explicara. Otra vez el tamaño venía a cuento. Porque no era solamente grande, o muy grande. Tantas eternidades (no sólo de hombres, sino de astros o de mera materia) se necesitarían para abarcarlo, que él no estaba en el tiempo sino el tiempo en él. Competía con el Universo mismo en creación de tiempo, y entonces no podía asombrar que tardara horas en cruzar años, porque también podía tardar siglos en recorrer minutos.

Por supuesto, ningún científico serio podía aceptar que fuera un pez. Como máximo reconocían que «parecía» un pez. Pero ahí era preciso reconocer que se parecía muchísimo a un pez. Desde que fue visible a simple vista, y lo fue al mismo tiempo que lo captaban los telescopios en órbita y los radioscopios) en todo el mundo, en la China, en Guatemala, en Kenia o en Alaska, hubo dedos de grandes y chicos apuntando al cielo y exclamando: «¡Miren el pez!». Un pez gordo y largo, muy esquemático, siempre de perfil aunque a veces de frente, en distintos matices del rojo dorado apagado según que se lo viera, como se lo veía simultáneamente en los distintos continentes, al alba, a la noche, al mediodía, en una tarde de primavera o en una borrasca invernal; no ondulante sino haciendo ondular el espacio. Alguien se preguntó: «¿Es un objeto?». Pregunta pertinente, porque cuando lo que está en juego es la totalidad de la materia, los objetos (y sus formas) pierden su autonomía. Aun cuando llegó a cubrir la mitad del cielo seguía estando inconcebiblemente lejos, y cundió la idea de que si se acercaba más iba a hacerse pequeño (y terminaría cayendo al mar). Se había producido una confusión dimensional porque entre las líneas que había atravesado estaba la frontera entre el acontecimiento y el lugar donde sucedía.

Pero, claro está, siguió acercándose y siguió creciendo. Quizá ya estaba actuando sobre la humanidad, porque en esas pocas horas nacieron nuevas religiones, que trataban desesperadamente de hacerse cargo de lo que burlaba a la ciencia. A la vez, nadie se lo tomaba muy en serio; o mejor dicho: como sucede con los fenómenos religiosos, la gente creía y no creía al mismo tiempo. En el fondo, nadie podía terminar de creer que fuera de verdad.

Y de pronto, verdad o no, lo tenían encima. Los más sensatos se encomendaron a la Providencia y se prepararon espiritualmente para el fin. Pero entonces pasó algo inesperado. Al encontrarse frente a la Tierra, el pez que había cruzado todo el Universo... se detuvo. Lo que no había hecho con Júpiter ni con Saturno ni con Marte (un roce le había bastado para mandarlos al abismo), ni con todos los innumerables cuerpos celestes que se le habían cruzado, lo hizo con la Tierra. Y no sólo se detuvo sino que se reacomodó plácidamente haciendo girar su masa desmesurada de modo de quedar con la cabeza apuntando a un punto de la masa continental austral del planeta. Ese giro produjo un desplazamiento generalizado de átomos y partículas, que llovieron sobre todo, incluidos los cerebros de la humanidad... Y después, se quedó quietecito.

El desenlace había tenido lugar minutos antes de que Sabor llegara a las oficinas de *El Orden*, y cuando terminó de hacerse un cuadro de situación las agencias noticiosas empezaban a difundir el dato de que el punto terrestre más cercano al pez era la ciudad argentina de Rosario. Más aún, era como si esta localidad lo hubiera imantado y fuera el fin de su viaje. Con un inevitable reflejo provinciano, los rosarinos pensaron «Nos puso en el mapa», y no sabían qué hacer con la satisfacción de que el nombre de su ciudad estuviera a esas horas en boca de todo el mundo. «¿Por qué nosotros?», se preguntaban. «¿Por qué Rosario»? No había respuesta.

Como si la noticia los hubiera electrizado, hubo una desbandada general hacia la terraza. Sabor siguió a los demás por la escalera. Una vez arriba pudo ver por primera vez lo que sus muchas distracciones le habían impedido percibir antes. El pez era una masa oblonga suspendida tan cerca que parecía como si se lo pudiera tocar extendiendo la mano. Oscuro sobre el negro cerrado del cielo, pero dibujado en una niebla rojiza. La punta, que debía de ser la cabeza, apuntaba efectivamente hacia ellos; lo que se extendía más allá se perdía en las sombras. La ciudad estaba toda iluminada, y sus habitantes en las calles, en las ventanas, quietos o circulando pero todos atentos al pez. Se sentía un clima de euforia, casi de fiesta. Subían gritos, bocinas, rumores mezclados de televisores y radios. En las terrazas vecinas se apiñaban familias, los enamorados miraban abrazados el espacio oscuro, los chicos corrían y gritaban. ¿Sería la influencia de la lluvia de átomos? Sabor siguió el paredón hasta el otro extremo y miró el río, del que se alzaba la misma niebla color lacre, en gruesos torbellinos.

Lo arrancó de esa contemplación un grito que recorrió en oleadas discontinuas todas las terrazas de Rosario. Volvió a su puesto anterior mirando hacia arriba, pero uno de los jóvenes motociclistas del diario le señaló un punto bajo en la dirección de Alberdi:

−¡La Luna!

Como si nada hubiera pasado, como si fuera una noche más, el albo satélite se disponía a asomar del horizonte, anunciado por una aureola nacarada más brillante que nunca. Segundos después aparecía, llena, enorme, una cúpula intensamente blanca, como un reflector.

Y entonces sí, con claridad cada vez mayor, como revelándose bajo una lupa mundial, pudieron ver la cara del pescado, la boca carnosa, los ojos fijos, la textura rojiza de la piel. La luz que le daba desde abajo, como las candilejas en un escenario, hacían extrañamente dramática su quietud. Los claroscuros de la forma llenaban la noche como nada habría podido llenarla. ¿Era posible que hubieran podido dudar de su presencia? Mensajero del más allá, ángel de lo sobrenatural, no había palabras para explicarlo o asimilarlo. El significado de la palabra «Universo» se abría paso entre los «oh» y los «ah» de admiración.

Uno de los periodistas que estaban a su lado dijo:

−Parece un besugo.

Otros opinaron atropelladamente. Cada cual proponía un nombre de uno de los pescados que iban a comer todas las noches, en ruidosas barras de amigos, después de la hora de cierre.

—No —dijo Sabor—. Es un salmón.

Nadie le hizo caso, y siguieron con sus suposiciones. Pero todos lo oyeron. A pesar de su timidez, Sabor sabía hacerse oír, lo había aprendido en su trabajo de profesor de clases que solían superar los cuarenta alumnos. Él mismo no se hizo mucho caso. Lo había dicho sin pensar. Pero tuvo su importancia porque un rato después, cuando estaban de regreso abajo en la redacción, hubo un flash noticioso urgente en todas las cadenas: científicos de Pensilvania trabajando con espectroscopios de tejido orgánico acababan de descubrir que el pez era un salmón.

—¡Acertaste! —le dijeron riéndose. Y como él no veía la conexión, tuvieron que recordarle que había dicho que era un salmón.

—¿Yo lo dije? —Y de inmediato, sin darse tiempo a recordarlo realmente, apurado por no pasar por un idiota—: Sí, sí, era un salmón. ¿Vieron?

Pero ¿por qué lo había dicho? Desde Pensilvania seguían explicando que el pez no se parecía en lo más mínimo a un salmón, y sin embargo los análisis a distancia, por motivos de densidad de la materia... Y entonces, ¿él cómo lo había sabido? Alguien se lo preguntó, y él se encogió de hombros. No obstante, se puso a reflexionar. Le volvieron las caras y las voces de los abuelos de Karina. ¡Ellos lo habían dicho! ¿Y cómo lo sabían? Maldijo una vez más su distracción y su mal hábito de no tomar notas mentales. Empezaba a entender que todo lo que pasaba podía tener su significado, aunque no se lo viera en el momento.

Por suerte esta vez no era tan difícil. Los viejecitos habían obtenido la información del «muchacho de al lado». A partir de ahí hubo otras relaciones interesantes. ¿No le había dicho Karina que «al lado» se había mudado días atrás un profesor Frasca? Para quien supiera algo de las aventuras de Barbaverde, era fácil recordar que Frasca era un genio científico (lamentablemente dedicado al Mal), y bien podía haber llegado a conclusiones ciertas antes que los muy subsidiados laboratorios u observatorios norteamericanos. Claro que no estaba probado que el Frasca vecino de Karina fuera el mismo Frasca famoso... Pero existía la posibilidad de que lo fuera. Incluso era probable, porque Barbaverde estaba en Rosario, y donde estaba uno estaba el otro.

Nadie, ni siquiera unos viejos despistados, habría descrito a Frasca como un «muchacho», creía Sabor; sólo lo creía, porque no tenía idea del aspecto de Frasca, nunca había visto una foto suya. Pero Frasca podía tener un asistente joven; hasta creía recordar que lo tenía. La idea le produjo una sensación instintiva de desagrado, no supo por qué. Lo supo un instante después: no le gustaba que Karina tuviera un vecino joven y simpático (a los abuelos les había caído bien de entrada), viviendo a unos metros, con acceso a ella a toda hora, por ejemplo para pedirle un saquito de té o una taza de azúcar. Sintió la urgencia de comunicarse, de volver a estar cerca él también.

¿Y qué más habían dicho los abuelos? Se exprimió el cerebro sin poder recordarlo. Pero vino en su auxilio algo que decían en un televisor, en un panel de expertos que comentaba el dato llegado de Pensilvania. Al parecer no se ponían de acuerdo, o no tenían modo de hacer el cálculo, sobre las dimensiones del salmón. Entonces sí le volvieron las palabras del viejo (o la vieja) sobre la extensión… ¿Qué habían dicho?

Interrumpiendo estas ruminaciones, se dirigió al jefe de redacción:

—Yo puedo averiguar la medida del pez.

—¿Sí? ¿Cómo?

—De la misma fuente que supe que era un salmón. Sólo tengo que hacer un llamado.

Llamó a Karina. Atendió ella, con voz encantadora.

—¿Viste que era cierto lo del pez? —le dijo Sabor.

—Sí, asombroso.

—Aquí en el diario está todo revolucionado.

—Me imagino.

—La nota sobre tu instalación la voy a dejar para mañana…

—…

—Karina, te llamo por algo bastante urgente. Después te lo voy a explicar. ¿Están tus abuelos por ahí?

—Sí.

—¿No me harías el favor de preguntarles… o quizá te lo dijeron y vos te acordás… cuánto les dijo ese muchacho vecino que medía el salmón?

—¿Qué muchacho?

Típico que preguntara eso. Repitió la pregunta, ampliando, hasta hacerse entender. Entonces hubo una larga serie de intercambios verbales en el taller, que él oía a medias, pero lo suficiente para darse cuenta de que Karina se impacientaba, y los dos abuelos hablaban a la vez. Al fin volvió a la línea:

–Me rindo. Es imposible sacarles nada coherente.

–Karina, por favor: llamá a tu abuelo. Quiero hablar yo con él.

De mala gana la joven cedió el aparato. Pronunciando con la mayor claridad, y remontándose al comienzo («Ustedes volvían de un paseo y se encontraron con el muchacho de al lado...») logró sacarle el dato que quería. Su experiencia docente había vuelto a ayudarlo.

Colgó y fue directamente al escritorio del jefe de redacción:

–El salmón mide cincuenta millones de años luz de largo.

–¿Qué? ¡Imposible! En la televisión decían que le calculaban, *grosso modo*, cincuenta mil kilómetros.

–Cincuenta millones de años luz –repitió con acento de seguridad.

–Es mucho más de lo que... muchísimo más...

–Cin-cuen-ta mi-llo-nes...

–Sí, sí, ya oí. ¿De dónde lo sacaste? ¿Es seguro?

–Es una fuente segura –dijo Sabor, ya del todo envalentonado–. Y puedo averiguar más. Tengo que irme ya mismo. Después le explico.

Todo era tan incomprensible que el jefe de redacción decidió publicarlo, y en la primera plana. Así salió, en la edición especial, y horas después de publicado lo confirmaban desde la NASA: el salmón medía realmente cincuenta millones de años luz. Fue una primicia mundial de *El Orden* de Rosario, y lanzó la brillante carrera periodística de Sabor.

V

El ojo inmóvil del Salmón, de no haber sido un círculo gelatinoso inerte del tamaño de mil soles, habría sido el único en ver el desencuentro que tuvo lugar a continuación. Porque mientras Sabor caminaba deprisa, casi corriendo, hacia el estudio de

Karina, ésta caminaba en dirección opuesta rumbo al Savoy, y sus caminos se cruzaron por calles paralelas; aunque lo hubieran hecho por la misma calle no se habrían visto, tan apurados y ensimismados iban, y tanta era la gente y el tránsito que pululaban. Era una verdadera romería. Muchos negocios ya cerrados volvían a abrir, algunas tiendas colgaban carteles pintados de urgencia anunciando liquidaciones y ofertas alusivas al gran acontecimiento, mientras que los restaurantes, bares y locales nocturnos, adecuándose al clima festivo que se vivía, inventaban menúes, tragos y variedades temáticos (el Pez, el Cosmos, el Viaje Astral). Los rosarinos comentaban: «Así debería ser siempre nuestra ciudad, este espíritu de iniciativa debería reinar siempre por amor al Progreso, y no porque el Universo lo haya querido. ¡Ojalá nos sirva de lección!».

En este laberinto de luz y sonido se desplazaban, como dos bolitas desconectadas, Karina y Sabor. La escena habría tenido una irónica simetría si ambos hubieran ido en busca del otro, pero no era tal el caso. Sabor iba a lo de Karina, mientras que ella, completamente olvidada de él, se dirigía al hotel Savoy, donde ambos habían estado esa mañana. Acudía, con prisa e interés, a un llamado del mismísimo Barbaverde. En el mensaje que le había pasado por debajo de la puerta de la habitación le había dejado su teléfono, precedido de una sinóptica exposición de sus motivos. Como se recordará, estos motivos tenían que ver con la realización de una obra artística. Casi de inmediato, el proyecto se había complicado (y enriquecido) con la inclusión del periodista y su promesa de una publicación sobre el tema. Esta publicación abría para la obra una dimensión interesante, tanto que por un instante le dio la idea de llevarla a un plano completamente conceptual: volverla una «noticia» sin soporte material. Los hechos le impidieron desarrollar la idea, y cuando recibió la llamada de Sabor anunciándole que la nota quedaba suspendida, sintió, no sin una punzada de irritación, que debía volver a los lineamientos originales. Aunque fastidiada, no podía culpar a Sabor, porque era demasiado evidente (no tenía más que levantar la vista) que los acontecimientos lo habían superado. Con lo cual lo apartó de su mente. Este llamado inesperado, ya de noche, la devolvía en masa a las preocupaciones de su trabajo, y éste tenía tantas facetas, tantos ángulos de realidad y ficción, que se absorbió totalmente en sus reflexiones al respecto.

En realidad, no había sido Barbaverde quien la llamó, aunque ella dio por sentado (erróneamente, como se verá) que la cita provenía de él. Fue la recepcionista del Savoy la que hizo la llamada. Se dio a conocer como Herminia, y dijo ser la misma que esa mañana le había informado de la reclusión del héroe en su habitación. Pues bien, al parecer, minutos antes Barbaverde había bajado al bar y al pasar frente al escritorio de la recepción le había pedido a ella que llamara a este número y conminara amablemente a la señorita Karina a hacerse presente en el hotel, donde le concedería la entrevista pedida. Sonaba perfectamente verosímil. Sin imaginarse siquiera la oscura trama en la que la estaban metiendo, Karina dejó a sus abuelos mirando la televisión, y salió sin darles muchas explicaciones.

La llamada Herminia la esperaba con impaciencia en la puerta del hotel. Su turno de trabajo había terminado, y si seguía allí era por motivos particulares. Era una mujer de cuarenta años, flaca y teñida, separada. La problemática de la mujer sola en la edad intermedia la había golpeado fuerte. Inmediatamente después de la disolución de su matrimonio había apostado todas sus fichas a una vida profesional exitosa, y su empeño habría dado frutos de no ser por la decadencia del Savoy. Ésta resultó imparable, e independiente de sus propios esfuerzos y los de sus colegas. La aparición en Rosario de nuevos hoteles portadores de conceptos de diseño moderno y servicios personalizados, cuando no se trataba de poderosas cadenas internacionales, dejó al Savoy en un nicho de reliquia cada vez más inhabitable. Dependiente de las visitas a la ciudad de chacareros de la zona y viajantes de comercio, clientela relativamente fiel pero cada año más exigua, los ingresos bastaban a duras penas para mantenerlo abierto. La falta de inversión puso en marcha el círculo vicioso de la ruina. De ahí que el sueldo de Herminia se estancara, y, en términos relativos al poder adquisitivo, bajara. Gente en sus condiciones suele ser presa fácil de la corrupción, y ella cedió sin resistencia a las propuestas del profesor Frasca.

No ignoraba, por supuesto, quién era Frasca, ni quién era Barbaverde. Sabía que representaban respectivamente al Mal y al

Bien, y sabía que en la ficción popular que los había hecho famosos, el Mal siempre resultaba vencido al final. Pero la dura experiencia de la vida le había enseñado que esas ficciones sobrevuelan la realidad sin tocarla, como una moralización aleccionadora, y en los hechos hay que dejar de lado los escrúpulos para salir adelante. De modo que cuando esa mañana a primera hora se le apareció en el hotel un joven que se presentó como asistente del profesor Frasca, y le ofreció en nombre de éste una suma suculenta a cambio de tenerlo al tanto de los movimientos de Barbaverde, no vaciló en aceptar. En ese momento ni siquiera sabía que el célebre aventurero estaba en el hotel; se había registrado la noche anterior. Lo tomó como un extra inofensivo, que en última instancia sólo podía afectar la «interna» entre los dos personajes, que después de todo eran sendos payasos de la cultura de masas.

Cuando llegaron los dos jovencitos de la mañana preguntando por Barbaverde, Herminia llamó disimuladamente al número que le habían dado. No atendió Frasca, sino el asistente con el que ella había tratado, que se llamaba Nildo. Después de consultar con su patrón, Nildo le ordenó que les dijera que Barbaverde estaba recluido en su habitación y no respondía llamados, cosa que Herminia hizo y que no le costó mucho porque era la verdad.

Las tareas de espía de Herminia empezaron ahí. Cuando los jóvenes se marcharon, siempre vigilados de cerca por ella, se encargó de recuperar las dos hojas que habían pasado por debajo de la puerta, copió los mensajes y teléfonos y se lo transmitió todo a Nildo. La orden consiguiente fue no marcharse del hotel hasta recibir nuevas instrucciones.

Por la tarde, la llegada del Pez a las cercanías de la Tierra, y el revuelo que causó, le hicieron temer que la trama quedara suspendida, y con ella su ingreso extra. No obstante lo cual se quedó después de hora (el Salmón le dio una buena excusa, porque estaban recibiendo pedidos de reserva de periodistas de Buenos Aires, y se comentaba que estaban en viaje corresponsales y científicos de todo el mundo). Y efectivamente, entonces llegaron las instrucciones, que se apresuró a ejecutar. Hasta ese momento había seguido creyendo que el duelo Barbaverde-

Frasca y el Salmón eran temas independientes, y que su super-posición era casual, pero mientras esperaba a Karina, en la vere-da, y contemplaba en el cielo la cara roja del Monstruo, tuvo la sospecha de que podía haber alguna conexión.

La vio venir de lejos. Le sorprendió a ella misma la energía hostil que la sacudió al divisarla. Le sorprendió porque no ha-bía creído tomarse tan en serio el juego.

–¿Karina? –Una sonrisa falsa–. Encantada, soy Herminia.

Subieron directamente. No hablaron, Herminia porque no quería comprometerse en caso de que la otra le hiciera pregun-tas; Karina porque iba concentrada en la entrevista que creía in-minente. Cuando llegaron al tercer piso, y a la habitación 311, Herminia se llevó la primera de las sorpresas turbadoras que la esperaban esa noche: en el panel medio de la puerta, a la altura de los ojos, había un papel sujeto con una chinche. En torpes mayúsculas trazadas con lápiz, decía: «Srta. del Mar: la espero en la terraza». A la recepcionista espía estas palabras le desbarataron las previsiones, y además la alarmaron bastante, pues significa-ban que Barbaverde estaba enterado del llamado a la artista, y lo reivindicaba como suyo. ¿O el papel lo había puesto otro, por ejemplo el joven Nildo, o el mismo Frasca, o algún otro de sus agentes operando dentro del hotel, y el famoso aventurero seguía dentro del cuarto? No tuvo mucho tiempo para especular por-que ya Karina le estaba preguntando cómo se subía a la terraza.

Obviamente, no había más que hacer que seguir escaleras arriba. El Savoy tenía una terraza, pero abandonada y no visitada por nadie. Herminia tuvo que pensar dos veces si encontraría la puertita correspondiente, y si estaría abierta. Por lo que sabía, en todo el tiempo que llevaba trabajando en el hotel nadie había su-bido a la terraza, ni había hecho mención de ella. Pero, al llegar al último piso, allí estaba la puerta, y el picaporte giró, y después venía una empinada escalera de peldaños de cemento, por la que subieron en fila. Herminia había dejado que Karina fuera ade-lante, de modo que fue ésta la primera en quedar fijada de admi-ración ante el panorama que ofrecía la noche, con el Salmón ocupando la mitad del cielo, iluminado desde abajo por la Luna, las constelaciones reordenadas en formas caprichosas alrededor de su cola, el halo rojizo que impregnaba el negro. Pero al bajar la vista, le esperaba un espectáculo no menos fantástico y, por tenerlo al alcance de la mano, mucho más interesante.

El cuadrado central de la terraza, en cuyo borde desembocaba la escalera por la que habían subido, había sido transformado en un observatorio astronómico al aire libre. A primera vista parecía real: un grueso telescopio apuntando a lo alto, una gran pantalla, una batería de monitores, una computadora de armario llena de visores, perillas y diales, puestos de trabajo individuales… Pero la leve brisa que soplaba allá arriba bastaba para hacer temblar todo este equipo, revelando, aunque casi a nivel subliminal, que era de cartulina pintada; y los brillos en las pantallas y foquitos; testigos producidos por velas encendidas colocadas atrás. Profesional del arte de la instalación, Karina no pudo sino admirar la habilidad con que se había hecho el montaje. Y sin embargo, su atención se concentró en otra cosa: los científicos que operaban el observatorio, una veintena, ocupadísimos en las computadoras, inclinados sobre los monitores, tecleando, tomando notas, todos inmóviles como en una foto… eran cigüeñas. Cigüeñas en tamaño natural, reproducidas con exquisita fidelidad, vestidas con guardapolvos blancos, algunas con anteojos encabalgados en el pico o colgando del cuello como un cordón. Karina pensó primero en el papel maché, pero las plumas eran naturales, así que supuso que serían animales reales embalsamados.

Una vez que hubo asimilado lo que tenía ante la vista, la sorpresa cedió paso al goce estético. El respeto que sentía por Barbaverde, escaso o inexistente hasta ese momento, se hizo enorme. Por más de un motivo, esa instalación llenaba todos los requisitos y exigencias, hasta las más quisquillosas, de su concepto del arte. (Ni se le pasó por la cabeza que fuera otra cosa que arte.) Tenía la atmósfera absurda, el concepto hermético, la artesanía imaginativa, el equilibrio de ilusión y representación, las dimensiones, el aire casual y momentáneo, la conmovedora fragilidad, la devoción infantil, en suma, todo lo que ella le pedía a la creación artística.

Sintiéndose una sonámbula, y hasta una especie de obra de arte ella misma (su sensación favorita) se introdujo en la representación, muy consciente de sus pasos y movimientos. La inmovilidad fantasmal de las cigüeñas hacía contraste con la muy lograda impresión de afán, de trabajo urgente, que se había conseguido con sus ubicaciones y posturas. La «utilería» era de papeles y cartones recuperados, su fabricación no había sido muy obsesiva; dejaba que la imaginación completara lo que faltaba en detalles. Tuvo cuidado de no tocar nada, por un delicioso temor a que todo se derrumbara.

Cuando la hubo recorrido en todas direcciones, empezó a preguntarse dónde estaría Barbaverde. ¿Lo habría hecho él, solo? ¿Cuánto tiempo le había llevado? La aparición del Salmón en el cielo databa de unas pocas horas, y esta instalación parecía referirse a él. Alzó la vista al Pez, y después volvió a mirar a las cigüeñas, con renovado interés. Era evidente que había una relación. En el observatorio se trabajaba estudiando al Salmón: su volumen, su trayectoria, su composición química, las alteraciones que su presencia estaba produciendo en el mundo, y quién sabe cuántas cosas más. En los observatorios de verdad debían de estar haciendo lo mismo; que aquí en la terraza del Savoy los científicos fueran cigüeñas embalsamadas, y el instrumental fuera de cartulina, no hacía más que indicar su carácter de signo.

«Srta. del Mar: la espero en la terraza.» El mensaje tomaba un sesgo irónico. O quizá… Su mirada recorrió una vez más la legión de aves congeladas, y fue a posarse en la que estaba al pie del telescopio. Notó que no estaba mirando por él. No sólo eso, sino que estaba colocada a un costado, el pico vuelto hacia sus colegas, como si hubiera dado un paso atrás y ahora invitara a otro (¿a ella?) a mirar algo que había visto en el cosmos. Sin pensarlo más, Karina fue al telescopio y aplicó un ojo, el izquierdo, al visor vertical. No se acordó que el aparato, lo mismo que todos los demás que cubrían la terraza, era de mentira. Pero debía de tener un cristal de verdad, porque cuando adaptó la pupila pudo ver con toda claridad la superficie rosa oscuro del salmón, ampliada muchos cientos de veces. La textura era suave, aceitosa, viviente, y a pesar del acercamiento, seguía pareciendo muy lejana.

Pero había algo más; en un primer momento lo creyó una aberración óptica, uno de esos puntos molestos que se introducen en la visión; pero el punto creció y tomó forma. Era una nave espacial, monoplaza, que descendía del Pez hacia Rosario a fantástica velocidad. Se alarmó de pronto, como un niño a punto de ser descubierto haciendo una travesura, y no tuvo tiempo de apartar el ojo del visor cuando el derrumbe que había temido sucedió, y hubo a sus espaldas un ensordecedor aleteo, al tiempo que sobre su cabeza se oía un chillido sobrecogedor.

VI

La simultaneidad con que suelen pasar los hechos le crea problemas al que los cuenta, que necesariamente debe ponerlos uno tras otro, uno primero y otro después. Si en la realidad pasaron al mismo tiempo, esta sucesión en el relato tiende a crear ideas falsas, y éstas a su vez pueden crear una atmósfera de improcedencia o absurdo, me temo que inevitable. Porque realmente los hechos pasan al mismo tiempo. Todo pasa al mismo tiempo, con un encarnizamiento que, si uno se pone a pensarlo, llama la atención. Y la paradoja es que todo pasa al mismo tiempo no para desmentir la historia sino para crearla.

He intercalado la breve reflexión precedente para disculparme por anticipado de alguna inconsecuencia que pueda llegar a aparecer en estas páginas, donde en adelante cada episodio estará encabezado por el consabido «mientras tanto», explícito o sobreentendido.

Pues bien, en este momento precisamente debo retroceder unos minutos, al trayecto que hacía Sabor rumbo al taller de Karina. Lo hacía con pasos tan veloces como automáticos, pensando en otra cosa. No veía nada de lo que lo rodeaba, ocupado en sus reflexiones. Tenía demasiado que pensar, pero no acertaba con el tema sobre el que debía pensar, y entonces se dispersaba en millones de átomos de pensamiento. No obstante, de ese enjambre interior se desprendió un punto preciso, que en realidad jamás habría recordado si no fuera por una circunstancia casual. El camino que había tomado, por las calles archiconocidas del centro de Rosario en el que había transcurrido su vida, lo hizo pasar por la peluquería en la que había estado esa tarde. En unas pocas horas, todo había cambiado. Ahora la ciudad estaba bajo el signo del Salmón, revolucionada, de fiesta, aunque una fiesta que tenía un relente de Fin del Mundo. No se habría dado cuenta del retorno al mismo sitio si no fuera porque al dar la vuelta en la esquina vio dos figuras saliendo de la puerta practicada en la cortina de chapa de la peluquería. Lo que las volvía conspicuas era un gran bulto que cargaban, que las obligó a unas enérgicas maniobras para extraerlo por la puertita. Aunque envuelto en una tela blanca, su forma era inconfundible: un sillón de peluquero, quizá el mismo en el que se había sentado esa tarde. Sabor se detuvo en seco, todos los sentidos alerta. Los dos peluqueros ya habían emprendido la marcha, presurosa a pesar de la impedimenta, en la misma dirección que llevaba él, que a su vez había decidido seguirlos.

Iban rápido. Sorprendía la fuerza de dos hombres mayores como los dos peluqueros para poder llevar en vilo ese aparatoso sillón, que los clientes de la peluquería (incluido Sabor) siempre habían visto como parte inamovible del edificio. Causaban toda clase de inconvenientes a los peatones que colmaban las veredas angostas de esa parte de la ciudad, y era imposible bajar a la calle por la cantidad de autos que circulaban, pero aun así se las arreglaban para avanzar. Salvo por los tropezones y protestas, nadie les prestaba mucha atención, aunque bien pensado el hecho tenía su extrañeza. No podía ser común que dos peluqueros sacaran por la noche su sillón y se lo llevaran cargando. Aunque estuvieran mudándose, no era el modo de hacerlo. Sabor sintió que él era el único que los veía, el único que había ahorrado una porción de atención del absorbente espectáculo del Salmón que tenía en vilo a la ciudad. Esta noche sería ideal para los delincuentes, si ellos no estuvieran también con la vista fija en el cielo.

Además, esos peluqueros eran toda una institución en Rosario, y siempre habían estado en el mismo local, donde el mismo par de sillones había estado fijo. Recordaba que a él lo había llevado su madre a cortarle el pelo ahí, de chico, aunque no vivían en el barrio. Esto obedeció, en su momento, a una circunstancia muy especial, una suerte de inofensiva psicosis colectiva que había poseído a Rosario durante una temporada. El punto de partida había echado raíces en una preocupación bastante común en padres, sobre todo primerizos, que es el ángulo de abertura de la mollera de los bebés. La falta de pelo en las cabecitas tan frágiles de las criaturas hace muy visible ese triángulo sobre la frente, que se ve latir y a veces abrirse inopinadamente como si el cráneo fuera a partirse en dos hemisferios. Los sufridos pediatras deben explicarles a los padres que es normal, y que las estructuras cartilaginosas se osifican con el tiempo, la mollera se suelda y la cabeza queda clausurada como la esfera dura que es durante el resto de la vida. Como tal cosa sucede a la larga, las alarmas ceden. Pero una vez llegó a Rosario un circo, de los que recorrían el interior del país, y trajo como atracción especial un «elefante enano», amaestrado e inteligentísimo, y a partir de la atención que le prestó el periodismo salieron a luz algunos datos médicos sumamente inquietantes. En efecto, el famoso elefante, tanto para quienes lo contemplaron personalmente como para los que lo vieron en fotos o por la televisión, mostraba una sorprendente (y cómica) semejanza con un enano. Pero su tamaño no era menor al de cualquier otro elefante; en realidad era una masa descomunal. Los médicos consultados por el periodismo explicaron que el gen del enanismo, gen azaroso y fugitivo como pocos, contenía una instrucción según la cual la mollera no se cerraba nunca, y de ahí la forma característica de la cabezota de los enanos. El gen es una pequeña central de información; el periodismo es lo mismo en el plano social. La conjunción causó estragos y potenció la preocupación. Los artículos y paneles televisados se multiplicaron, cada vez más apuntados al tema humano; el elefante quedó reducido a fenómeno testigo. No hubo pareja con hijo de entre cero y tres años que no tomara conciencia del peligro. Y, ya fuera por oportunismo, por broma, o por una cadena de malentendidos astutamente aprovechada, se difundió la noción de que un determinado corte de pelo en las criaturas ayudaba al cierre de la mollera, y los que sabían hacer este corte eran los hermanos peluqueros, que ya entonces tenían una prolongada historia en la ciudad. El hecho de que fueran mellizos idénticos no dejó de aportar convicción, por algún motivo mágico. El asunto fue ampliamente debatido, y no se dejó de subrayar su aspecto supersticioso. Pero los razonamientos más serios no impidieron que los padres llevaran a sus hijos, pues pensaban: «¿Qué perdemos?». Tan extraña es la ciencia, que todo puede ser cierto. Si no lo hacían, podían llegar a arrepentirse. Aunque hubiera una sola posibilidad en un millón, o en mil millones, de que el corte de pelo tuviera un efecto benéfico, un padre no podía dejar pasar esa posibilidad. Además, era un corte muy sentador, que resaltaba la gracia de las fisonomías infantiles. Por supuesto, el capricho duró lo que duran esas cosas. Un año después, había quedado archivado en el olvido, y para entonces la peluquería de los mellizos había retomado su rutina.

Al cabo de estos recuerdos, Sabor vio entrar a los peluqueros por un portal, con las mismas dificultades que habían tenido para salir, pues el sillón era verdaderamente enorme. Apresuró el paso, con la intención de tomar nota de la dirección, por si acaso podía serle útil, ahora que era periodista… Esto último, por asociación de ideas, le recordó las intenciones que lo habían llevado a la calle, y entonces se percató de una sorprendente coincidencia: la puerta que estaban franqueando los peluqueros era la de la casa donde Karina tenía su taller.

Se precipitó hacia ellos, y los encontró al pie de la escalera, jadeando y sudorosos, uno a cada lado del imponente sillón envuelto. Sabor no necesitaba nada más para iniciar la conversación, que resultó muy reveladora. No se le ocurrió otra entrada en materia que la de presentarse en relación a ellos, por tenue que fuera la conexión:

—Ustedes me cortaron el pelo.

Los peluqueros le miraron apreciativamente la cabeza. Uno de ellos dijo:

—Habrá sido uno de los dos, porque no hacemos cortes «a cuatro manos».

—Bueno, sí —rectificó Sabor con una sonrisa conciliatoria—, me expresé mal. Es que son tan parecidos…

—No es el primero que nos lo dice.

Había sido un comienzo poco feliz. Y pareció como si los ofendidos mellizos hubieran decidido dar por terminado ahí mismo el intercambio, porque bajaron la vista al sillón. Pero la visión de éste debió de recordarles el esfuerzo que les costaría izarlo por la escalera, y seguramente pensaron que no les convenía despreciar la potencial ayuda de un joven caído del cielo. De modo que volvieron a mirarlo, y uno de ellos dijo:

—Sí, tiene razon. A pesar del tiempo, reconozco la huella de nuestro famoso «corte de mollera».

Sabor pensó que era imposible tal reconocimiento a través de los miles de cortes de pelo intervinientes. Más bien debían de haberle calculado la edad. Pero lo corrigió en otro sentido:

—No. Me refería a algo mucho más reciente. Esta tarde estuve en la peluquería.

—Imposible, joven, porque esta tarde cerramos temprano.

—Justamente, señor, fui el último cliente, lo sé porque cuando había llegado a la esquina volví, y ya habían cerrado.

Los peluqueros se miraron, con lo que a Sabor le pareció un furtivo gesto de alarma.

—Tendrá que disculparnos algunas pequeñas lagunas, pero hemos tenido demasiado en qué pensar, en esta jornada histórica.

—No necesitan disculparse. Yo soy periodista, así que sé bien cómo es.

—¿Periodista? —preguntó uno, y el otro, casi al unísono:

—¿El del montgomery?

Sabor se pasó las dos manos por la prenda, que seguía llevando encima.

—¿Por qué me lo pregunta?

Le respondieron con otra pregunta:

—¿Y se puede saber por qué volvió a la peluquería? ¿Algún reclamo por el corte?

—No, nada de eso, quedé muy contento con el corte —mintió, porque en realidad no se había vuelto a mirar a un espejo—. Sólo quería preguntarles por el otro cliente que atendían junto conmigo.

—¿No dijo que usted había sido el último?

—Me refiero al anteúltimo, el que se fue mientras me cortaban a mí.

—Ah, ése.

Cansado de rodeos, quiso ir directamente al grano.

—¿Era Barbaverde?

Los dos peluqueros negaron con vehemente gesticulación, un poco exagerada.

—¡Pero por favor! ¡Cómo se le ocurre! ¿Nos ve recortando una barba verde?

Volvieron a mirarse, y a mirar el sillón.

—Pero sí, nos acordamos muy bien de usted, joven. Ahora respóndanos una pregunta, con sinceridad: ¿recibió instrucciones de venir aquí?

Los miró sin entender.

—¿Ustedes sí?

—¿Y le parece que nos habríamos tomado el trabajo de cargar con este armatoste si no fuera por un motivo trascendente? Nos pasamos toda la tarde desatornillándolo del suelo. Fue por eso que cerramos temprano. Pero ¡basta de charla! No podemos perder más tiempo. Ayúdenos a subirlo, y arriba le explicamos todo.

Y allá fueron, escalón por escalón, sudando la gota gorda. Además de ser pesado, era difícil de acomodar, y probaron mil posiciones sin encontrar ninguna más fácil que otra. Pero al fin llegaron al piso superior, y allí uno de los peluqueros se adelantó a explorar. Mientras tanto el otro, quizá aprovechando el *tête-à-tête*, cumplió su promesa de explicación, pero entre el apuro y los jadeos producidos por el esfuerzo, le salió bastante confuso. Sabor creyó sacar en limpio que Barbaverde les había mandado traer el sillón al laboratorio de su archienemigo Frasca para efectuar un corte de pelo que supuestamente salvaría al Universo. ¿Un corte de pelo a quién? Eso no lo tenían muy en claro todavía, pero no podía ser otro que el Universo mismo. Lo que les había dicho (o mandado decir) Barbaverde era que el problema suscitado por la generación del Salmón era una abertura del Todo, que era urgente cerrar. La analogía con las molleras saltaba a la vista, y los especialistas eran ellos. Pero ¿cómo cortarle el pelo al Universo? ¿Cómo hacerlo sentar en el sillón? Evidentemente, se trataba de alguna clase de metáfora. Era como si los lenguajes se mezclaran, porque lo que habían subido por la escalera no era metafórico sino real. Quizá a lo real tampoco había que tomarlo literalmente. Sabor se guardó sus interrogantes (supuso que el curso de los hechos los iría aclarando), pues el peluquero miraba a su hermano, que volvía por el pasillo.

—Encontré la puerta, pero está cerrada.

—Supuestamente —le explicó el otro a Sabor—, nos traerán la llave.

—¿Quién?

—No sabemos.

—Habrá que esperar —dijo el otro.

Miraron a su alrededor. El pasillo estaba vacío.

—Se me ocurre una idea —dijo Sabor—. Aquí vive una amiga mía. De hecho yo venía a verla porque tenía que hablar con ella. Si les parece bien, podemos meter el sillón ahí y esperar adentro.

Aceptaron, y cargaron el sillón hasta la puerta del taller de Karina, a la que llamaron. Adentro se oía un televisor a todo volumen. Sabor volvió a llamar, y aporreó la puerta hasta que se abrió y apareció la abuela, en camisón. Se la veía tan desconcertada que Sabor consideró más práctico preguntar directamente por Karina.

—No está. Salió.

No preguntó adónde había ido, porque era más urgente explicar la intromisión, disculparse por la hora, y entrar, todo lo cual se hizo sin demasiado trámite. Sólo cuando hubieron cerrado la puerta tras ellos vieron al abuelo, que se desplazaba en pantuflas y con un anticuado pijama a rayas, de franela. Sabor hizo las presentaciones.

—¡Qué parecidos son!

A partir de ahí la charla se entabló sin tropiezos. Los viejos estaban encantados con la visita, y no tenían ningún apuro por irse a dormir. Los peluqueros aceptaron una taza de té y se mostraron muy a gusto comentando las noticias que transmitía el televisor. Sabor, relajándose y tratando de poner orden en sus ideas, miró a su alrededor. El sillón de peluquería, al que le habían sacado la sábana blanca que lo envolvía para que lo vieran los ancianos, no parecía fuera de lugar en medio de los aparatos, maquetas y maniquíes que llenaban el amplio taller. Se había olvidado completamente del motivo de su visita.

VII

Y no tuvo ocasión inmediata de recordarlo porque su atención tomó un camino muy distinto. En la mirada circular que había dirigido al taller, un detalle le pareció intrigante, aun cuando su conciencia no lo registró. De modo que repitió la mirada, buscándolo… Allí estaba: colgado en un perchero en la pared había un montgomery exactamente igual al suyo: el mismo modelo, el mismo paño, el mismo color. Podía compararlos porque el suyo estaba colgado de otro gancho del mismo perchero; lo había puesto ahí al entrar, con movimientos automáticos y evidentemente sin fijarse que lo colgaba al lado de una prenda idéntica. Sabor tenía el hábito invariable de quitarse el abrigo no bien entraba a cualquier lugar. Era sensible a las diferencias de temperatura, pero además había en juego una cuestión de principios. Encontraba de la más pésima educación quedarse con el abrigo puesto cuando uno estaba en un interior. No sabía de dónde le venía. Se lo habrían inculcado de chico, junto con el resto de las reglas de los buenos modales, pero en él había evolucionado casi hasta la manía. Cuando estaba en una casa, y veía a alguien con el abrigo puesto, lo invadía la irritación y sentía un inmediato prejuicio contra esa persona. No le faltaba algo de razón, porque el gesto (o el olvido del gesto contrario, es decir el de sacarse el tapado o sobretodo) en cierto modo es agresivo para con los dueños de casa, como una negativa inconsciente a estar ahí. Lo mismo sentía cuando alguien no se desabrigaba en un café o un restaurante o una oficina. Cuando había sido profesor, esa discriminación lo había llevado a ser injusto con buenos alumnos que tenían la mala costumbre de no sacarse la campera en el aula.

¿A quién podía pertenecer ese otro montgomery colgado al lado del suyo? No era una prenda para gente mayor, y creía recordar que el abuelo de Karina había vuelto de la calle con una campera de gamuza. Quedaba Karina. Tuvo la breve fantasía de ella admirando su abrigo sin decírselo, con ojo de artista, y corriendo a comprar uno igual no bien él se hubo marchado. Era un poco absurdo, aunque no tanto, porque en su tránsito hasta aquí había visto las tiendas abiertas en frenéticas liquidaciones. No sería la primera en envidiarle la posesión de una prenda tan práctica y elegante, y en querer imitarlo. Es cierto que no tenían la misma altura, y estos dos montgomerys, por lo que podía ver, eran exactamente del mismo largo. Pero las mujeres solían comprar prendas con medidas que no eran del todo las suyas, cuando eran hábiles en reformas como debía de serlo Karina. Claro que si era recién comprado, debería estar envuelto y no colgado del perchero junto a la puerta.

La fantasía tuvo el efecto de devolverlo al recuerdo de Karina, en toda la materialidad de su cuerpo y sus movimientos. Lamentó agudamente no haberla encontrado, y se sintió culpable por no haberlo lamentado antes, obnubilado como había estado con el sillón. ¿Dónde estaría? Quiso preguntárselo a los abuelos, para lo cual tendría que interrumpir la animada charla de éstos con los peluqueros. Los miró. En la escena casi doméstica que formaba el cuarteto frente al televisor, los mellizos se veían más parecidos que nunca. Hasta vestían igual.

Ya tenía la palabra en la boca para interrumpirlos cuando se le ocurrió una solución mucho más verosímil al enigma de los montgomerys. El suyo lo había comprado en una liquidación de fin de temporada, y el día que lo estrenó, un amigo suyo, Sergio Roldán, sintió tantas ganas de tener uno que le sonsacó la dirección de la tienda, fue y se compró uno igual. A Sabor no le cayó bien, aunque tenía algo de homenaje a su buen gusto, y le molestó que los conocidos bromearan al respecto, pues parecían dos hermanos a los que la madre les compraba ropa igual, y además no se sabía quién había copiado a quién. Pero a la larga tuvo motivos para felicitarse, pues Sergio se sintió obligado a devolverle el favor recomendándolo para el puesto en *El Orden*, donde él trabajaba desde hacía años. De modo que indirectamente gracias al montgomery repetido Sabor consiguió el trabajo que tanto había anhelado. Y quiso la justicia poética que esa mañana, cuando se presentó por primera vez en la redacción del diario, enfundado en su montgomery porque era una mañana fría, descubriera que Sergio había ido a trabajar él también con el montgomery. Lo consideró un buen augurio.

Pues bien, lo que debía de haber pasado, para que los dos montgomerys terminaran juntos en el perchero de Karina, era lo siguiente. En su visita al taller esa tarde, después de cortarse el pelo, seguramente se lo había dejado olvidado; no lo asombraría esa distracción, habida cuenta del estado en que lo ponía la presencia de la bella artista. De ahí había ido al diario, donde el alboroto causado por el Salmón terminó de aturdirlo, y cuando salió, deprisa y pensando en otra cosa, había tomado del perchero del diario el que creyó que era su montgomery, y en realidad era el de Sergio.

Eso quería decir que cuando su amigo quisiera irse a su casa, no encontraría el abrigo y creería que se lo habían robado. Le pasaron velozmente por la fantasía las previsibles escenas de reclamos, investigación y sospechas, escenas que siempre son tan desagradables y dejan huellas de rencor tan persistentes, ¡todo por su culpa! Debía llamar inmediatamente a Sergio, confiando en que todavía estuviera en el diario, y aclarar el equívoco.

Se puso de pie de un salto y ahora sí interrumpió sin más la conversación, preguntándoles a los viejos dónde estaba el teléfono. Se lo señalaron y fue hacia él. Justamente en ese momento, y desde hacía un rato, estaba sonando la campanilla de un teléfono en el departamento vecino. Levantó el tubo y se lo llevó a la oreja.

—No hay tono —dijo desolado. Los otros cuatro habían dejado de hablar y lo miraban intrigados por su urgencia y nerviosismo.

—No anda, ¿vio? —dijo la vieja—. Nosotros quisimos llamar a Venado y no pudimos.

—Es que está «pasado» —dijo su marido.

—¿Cómo «pasado»?

—Karina nos explicó que comparte la línea con el vecino, y se lo van «pasando» uno a otro según lo necesitan. Pero no sabemos cómo se «pasa».

Sabor, que era de los que se ahogan en un vaso de agua, ya renunciaba a hacer la llamada, cuando uno de los peluqueros le dijo:

—Fíjese si no tiene una palanca por ahí.

Siguió con la mirada el cable hasta la caja adosada a la pared, y efectivamente ahí había una palanquita. La bajó con la punta del dedo, conteniendo el aliento (le tenía terror a la electricidad). De inmediato cesaron los llamados en el departamento contiguo y se oyó una voz en el receptor:

—¿Hola? ¿Hola? ¿Nildo?

Era una voz de mujer. La llamada era para los vecinos, y ahora tendría que hacer toda la explicación y después pedirle a esa mujer que colgara y le liberara la línea pues debía hacer él una llamada urgente. Como no supo por dónde empezar, se demoró unos segundos, y la desconocida, que por lo visto tenía mucha prisa, siguió:

—Nildo, habla Herminia. Estoy aquí en la terraza del hotel, con la chica. Pero Barbaverde no apareció.

Sabor estaba atónito. Empezaba a sospechar algo. Pero sólo atinó a preguntar.

—¿Qué chica?

—¿Y qué chica va a ser? Karina, la pintora entrometida que me mandaste llamar.

Las sospechas de Sabor se consolidaban. Decidió jugarse.

—Ah, sí, Karina. Y están… en la terraza.

Herminia le contó atropelladamente sobre el mensaje que había dejado Barbaverde en la puerta de la 311, y lo que habían encontrado en la terraza. Ella había dejado a Karina entre las cigüeñas y se había escabullido a un cuarto del último piso a llamarlo para pedir instrucciones.

«¿Y qué instrucciones le voy a dar, si yo no soy Nildo?», pensó Sabor.

Aun así, y confirmando a la sabiduría popular cuando dice que son las emergencias las que sacan a luz los recursos más valiosos y menos usados del hombre, pudo improvisar una respuesta adecuada:

—Vénganse para acá, ya mismo.

—¿Las dos?

—Sí. Subí a la terraza y traéla aquí, urgente. No tomen un taxi porque van a tardar más, con los embotellamientos que hay. Vengan caminando, pero rápido.

—¿Y si no quiere? Parecía muy entusiasmada con las cigüeñas.

—Decile que Barbaverde la está esperando en su casa, que llamó para avisar, que hubo un cambio de planes, cualquier cosa. ¡Pero rápido!

Se había ido envalentonando a medida que hablaba, y las últimas palabras le salieron en un tono autoritario que no daba lugar a réplica.

Herminia cortó y se quedó bastante perpleja. A posteriori, se daba cuenta de que no había reconocido la voz de Nildo, y en realidad esa voz no le había dicho que su dueño fuera Nildo. Tampoco le había dicho adónde debía llevar a Karina… O sí: a «su casa»… Pero ¿la casa de quién? La frase había sido «Barbaverde la está esperando en su casa», lo que era ambiguo.

De cualquier modo, no tuvo tiempo para seguir interrogándose porque en ese momento un silbido atroz, acompañado de un trueno sordo y como latente sacudió el hotel, y todo Rosario, y la hizo subir a la terraza deprisa. Llegó justo a tiempo para ver cómo las cigüeñas, que habían cobrado vida todas al mismo tiempo, levantaban vuelo en medio de un aleteo frenético. Su primer reflejo fue tratar de distinguir a Karina a través de ese tumulto. Pero el blanco de las aves en movimiento oscurecía tanto, por contraste, el negro de la noche, que sólo se veía esa especie de turbulencia de nieve. El deslumbramiento hería los ojos. Aun así Herminia se obstinaba en ver, y lo que veía eran cigüeñas formándose y disolviéndose, en un blanco casi abstracto, un blanco de radiografía. Lo más desconcertante era que la acción no se resolvía, las aves en el aire no terminaban de remontar vuelo, las figuras de la aparición parecían repetirse pero no había tiempo para la repetición, porque la escena tenía todas las características del instante, sobre todo por el fondo sonoro, que era ese chirrido de sirena creciendo y creciendo, como una ambulancia que se acercara y aun después de llegar y pasar de largo siguiera acercándose. Herminia se llevó las manos a los oídos y gritó, con una mueca de terror.

No fue la única. Todos los rosarinos al unísono estaban haciendo lo mismo.

La explicación de lo que pasaba la habían encontrado en el enrarecido y abstruso terreno de la astrofísica avanzada. La causa del accidente en cambio era fácil de entender: la nave interplanetaria monoplaza del profesor Frasca regresaba a la Tierra desde la superficie del Salmón. La excursión había sido breve, de apenas unos minutos. Aunque había despegado desde el centro de la ciudad, adonde ahora volvía, nadie la había visto irse, no sólo por la velocidad (recorría los quince kilómetros que separaban Rosario del Pez en unas centésimas de segundo) ni por su tamaño diminuto, sino porque la dirección la hacía invisible. El viaje de regreso en cambio no pasó desapercibido para nadie. Ahí es donde intervenían las condiciones cósmicas alteradas, no previstas por el profesor.

En efecto, Frasca había hecho sus cálculos como los hacía siempre, es decir en términos de masas, distancias, energía, velocidad, densidad, etcétera, términos en los que los números le obedecían. Así era como se sentía al timón de los hechos, y creía poder imponer sus condiciones. Lo que no salía de su cerebro no lo tomaba en cuenta. Como todos los villanos y sabios tenebrosos que se disputaban el dominio del mundo, estaba muy infatuado con sus poderes intelectuales, y confiaba ciegamente en ellos. Derrotado cada vez, y todas las veces, por Barbaverde, adjudicaba sus reveses a la mala suerte, y reservaba sus energías para la próxima vez, en lugar de usarlas para hacer autocrítica. No se daba cuenta de que le estaba cediendo a su rival el fecundo terreno de la realidad. En ésta, Barbaverde se movía a sus anchas, usando la improvisación.

En la inmanejable realidad, la aproximación del Salmón a Rosario, desde los profundos recesos del Universo, había producido una marea de átomos. Éstos se habían apretujado en el espacio sobre Rosario, en tal concentración que presionaron sobre la ciudad y modificaron la realidad. Uno de los efectos inmediatos fue conjugar las cuatro estaciones. Era bastante común, en Rosario como en cualquier otra ciudad, que la gente dijera «hoy es un día de primavera» en pleno invierno, si la temperatura había subido un poco; o, con menos satisfacción, «es un día de invierno» en pleno verano, si llovía y refrescaba. Todo era relativo, y esas expresiones se comprendían sin mucha explicación. Esa noche los rosarinos se la pasaban diciendo «es una noche de verano», «es una noche de invierno», a veces al mismo tiempo, y por el hábito de haber dicho tantas veces esas frases, las dejaban pasar sin buscarles un significado preciso. Pero la confusión de las estaciones debía de estar operando sobre ellos sin que lo supieran, porque junto con los hábitos lingüísticos había otros, hábitos de vida, dictados por la estación. Su acumulación antojadiza, en la inconsciencia propia del hábito, creaba ese ambiente de fiesta y recreo en el que transcurría la noche rosarina bajo el Salmón.

Ese ambiente, tan denso que «se cortaba con un cuchillo», se cortó con el regreso de la nave de Frasca. Su trayecto, en el medio saturado de átomos, y tomando a todos los átomos de espalda, produjo una rajadura del espacio-tiempo. Fue como si se abriera un cierre relámpago colosal. Como los átomos reunidos no habían sido elegidos por sus homologías, los había de todas clases. Pastor gigante, el Salmón había venido arreándolos desde los confines del Universo al modo de un rebaño invisible en el que participaba todo. O sea que había átomos viejos y nuevos, grandes y chicos, lentos y veloces, simples y complejos, en una contigüidad sin atenuantes. Había hasta átomos de agujeros negros, y átomos que nacían o que habían muerto, átomos espectrales intersectando sus órbitas con átomos de energía, átomos medusas, y oportunistas, y reflejos, y todo lo que se pudiera imaginar.

El desgarramiento produjo un silbido que aterrorizó a todos y la sacudida colateral retumbó como el trueno de los truenos. Hubo quienes pensaron que todo se venía abajo. El único consuelo era ver la cara del Salmón, iluminado por la luna, firme allá arriba. Reducida a una luz brillante, la navecilla de Frasca se hundió en el centro de la ciudad, y cuando todos esperaban una explosión, no sucedió nada. Un suspiro de alivio recorrió las calles, junto con las preguntas: ¿Qué fue eso? ¿Lo viste? ¿Fue un meteorito? Un río de partículas fluía sobre los habitantes de Rosario, y a través de ellos. Los cerebros quedaban todos agujereados, aunque con agujeritos tan sutiles que no impedían el funcionamiento (alterado) del pensamiento.

Frasca, además de ser un intrigante de primera, era bastante cobarde. Así que en la nave lo mandó a Nildo, con la excusa de que él estaba demasiado ocupado. Sin ninguna preparación aeronáutica, pero fatalmente leal, el joven obedeció, y debió asumir las consecuencias, que en su cuerpo fueron notorias, graves y permanentes.

VIII

A las once en punto se inició la transmisión del mensaje de Frasca. Había intervenido la señal de todos los canales de televisión, así que no hubo modo de no verlo. La introducción fue solemne y un poco ridícula: «Hermanos rosarinos, argentinos, terráqueos...». Nadie pensó en reírse. Se corrió la voz, y las calles se vaciaron, o se formaron mudas aglomeraciones frente a las casas de electrodomésticos que tenían televisores encendidos. De algún modo, todos intuían que había llegado el momento de la explicación tan esperada, y a esa altura tan necesaria. Pero si alguno esperaba una puesta en claro simple y directa, era porque conocía poco al sinuoso Genio del Mal.

Por lo pronto, empezó reivindicando una dudosa relación de parentesco con Charles Darwin: «He venido a completar lo que inició mi antepasado». Esa magna tarea (aunque postergaba el momento de decir cuál era) la había iniciado trayendo a las cercanías del planeta al Salmón, que él había descubierto en sus exploraciones a distancia, con aparatos de su invención. ¿Dónde había estado el Salmón, para que los telescopios nunca lo vieran y la especulación no lo sospechara? Ahí intercaló unas ironías contra la ciencia oficial y sus operadores. Ahora, con el Salmón sobre sus cabezas, esos bien financiados inútiles decían que había estado muy lejos, muy muy lejos, en los confines del Universo, casi fuera de él. Sí, plausible excusa para no haber sabido de su existencia, pero no se sostenía, porque en el Universo, para que sea Universo, todo es contiguo, y lo «muy lejos» también está «muy cerca». A nadie se le había ocurrido que el tiempo, por ser contiguo al espacio, también podía contener cosas. Antes de la formación del tiempo y el espacio (reconocía que era difícil pensarlo; pero no imposible: no había sido imposible para él) pudo (o puede, o podrá) haber algo, pero «algo» que fuera sólo «algo», todavía no determinado, las coordinadas necesarias para determinarlo estaban en vías de creación. Y sin embargo, aun tomándolo en ese estadio previo, un científico creativo, como lo era él, podía darle forma. Bastaba con reunir y concentrar la energía del pensamiento en esa oveja negra de la ciencia a la que se llama «cualquier cosa». No sólo pensarla: asumirla. Incorporarla al proceso vital de la imaginación. De ahí provenía naturalmente el Salmón, y no había que preguntarse «¿por qué un salmón?»: si se trataba realmente de cualquier cosa, caía por su propio peso la realidad tangible e indudable de un salmón, como habría sucedido con cualquier otro ser, objeto, hecho, cualidad o hasta adverbio.

Lo que hablaba en las pantallas de los televisores no era el rostro del profesor Frasca, que él se había cuidado siempre de mantener oculto de modo de preservar su anonimato y poder seguir operando inadvertido en medio de las multitudes; y aun en esta ocasión, que él proclamaba la de su triunfo definitivo, se mantenía oculto, lo que podía dar a pensar que en el fondo sabía que ninguno de sus triunfos sería definitivo, y tarde o temprano debería recomenzar con otro plan, más ingenioso, más retorcido, más oportuno. Lo único que se interponía entre él y el dominio del mundo era Barbaverde, y no podía creer que a la larga no pudiera encontrar, así fuera ayudado por el azar, la maniobra a prueba de la reacción del Bien, representado por el célebre aventurero.

La voz también estaba distorsionada, o pasada por filtros. Podría haber transmitido el mensaje sólo con el audio, pero como quiso darle una imagen que retuviera la atención del público mientras él hablaba había dispuesto una ingeniosa cara parlante generada electrónicamente. Era una cara neutra, redonda, amarilla, parecida a esas populares caritas «Smile» salvo que los labios, rojos e hinchados, eran realistas, y sus movimientos respondían al discurso, con un mínimo de retraso. Ese retraso, y lo infalible de la respuesta del movimiento al sonido, provocaba una decidida fascinación. Tanta, que quizá disminuía la atención que se había propuesto aumentar, porque, atentos a ese mecanismo, los espectadores perdían el hilo ya de por sí enredado del mensaje.

A despecho de estas lagunas, el público entendía más o menos que el profesor Frasca era un fanático del salmón, no sólo por un gusto personal del paladar sino porque, estimulado seguramente por esa preferencia, lo consideraba un alimento completo, fuente de ricas proteínas, grasas energizantes (era de los poquísimos peces que las contenían, y las suyas no producían colesterol), vitaminas, oligoelementos, y tenía el mérito suplementario de ser un alimento de lujo, detalle que levantaba el ánimo y consolidaba la autoestima del que lo consumía. El enorme Salmón suspendido sobre Rosario tenía materia suficiente para alimentar a toda la humanidad durante un lapso indefinido, o sea tanto como hubiera humanidad que alimentar.

Pero al decir esto ya estaba hablando de otra cosa, y se internaba en un campo más complejo, que tensaba la alternancia de las lagunas de atención.

¿Cómo lograr, se preguntaba retóricamente, la máxima perfección estética y funcional de un ser vivo? ¿Cómo llega la mariposa a la belleza sin fallas, o el esporangio de un hongo al microsegundo puntual de su explosión? Por el trabajo evolutivo, sin duda alguna. Su antepasado Darwin lo había descubierto y demostrado de una vez por todas. Pero sucedía que para que la evolución sucediera era preciso que los individuos murieran después de reproducirse: la muerte de los individuos era el instrumento que utilizaba la especie para perfeccionarse. Ahora bien, un simple razonamiento matemático indicaba que cuanto más rápido fuera el ciclo, más veloz era la labor evolutiva. En un siglo hay tres o cuatro generaciones de hombres, pero trescientas o cuatrocientas de mariposas. Cuanto más se acercaba la muerte a la muerte, más operaciones de selección se hacían posibles. Si uno quería aplicar esta razón a la humanidad, había que empezar por preguntarse qué era lo que hacía lenta y larga la vida; la respuesta era bastante obvia: las preocupaciones materiales. Eliminándolas, como las eliminaba una provisión gratuita e inagotable de alimento de alta calidad, la vida se aceleraba…

Si bien en algún momento de estas teorías se colaba una justificación tranquilizadora, en el sentido de que la vida en sí no se haría más corta sino que sólo lo parecería, como esas horas que por transcurrir en el placer parece que vuelan, no podía ocultar el hecho de que su propuesta era una lisa y llana multiplicación de la muerte. Habría podido ocultarlo, o mentir; pero era típico del modo en que funcionaba su mente que quisiera exhibir hasta el último detalle las razones en que apoyaba su plan, en la demencial confianza de que todos lo admirarían tanto como él. Además, podía argumentar que, ya que no se podía anular la muerte, al menos se le podía encontrar una utilidad.

Este resumen está abusivamente simplificado, porque el palabrerío con que lo adornaba Frasca no tenía fin. El mensaje duraba una hora. Había tenido motivos para decidir que durara una hora justa, ni un segundo más ni uno menos. Pero lo que tenía que decir en concreto era muy poco: que el Salmón era obra suya, y que alimentaría a la humanidad por siempre. ¿Qué más? Prefería no decir, porque ya se enterarían de todos modos, que él se reservaba el monopolio de la distribución de sus exquisitas y nutritivas fetas, ahumadas por el cosmos. Callaba asimismo que se estaba promoviendo a sí mismo a Amo del Mundo y Padre Proveedor del género humano. Así que para llenar una hora de tiempo televisivo tuvo que apelar a mil retóricas y meterse en explicaciones que nadie le había pedido y que terminaron delatando lo retorcido de su personalidad criminal. O lo habrían hecho si le hubieran prestado la atención debida.

Obviamente, el mensaje había sido grabado con antelación. Frasca no era hombre de atarse a un micrófono durante una valiosa hora justo en el momento más candente de la acción. Esa hora podía ganarla por partida doble, pues él podía estar haciendo otras cosas mientras los demás seguían paralizados frente a los televisores. Como plan era muy ingenioso, pero no había contado con la distracción y el aburrimiento de los televidentes, tan arraigados por el hábito.

A la distracción contribuyó principalmente un télex recibido en *El Orden*. Provenía de un centro espacial filipino, y anunciaba una catástrofe de proporciones incalculables, de la que, ahora, se podía señalar un culpable: Frasca. En realidad se trataba de algo tan evidente que cualquiera podría haberlo previsto: el cuerpo del Salmón se interponía en la trayectoria de la Luna, y habría una inevitable colisión. El momento de impacto sería la medianoche; faltaba poco. ¿Y qué pasaría entonces?

La noticia corrió por la ciudad, de boca en boca, o por sensores de alarma que circulaban por fuera de la televisión. Las miradas se apartaron de las pantallas y se alzaron a un espectáculo de inminencia real, reacomodándose al peligro. La Luna había subido, la cara impávida del pez brillaba cada vez más. Empezaron las especulaciones. De ser un inofensivo fanal puesto en el cielo sólo para iluminar al protagonista de la escena, la Luna se transformaba en una mortífera bola de billar lanzada a su destrucción. Ya creían verla estallando contra las escamas rosadas del monstruo, y los pedazos cayendo sobre Rosario en un bombardeo de escombros blancos. ¿Había tiempo para huir? Pero ¿huir adónde?

En la pequeña sociedad reunida en el taller de Karina, la noticia provocó emociones mezcladas. Los abuelos de la artista no parecieron ni demasiado sorprendidos ni muy preocupados;

tomaron una postura fatalista, expresada en la frase «Nosotros ya vivimos», y ni siquiera se les ocurrió lamentar la casualidad que los había llevado de su tranquilo Venado Tuerto a la ciudad del Armagedón justo ese día. Pero después de haberlo dicho debió de parecerles demasiado egoísta, porque tuvieron unas palabras de condolencia para sus nietos y biznietos, porque ellos, según sus palabras, «todavía no habían vivido». Sabor, vagamente ofendido por haber quedado fuera de estas excepciones sentimentales, no pudo menos que pensar que él tampoco había vivido todavía, aun sin ser nieto o biznieto de estos ancianos desconsiderados.

Los peluqueros, a los que hasta entonces había visto actuar de modo bastante coordinado, reaccionaron con la más marcada asimetría. Uno se puso pálido, se desencajó, le temblaron los labios y hundió la cara en las manos en una postura abatida, mientras que su hermano, con toda la calma del mundo, se puso a hacer consideraciones filosóficas. Entre otras cosas, decía que la disposición a morir, entre los ricos sobre todo, había variado mucho con el tiempo. ¿Por qué antaño un joven rico podía hacerse terrorista, o jugarse la vida a la ruleta rusa o en un duelo por alguna nimiedad? ¿Por qué podían despreciar la vida aun teniéndolo todo para gozarla? Porque tenían poco más que hacer con el dinero. En la actualidad, el perfeccionamiento del consumo les daba a los ricos tantas posibilidades que siempre, fueran cuales fueran su carácter y sus gustos, encontrarían algo que hacer con el dinero. De ahí que la vieja disposición a morir se hubiera vuelto algo excepcional o patológico.

–Pero los ricos –dijo Sabor, que se había enganchado sin querer– son una minoría.

–Es la minoría que marca el ritmo al resto de la sociedad. De algún modo, la sociedad de consumo nos hace ricos a todos.

Sabor sacudió la cabeza con desaliento. No estaba de acuerdo, pero reconocía que era imposible discutir con alguien que tenía décadas de práctica de charla. ¿Y qué quería decir, al fin de cuentas? ¿Que la vida valía la pena? Era su hermano, sumido en el horror, el que parecía pensarlo, no él. Además, si la Luna se les caía encima, no importaba la cantidad de baratijas que ofreciera en venta el mundo moderno para darle sentido a la vida, porque todos morirían igual. De cualquier modo, aun contra su voluntad, encontraba cierta verdad en las palabras del peluquero. Porque todo el episodio del Salmón tenía algo de *gadget* que la sociedad de consumo les ofrecía a los rosarinos esa noche, como una película o un jueguito electrónico al aire libre, y todos se entusiasmaban con él. Todos, realmente, ricos y pobres por igual; y el precio era que todos murieran por igual.

Frasca, o el simulacro televisivo de Frasca, seguía hablando en la pantalla. Se habían olvidado de él. La noticia del choque de la Luna con el Salmón les había llegado por teléfono. Porque al fin Sabor había logrado comunicarse con Sergio en la redacción de *El Orden*.

En realidad no lo había llamado él. Quiso llamarlo, y probó, más de una vez, pero los teléfonos del diario (que no tenía conmutador) le daban siempre ocupado. Hasta que, entre un intento y otro, el teléfono sonó. Contestó automáticamente, sin pensar que no estaba en su casa; lo recordó cuando desde el otro lado una voz masculina preguntó por Karina. Esto lo sacaba totalmente de tema, y mientras se reacomodaba mentalmente balbuceó en el receptor:

—No… No está en este momento… La estamos esperando. Viene para aquí…

Hubo una pausa, y después la voz reapareció, con una nota de asombro:

—¿Quién habla? ¿Sabor?

El asombro de Sabor se ponía precipitadamente a la altura del de su interlocutor, porque reconocía la voz de Sergio. No entendía. Era él quien estaba tratando de llamar a Sergio, y al no conseguirlo… lo llamaba Sergio a él. ¿Cómo podía ser? Los teléfonos no funcionaban así, que él supiera.

—¿Sergio? Sí, soy yo.

—Sí, soy yo —repitió el otro, y preguntó—: ¿Qué hacés ahí?

—Estaba llamándote… —En ese momento recordó que Sergio había preguntado por Karina, no por él. Eso hizo que entendiera menos todavía.

Siguió una serie de aclaraciones entrecortadas, que sería difícil poner por escrito, de las que resultó, para la inmensa sorpresa de Sabor, que Sergio era primo de Karina, o sea que, igual que ella, era nieto de la pareja de ancianos instalados en el taller. Llamaba para saber si no se habían acostado todavía, porque quería ir a saludarlos. Sabor le dijo que sus abuelos estaban levantados, mientras un alud de recuerdos y autorrevelaciones se precipitaba en su cabeza: Sergio había sido su condiscípulo desde el jardín de infantes, y él había compartido una buena parte de la vida de su familia, cuya composición conocía bien. Y recordaba con toda claridad a su prima Karina, que aunque mayor que ellos había sido infaltable en fiestas, asados y excursiones, no sólo de chicos sino hasta una fecha relativamente reciente. ¡Y él había creído conocerla esa mañana! Ella seguramente lo había reconocido y había dado por supuesto que él lo hacía también, de lo que resultaba que los diálogos que mantuvieron durante la jornada habían tenido un significado diferente para cada uno. Sintió un inmenso desaliento.

Y no había terminado de asimilarlo cuando surgió otro tema de perplejidad. Sergio le pidió que se fijara en el perchero de Karina si estaba colgado su montgomery.

—¡Precisamente por eso te llamaba! —exclamó Sabor, preparándose a disculparse. Pero Sergio no le dio tiempo:

—Ah, está ahí, menos mal. Me lo dejé olvidado hoy cuando fui a saludar a los abuelos y no los encontré. Estaba Karina sola, y no me quedé mucho porque ella esperaba a un periodista que le iba a hacer una entrevista sobre esas pretendidas obras de arte que hace, pobrecita, seguro que era un vivo que se la quería coger. No sé por qué me saqué el montgomery al entrar porque no lo hago nunca. A veces llego a casa, me pongo a mirar televisión, me llama mi vieja a cenar, ceno, después juego al chinchón con mi viejo. Y cuando me voy a acostar descubro que no me he sacado el sobretodo. Seguramente hoy me lo saqué porque había subido la temperatura, ¿no lo notaste? La tarde de invierno se volvió una tarde de primavera. Y por eso mismo me olvidé de ponérmelo cuando me fui. Y ahora cuando me fui a poner el que hay colgado en el perchero del diario me di cuenta de que no era el mío… A propósito, el que está aquí es el tuyo.

Sabor se había perdido por completo. Y sin embargo no era tan difícil. Por la tarde, Sergio había ido al taller de Karina a saludar a sus abuelos, y se había dejado olvidado el montgomery.

Había vuelto al diario sin abrigo, distraído mirando el Salmón. Ahora, cuando se marchaba del diario, había ido mecánicamente al perchero y al ponerse el montgomery que estaba colgado se dio cuenta de que no era el suyo sino el de Sabor. Acto seguido, había reconstruido sus movimientos y deducido dónde había dejado el suyo, y llamaba a Karina para confirmar que su montgomery había quedado en el taller.

—Hay un problema, Sergio. Sucede que aquí hay dos montgomerys, el tuyo y el mío. ¿Cómo puede ser que allá haya otro?

—¿En serio? ¿Dos? ¿Estás seguro?

—Los estoy viendo en este momento. —Y, en efecto, estaba mirando el perchero, donde colgaban los dos montgomerys idénticos.

—Entonces uno debe de ser el de Pipo.

—¿Pipo? ¿Qué Pipo? —Ya cuando lo preguntaba se acordó de que con la compra que había hecho Sergio no había terminado la cadena, porque otro amigo había visto a Sergio con el montgomery, le había gustado y había corrido a la misma liquidación a comprarse uno igual. Lo que no sabía era que Pipo también trabajaba en *El Orden*. Lo cierto era que había tres montgomerys, y el tercero también había entrado en el juego de intercambios. ¿O no?—. Escuchame, Sergio, el que está allá colgado en el diario debe de ser el de Pipo, no el mío.

—No, es el tuyo. Me di cuenta porque al ponérmelo metí la mano en el bolsillo y estaba la llave que traías en la mano cuando llegaste al diario.

—Eso quiere decir que yo me equivoqué y me puse el de Pipo cuando salí para venir aquí.

—Seguro. ¡Vos siempre el mismo distraído! En fin, voy para allá a buscar mi montgomery, y de paso me despido de los abuelos.

—¿Me harías un favor? Traeme el mío. Yo después le llevo el suyo a Pipo al diario.

—Okey.

—Avisale a Pipo, no vaya a creer que se lo robaron.

—No te hagas problemas. No creo que él se preocupe mucho, no es como yo que soy un obsesivo y quiero morir con mi montgomery puesto.

—¿Por qué decís eso? Nadie se va a morir.

—¿Cómo que no? ¿No te enteraste de lo de la Luna?

Ahí fue donde le dio la noticia. Cuando colgó, Sabor, todavía con el teléfono en la mano, les comunicó a los abuelos y los peluqueros que la Luna chocaría con el Salmón en media hora y todo Rosario quedaría sepultado por los escombros selenitas. Siguieron las especulaciones de uno de los peluqueros (ya transcriptas), a las que Sabor prestó atención sólo hasta cierto punto porque volvió en el pensamiento a algo que le había dicho Sergio antes de cortar: que su primicia sobre la medida del Salmón había sido confirmada, y que todos reconocían su valor: de pronto (¡y en su primer día de trabajo!) era el reportero estrella del diario; el éxito profesional no se había hecho esperar. Agregó que lo andaban buscando para que entregara su artículo, que iría en primera plana. A la pregunta de si ya lo había escrito, debió responder que no, y Sergio lo urgió a que lo hiciera sin demora: no debía dejar escapar la oportunidad. Le respondió con toda sinceridad que ya mismo se ponía a escribir.

Pero ahora, mientras el peluquero peroraba acerca de los ricos y los pobres, sobre el fondo de la voz distorsionada de Frasca en el televisor, lo asaltaba una duda. ¿Cómo debía enfocar su artículo? La idea original, de hacerlo a partir del trabajo artístico de Karina, seguía tentándolo, sobre todo porque era el modo de quedar bien con la bella instalacionista (además, se lo había prometido). Pero ¿qué hacer con todo lo que había pasado después? Quizá no era tan difícil, si se las arreglaba para meter los datos, con alguna habilidad, presentándolos como consecuencias del arte de los hechos y accidentes… Empezó a redactarlo in péctore, a buscar giros y sinónimos, a construir las frases.

IX

En el curso de la escritura mental que estaba haciendo le volvió una palabra pronunciada por Herminia durante el diálogo que habían tenido por teléfono: «cigüeña». No la había registrado cabalmente cuando la oyó, pero al recordarla, mientras trataba de ordenar los sucesos recientes, le recordó por asociación un hecho sucedido apenas media hora atrás, cuando todavía estaba en el diario y se disponía a partir rumbo al taller de Karina. Después de despedirse del secretario de redacción y ponerse el montgomery (el equivocado, según resultaba de las palabras de Sergio) no había salido directamente sino que había vuelto a subir a la terraza. Iba en busca de un fotógrafo, de los que había visto allí arriba, para que lo acompañara, pues se le había ocurrido que sería conveniente acompañar su artículo con algunas imágenes del taller, de la misma Karina y de algunas obras suyas si las tenía disponibles. Y había pensado en un fotógrafo en particular, el único que conocía: su amigo Pipo (en el momento de hacer la recapitulación se daba cuenta con asombro que sí sabía que Pipo trabajaba en el diario). Lo encontró en el borde este de la terraza, apoyado en la baranda, y tuvo que llamarlo dos veces y tocarle el hombro y después sacudírselo, tan absorto estaba Pipo mirando por el visor de su cámara con zoom. Cuando le respondió al fin, lo hizo sin dejar de mirar. Sabor le pidió que lo acompañara para sacar unas fotos. Tuvo que repetirlo, y aun así el otro seguía en lo suyo. Sabor se preguntó qué estaría viendo que le interesaba tanto. Dadas las circunstancias de la noche, lo más curioso era que no estaba apuntando al Salmón, que era la estrella del momento. Siguió con la mirada la dirección del visor de la cámara y vio allá lejos, en el mar de techos, una terraza oscura en la que brillaban (oscuramente) unos cuerpos blancos, esbeltos y extraños. Parecía un cuadro vivo surrealista, que explicaba la atracción reconcentrada del fotógrafo, porque era de esas escenas que requieren tiempo y trabajo asociativo para ser descifradas. Él, por su parte, no se consideraba a priori en condiciones de hacer el esfuerzo. Tenía demasiado apuro por seguir en lo suyo. Antes de apartar la vista notó, aunque por debajo del nivel de la consciencia, dos cosas: primero, que los seres blancos, que no parecían humanos, estaban inmóviles, pero inmóviles de modo no natural, como fijados por una foto, y eso se hacía notable por el contraste con una figura móvil (ésta sí humana, y vagamente familiar) que se desplazaba entre ellas. Y segundo, que esa terraza correspondía más o menos al sitio donde debía estar el Savoy. Pero ninguna de las dos observaciones fue procesada como era debido. Y cuando Pipo, reconociendo al fin su presencia, empezó a decirle lo que estaba viendo, seguramente con mucha más claridad que él gracias a los aumentos de su cámara, lo interrumpió:

—Necesito unas fotos. ¿Podés venir conmigo?

—No, ahora no.

Sabor insistió, y Pipo quedó en seguirlo en unos minutos. Le dio la dirección del taller de Karina. Y al reconstruir la escena caía en la cuenta de que la figura móvil que había visto entre las inmóviles le había hecho pensar en Karina, y tenía que haber sido ella. Lo confirmaba el hecho de que cuando Pipo quiso explicarle lo que veía, había alcanzado a decir antes de que él lo interrumpiera: «Es la prima de Ser...» En cuanto a los seres espectrales entre los que se movía la Karina del recuerdo, una vez que tenía la palabra clave podía decir lo que eran: «cigüeñas». Todo coincidía. Aunque esa coincidencia, por satisfactoria que fuera en el plano intelectual, seguía dejándolo todo en el aire.

A esa altura, Karina estaba llegando, seguida de Herminia. Habían atravesado algunas escenas de pavor, y muchas más de desconcierto. La espía de Frasca se había limitado a seguirla de lejos, y cuando la vio entrar por un portal se quedó esperando en la vereda de enfrente. No bien hubo transpuesto el umbral, Karina percibió un vago perfume que le recordaba algo, no sabía qué. Estiró a tientas la mano buscando el botón de la luz, pero antes de encontrarlo empezó a pasar algo horroroso. Un par de brazos de hombre la tomaron con fuerza y empezaron a arrastrarla, a la vez que la mano de uno de esos brazos le buscaba la boca para tapársela. Tarea inútil porque Karina reaccionaba al terror con una parálisis casi completa de la mente y el cuerpo, incluidos los órganos de fonación. Aun inerte, ejercía una resistencia que hizo más enrevesado el intento del desconocido de arrastrarla hacia... ¿adónde? Las piernas se trababan, los brazos ya estaban trabados, los torsos se entrechocaban, los cuerpos formaban una sola masa desarticulada que pugnaba sin conseguirlo por adquirir una forma. El único símil adecuado a una circunstancia tan angustiosamente confusa era el de un divorcio de un matrimonio de muchos años, en el que las fuerzas del tiempo y el sentimiento tiran en direcciones contrarias y sin rumbo dentro de una tormentosa tiniebla. Salvo que aquí la tiniebla no era metafórica sino muy real. Apenas si la disminuían las huellas de un resplandor que flotaba en la escalera, y hacia ella alzó los ojos Karina aprovechando que una vuelta del combate la había puesto de cara hacia ese lado. Y no había terminado de hacerlo cuando en ese gris de ultratumba se recortó una figura que venía bajando a los saltos. En una fracción de segundo estuvo sobre ellos y el olor que ya había sentido al entrar se hizo tan intenso que creyó perder el sentido. Quizá lo perdió realmente, porque lo siguiente que supo fue que la lucha proseguía sin ella, y estaba libre, y había recuperado el uso de las piernas, que le sirvieron para correr escalera arriba y seguir corriendo por el pasillo sin mirar atrás, hasta la puerta de su departamento, cuyo picaporte hizo girar con desesperación.

La sorpresa de encontrar la tertulia que se había improvisado en su taller, y las actividades en las que estaban ocupados, le hizo olvidar por un momento el accidente que había sufrido en la oscuridad de la planta baja. Todos la miraron, y nadie pareció notar ningún desarreglo especial en su ropa o su ánimo, porque los que la conocían (sus abuelos y Sabor) la saludaron sonrientes. Ella apenas si respondió, contemplando a los dos desconocidos, dos caballeros maduros que tenían la característica onírica de ser idénticos. Y lo que estaban haciendo era más raro todavía que ellos. Estaban atando con correas un gran sillón de peluquería al techo, uno de ellos subido a una escalera, el otro abajo gritándole instrucciones. Las correas eran de ella, material de una instalación; la escalera de mano también le pertenecía, y le daba a la escena un aire conocido, casi habitual: el trabajo en sus obras la obligaba a despliegues no muy distintos con objetos tan heterogéneos como ese sillón de peluquero y nudos y colgaduras; salvo que esos trabajos los hacía habitualmente en un marco museístico o de curaduría de intervención; pero los dos caballeros, por ser idénticos, participaban de algún modo del régimen de la reproducción que hacía artístico al arte.

Sabor había venido hacia ella con una gran sonrisa esperanzada, hablando volublemente. Al dirigir la mirada hacia él vio a sus abuelos sentados frente al televisor, en el que una cara de dibujo animado soltaba un discurso a todo volumen.

—Qué suerte que llegaste —le decía Sabor—. Estaba intrigadísimo por tu paradero, pero ahora todo se aclaró.

Estas crípticas palabras fueron acompañadas con un gesto en dirección a los viejos gemelos, y entonces, en una segunda mirada, Karina vio que las correas habían sido ajustadas a los bordes de la mampara circular del techo, y que en la membrana amarilla de ésta se recortaban, todo alrededor, las siluetas de nueve cigüeñas evidentemnte posadas en el exterior. ¿Eso era lo que aclaraba todo? No era una explicación muy servicial. Pero la irritación por no entender estaba matizada de un sentimiento de culpa. En tanto artista, se pasaba la vida diciendo que no había nada que entender… No tuvo tiempo de resolver esta contradicción porque recordó el peligro del que venía escapando:

—¡Me atacó alguien aquí abajo!

—¿Qué? ¿Cómo?

—¡Aquí abajo, en la puerta! Un hombre me estaba esperando. ¡Estaba oscurísimo! Me agarró… ¡Y eran dos!

Los abuelos, repentinamente muy interesados, apartaron la vista del televisor y se pusieron a hablar al mismo tiempo. ¡Ellos se lo habían dicho! ¡Se lo habían repetido hasta cansarse! Era peligroso que una chica viviera sola, no se explicaban cómo los padres le habían consentido el capricho… Karina se arrepentía de haber abierto la boca. Por suerte, Sabor se ponía de su parte (pero ella sospechaba que siempre se pondría de su parte, con un automatismo bobo que lo devaluaba un poco) y le preguntaba qué había pasado, y cómo había conseguido librarse.

—Eran dos… Me parece que se pusieron a pelear entre ellos…

Los abuelos encontraron nuevos motivos para sus exclamaciones y recriminaciones. Más para interrumpirlos que por otra cosa, Karina soltó un grito:

—¡No me fijé si me venían siguiendo! —Se volvió hacia la puerta, de la que no se había apartado, y tendió una mano hacia el grueso cerrojo de bronce (que había instalado precisamente para tranquilizar a sus abuelos). Pero no había llegado a tocarlo cuando ya sonaban unos vigorosos golpes desde afuera. Se paralizó. A Sabor se le erizaron los pelos de la nuca, pues temió que hubiera violencia. Como en una pesadilla, o una película de terror, el picaporte giró y la puerta empezó a abrirse. Karina se llevó las manos a la boca, otra vez sin poder gritar, y Sabor ya se volvía a los peluqueros para pedirles ayuda, cuando asomó la cara sonriente de Sergio, y detrás de él la de Pipo.

—¡Hola, hola!

—Ah, eran ustedes. No saben el susto que nos dieron…

Ya entraban. Sergio era el prototipo del joven risueño y sociable, siempre bromeando, siempre de fiesta. Fue directamente al perchero, sacándose el montgomery, y después de colgarlo descolgó el suyo y se lo puso, gesto que molestó a Sabor.

—¿Ya te vas? —le preguntó tratando de transmitirle sin demasiada rudeza lo inconveniente que encontraba que se pusiera el abrigo dentro de la casa. Pero Sergio, muy contento con el montgomery puesto, no tenía ninguna intención de irse; quizá lo había hecho sólo para irritar a Sabor, cuya manía debía de haber adivinado, porque era muy observador. Se dirigía a los sillones frente al televisor:

—Pipo, te presento a mis abuelos. Abuelo, abuela, les presento a mi amigo Pipo, el mejor fotógrafo de Rosario, ahora les va a hacer unos retratos, ¿no, Pipo?

Pero su amigo, después de un somero saludo a los ancianos, había ido al perchero y descolgaba su montgomery y se lo ponía, con un suspiro de satisfacción.

—Sabor, otra vez prestá más atención a lo que hacés. Vine cagándome de frío todo el camino, es una noche de invierno.

Sabor estaba pensando que definitivamente se lo hacían a propósito.

—Pero aquí adentro no hace frío, ¡por favor!

—No, aquí adentro está caldeado —dijo la abuela.

—¿Puede creer, señora —le dijo Pipo señalando a Sabor—, que este inconsciente se puso mi montgomery y me dejó en bolas…?

—¡Ufa! Ya pedí perdón. Y la culpa es de ustedes, que se copiaron.

Karina se había acercado a su primo y le preguntaba si no habían visto a nadie abajo. Hacía menos de un minuto que a ella, al entrar, la habían atacado en la oscuridad…

Sergio soltó la risa como si le hubieran contado un chiste:

—¡Estas chicas que viven solas! ¡Estas chicas modernas! ¡Los hombres malos siempre las están queriendo violar en la oscuridad!

Pipo venía hacia ellos, con la cámara en ristre. Karina los miró a uno y otro abriendo los ojos en un gesto exagerado de asombro y ofensa:

—No puedo creer… ¡No puedo creer que haya sido una broma de mal gusto…!

Pero su primo ya dedicaba toda su volátil atención a los peluqueros, que seguían atareados y no habían saludado siquiera a los recién llegados:

—¡Hola don Pepito, hola don José! —Y a Karina—: ¿Qué, les compraste el sillón? ¿El viejo y famoso sillón de las molleras? ¿Es para una obra?

—¿No te dije que acabo de entrar yo también? No sé lo que está pasando. No sé por qué vienen todos a meterse en mi taller…

Sabor, que había quedado al lado del perchero, amargadísimo por el juego perverso de los montgomerys, miraba el trío que conformaban Sergio, Pipo y Karina, y se dio cuenta de que no sólo dos de ellos tenían puestos sus abrigos, ¡sino los tres! Porque Karina, en la urgencia de su entrada y lo que que había sucedido después, había omitido quitarse el suyo. Era como si los hechos prodigiosos de la noche hubieran neutralizado la diferencia entre afuera y adentro. Venciendo cierta resistencia interior, fue hacia ellos, porque no quería quedar fuera de escena, sobre todo ante los ojos de Karina. Cuando llegó a su lado, ella le estaba diciendo a su primo:

—Tengo motivos para creer que Barbaverde está en el edificio. Además, ésas —señalando las siluetas de las cigüeñas proyectadas en la membrana amarilla— son sus cigüeñas embalsamadas… quiero decir amaestradas.

—¿Se puede subir a la terraza? —preguntó Pipo—. Querría tomarlas de cerca. —Y a Sabor—: ¿Eso era lo que querías que fotografiara?

—Entre otras cosas —dijo Sabor sin comprometerse.

—¡Barbaverde! —exclamó Sergio con impaciencia—. ¡Qué sabrán ustedes! Si está, no está…

—Supongo que la idea es quitar la mampara, que es desmontable —le decía Karina a Pipo—, así que las vas a tener a mano desde aquí.

—El plan consiste —informó Sabor—, en lanzar este sillón contra el Salmón…

—Pero ¿por qué un sillón de peluquero? ¡Dios santo!

—Si hubieras escuchado el discurso de Frasca —dijo Sabor señalando el televisor, donde el discurso seguía sin que nadie le prestara atención (los abuelos dormitaban en sus sillones)— podrías concebirlo. Su idea es que el Salmón es «cualquier cosa». Pues bien, el sillón de peluquero también es «cualquier cosa». No es más que pagarle con su misma moneda. —Siguió, improvisando, aunque improvisando con las frases que preparaba para su artículo—: Pero nunca «cualquier cosa» es realmente cualquier cosa: siempre hay sobredeterminación. Y así como el Salmón, además de ser «cualquier cosa», va a alimentar a la humanidad de aquí hasta el fin de los tiempos, del mismo modo el sillón tiene sus propiedades específicas, y yo diría que la principal es que no hay ningún objeto que haya estado en contacto con más rosarinos, y haya absorbido más energía colectiva…

Mientras tanto, ajeno a este intercambio que sucedía ante sus narices, Sergio completaba su frase:

—… si no está, está. ¿Realmente alguien puede creer todavía en esas cosas? ¡Si es un timo!

—Timo es el arte moderno —dijo Pipo.

Sabor experimentó un cruel placer al oírlo, sintiendo que eliminaba a un competidor ante los ojos de Karina. Él jamás diría tal cosa frente a una artista. Buscó su mirada sacudiendo la cabeza en un gesto que significaba: «los oscurantistas de siempre». Pero ella no le había prestado atención a Pipo; se había quedado en el «si está, no está; y si no está, está» de su primo, al que le pidió que se explicara.

Sergio estaba encantado de explicarse, aunque su nivel mental no daba para una sucesión coherente de razones. Lo que más o menos quería decir, repitiendo charlas de café que había oído, era que Barbaverde constituía un último avatar tardío, abusivo y deformado, del mito de la identidad secreta. Mito que ya había servido demasiado en la ficción, sin llegar nunca a madurar en la realidad, con el resultado de pasar de moda y quedar como uno de esos recuerdos entre grotescos y tiernos que las almas sensibles atesoran, cosas y personajes con los que se había encaprichado antaño una sociedad profana y veleidosa, y algún día llegarían a un museo, cuando se construyeran museos de sueño y viento. Se reía al decirlo, para no dar la impresión de que se lo tomaba en serio.

—¿Existe? ¡No, no existe! Es decir: ¡claro que existe! Es un taxista, o un almacenero, que de noche se pone la vieja barba postiza de berros y agarra el aerosol con el perfume a rata.

—Qué malo, qué mentiroso.

—Si al menos nos diera un objeto mágico que pudiéramos frotar y pedirle tres deseos… Pero no: él mismo es el objeto mágico, y no deja que nadie lo frote. ¡Qué va a dejar! El gran soltero, el infrotable.

—Quizá es casado. Eso nadie lo sabe.

Sergio, bajando la voz, señaló a los dos peluqueros que seguían en su trabajo:

—¿No podrían ser ellos, por ejemplo? Si todo ejemplo vale… Barbaverde y Frasca, en sus personalidades civiles.

—Tu nihilismo me da náuseas —le dijo Karina—. Vos no has visto sus obras.

—¿Y vos, las viste?

—Vengo de ver una: el observatorio astronómico de las cigüeñas.

—Me lo imagino. —Con sorna.

—No, no te lo imaginás. Hay cosas que uno no puede imaginarse hasta que no las ve.

Sergio hizo un gesto indicando que para él no valía la pena seguir hablando del tema. Pese a lo cual quiso quedarse con la última palabra:

—Lo que me inquieta es que la Luna se nos vaya a caer encima sólo para darle el gusto a ese farsante.

Observación que tuvo la virtud de hacer que Karina alzara la mirada al techo y se desinteresara de la discusión. El sillón ya colgaba bajo el centro de la mampara, y las siluetas de las cigüeñas habían empezado a circular lentamente alrededor. Los peluqueros, cumplida la primera etapa, parecían no saber cómo seguir. A ella se le despertó la conciencia de artista, y fue hacia su escalerita de mano para dar órdenes; después de todo, este dispositivo en proceso se parecía mucho a una de sus instalaciones, tanto que se preguntó si no habrían estado espiando en sus cuadernos de notas. Por lo pronto, había que quitar la mampara; los peluqueros jamás acertarían con los tornillos y grampas sin su ayuda. Subió, y para poder supervisar la operación en todo su diámetro se sentó en el sillón colgante, que giraba en el aire como había girado en el piso cubierto de pelos de la vieja barbería.

Pipo se apoderó de la escalera y montado en ella empezó a disparar su cámara hacia Karina y los gemelos. Sabor no pudo con su genio y le dijo:

—¿No te resulta molesto, sacar fotos con el montgomery puesto?

Pero en ese momento ya desplazaban la gran mampara amarilla, y el aire frío de la noche invadió el taller.

X

Lentas al principio, majestuosas, elegantísimas, las cigüeñas alzaban vuelo arrastrando al extremo de las correas el sillón, blanco como ellas, de loza y aceros cromados. Mágica cuadriga alada, remontando la diagonal espiralada de la noche, hacia el Salmón. La Luna se acercaba ominosamente a la cabeza inmóvil. ¿Llegarían antes? Sus alas batían parejas y en silencio, sobrevolando Rosario, los largos picos apuntando a su objetivo. Al menos estaban en marcha, y eran la última esperanza de un mundo amenazado.

Nuestros amigos habían subido a la terraza para verlas. Era la noche de las terrazas. El espectáculo que se desarrollaba ante sus ojos era un sueño estético. El plumoso tronco se dibujaba sobre el negro del aire, pero éste era un negro abigarrado de átomos que después de la convulsión producida por el regreso de la nave de Frasca se habían reacomodado en un muaré mutante, cuyos pliegues formaban dibujos, en negro sobre negro, paisajes con figuras, monstruos y quimeras, grescas sinuosas, filigranas fugaces, siluetas, espasmos. Era el oleaje de la tiniebla, iluminándose por transparencias nucleares. La carroza voladora hacía de punto móvil de realidad sobre este fondo de sueño.

No habrían apartado la vista del teatro aéreo si alguno de ellos no hubiera visto con el rabillo del ojo, y no les hubiera señalado a los otros, algo que sucedía abajo. El patio interior del edificio, al que daba uno de los bordes de la terraza, se complicaba en huecos y salientes de construcción azarosa, de acuerdo con las necesidades o caprichos de los sucesivos dueños de sus departamentos a lo largo de un siglo. Era un laberinto para acróbatas, al que asomaban ventanas, puertas, balcones, lavaderos suspendidos de precarias extensiones, todos en este momento llenos de gente contemplando la ascensión de las cigüeñas, y de pronto distraídos por otra cosa, hacia la que se extendían dedos señalando y gritos de sorpresa y alarma. Y no era para menos: por las enredadas cornisas se desplazaba una mujer, con los pasos lentos y sobrenaturalmente seguros de la sonámbula de medianoche en las novelas góticas. Pero ¿era una mujer? Su aspecto era truculento, sus pasos terribles, la rodeaba un aura de miedo y fatalidad. Tenía el pelo erizado formando una esfera de medio metro de diámetro, la cara blanca estaba deformada en una mueca ausente, como de un espanto pasado. La ropa, un traje sastre de empleada, parecía carcomida y deshilachada, y había perdido la simetría; esto último podía ser una impresión causada por su postura, un brazo pegado al cuerpo y el otro levantado y torcido por el codo. La desigualdad se repetía en los pies: uno apuntaba hacia adelante y el otro hacia atrás. Era como si hubiera sufrido una torsión violenta, más del alma que del cuerpo. Todos apostaban a que se caería. Y sin embargo encontraba su camino, de cornisa en alero, y aceleraba.

Era Herminia. El único que habría podido reconocerla era Sabor, pero la preocupación por Karina no le permitía pensar en nada. Apenas si esa visión terrorífica le hizo reflexionar en la posesión que podía acometer a un ser humano y obligarlo a actuar contra su voluntad y su pensamiento. Por ejemplo una mujer (por algún motivo el tema le evocaba más a una mujer que a un hombre) que estuviera haciendo sus tareas domésticas en un departamento del piso 14, y de pronto, sin motivo, fuera al balcón y se arrojara al vacío. Claro que después le encontrarían motivos, seguramente, tantos que no sabrían con cuál quedarse. Pero en su momento (en ese momento que tanto se parecía a una vieja serie de televisión en blanco y negro) no había ninguno. No había explicación. No la había tenido Karina para olvidar saltar del sillón de peluquero cuando las cigüeñas alzaban vuelo, y ya era demasiado tarde para hacerlo, flotando a cientos de metros de altura y siempre subiendo.

Pipo desvió el objetivo de la cámara hacia Herminia, que tenía algo de collage surrealista per se, sin necesidad de recortar ni pegar nada. El flash llamó la atención de los mirones en las ventanas y balcones, y empezaron a gritarles que hicieran algo, que la salvaran, pues eran los que estaban más cerca. Sabor estaba demasiado distraído para entender lo que decían, Pipo no soltaba la cámara, y Sergio se puso a gritar que a los sonámbulos no había que tocarlos ni obstruirles el paso. Así que fueron los dos peluqueros los que, a pesar de su edad, se descolgaron por la torrecilla de la azotea y se dirigieron hacia ella por esos caminos de equilibrista.

La operación de rescate habría sido emocionante, pero en ese momento se reveló que la pretendida sonámbula no era más que una maniobra de distracción. Pues, por una compuerta secreta que se cerró automáticamente a su paso, apareció Nildo. Él también tenía el pelo erizado, pero su asimetría era más pronunciada, aunque no se traducía en gestos. Éstos eran mecánicos. Había adelgazado: el choque de espalda con los átomos le había comido la materia. Y la ropa había sufrido un proceso acelerado de envejecimiento. De cualquier modo, su aspecto fue poco observado por los tres jóvenes periodistas, que centraron su atención (y sus temores) en el objeto que tenía Nildo en las manos. Era una escopeta, una delgada y elegante escopeta antigua, con herrajes cincelados, casi una pieza de museo. Pero las circunstancias y los antecedentes le daban un cariz propio de horror, como a toda tecnología anticuada que se reforma para usos novísimos o futuristas. Pues esta arma estaba cargada con una de las invenciones más mortíferas del profesor Frasca: las balas de supermorfina.

Ya se la había llevado al hombro, y apuntaba… Sabor no pudo reprimir un medio giro de su cabeza para mirar en lo alto al tiro de cigüeñas con el sillón. Se veía pequeño pero ominosamente nítido, cada cigüeña dibujada como en una porcelana china; anticipó los disparos dando en el blanco, la caída mortal… ¡Debía salvar a Karina! Y de paso al mundo. Él siempre se había tenido por un intelectual, de los que necesitan pensar varias veces lo que van a hacer, sopesar los pros y los contras, tomar notas, dejarlo para la semana que viene. Algo de eso le pasó por la cabeza, pero mientras le pasaba ya estaba en movimiento. Trepó al murete y saltó hacia Nildo. Falló, pero no tanto como para no alcanzar a tomarlo por una pierna (quemaba como el hielo) y hacerle perder el equilibrio. Hubo un rugido del Monstruo. Se revolvieron los dos en el suelo, y Sabor empezó a sentir un justificado pavor a la lucha cuerpo a cuerpo, cuando de arriba le llegó un auxilio inesperado.

Los peluqueros habían alcanzado a Herminia y habían tratado de detenerla. Pero al tocarla se había producido una reacción, y la falsa sonámbula había salido despedida por el aire. Recorrió un amplio arco para derrumbarse sonoramente sobre Nildo y Sabor. El sonido fue como el de una fritura pulverizada. Al hacer contacto, los dos seres alterados desprendieron valencias locas de protones y tuvieron unas convulsiones que Sabor aprovechó para arrebatar la escopeta y retroceder apuntándolos. Le gritó a Sergio que se acercara. Le dio el arma:

—Vigilalos, y si alguno de los dos intenta algo, disparales.

Sergio no parecía muy convencido, pero el tono imperioso de su amigo no le dejó alternativa.

La compuerta le había dado a Sabor una idea: ¿no estaría la nave de Frasca ahí adentro? Era su única oportunidad de alcanzar a Karina y salvarla. Pero los bordes de la abertura a la terraza habían quedado herméticamente cerrados tras la salida de Nildo; por lo visto, se abría por dentro. Corrió hacia la escalera para tratar de entrar por la puerta del pasillo, aunque sospechaba que también estaría cerrada. Mientras bajaba, se le ocurrió que la solución quizá estaba en su bolsillo, en la llave que Barbaverde, si había sido él, le había dado subrepticiamente en la peluquería. ¿La tenía consigo todavía? No lo verificó mientras descendía, por un viejo escrúpulo al que obedecía siempre. Él vivía en un edificio similar a éste, y el departamento de su madre estaba en el segundo piso, por lo que todos los días, varias veces al día, debía subir y bajar escaleras. Le tenía terror a las caídas, y había notado que éstas se producían más al bajar que al subir. Una prolongada reflexión sobre el tema lo había convencido de que los accidentes podían evitarse con un mínimo de atención; si uno bajaba la escalera concentrado en lo que estaba haciendo, no había peligro. El peligro estaba en hacer otra cosa mientras se bajaba, y era un peligro muy actualizable, porque nada más natural, al salir de casa y dirigirse a la calle, que abotonarse el abrigo o revisar los bolsillos para ver si no se olvidaba algo, o buscar en la agenda la dirección del sitio adonde tenía que ir. De modo que él se había impuesto la regla inflexible de no hacer otra cosa, mientras bajaba una escalera, que bajar la escalera. Así lo hizo esta vez, y sólo al llegar abajo metió la mano en el bolsillo, y sí, la llave seguía ahí. En el proceso de extraerla sintió distinta la textura del paño del montgomery, y se miró bajando la vista. Se lo veía distinto; no mucho, pero ligeramente envejecido. Lo atribuyó a la actividad atómica que había tenido lugar sobre él cuando chocaron Nildo y Herminia. Le gustaba así, aunque se prometió mirarse en un espejo de cuerpo entero más tarde. Era más elegante, más individualizado; en el futuro no se lo confundiría con los de sus amigos.

Tal como lo había supuesto, la llave abrió la puerta del laboratorio de Frasca. Entró sin más. Lo hizo con cierta aprensión, aunque esperaba encontrarlo vacío. Si Karina había interpretado correctamente el significado de los hechos del umbral tenebroso, Frasca estaba trabado en combate con Barbaverde, y esas peleas, según la leyenda, eran interminables.

En efecto, no había nadie. Parecía un centro espacial de la NASA que hubiera sido desalojado de urgencia un momento antes. Los monitores estaban encendidos, había papeles por todas partes, cáscaras de maníes, pocillos de café. No había una luz central, sino unas lámparas de pantalla de color rosa sobre los tableros y escritorios. Le costó orientarse, pero localizó al fondo, justo abajo del sitio donde calculaba que estaba la compuerta de la terraza, una plataforma elevada. Sobre ella estaba la nave, muy pequeña, con la burbuja de plexiglás que cubría el asiento volcada hacia un lado.

Subió, se sentó, cerró la burbuja y empezó a tocar todos los botones del tablero. No había muchos, cosa que no lo asombró porque siempre había pensado que las tecnologías más avanzadas, las de las fantasías de omnipotencia, se simplificaban hasta el nivel de un juguete. Uno debía de ser el correcto, nunca supo cuál: el motor se encendió, la compuerta se abrió, y cuando dio un tirón al joystick salió volando hacia arriba. Al pasar vio fugazmente a sus amigos: Pipo le sacaba una foto, Sergio lo saludaba con una mano. Pero ya salía de la cúpula de luz difusa de la ciudad, y surcaba el negro del éter. La velocidad que llevaba era asombrosa; la aguja del contador del tablero, después del salto inicial, se estabilizaba, trémula, en los cien mil kilómetros por hora. Un cálculo mental aproximado le dijo que, si el Salmón estaba a quince kilómetros de la superficie terrestre, debería llegar a él en medio segundo. Eso era muy poco tiempo. Debía actuar rápido. Tomó el timón para corregir el rumbo, aunque no parecía haber mucho que elegir porque la cara del Pez llenaba todo su campo visual. Según su reloj pulsera, eran las doce en punto, la hora de la colisión. Y efectivamente, vio a su izquierda que la Luna ya rozaba al Salmón. Pero su objetivo era otro. ¿Dónde estaba el carro alado, dónde estaba Karina? No había terminado de preguntárselo cuando advirtió que estaba muy cerca. Torció el rumbo hacia allí. Y como las cigüeñas, las alas desplegadas y los picos abriéndose y cerrándose como poderosas tijeras, se precipitaban sin disminuir la velocidad hacia el cuerpo rosado del Salmón, él entró por el mismo agujero al mismo tiempo.

Hubo una grandiosa reacomodación. El Salmón se disolvió, las cigüeñas se dispersaron en todas direcciones, las correas que las ataban al sillón tomaron vida y volaron hacia las estrellas como serpentinas, y el sillón quedó flotando, sumado al resto de la chatarra orbital. ¿Y Karina? Saltó despedida, su cuerpo esbelto girando en volteretas muy rápidas antes de emprender la caída. Fue el gran momento de Sabor, que logró maniobrar la navecilla de modo de atajar a la chica. Debió de ayudarlo la suerte, o alguna atracción oportuna, porque en la vida real nadie era tan hábil manejando una nave espacial, sobre todo alguien que lo hacía por primera vez y sin haber tenido instrucción previa; para peor, conducía con una sola mano, mientras con la otra abría la capota transparente; y todo en la fracción de medio segundo que era el lapso de que disponía. Suerte o cálculo, lo cierto es que Karina se introdujo limpiamente en la cabina.

—¡Hola!

Quedaron amontonados. La nave estaba diseñada para un solo ocupante, pero como los dos eran delgados, haciendo un esfuerzo pudieron acomodarse. Sabor trató de neutralizar las deliciosas sensaciones que le producían estos movimientos y se apresuró a cerrar, porque la temperatura exterior era de cien grados bajo cero.

–¿Estás bien?

Ella sonrió, respirando con fuerza (del piso de la nave salían chorros de oxígeno intensificado). Estaba pálida, cubierta de átomos de pies a cabeza, y más hermosa que nunca. Asintió.

–Estoy bien. ¿Y el Salmón?

Sabor apartó la vista de ella y la dirigió al exterior, donde la desaparición del gran Pez había producido un vórtice de galaxias que valsaban volviendo a sus lugares.

–No está más.

–¿Qué habrá pasado?

–Si quisiera hacerte una broma, te diría: para saberlo, tendrás que leer mañana mi artículo en *El Orden*. Pero la verdad es que no tengo la menor idea. Aunque… –sonrió él también–, a veces las bromas se hacen realidad. Seguramente se me ocurrirá algo plausible, y va a quedar registrado como «lo que pasó». Después de todo, fui el único testigo en el lugar del hecho.

–¿Qué viste?

–Lo vi desaparecer.

–Qué decepción, dentro de todo, ¿no? –dijo ella–. Entonces, ¿era un espejismo, una imagen mental?

–¡No! ¡Mirá!

Un Salmón de tamaño convencional caía frente a ellos. Parecía al alcance de la mano. Quizá era el mismo gigante que habían tenido sobre sus cabezas, sólo que transportado tan lejos como para verlo del tamaño de un Salmón normal. Pero, por supuesto, en el Universo conocido no había distancias tan grandes que hicieran ver de cincuenta centímetros un objeto que en realidad medía cincuenta millones de años luz. Más bien podía haber sucedido lo contrario. El Salmón agitaba la cola; estaba vivo, y era muy real. En sus escamas rosadas brillaban gotitas de agua, como si acabara de salir de un río. Sabor le imprimió un leve giro a la nave para seguir viéndolo, y apareció la masa redonda de la Tierra, con un punto iluminado que debía de ser Rosario. Hacia allí iba el Salmón en picada.

—Si le cae en la cabeza a alguien, lo mata.

El giro de la nave siguió, y el Universo se les mostró en toda su inmensidad restaurada. Sabor encontraba romántico el paisaje, y le pasó fugazmente por la cabeza la posibilidad de declararle su amor a Karina. Pero quizá a ella le pareciera demasiado prematuro. Quizá era mejor dejar que los hechos hablaran por sí mismos. Se conformaba con compartir con ella el momento, y éste no tendría más remedio que quedar en sus memorias para siempre. Además, debía concentrarse en el manejo del pequeño vehículo, que estaba devorando distancias sin arriba ni abajo. Lo enfocó hacia la Tierra y localizó el punto de luz, que empezó a crecer. Los átomos habían dado media vuelta y empezaban a volver al espacio desocupado por el Salmón. El muaré de imágenes en negro se deformaba en largas cintas. Karina bebía el espectáculo con sensibilidad de artista.

—Escuchame, Karina, a la distancia que estamos da lo mismo que aterricemos en un lugar u otro. ¿No querés que te lleve a París, a Nueva York, a Roma? ¿A ver el amanecer en la isla de Pascua? ¿A tomar el té en un jardín de Kioto?

Para demostrar su dominio del vuelo dio un volantazo que produjo en el plástico de la burbuja un barrido de astros funámbulos y constelaciones festivas.

Sintió que Karina sopesaba la posibilidad, tentada. Pero al fin dijo:

—Prefiero Rosario.

Y él, feliz como si todos sus deseos se hubieran cumplido:

—Yo también.

Y hacia allá volaron, desde la noche del infinito hacia la noche de Rosario. Tan rápido iban que fue como si bastara pensar en la ciudad para que apareciera ante sus ojos, ella también grande aun después de haberse embriagado con las grandezas interestelares, un vasto mar de casas y calles llenas de gente que festejaba. Al costado, el río, que seguía corriendo imperturbable. Y cuando miraban el río, vieron que el Salmón, que se les había adelantado en el descenso, caía al agua, y daba unos coletazos vivaces y se echaba a nadar.

Ya podían reconocer lugares y monumentos. Para prolongar un poco más la deliciosa intimidad con el objeto de sus sueños, Sabor hizo describir a la nave un círculo sobre el perímetro de la ciudad. Al sobrevolar la ruta que partía al sur, vieron un autito amarillo que corría a toda velocidad; a pesar de la perspectiva cenital lo reconocieron: era el Frascamóvil. El profesor derrotado huía, seguramente a incubar su rencor y sus planes en otro lado. Aunque no le sería tan fácil, porque atrás corría persiguiéndolo otro autito igual pero verde, color que lo identificaba como el Barbamóvil. Subían y bajaban las colinas hacia el horizonte lejano, minúsculos, unipersonales, el villano y el héroe, solos como siempre y siempre dispuestos a reclutar ayudantes para actualizar sus aventuras.

8 de octubre de 2004

EL SECRETO DEL PRESENTE

I

Sabor estaba enamorado. Se lo decía el viento que le enrojecía la cara y le hacía entrecerrar los ojos, se lo decían las ramas desnudas y retorcidas de los árboles del boulevard Oroño, y las nubes que se deslizaban sobre la ciudad. Se lo decía el fin prematuro de la tarde de invierno. Estaba enamorado y no era necesario que se lo dijera nadie porque ya se lo había dicho él mismo. Pero igual se lo decían las ráfagas y el frío y las horas, insistían, de la mañana a la noche, y cuando caía la oscuridad se lo repetían, íntimas y persuasivas, las voces fantásticas del corazón. Se lo decían de cerca y de lejos, en la calle y en su casa y en la redacción, se desgañitaban diciéndoselo sobre todo en las caminatas sin fin a las que lo lanzaba su inquietud. Hasta las estatuas del Monumento a la Bandera, en una convulsión comunicativa que desmentía a la piedra, se lo decían. Nadie lo sabía, porque no se lo había dicho a nadie, ¿cómo era posible entonces que todo se lo dijera? ¿O era él mismo el que se lo decía, derramándose en el silencio de las cosas, incapaz de guardar un secreto? Estaba enamorado y le dolía. Ese dolor delicioso que tomaba la forma de una ansiedad sin nombre era nuevo para él, seguía descubriéndolo y necesitaba confirmarlo en lo que le decía una cornisa o un buzón o una bicicleta: que estaba enamorado. Salía de pronto de uno de sus fantaseos ambulatorios y al asomar la cabeza a la realidad, medio ausente todavía, se lo decía la carrera de un perro o el vuelo de una paloma. Y más allá, desde lejos, se lo decían los horizontes ocultos del mundo.

La había conocido poco tiempo atrás, ese mismo otoño que terminaba, o ya había terminado. El encuentro había sido casual, y habían compartido de inmediato una aventura, en la que casi sin querer salvaron al mundo. Eso debería haberlos unido, y lo había hecho, pero después la vida siguió... Él remontaba su amor al momento en que la había visto por primera vez (¿podía ser de otro modo?). En la intensidad de una sola jornada en la que pasaron tantas cosas el sentimiento se expandió hasta colmarlo. Y sin embargo el proceso del enamoramiento comenzó al día siguiente, lento y exhaustivo. Se alimentaba del recuerdo de lo que habían vivido juntos. Las aventuras eran así: un compacto abigarrado de experiencia que creaba recuerdos multicolores, inagotables porque los recortes caprichosos del olvido y la distracción los volvían siempre distintos.

La dulzura del amor (o de sentirse enamorado) había venido en el transcurso sin accidentes que se abrió al día siguiente. Vio poco a Karina en ese período. No necesitaba verla. La tenía presente en cada minuto del día, y en cada segundo de la noche. ¿La evitaba? No podía afirmarlo, aunque quizá sí. Había ido a verla un par de veces a su taller, pero ella no estaba. Si hubiera cedido a sus impulsos, habría ido todos los días; quizá tampoco así la habría encontrado: por lo visto salía mucho, o directamente no estaba nunca. Para ser su lugar de trabajo, lo ocupaba bien poco. Aunque de ese trabajo, el arte, al que ella le daba tanta importancia, Sabor no sabía nada. Sólo sabía que no tenía nada que ver con la idea tradicional o convencional del arte, pese a lo cual cuando se dejaba llevar por la imaginación la veía pintando un cuadro, el bastidor en un caballete, ella de pie, con un delantal manchado, la paleta en la mano izquierda, el pincel en la derecha, al lado una mesita baja con tubos y frascos, absorta en el trabajo, aplicadísima, dedicada a esos esfumados y veladuras que consumían todo el tiempo del mundo, tardes enteras, librándola a su mirada de enamorado... Lamentablemente, no era de esa clase de artistas; quizá ya no quedaba esa clase de artistas, por lo menos no quedaba fuera de las películas o los cómics, de donde Sabor había sacado toda su información sobre el arte y los artistas. Ella se calificaba de posconceptual, y Sabor suponía que esta arcana especialización la obligaba a trajinar las calles y los estudios de grabación, las tiendas de electrónica, archivos, desarmaderos y quién sabe cuántos lugares más.

Pero no era cuestión de verla todo el tiempo; sobre todo porque entonces ella lo estaría viendo a él, y al llegar a ese punto una cierta timidez se apoderaba del enamorado, se cerraba como las flores temerosas de la luz. Recordaba un deseo típico de los enamorados del cine y los cómics (porque de ahí provenía, también, todo su conocimiento del amor): ver sin ser visto. No era exactamente su caso. Sólo quería ganar tiempo, conservar el secreto un tiempo más porque el secreto le hablaba y transfiguraba el mundo. ¿No era eso el amor? No se sentía preparado todavía para compartirlo.

El amor y el tiempo se entrelazaban de modo inextricable en su mente; cuando pensaba en uno, a veces estaba pensando en el otro. Por el momento, a ambos los sentía a su favor. Hay que señalar que era muy joven. De Karina no sabía la edad; sospechaba que tenía unos pocos años más que él; algo, no recordaba qué, le había hecho pensar que la había conocido de chico (después de todo, Rosario no era más que un pueblo grande), en casa de algún condiscípulo de la escuela, y entonces ella era ya una adolescente; fuera como fuera, se la veía mucho más madura, y había hecho más, era una artista de nombre afirmado en los medios vanguardistas, estaba comprometida con su trabajo, vivía para la creación. En ese aspecto, él tenía que emparejar.

Sabor no había tenido la bendición de una vocación. Su adolescencia había transcurrido en los devaneos desorientados de la mayoría, apenas mitigados por la consabida busca de la «salida laboral». La encontró, casi milagrosamente, gracias a la aventura que también le hizo encontrar el amor. Ubicado por casualidad en el centro de los acontecimientos que llevaron a la aparición y desaparición del Gran Salmón, justo cuando iniciaba una tentativa carrera en el periodismo, pudo exhibir una primicia exclusiva y valiosa. La serie de artículos que escribió entonces se publicó en primera plana y la reprodujeron diarios de todo el mundo. Su puesto en el diario quedó firme; ya era periodista.

Por suerte no hubo exigencias laborales en los días que siguieron, porque no habría podido cumplirlas; estaba demasiado concentrado en el descubrimiento y paladeo de sus sentimientos; fue lo que él llamó después su «período de amor». En los raros momentos en que pensaba en otra cosa, se preguntaba cómo haría su trabajo en lo sucesivo. La oportunidad que le había dado el azar para iniciarse no se repetiría. No todos los días sucedían aventuras que pusieran en vilo a la humanidad. Y él en realidad no sabía nada del periodismo como trabajo cotidiano y rutinario.

La primera idea, mientras persistía la excitación de los hechos de los que él fue a la vez testigo privilegiado y actor, fue que se especializara en las andanzas del célebre aventurero Barbaverde. Éste parecía haber simpatizado con el joven reportero, al punto de confiarle una parte no poco crucial en la resolución de un caso. Y para los directivos de *El Orden* no era cuestión de desaprovechar esa relación, que les podía significar primicias del mismo calibre que la que habían tenido. Se trataba de primicias de peso, pues Barbaverde siempre estaba salvando al mundo de diversas catástrofes y amenazas.

Aun así, un sentido del ahorro mal entendido los hizo vacilar. El teatro de las andanzas del célebre aventurero era todo el mundo, de modo que para hacer las cosas bien habría que poner a Sabor en un avión, o más bien en muchos aviones, y pagarle hoteles y viáticos y traslados por toda clase de sitios exóticos (y carísimos), allí donde estuviera la acción. Con la moneda nacional brutalmente devaluada por la nueva administración económica del país, la inversión sería importante; y los resultados, una incógnita. Sabor era demasiado joven e inexperimentado. Existía la probabilidad de que su éxito inicial se hubiera debido a la casualidad. De modo que, sin echarse atrás en forma explícita, dejaron el proyecto en suspenso.

Sabor, por su parte, no insistió. Al contrario: se cuidó de mantener un prudente silencio y el perfil bajo. Casi no se dejaba ver en la redacción. Cuando la sopesó en frío, la perspectiva de viajar a países y continentes lejanos lo llenó de pavor. No era para menos, porque nunca había viajado a ninguna parte, salvo una vez, con su madre, a Buenos Aires, y otra en el viaje de egresados del colegio, a Córdoba. Nunca se había subido a un avión, no hablaba idiomas, no tenía pasaporte… Y más grave que todo eso, en el momento subjetivo que estaba viviendo: los viajes lo alejarían de Karina, justo cuando estaba buscando el modo de acercarse a ella.

Por otro lado, su carrera profesional también era importante para lograr ese acercamiento. Porque no se le escapaba que tenía poco que ofrecerle a su amada. Tenía el amor, es cierto, y con eso debería bastar. Pero la realidad práctica era implacable. Cuando reclamara los derechos de su amor, quería hacerlo desde la posición del periodista reconocido y triunfante, con un porvenir sólido. Hasta entonces, sólo el primer punto estaba realizado: era periodista. Eso no se le ocurrió cambiarlo. Le había tomado el gusto a ese trabajo variado y dramático, cada día distinto, al que nada le era ajeno.

Quizá podría seguir los movimientos de Barbaverde por Internet. Probó, en un cybercafé al lado de El Cairo, pero le resultó difícil, y lo dejó para más adelante. En sus fantaseos de felicidad, ya había decidido que, cuando se casaran, Barbaverde sería el padrino.

La felicidad en sí no era un fantaseo, o no lo era del todo. Como suele suceder, se adelantaba a los hechos. La sentía en su corazón enamorado, era lo que lo hinchaba y lo hacía amar. «No puedo creer en mi buena suerte», se repetía como un estribillo en sus caminatas. Y el gran coro de las cosas le decía que era amor. La suerte era amor. La buena suerte transformaba el mundo hostil en un paraíso acogedor, y el sentimiento que producía esa transformación se llamaba Amor. La incredulidad era un accidente que había que superar. A la suerte había que ayudarla. Para llegar a creer realmente en su buena suerte debía transformarse él mismo hasta merecerla. Por lo pronto, tenía que ponerse las pilas con el trabajo y dejarse de soñar…

Una de las virtudes que le encontraba al periodismo, además del drama y la emoción que lo harían vivir a pleno, era su enciclopedismo. En efecto, el periodismo lo cubría todo, hasta lo que, por ahora, le era más ajeno. De ese modo podría anular la distancia que lo separaba de Karina, pues si había algo que ignoraba del modo más radical era el arte. Y dentro del arte, oscureciendo aún más la tiniebla, el arte que ella practicaba. De lo poco que habían hablado, él había recogido, como fragmentos de una lengua desconocida, ideas de «instalaciones», «formas conceptuales», «neodadaísmo». ¿Qué sería eso? Si alguien podía decírselo, era la información periodística, en la que confiaba como en un auxiliar mágico. Ya en el plano de la pura adivinación, sentía que esa clase de arte que practicaba la bella Karina era afín al periodismo, por aceptar como éste cualquier cosa que apareciera y que valiera la pena registrar. Llegado el momento, eso los acercaría más aún, quizá podrían trabajar juntos, triunfar juntos…

Como se ve, las reflexiones prácticas, que eran raras y fugaces, desembocaban de todos modos en el sueño general que lo embargaba. Las calles de Rosario eran el escenario de su sueño. No se decidía a terminarlo. No quería ponerle fin. Se conformaba con los despertares parciales que daban pliegues y relieves a la materia soñada, es decir el amor, claves sensibles portadoras de imágenes o asociaciones. Su favorita, por ser la más profunda y simbólica, era la que se le presentaba tarde a la noche, al final de sus intrincados vagabundeos: la puerta de la casa de Karina.

¿Cómo había llegado a ella? No sabría decirlo. Una orientación inconsciente lo llevaba hasta esa calle y hasta ese preciso punto de esa calle, ya desierta y silenciosa a esa hora. En la oscuridad, cerrada, la puerta lo encantaba y se quedaba embobado mirándola desde la vereda de enfrente. Por puro gusto de volver a verla, apartaba los ojos y los deslizaba por la fachada. Era una vieja casa de departamentos, de un solo piso de alto, ruinosa, descascarada. Las ventanas estaban cerradas, por alguna se filtraba una luz, pero el taller de Karina no daba a la calle. Diez timbres artesanales de bronce y nácar rajados y flojos se alineaban junto al marco de la puerta. Uno de ellos sonaba en el santuario de arte de su amada, quizá su sonido la sacaba de un letargo de princesa hechizada. No lo pulsaba, pero sabía cuál botón era, así como sabía qué había detrás de la puerta, el vestíbulo, la gastada escalera de mármol, la galería elevada, las puertas de los departamentos… Sentía que lo sabía todo, y se conformaba con saberlo. La puerta también le decía, con voz insinuante de sibila: «Sabor, estás enamorado».

Cuando se iba lo sobresaltó una voz llamándolo. Había dado tan por sentada su soledad que se preguntó si no estaría alucinando. Pero alguien de carne y hueso venía hacia él.

—Ah, hola, Sergio.

Su joven amigo (y ahora colega en el diario) venía caminando deprisa, y todo en él indicaba actividad y propósito, lo que hacía contraste con la vacancia onírica de los desplazamientos de Sabor. Era como si viniera de otra dimensión. Aun así, parecía dispuesto a acompañarlo, y conversar. Para él había una sola dimensión, la real y corriente en la que la gente se encuentra y se comunica.

—¿Venís de lo de Karina? —le preguntó.

Segundo sobresalto para Sabor, esta vez mezclado con el temor de haber sido descubierto. Últimamente había puesto a Karina en una órbita personal, y se le hacía difícil, de buenas a primeras, poner a otro a girar en el éter del secreto. Habría necesitado más tiempo para acomodarse a este transporte y choque de dimensiones.

De cualquier modo, Sergio no esperó la respuesta:

—No la vas a encontrar. Anda como loca con los preparativos del viaje. Sabías que se va, ¿no?

—No, no iba… ¿Qué viaje? ¿Adónde se va? —No quiso sonar muy ansioso.

—A Egipto. ¿No te contó?

¿Y cómo le iba a contar si no la había visto? Habría querido preguntarle eso, o hacerlo más sincero: ¿quién se lo iba a contar, si Karina era para él un silencio enamorado que le hablaba a través de los árboles y el viento? Tardó un momento en arrastrar a la superficie de la conciencia la palabra «Egipto», que le sonó rarísima.

Y sin embargo tenía una explicación, que surgió del relato que empezó a hacerle Sergio. Un grupo de graduados de Arqueología de la universidad había organizado un viaje de estudios a Egipto, auspiciado por la UNESCO, y Karina «se colaba».

—No sabía que hubiera una carrera de Arqueología en la universidad.

—Yo tampoco —dijo Sergio alegremente—, pero hay. Funciona en la extensión de Venado Tuerto.

Eso también era nuevo para Sabor. No sabía que la Universidad de Rosario tuviera «extensiones» en otras ciudades. ¡Había tanto que ignoraba! Sergio le dijo que habían llevado allí algunas carreras nuevas, como Técnico Dental, Diseño de Páginas Web, Arqueología… Se había hecho un convenio con los intendentes, a los que les convenía para movilizar la economía de esos pueblos muertos. El Concejo Deliberante de Venado Tuerto (al que pertenecía el abuelo de Sergio, por eso estaba tan enterado) había votado una partida para el alojamiento de estudiantes, y les daban ómnibus gratis los fines de semana para venir a Rosario a ver a sus familias. Éste era el segundo año del experimento, y para atraer alumnos daban ventajas especiales: las carreras eran breves, se podía seguir más de una al mismo tiempo, se hacía la vista gorda con las exigencias académicas, y no era necesario tener el secundario aprobado por completo. Era una ganga, sobre todo porque daban títulos oficiales, que por el momento se podían considerar rifados.

—¡Pero eso es una estafa! —exclamó Sabor, que desde el comienzo había estado en contra, y aquí encontraba una oportunidad de desahogar la sorda inquietud provocada por la perspectiva de que Karina se marchara. Sergio no compartía esta indignación moral, de cuya autenticidad quizá dudaba:

—Es el precio que hay que pagar por el progreso. Una pequeña tolerancia no le hace mal a nadie, y el día de mañana el viejo Venado puede ser un Oxford.

Pero, ya embalado, se explayó en un sentido que hacía poner en duda que la tolerancia fuera tan pequeña.

—Mi primo el Tapita… ¿lo conocés al Tapita?

—Sí.

—Bueno, el Tapita hizo las tres carreras, Técnico Dental, Diseño de Páginas Web, y Arqueología, y se matriculó sin el secundario completo. Qué digo completo. Debe materias de primer año, en realidad no hizo segundo…

—¿El Tapita? —dijo Sabor extrañado—. Pero ¡si es un vago! Cuando terminó la primaria, a los quince años, se dedicó al fútbol.

—No. Es decir, sí. Pero empezó la secundaria. Cuando entró en las inferiores de Central, el club lo anotó en un colegio, tenían un convenio con el Ministerio de Educación de la provincia, y cursó libre, por lo menos unas materias…

—¿Y con haber cursado unas materias de primer año ya pudo inscribirse en la universidad?

—Sí. Fue de la camada inicial de Venado. Él es el organizador de este viaje.

—¿No me dijiste que eran graduados?

—¿Y no te estoy diciendo que el Tapita se graduó en las tres carreras?

—Pero si estas carreras empezaron a funcionar hace dos años…

—Año y medio.

—¿Cómo puede haberse graduado?

—Él y varios más. Son carreras «cortas» —dijo Sergio con fuertes comillas y una risita.

Sabor no caía ante la magnitud de la mascarada. ¿Ese vago buscavidas semianalfabeto era Técnico Dental, licenciado en Diseño de Páginas Web… y arqueólogo? Extraña recompensa para un inútil que había terminado la primaria por hartazgo de las maestras y que ni siquiera para el fútbol había servido, porque lo echaron de Central cuando todavía estaba en la tercera, por drogas y borracheras y ausencias injustificadas a los entrenamientos.

Sergio asentía, con una sonrisa provocativa.

—Y ahora se va a Egipto.

Con lo que volvían al principio, donde Sabor encontró (pero no dijo) el dato que había reprimido hasta entonces: se iba a Egipto… con Karina.

II

En efecto, no la habrían encontrado en su casa-taller porque a esa misma hora Karina estaba en una reunión del grupo con el que viajaría.

Los hechos se habían precipitado en unos pocos días, sin darle casi tiempo a reflexionar, y acudió a este encuentro con la intención de aclarar sus pensamientos, confundidos por el vértigo de los trámites y preparativos. Esa clarificación, como veremos, no se realizó, y no por culpa de ella.

La palabra «Egipto» había llegado a sus oídos apenas una semana atrás, pronunciada por un miembro de su familia residente en Venado Tuerto. La mención vino acompañada de una sugerencia de unirse al grupo de estudio, en calidad de fotógrafa de la expedición. Saltó sobre la ocasión, sin averiguar más. Un par de llamados bastó para que contara con el visto bueno de Hugo Tapia, el arqueólogo a cargo de la organización. Le sorprendió que no hubieran pensado antes en un fotógrafo, pero bendijo esa distracción, que le daba la chance de llenar el hueco. Su interlocutor se mostró abierto a todas sus sugerencias: le parecía perfecto llevar a alguien que documentara fotográficamente el viaje, y más perfecto todavía que ella llevara, como lo propuso Karina, una cámara de video; en cambio cuando ella agregó que, al ser artista plástica, también podría dibujar planos o inscripciones, él no pareció saber de qué le hablaba. Karina lo atribuyó a lo incompleto de la comunicación telefónica.

El problema era que ya estaban adjudicados todos los pasajes que proveía el subsidio científico. Karina, que lo había previsto, dijo que ella conseguiría su propio billete, y así lo hizo. Beneficiaria habitual, para su trabajo artístico, de diversas fundaciones y órganos oficiales, incluida la Cancillería, se las arregló para conseguir una ayuda de emergencia con la que adquirir el pasaje. Diversos pequeños milagros la ayudaron, pues de otro modo habría sido imposible lograrlo en tan pocos días. Los pasó en un suspenso absorbente, prendida al teléfono, yendo a todos lados, ocupándose además de terminar, o dejar convenientemente suspendidos, compromisos en curso, disponiendo la ropa, calculando lo que necesitaría, pagando cuentas, vaciando la heladera, y las mil previsiones que exigía una ausencia de un mes.

Al fin, y dejando de lado los detalles de último momento, todo estaba listo, y fue a conocer, casi en la víspera de la partida, a sus compañeros de aventura. Fue decidida a causar buena impresión; se puso ropa seria, el pelo recogido, llevó una pequeña carpeta de fotos sacadas por ella en distintos viajes, cada una elegida para esta ocasión de modo de ilustrar sus habilidades en primeros planos de objetos, espacios abiertos y cerrados, color y blanco y negro, detalles arquitectónicos. Aunque le habían dicho que era gente joven, nadie podía serlo tanto si era egiptólogo, y la profesión ya de por sí sugería una gravedad que la amedrentaba un poco. La realidad desmintió sus previsiones.

La dirección que le habían dado correspondía a una abertura sin puerta tras la que se extendía un pasillo muy largo y tan estrecho que había que caminar de costado. Al fondo, otra abertura daba a un patio, que más bien era un terreno inculto, con pajonales y montones de tierra. La penumbra del pasillo se volvía oscuridad cerrada aquí. Creyó ver árboles frente a ella, y al costado una puerta que adivinó por un rectángulo de vidrio arriba, por el que salía una mortecina luz amarilla. ¿Sería ahí? No tuvo mucho tiempo para pensarlo porque de las tinieblas había salido bamboleándose un bulto enorme. Se heló de pavor. Era un perro, que empezó a ladrar cuando estuvo a su lado. Fue directa a la puerta, tropezando con pastos y piedras, y golpeó; no quiso perder tiempo buscando un timbre que quizá no existía, pero tuvo la suerte de que la puerta fuera de chapa y sus golpes resonaran con fuerza.

Cuando le abrieron tuvo la certeza de que se había equivocado. Tenía frente a ella a un joven de piel muy oscura, vestido solamente con un pantalón de pijama, que la miraba con gesto perdido. El pelo negrísimo le caía sobre los hombros, y junto con la barba del mismo color formaba una mata en medio de la cual se distinguían apenas dos ojitos inyectados y ausentes.

–Perdón, perdón –dijo ella con una risita tímida, pasando al personaje de la niña extraviada para hacerse un poco más verosímil ante este sujeto al que evidentemente sacaba de la cama, y que podía ser peligroso–. Creo que me dieron mal la dirección…

Iba a decir cuál dirección era, pero el sujeto la interrumpió con un «¿Eh?» revelador de lo lejos que se hallaba de toda comprensión. Él tampoco debía de saber en qué lugar de la ciudad se hallaba. Era increíble, pensó Karina, que en pleno centro de Rosario quedaran rincones salvajes como éste, ocultos tras las fachadas, para refugio de cirujas y malvivientes. En su intento de formular una pregunta comprensible, no alcanzó más que a balbucear algo; de cualquier modo quedó interrumpida por los gritos del sujeto haciendo callar con palabrotas al perro, que había seguido desgañitándose. En la pausa, Karina pensó que lo más eficaz sería pronunciar con la mayor claridad posible un nombre, el único que tenía, y ver si despertaba un eco.

–Busco al señor Hugo Tapia, pero no sé…

Increíblemente, funcionó. El indio peludo dio vuelta la cabeza y gritó:

—¡Che, Tapita, te buscan!

Se quedó esperando. Silencio. Volvió a gritar, más fuerte:

—¡Tapita, la puta que te parió! ¡Te buscan!

¿Tapita? El nombre había provocado una asociación, ligeramente alarmante, en Karina. Pero estaba demasiado aturdida y sorprendida para alarmarse de verdad. Tampoco le dieron tiempo. Una voz desde adentro dijo:

—¿Qué mierda querés ahora?

—Una mina te busca.

Sonaron risotadas, y Karina vio un movimiento. El cuerpo del que había abierto la puerta seguía obstruyéndole la visión del interior, pero su giro le permitía divisar un espacio mal iluminado, entre galpón y cobertizo, y varias personas sentadas o acostadas, que estaban volviendo las cabezas hacia ella (esto último más que verlo lo sintió). Alguien se hacía lugar junto al peludo y la miraba:

—¿Eh? ¿Qué pasa?

La misma asociación, percibida subliminalmente como una coincidencia maravillosa, se repitió en Karina ante este nuevo interlocutor. Ella había oído hablar antes de un «Tapita», y la cara que tenía enfrente le recordaba la de un chico de la calle que no muchos años antes había visto haciendo malabares en los semáforos, o vendiendo Mentitas artesanales en la peatonal.

—¿Hugo Tapia? —preguntó.

—¿Qué pasa?

Dijo su nombre y mencionó el viaje de estudios, la reunión…

Tapita tardó bastante en reaccionar. Antes la miró de pies a cabeza. Karina lo ayudó:

—Yo hablé por teléfono con usted hace una semana, para ir como fotógrafa…

Aun así le costó. Y todavía, antes de acordarse, tuvo un gesto de desconfianza:

—Pero ya repartimos los diez pasajes. —Ella se quedó momentáneamente en blanco, y él insistió, con un gesto defensivo—: No hay más.

—Yo conseguí mi propio pasaje. ¿No recuerda que hablé con usted…? Me citó hoy para una reunión…

Al fin la ficha cayó, aunque con dudas, a pesar de las cuales su actitud cambió:

—Sí, sí, pasá, flaca. ¿Podés creer que me había olvidado completamente? ¿Cómo te llamabas?

—Karina.

—Pasá, Karina. Muchachos, miren el bombón que va a venir con nosotros. —A eso hubo voces que respondieron: «¿De dónde la sacaste?», «La tenías escondida», y otras bromas que la recién llegada no registró bien. Tapita volvió a dirigirse a ella—. Qué bueno que viniste. Yo me había olvidado. ¿En serio vas a sacar fotos?

Se había sentado en el suelo. Aunque no la invitó a hacerlo, Karina se sentó también, sobre una bolsa de cereal que había por ahí. Empezaba a hacerse una composición de lugar. La reunión era muy informal. El galponcito tenía luz eléctrica, en instalación precaria, y aunque parecía ser usado como depósito también debía de vivir alguien, porque había un catre con unas mantas; sobre él fue a tirarse el que le había abierto la puerta, que debía de ser el dueño o habitante del lugar. En el centro del ambiente había un cajón de fruta cargado de botellas de cerveza, y el resto de los presentes estaban desperdigados alrededor, fumando y bebiendo de grandes vasos descartables de plástico. Además de los que la habían recibido, había dos varones más y tres chicas, todos entre los veinte y los veinticinco años.

La reunión, como le había parecido de entrada, era muy informal, y en realidad no se habló de Egipto, ni de la expedición, ni de la arqueología. No se habló de nada en especial. Parecían haber estado bebiendo desde hacía largo rato, tanto que la cerveza se había terminado; hubo sugerencias de ir a comprar más, y oscuras reticencias, y miradas significativas a Karina, quien prefirió no entender que le estaban sugiriendo que pusiera la plata para la compra.

No hubo presentaciones, a pesar de lo cual Karina terminó haciéndose una idea del grupo. El muchacho oscuro del pelo y la barba, en efecto, vivía, o pernoctaba, ahí. Se llamaba Jonathan. Una de las chicas era su novia, Yamina, que a pesar del nombre árabe era una gordita rubiona. En el curso de la deshilvanada conversación surgió el dato de que se reunían habitualmente allí porque Jonathan era el único que tenía un lugar propio. Viendo lo pobre del sitio, había que preguntarse dónde vivirían los otros; aunque no había que prejuzgar: quizá vivían en buenas casas, pero con los padres, sin intimidad para sus encuentros de trabajo. Karina había adoptado ante sí misma una postura de justificación benévola, como autodefensa ante el choque de la realidad. Después de todo, muchos de sus amigos artistas vivían en lugares semejantes.

Los otros tres hombres presentes eran Carlitos, el Cabeza (de éste nunca supo el nombre, tan arraigado estaba el uso del apodo) y Frente. Carlitos era un chico carilindo, con el pelo teñido en claritos, ropa buena. El Cabeza era feo, cabezón, rasgos asimétricos, voz cascada, gestos torpes de adolescente aunque parecía algo mayor que los otros. Frente era un típico emergente de las clases carenciadas, muy desprolijo y con malos modales: escupía todo el tiempo en el suelo y no se le entendía nada de lo que decía; en realidad los otros no hacían mucho contraste con él.

De las dos chicas, una era Yamina, a la otra le decían Pety, rubia teñida, rostro anguloso que había perdido la redondez infantil, prematuramente, porque no parecía tener más de veinte años, y cuerpo exuberante que destacaba con ropa ajustada de colores chillones.

La cuenta daba siete. Preguntó por los que faltaban, lo que produjo un desconcierto. «¿Falta alguien?» «¿Quién falta?» No se les había ocurrido preguntárselo.

—¿No eran diez?

Tapita salió de su letargo y se puso a contarlos con un dedo. A él le daban seis, pero Karina le indicó que se olvidaba de contar a Jonathan, acostado en el catre contra la pared.

—Ah sí. Uno, dos… —Esta vez sí le dio siete, porque la contó a Karina y no se contó a sí mismo. Pero de todos modos se acordó—: ¡Bonfiglio! ¿No vino Bonfiglio?

Los demás miraron alrededor.

—Qué boludo.

—Qué hijo de puta.

Carlitos aportó lo suyo: la Beba estaba trabajando y no podía venir. Y al fin alguien recordó al último miembro ausente: Marina. Al parecer, nadie la había avisado, de lo que culparon desganadamente a Frente (lo que le permitió a Karina deducir que debía de ser el novio). Y Carlitos debía de serlo de la llamada Beba, porque cuando se levantaron unas voces diciendo «No vinieron, qué boludas, qué carneras», respondió:

—No culpen a la Beba, que es la única que trabaja.

Karina se enteraría después de que trabajaba en un McDonald's. Y en efecto, los demás no tenían aspecto de trabajar en nada.

Haber puesto en claro este elenco no la iluminó gran cosa. Lo que había encontrado en la reunión difería demasiado de cualquier expectativa que pudiera haber tenido. De modo que no hacía pie. Pero como no le servía de nada seguir preguntándose dónde estaban los arqueólogos y egiptólogos que había esperado, al menos trató de entender lo que tenía ante sus ojos. Hizo algunas preguntas, de las que resultó que el subsidio de la UNESCO (diez pasajes a Egipto y otros tantos alojamientos gratuitos durante un mes en cierta excavación de ese país) había sido concedido a la Universidad del Litoral para premiar a los primeros graduados de Arqueología, carrera nueva que no se cursaba en Rosario sino en Venado Tuerto.

¿Todos ellos eran graduados?

No, ni mucho menos. Sólo lo eran Tapita y el Cabeza. Y de algunas confesiones hechas entre risas pudo suponer que «graduados» era un calificativo excesivo. Habían cursado pero no habían dado los exámenes; no habían podido constituirse las mesas por falta de profesores idóneos; como la culpa era de la universidad, por falta de presupuesto, y no de los alumnos, a éstos les habían dado de todos modos los títulos oficiales prometidos. Eso en el caso de Tapita. El Cabeza ni siquiera había cursado porque, según él, había hecho la carrera «a distancia».

—Pero a él —dijo Tapita— le interesa la arqueología, en cambio yo me la paso por las bolas. El Cabeza se leyó una bocha de libros, ¿no, Cabe? Él nos va a explicar todo.

Aunque no entró en detalles, el enigma de por qué había seguido una carrera que no le interesaba tenía su explicación: para promover la matrícula en las carreras nuevas, la municipalidad de Venado Tuerto había pensionado a los inscriptos, y Tapita había vivido gratis un año.

¿Y los demás?

Bueno, caía por su peso. Si disponían de diez pasajes, no iban a ser tan nabos de desaprovecharlos. Así que los habían repartido entre amigos y novias. Toda la barra, de modo de divertirse y pasarla bien. El panorama no era muy alentador para Karina. Sus ilusiones de una expedición científica seria y fructífera caían hechas pedazos, como había caído la vieja civilización egipcia. Se aferró a un clavo ardiente:

—¿Y Bonfiglio?

Ahí el coro fue unánime:

—¡Ése es un atorrante! ¡Qué hijo de puta! ¡Un tiro al aire! ¡No sé para qué lo llevamos! —Pero las grandes risotadas con que acompañaban estas críticas sugerían que contaban con él para completar la diversión.

A partir de ahí ya no quiso saber más. ¿Para qué? Era una farsa, y cuanto más averiguara peor se iba a sentir. Además, no tenían nada más que decirle. Eran seres demasiado primarios para tener conversación, se entendían mediante escupidas, gruñidos y puteadas. Su primer impulso fue renunciar y olvidarse de todo. ¿Qué perdía? Haciendo un veloz cotejo mental de sus planes y la realidad en que podían realizarse, se dio cuenta de que no estaba en condiciones de tirar la primera piedra. Pues al presentar (a una benévola fundación a la que ya había recurrido otras veces) su pedido de ayuda para comprar el pasaje, lo había acompañado de un proyecto de trabajo que en realidad era tan fantasioso como los títulos científicos de estos impostores. Tenía como disculpa el apuro, y más aún su intención genuina de hacer algo, si no estrictamente lo que decía el proyecto algo más o menos equivalente. No era la primera vez, y había notado que esos proyectos, en general improvisados de urgencia ante el cierre del plazo de presentaciones para una beca o subsidio, tendían a hacerse realidad en el curso del trabajo. Y si no seguían paso por paso las líneas previstas, a nadie le extrañaba. Un artista nunca se ceñía estrictamente a un proyecto; era inevitable que se transformara sobre la marcha. Con estas restricciones en mente, no se había preocupado mucho por el realismo del proyecto presentado esta vez. Sólo pensó en hacerlo verosímil y prometedor. Ahora no se acordaba de lo que había puesto (pero tenía una copia en su casa, y se propuso leerla no bien volviera). Debía de ser algo relacionado con el Egipto de los sueños y las leyendas, algo con momias, pirámides, sarcófagos…

Y al salir de su reflexión encontró que la atmósfera ya algo adormilada que reinaba en el galponcito anticipaba la fábula de Egipto. No el de los historiadores o egiptólogos sino el de los que habían hecho Egipto en el pasado remoto. Así de lejanos e inimaginables, respecto de ella, veía a estos jóvenes ignorantes e irresponsables que decían «Egicto» y no debían de saber dónde quedaba. El contraste entre lo que ella había esperado y lo que había encontrado abría un abismo donde flotaba el sueño, y un artista siempre busca el sueño.

III

Una vez en Luxor, Karina tuvo que combatir minuto a minuto la tentación de cubrirse de recriminaciones. Ya estaba ahí, y no ganaba nada con lamentarlo. Se evadía todo lo posible, una vez que encontró el modo de hacerlo, cosa que no demoró. Ya el segundo día de la instalación descubrió que había un ómnibus que pasaba a media mañana por la ruta próxima, y la llevaba al centro de la ciudad. Lo tomó a la aventura, sin más objeto que poner distancia. Volvió a la tarde, un tanto tranquilizada. Un brote de optimismo le hizo pensar que si había encontrado esa módica vía de escape, encontraría otras, y la estada se le haría más soportable. Pero no fue así. Ese destartalado vehículo en su paso cotidiano fue la única salida que encontró a la deplorable situación en que se había metido, y siguió recurriendo a él. Tenía el inconveniente, que no tardó en revelársele, de que las horas que le permitía alejarse de sus indeseables compañeros, éstos las empleaban en dormir. Poco después de su regreso, con la caída de la tarde, empezaban a despertarse, y a hacerle sentir su presencia. Y además, debía confesarse que esas horas de soledad en Luxor Centro no le brindaban los estímulos espirituales que habría necesitado para compensar. Vagar por las calles, bajo un sol abrumador, era deprimente; no había cafés donde meterse a hacer tiempo, ni cines, el único museo estaba cerrado por reformas, no encontró ningún centro comercial, y los hoteles buenos estaban lejos, sobre el Nilo, inaccesibles sin auto, lo mismo que las famosas ruinas. De hecho, no habría vuelto si no hubiera encontrado un local de Internet. Era un tinglado de chapa, donde se asaba, las máquinas eran viejas y lentas, pero al mediodía estaba vacío, y dentro de todo, en su desolación, era un contacto con el mundo. La primera vez mandó mensajes a todos sus conocidos, y hasta a algunos desconocidos, tratando de disimular la angustia, aunque no tanto. Al día siguiente volvió a ver si había respuestas, y aunque trató de moderar la ansiedad, la decepcionó lo escasas y desganadas que fueron. Se lo explicó (y sus mismos corresponsales se lo explicaban) porque ellos allá en Rosario seguían con sus rutinas habituales, y no les pasaba nada especial, y además habían transcurrido unos pocos días de su partida (aunque a ella le parecía una eternidad); era un efecto habitual de la comunicación entre los viajeros y los que se quedaban en casa. Eran éstos los que reclamaban noticias. Pero ¿qué podía decirles? ¿Que estaba en un sitio inmundo, sin nada que hacer ni que ver, rodeada de bárbaros e idiotas? No quería ponerse en el papel, tan provinciano, del que no sabe apreciar lo distinto, y no viaja más que para añorar lo habitual. Después de todo, estaba en Egipto… Pero lo cierto era que lo único que había encontrado en Egipto era una pantalla de monitor a través de la cual aferrarse a lo habitual, aunque más no fuera para no perder la razón.

Pasó unos días en esas alternancias de esperanza y decepción, hasta que esta última se impuso. Después de los primeros mensajes, que habían sido apenas notificaciones de recepción, acompañados de unos sosos augurios («te felicito por la aventura», «cómo estarás disfrutando», «cuánto vas a tener que contar») dejaron de escribirle. Tenían su justificación: todos estaban trabajando, ocupados en sus cosas, envidiándole su libertad y el privilegio de hallarse en esa exótica cuna de la civilización. Y además no tenían nada que decirle. ¿Por qué le iban a escribir?

En su desesperación, para prolongar un poco las sesiones, empezó a abrir y leer las publicidades que le llegaban; habitualmente las borraba sin mirar; ahora le daban algún consuelo, esas ofertas vanas de bungalows para armar, bases de datos, vajilla de teflón o cruceros a Ushuaia. Fue así como abrió un mensaje que por el remitente había tomado por una publicidad de un producto gastronómico («sabor»), y encontró para su sorpresa que era personal. Empezaba con una larga explicación de por qué no había podido verla antes de su partida, la amargura de no haberse despedido, la pena que le causaba su ausencia tan repentina… Intrigada, hizo correr el texto hasta el final para ver la firma. ¿«Sabor»? Era un nombre, evidentemente. Pero ¿de quién? Volvió arriba y siguió leyendo. Era bastante confuso, como esos diálogos que uno entabla con un desconocido que nos conoce y que da por sentado que uno lo conoce. Karina sintió la cruel ironía de la situación: con hambre y sed de comunicarse, lanzaba mil botellas al mar, y la única respuesta que recibía era la menos adecuada para iniciar una conversación. ¿Qué decirle a «un desconocido que la conocía»? Ya le había pasado antes y sabía lo incómoda que era esa asimetría. Habría renunciado ahí mismo, pero había seguido leyendo por inercia y la mención del diario *El Orden* hizo una pequeña luz. ¿No trabajaba en *El Orden* el periodista con el que meses atrás había compartido un raro incidente? En aquella ocasión no le había preguntado el nombre, y si él se lo había dicho no lo había registrado (aunque lo más probable era que no se lo hubiera dicho, porque un nombre tan ridículo era más para ocultarlo que para lucirlo). De modo que no podía estar segura de que fuera el mismo. Pero no tenía importancia.

El mensaje de «Sabor» (no podía pensar el nombre sino entre comillas) era afectuoso, largo, se proponía como un primer contacto para seguir escribiendo. Karina lo tomó como un cable a tierra. A veces el auxilio en la más negra noche venía de donde menos se lo esperaba. Volvió al pasaje donde se mencionaba el diario y vio que le proponía que le mandara sus impresiones de viaje, para publicarlas. Acompañaba la idea con diversas alternativas: ella podía mandarle texto escrito, todo lo que quisiera, en cuyo caso se publicaría con su firma. Pero como suponía que en el vértigo de las actividades no tendría tiempo o ganas de escribir, podía limitarse a notas o datos, y él se encargaría de redactar el artículo, extendiéndolo con material descargado de la Web (agregaba que había estado navegando y había encontrado mucho sobre Egipto, antiguo y moderno). Si era así, podía salir firmado por los dos, aunque él se ofrecía a firmarlo con el nombre de ella solo, y la misma opción valía para el pago, que podían compartir, ya fuera mitad y mitad o en el porcentaje que ella creyera justo, o bien podía cobrar ella sola, ya que él cobraba sueldo como redactor, y lo que tuviera que hacer en este caso era parte de su trabajo corriente. Respecto del cobro, trepando a una rama más alta en el árbol de las alternativas, se extendía sobre la orden de pago, la factura, y hasta le preguntaba si estaba inscripta en el IVA (y que por favor le fuera adelantando el número de Cuit). Era un verdadero obsesivo, pero generoso y bien dispuesto. Sin pensarlo, Karina se apresuró a responder. Aceptaba la propuesta, y con mucho gusto, no podía decirle con cuánto gusto; realmente no podía, o mejor dicho no quería revelar hasta qué punto se había equivocado al viajar y qué desesperada estaba por un contacto humano civilizado, y cuánto dependía de él; pero para asegurarse de que le respondiera (era lo único que le importaba) encareció su entusiasmo con la idea, y agregó que tenía mucho que contar… Mentía, por supuesto, y se dio cuenta de que tendría que seguir mintiendo si quería que esta correspondencia se mantuviera. Porque en realidad de Egipto no tenía nada que contar; la compañía en que se hallaba, toda su circunstancia, era un asunto demasiado patético o ridículo para ser contado.

Cuando terminaba el mensaje y empezaba a pensar la fórmula de despedida se le ocurrió que lo que había escrito no ameritaba una respuesta: el tal «Sabor» se quedaría esperando sus supuestas notas, y a ella le corrió un escalofrío de pensar que al día siguiente no encontraría ningún mensaje; no lo soportaría.

De modo que, en lugar de despedirse, improvisó el esbozo de la primera crónica. Así se aseguraba de que él le escribiera; se lo pedía explícitamente: quería saber si iba por buen camino, si él lo prefería más adornado, más poético, o por el contrario más seco, si los temas que elegía eran de los que podían interesar a los lectores del diario; en todo eso dependía de la guía de él, al que suponía experimentado profesional del periodismo. Lo que le mandaba ahora era apenas un borrador, una prueba, para que él fuera calibrando la metodología de la colaboración que emprendían.

Lo amenazaba con no volver a escribirle si no recibía una respuesta inmediata. Perentoria. Firmó con una K. Muy satisfecha, cliqueó «send». Sólo después de que el mensaje hubo desaparecido de la pantalla pensó en lo que había escrito, y se dio cuenta de que lo había hecho tan rápido, tan sin pensar, o pensando tanto en otra cosa (¿en qué?, no habría podido responder) que no recordaba bien lo que había puesto. Había pasado sin intermediaciones de la mente en blanco a una superposición atolondrada de «cualquier cosa», y ahora regresaba al blanco. Más tarde le volvieron algunos párrafos, que había disfrazado de «notas» tomadas en el curso de la expedición, ya que este formato disimulaba la invención y verosimilizaba los saltos sin transición racional. Había recurrido, en la prisa del automatismo, a evocaciones de lecturas infantiles (la abertura de la cámara secreta de Horus, los ritos médicos de los sacerdotes de Osiris, los vuelos sobre el desierto), de documentales de televisión (chacales, cocodrilos, lotos), y fotos… Con estas últimas se le había hecho más fácil: no tuvo que acudir a la memoria, al contrario. «Sabor» le sugería que le enviara material para ilustrar los artículos; buscó en el bolso y sacó la cámara; la llevaba encima no tanto para usarla (no había sacado una sola foto desde su llegada) como por precaución: temía que si la dejaba en el campamento sus inescrupulosos compañeros se la robaran para venderla. Por suerte, el ordenador en el que estaba conectada tenía un puerto para descargar imágenes; y por suerte la tarjeta de su cámara estaba llena de fotos viejas. Abrió una ventana en la pantalla y las pasó rápido. Encontró algunas que con un poco de buena voluntad o ignorancia podían verse como escenas de la vida popular egipcia, y hasta ilustraban algo de lo que había escrito (una de las que había tomado en un concierto nocturno de cumbia villera en el muelle viejo de Rosario, podía pasar por una ceremonia de poesía islámica en el Nilo) y las adjuntó al mensaje. Tuvo suerte de encontrar, resto arrumbado en la cámara de un proyecto suyo de videoinstalación, imágenes de pirámides digitales que saltaban: venían a punto, por un bendito azar.

Cuando se levantó, estaba bañada en sudor. Le corría por el cuello, los brazos y las piernas. Compró una Coca-Cola, pero no tenían fría; la tomó tibia, haciendo un esfuerzo, para recuperar algo del líquido perdido. Se había acostumbrado a la falta de refrigeración, y lo ponía en la cuenta de la antigüedad del país en el que se encontraba. Anotó mentalmente la observación, ya compenetrada con su papel de corresponsal viajera.

Al salir a la calle, nada había cambiado: el resplandor sórdido, el calor asfixiante, los tenduchos cerrados. Pero ella sí había cambiado. Se sentía respirar por primera vez en Egipto. Una corriente de optimismo avivaba su mente y sus sentidos. ¡Qué poco se necesitaba!, pensó con una sonrisa (y la sonrisa también era una novedad). En efecto, había que reconocer que si todo su cambio de humor se debía a ese mensaje, había bastado con muy poco. Pero quizá el mensaje había sido apenas el disparador de algo más. Subconscientemente, mientras pergeñaba la respuesta, que no pretendía ser más que un señuelo para que el periodista (fuera quien fuera) siguiera escribiéndole, su mente elaboraba confusas ideas y proyectos para hacer eso mismo en serio. Es decir, sacar fotos, hacer dibujos, registrar impresiones, poner lo que sucedía en la perspectiva del arte. Eso bastaba, y no era poco. Bastaba para justificarla y para justificar, y hasta enmendar, el error de haber venido. La ponía otra vez en el mundo. No era la primera vez que el trabajo venía a salvarla.

Las horas siguientes, hasta que volvió al campamento, fueron las más felices que pasó en la tierra de los faraones. Sin ningún motivo real, por un puro cambio de óptica. De pronto veía, oía, olía. Todo estaba lleno de posibilidades. ¡Y había tanto que hacer! ¿En qué había estado pensando? Llegó a un parque, y se sentó en un banco a la sombra. Se puso a dibujar a unos mendigos que dormían la siesta dentro de una fuente seca. Después dibujó unas palmeras que se alzaban más lejos. Sacó la cámara y fotografió una libélula. Cada cosa le daba ideas para obras, y todas le parecían tan buenas que no se decidía por ninguna. A la noche se ocuparía de tomar nota de estos proyectos que se le iban ocurriendo. Ahora sí, estaba segura de que el viaje daría frutos.

De regreso a la terminal de ómnibus, las calles empezaban a animarse. Pasó por un mercado, y por un corral lleno de camellos. ¿Cómo no había visto nada de esto antes? Los parlantes de las esquinas llamaban a la oración, y ella se escabulló entre alfombritas. Sacó una foto de un ibis de plástico con corona dorada, en una cornisa (publicidad de una cerveza). Empezaba a soplar un barrunto de brisa, y las torres de las mezquitas se iluminaban.

El trayecto en el ómnibus también fue revelador. Sentada junto a la ventanilla, procesando el agradable cansancio de la jornada, miraba la puesta del sol sobre el Nilo, absorta, olvidada de todos sus problemas. El África misteriosa entraba en ella. Entraba con un retraso que la volvía más auténtica, y más rica. Era la leyenda hecha realidad. Hasta creía ver elefantes, monos, búfalos, la carrera instantánea del chita tras el antílope de cuernos enroscados. No había nada de eso en los suburbios miserables de Luxor, pero no le importaba, se sentía una creadora de mundos, una artista. Tan violento había sido el rebote desde la profundidad de su agonía, que flotaba en una estratosfera de energía creativa. Y desde ahí, como si ella misma estuviera en esos cielos rosados en los que se perdía su mirada, veía con una sonrisa piadosa la parálisis depresiva en la que había estado hundida los días anteriores. Se acusaba de haberse ahogado en un vaso de agua (en el desierto). Se avergonzaba de haber estado mendigando un contacto con Rosario. ¿Dónde había quedado la autonomía de la que tanto se enorgullecía? Sacudió la cabeza con un gesto desconsolado y a la vez irónico. En fin: al menos había reaccionado a tiempo. Ahora todo cambiaba. Definitivamente no volvería a ese chiringuito de Internet, ni a ningún otro. Debía recuperar el tiempo perdido. El tal «Sabor» tendría que perdonarla, pero no le haría de corresponsal. Ya encontraría una excusa para desdecirse de las promesas que le había hecho. De todos modos, le estaba agradecida porque había sido él, sin saberlo, quien le había dado pie para la reacción.

Una parte del bienestar que la inundaba se debía a que desde el momento en que se sentó en el ómnibus había estado sintiendo, por oleadas, un perfume agradable, vagamente conocido, aunque no podía localizarlo. Lo conocido, sobre todo si a la vez era desconocido, era un ancla que le permitía remontarse con impunidad en el aire de los sueños. No encontrar la fuente de la evocación, sin embargo muy precisa, le agregaba una nota misteriosa y reconfortante, pues el recuerdo ausente se difundía por todos los rincones de su vida. Pero ¿de dónde provenía? No de la mujer que tenía sentada al lado, una nubia cargada de bolsas, seguramente cocinera de alguno de los yacimientos arqueológicos que se escalonaban a lo largo de la ruta. Ni de los obreros que iban adelante. Supuso que vendría de atrás, y creyo recordar que al subir había visto sentado allí a un caballero occidental de cierta edad. No le pareció correcto darse vuelta a mirarlo, pero como en ese momento el perfume se hizo mucho más fuerte no pudo resistir a la curiosidad. Ésta no fue recompensada, porque el vecino de atrás había desplegado un enorme mapa y lo tenía frente a su cara, que quedaba oculta. Lo único que se le veía eran las puntas de los dedos de las dos manos sosteniendo los bordes. Karina miró un rato el reverso del mapa, sintiendo cómo el aroma traspasaba el papel. Volvió la cabeza hacia adelante, pensando que debía de ser un turista, de los que compran perfumes en las tiendas de los aeropuertos.

Todas estas impresiones agradables y optimistas se terminaron cuando llegó al campamento. Sus ilusiones se derrumbaron todas al mismo tiempo, y se sintió mucho peor que antes.

El campamento era el tercero y último de ese yacimiento, por lo cual para llegar a él había que atravesar el terreno ocupado por las tiendas de los otros dos, uno francés y el otro chino. Karina nunca llegó a enterarse qué se suponía que había bajo tierra en ese sitio. La excavación era vieja, y nadie trabajaba en ella. Quizá había sido una busca a tientas, o hecha en base a datos erróneos, y lo único que hubo fue ese pozo. La UNESCO, que tenía una concesión en la zona, debía de tener dedicado el sitio a delegaciones de arqueólogos con tan poca idoneidad como el grupito de Rosario: quedaban bien dando becas, no hacían correr peligro a los yacimientos arqueológicos de verdad, y todos contentos. No es que dieran mucho: carpas de plástico, baños químicos, y un catering dudoso.

No hubo mucha fraternización entre los tres grupos. Los franceses, que traían jeeps, no estaban nunca. Y los chinos no se daban con nadie, en parte por el idioma o el espíritu nacional, en parte porque parecían trabajar en algo, que no era la arqueología. Esa tarde, al pasar entre ellos, Karina los vio más atareados que nunca, yendo y viniendo, colgando farolitos, hablando en zumbidos y bips.

Y allí, al fondo, estaban las tres carpas que constituían el alojamiento de los rosarinos. Era realmente el Fin del Mundo, al menos el Fin del Mundo de Karina, y en ese momento le cayó encima como una maldición. El rosa del crepúsculo viró a un violeta amenazante, y mientras recorría los cincuenta metros que separaban el sector chino del suyo se hizo de noche.

Ella era la única que salía. Los demás se habían quedado, como todos los días, dentro de las carpas, muy contentos de no hacer nada y beber tanta cerveza como podían, la cerveza Ibis que se les proveía gratuitamente y sin medida. Descubrieron esa prebenda el primer día, y con eso les bastó. Para ellos el viaje había terminado, y culminado, en ese punto. Era una cuestión de clase social. Tan reducido era el horizonte cultural y vital de estos jóvenes que la oportunidad de pasar un mes sin hacer nada, sin preocuparse por el alojamiento y la comida, y con cerveza gratis a discreción, no sólo colmaba todas sus expectativas sino que obstruía la aparición de otras. Al menos por un mes, no se les ocurriría otra cosa. Y quizá por mucho tiempo más. Los condicionamientos sociales tardan en revertirse; por lo general, una vida entera no alcanza, y hay que esperar a la generación siguiente, o a la tercera o la cuarta.

Estas especulaciones deprimían a Karina. Le intrigaba que una institución seria como la UNESCO, que además vivía lamentando en público sus restricciones de presupuesto, proveyera de alcohol a sus becarios. Supuso que habría de por medio alguna excusa sanitaria: no era imposible que esa cerveza, liviana y con poco gas, fuera lo más indicado para hidratar los cuerpos en el calor inclemente del desierto. En alguna parte había leído (¿o eso también lo había inventado?) que los faraones alimentaban a pura cerveza a los esclavos que les construían las pirámides.

Sus «amigos» (ahí también debía poner comillas, porque en esos pocos días había llegado a detestarlos) se habían ido volviendo más audaces en sus exigencias de bebida, con el camión que la repartía entre los campamentos. Si el primer día, después de confirmar que no había que pagarla, pidieron diez botellas, al día siguiente pidieron veinte, y al siguiente, cien. Ahí empezó la fiesta permanente, y ya no se molestaron en salir de las carpas, o de la carpa, porque, gregarios como eran, se apiñaban en una y dejaban vacías las otras dos. En una u otra de éstas dormía Karina, sola. Todos sus intentos de establecer un contacto habían sido vanos. Al principio había puesto alguna esperanza en el llamado

Cabeza, por la fama de lector que le hacían los otros, pero no tardó en descubrir que lo único que había leído eran unos cuentos de Lovecraft, y que le fallaba algo en la cabeza. Los demás eran escoria lumpen; Carlitos, el dandy, parecía provenir de un medio algo más decente, pero eso agravaba su caso, porque se trataba de encanallamiento. Si se vestía bien (aunque el gusto era deplorable) lo hacía por vocación de gigoló; no era casual que su novia, la Beba, fuera la única que había trabajado. Frente, Jonathan, Bonfiglio: subhumanos. Tapita, el líder, era el peor, el que más bebía, el más obsceno; no era que su nivel intelectual estuviera por debajo de los demás: había niveles de inferioridad absoluta de los que no se podía descender; pero como era el que más gritaba, el que se sentía obligado a dar el ejemplo y las órdenes, era el que más se hacía notar. En cuanto a las cuatro chicas, ni siquiera pensó en intentar un acercamiento, no habría podido caer tan bajo; además ellas hicieron frente común para rechazarla y aislarla. ¿Por temor a que les sedujera a uno de sus enamorados? No parecía, estaban demasiado seguras de ellos, estaban fundidas a ellos. También le dio algún trabajo, aunque en nada se habría propuesto trabajar menos, descifrar quiénes eran los novios. En unos días, y sin observarlos demasiado, reconocía cuatro parejas; quedaban dos varones sueltos, el Cabeza y Tapita. Del primero, demasiado feo y torpe y anormal para que una chica, así fuera una como las de los otros, se fijara en él, no era de extrañar. Pero Tapita, justamente él, el gran conquistador, ¿cómo podía haber ido sin una novia? Ahí había un pequeño misterio, que se desveló semanas después.

El único con el que pudo entablar una mínima relación fue Jonathan, que era el último del que lo habría esperado, por causa de su aspecto; él le había abierto la puerta la noche que los conoció, una especie de indio subalimentado con las crenchas negras cayéndole sobre los hombros en una mata grasienta, los ojitos inyectados, los gestos adormecidos, la voz un susurro quemado por las drogas baratas. Pero se mostró sensible y casi humano, y hasta con un atisbo de inteligencia. Muy poco, es cierto; era el contraste lo que lo magnificaba, no sólo el contraste con la brutalidad sin atenuantes de los demás, sino también con su propia apariencia. La saludaba, le preguntaba adónde había ido. No iba más allá, pero le bastó a Karina para suponer que si sucedía algo grave tendría alguien al menos con quien comunicarse.

Cuando llegó esa tarde, oyó de lejos las risas y los gritos dentro de la carpa, un coro de hilaridades que hacía pensar que les estaban brindando un show cómico. Algo de eso había, pero involuntario. El motivo de la diversión era un chino, que no podía sino provenir del campamento vecino. Cuando Karina se asomó, nadie se molestó en ponerla en antecedentes, y quizá no habrían podido hacerlo aunque hubieran querido, tanto los ahogaban las carcajadas. El chino, parado en el centro del círculo que habían formado, hablaba... ¿Estaría contando chistes? En un primer momento, Karina no entendió nada. Nadie entendía nada, y ése y no otro era el chiste. El chino trataba de decirles algo, en inglés, en mal inglés, pero lo mismo habría dado que fuera excelente. Ellos creían que les estaba hablando en chino, que ignoraban tanto como el inglés. Y eso les resultaba divertidísimo. Para su nivel mental, ver a alguien tratando de comunicarse en otra lengua era tan cómico como ver a alguien cayéndose de una bicicleta. Ya de por sí, alguien que no hablara castellano era para ellos una especie de discapacitado. El chino, desconcertado, sonreía y hacía pequeñas reverencias, lo que multiplicaba las risotadas. Karina, que sabía inglés, creyó entender que había venido a invitarlos a algún evento que tendría lugar en su campamento, y fue un motivo más para no traducir: no quería que la avergonzaran más todavía delante de extraños. Después se arrepintió, al pensar que se los podía haber sacado de encima un rato. En ese momento, la escena le pareció tan lamentable que salió y fue a otra de las carpas.

Iba pensando que la actitud de sus compañeros tenía al menos algún mérito, a pesar de ellos. Porque, se decía, un viajero que se encontraba en un país extraño, del que no conocía la lengua y las costumbres, se sentía en una posición de inferioridad, y no era sólo un sentimiento, porque solía ser objeto de burlas o ironías. Ellos en cambio no se dejaban amilanar por lo desconocido, de lo que se burlaban con la mayor desenvoltura. Lo hacían por ignorancia y provincianismo, pero tenía su mérito de todos modos. Se necesitaba cierto grado de cultura e inteligencia para amedrentarse frente a lo desconocido. Si ese chino hubiera sido un autómata programado para interactuar con extranjeros, ellos le habrían descompuesto el mecanismo.

Esta última reflexión, una vez que estuvo en una de las carpas vacías, sola y deprimida, marcó un cambio de dirección en la historia de la aventura. Para entenderlo, debemos dejar pasar varios días, en los que las decisiones de Karina se modificaron una y otra vez, sus contactos vía e-mail con «Sabor» se cruzaron y enredaron, y las reacciones del público a los artículos que con ritmo implacable seguían publicándose en *El Orden* dislocaron el relato respecto de cualquier intención o propósito que hubieran tenido sus protagonistas. Entre los dos protagonistas, entonces, estaba sucediendo una historia de amor (y de arte) con todas las voces incoherentes y anacrónicas, provenientes de las cosas, de los seres, del viento, de las estrellas, que conforman tanto al amor como al arte. Lo cierto es que de acuerdo con estos nuevos desarrollos, el chino que tanto hacía reír a la bandita rosarina (seguía oyendo sus risas, ahora unos días antes) era en realidad un autómata, programado para interactuar con extranjeros, y la reacción bárbara y desconsiderada de sus interlocutores había descompuesto su mecanismo. De modo que seguiría repitiendo su mensaje y haciendo reverencias indefinidamente.

El costado intelectual de Karina no pudo impedirse reflexionar en el hecho sorprendente de que la programación electrónica o biológica de un dispositivo debía basarse, a fin de cuentas, en algo tan poco electrónico o biológico como la cortesía. Y eso lo hacía bastante frágil.

IV

A partir de aquí tendremos que despedirnos de la sucesión ordenada de los hechos. La maquinaria siniestra del profesor Frasca ya estaba actuando, y descomponía las convenciones temporales. Una breve explicación previa se hacía necesaria; pero la explicación en marcha ya estaba actuando a su vez, como un relato convencional.

En el intercambio de información de Karina y Sabor había un pasaje constante de dimensiones incompatibles: el arte y el periodismo eran universos de sentido demasiado separados para que entre ambos pudiera establecerse una narración coherente. El arte, cada vez que asomaba a la realidad, para poder hacerlo, debía partir de sus orígenes. El periodismo, en cambio, lejos de remitirse a las raíces, estaba dándolo todo por sentado; no podía empezar sino enganchándose a los discursos en marcha en la sociedad. Al contrario del arte, que se inventaba como fábula y procedimiento, el periodismo se apoyaba en los mitos, intereses y temores ya actuantes; la clave del negocio estaba en que hubiera un discurso en movimiento, y que ese movimiento pudiera acelerarse deliciosamente. En este caso, como veremos, la aceleración fue uno de los temas de los que tuvo que ocuparse Barbaverde, para bien o para mal.

En su mal inglés, el chino había estado invitándolos a una exposición que haría el aventurero internacional Barbaverde en el campamento arqueológico bautizado Neo-Pekín. Era una oportunidad única de oír en persona a una celebridad tan esquiva y secreta. Karina se la perdió porque ya había tenido lugar (el chino siguió repitiendo la invitación indefinidamente), y lo lamentó, porque de verdad era una ocasión rarísima y ella tenía interés en entrar en contacto con él. Este interés no era periodístico, como habría sido el de Sabor, sino artístico. La atraía el costado mítico del personaje, sus posibilidades en el terreno de la fantasía y la mutación de las formas, o en su desaparición (Barbaverde había hecho del bajo perfil un acto de virtuosismo ilusionístico). Es cierto que su interés contaminaría el de Sabor, por la vía de la coincidencia de la primicia periodística y la originalidad artística.

Lo lamentó doblemente, pues al reconstruir más tarde las escenas que habían llevado a ese punto, se preguntó si el desconocido sentado atrás de ella en el bus no habría sido Barbaverde. Recordaba que se había bajado en la misma parada que ella, y hasta creía haberlo oído caminando a sus espaldas, seguramente para ir al campamento de los chinos.

Lo que era un poco más difícil de aceptar era que el famoso aventurero hubiera ido a parar a ese remoto rincón del mundo, justo donde ella estaba. Aunque era posible, y de hecho no tenía nada de raro, ya que la fama de Barbaverde se sustentaba en buena medida en su presencia inesperada y simultánea en todo el mundo. Y en cuanto a la coincidencia, no había que espantarse mucho de ella, ya que todo en el mundo era coincidencia.

Por lo demás, había una explicación plausible, que fue primicia de *El Orden*. A Barbaverde lo habían contratado las autoridades chinas para que actuara como agente publicitario o de relaciones públicas en el exterior. Su inmenso prestigio, su dedicación a las buenas causas, lo hacía la figura más a propósito para representar a la potencia ascendente, y calmar los temores que el crecimiento desmesurado de la economía china había empezado a suscitar en el resto del mundo. No era, claro está, la clase de trabajo que podía esperarse que asumiera de buena gana el famoso aventurero. Salvo que considerara que ya había concluido su ciclo de aventuras, y había llegado el momento de gozar del rédito del prestigio adquirido, con un empleo menos arriesgado. En ese caso, no podía haber encontrado un empleador más conveniente que los enigmáticos jerarcas de Pekín: la monstruosa acumulación de capital realizada por el gigante asiático en las últimas décadas daba de sobra para pagar los más exorbitantes honorarios.

Pero Sabor estaba dispuesto a dar una vuelta de tuerca extra (y Karina, por contaminación, también): Barbaverde no podía renunciar, por mero cálculo financiero, al hábito inveterado de salvar al mundo de sus amenazas más serias. Por más que esta tarea de relaciones públicas o diplomacia informal tuviera un costado salvífico, su acción tenía que apuntar a una acechanza puntual, y en consecuencia el «empleo» no podía ser más que una fachada momentánea que le permitiera actuar en el momento preciso y el lugar justo.

La misión que había encarado Barbaverde era una de las más importantes de su larga carrera: salvar el Presente.

Su némesis, el profesor Frasca, había vuelto a las andadas, con el propósito habitual de dominar el mundo. No escarmentaba. Los fracasos no hacían más que incentivar su ingenio. Al fracaso lo neutralizaba con el consabido «podría haberlo hecho mejor» de la sana autocrítica (sana, pero empleada para fines dañinos). Y como sus planes siempre eran barrocos, vistosos, deliberadamente fantásticos para despistar sobre su cruda realidad, se prestaban de modo inmejorable a la superación. También había que tener en cuenta que no tenía otra cosa que hacer.

Nadie habría osado negar que su inteligencia era de primer orden. Lo demostró una vez más con esta maquinación. El razonamiento que lo llevó a ella se apartó un poco de los habituales suyos, que iban en general a la creación de dispositivos de destrucción o amenaza. Por bien que los hiciera, Barbaverde (o su mala suerte) siempre los vencía. Se le ocurrió entonces pensarlo por el otro lado. ¿Cómo hacer imposible la resistencia? Quitándole el terreno bajo sus pies. Pero ¿de qué terreno se trataba? Aquí no era cuestión de andarse con metáforas. Y no lo hizo.

El instrumento para hacerse invencible era anular el Presente. En efecto, éste era el único «terreno» en que las fuerzas del Bien podrían hacerle frente y detenerlo. Sin Presente, tendrían que actuar en el Pasado, y eso ya lo habían hecho y no servía para esta vez, o en el Futuro, lo que equivalía a ese paradigma de la ineficacia que es dejar las cosas para más adelante. Y él estaría en condiciones de imponer su voluntad y coronarse como Amo del Mundo.

La idea era auténticamente diabólica. Nada ni nadie podría oponerse al que los despojara del Presente, por definición; la impunidad, en tanto figura social de la omnipotencia, estaba asegurada. Difícil de llevar a los hechos concretos, eso sí. Dificilísimo. Si a alguien se le hubiera ocurrido antes, habría renunciado de entrada como se renuncia a una idea impracticable. Sólo un genio fogueado en mil campañas de alcance universal podía atreverse a tanto. Frasca era ese hombre. A él la idea le caía como hecha a medida, no sólo por las dimensiones de su ingenio sino también por encarnar en su persona un motivado resentimiento. En efecto, todos sus planes habían fracasado, fuera cual fuera el cuidado con que lo preparara, llegado el momento crucial, cuando intervenía Barbaverde y lo echaba todo a perder. ¿Y cuál era ese momento crucial sino el Presente? Después de la humillante derrota habitual, sólo le quedaba amenazar con la próxima vez… y hasta el Futuro, ese miserable consuelo, lo había decepcionado (quizá porque un Futuro basado en la huida del Presente tenía pies de barro).

Además, en un verdadero alarde de metaoportunismo, el momento histórico era propicio. El presente se había debilitado, a partir de la caída de la Unión Soviética y el consiguiente derrumbe de las ilusiones políticas; disuelto el esqueleto del progreso y la esperanza, el cuerpo del Presente se había vuelto fláccido. La civilización había vuelto la mirada al Pasado. El conservacionismo, la ecología, la revaloración del patrimonio, el eclecticismo posmodernista, eran otros tantos síntomas de esta postura. Por supuesto, se trataba de modas pasajeras, pero estaban ahí, y por el momento habían dejado al Presente tan frágil como un cristal ya a medias resquebrajado.

Si hubiera habido alguna duda de que era el cerebro de Frasca el que estaba detrás del plan, sus características tan secretas, tan «de gabinete», casi una pura cosa mental, tenían su firma, la firma de un hipercriminal que quería mantener el perfil bajo. Más aún lo delataba el hecho de que Barbaverde ya se hubiera puesto en campaña, pues el famoso aventurero tenía vigilado de cerca a su archienemigo y mantenía con él hilos de comunicación que se dirían telepáticos o adivinatorios.

A pesar de este conocimiento anticipado, Barbaverde había preferido no denunciar públicamente la maniobra que emprendía el profesor Frasca. En realidad, nunca lo hacía. Muchos lectores de sus aventuras se preguntaban si no sería más simple recurrir de entrada a la policía y detener al malhechor antes de que empezara a hacer daño. Pero tanta racionalidad estaba contraindicada, en primer lugar porque privaría a esos mismos lectores de las emociones vicarias de la aventura. Pero, además, no valía la pena intentar detener a Frasca antes de que empezara a actuar, pues se cuidaba bien de no tener consigo prueba incriminatoria alguna (todo estaba en su mente). El denunciante se habría puesto en ridículo, cuando Frasca demostrara ante las autoridades que sus aparatos y pociones tenían por objetivo la producción de un detergente lavavajilla perfeccionado, o un chip de aprendizaje de chinchón. No sólo era un genio; también era astuto y burlón. Y podía sospecharse que era él mismo quien le daba a Barbaverde el dato anticipado, para demostrarle que conservaba la iniciativa, y con la esperanza de llegar a derrotarlo.

De modo que Barbaverde lo había seguido subrepticiamente, disfrazado de asesor de una potencia neocapitalista, hasta Egipto, el campo elegido por Frasca para la primera escaramuza de la gran batalla por ser la tierra del Pasado.

La fachada elegida por el célebre aventurero no era mera ficción. Había sido cuidadosamente elaborada, a partir de un dato secreto al que Barbaverde le atribuía importancia estratégica, sobre todo por el factor sorpresa. De la China contemporánea el Occidente lo ignoraba casi todo, tan rápidos habían sido los cambios sufridos por una cultura que la inercia de la leyenda seguía suponiendo inmutable en sus alambicados rituales. Nadie sospechaba que hubieran desarrollado esta tecnología tan avanzada de autómatas, y que la estuvieran usando masivamente. Si lo hubieran sospechado, lo habrían encontrado increíble. Resultaba impensable, en efecto, que siendo tantos se tomaran el trabajo de reproducirse en costosos muñecos animados. Seguramente consideraban tan valiosos a sus ciudadanos que no querían arriesgarlos en misiones en el extranjero, o en la simple emigración, y mandaban efigies. Era un ahorro tan mal entendido que debía de tener un significado profundo. Los verdaderos chinos, en reserva dentro de sus fronteras, crecían en poder internacional sin desgastarse. Su número incalculable era la coartada perfecta. Barbaverde lo sabía, y alineaba sus peones para la primera movida.

Karina no se sentía especialmente concernida por el resultado del combate de titanes. Para ella, Frasca y Barbaverde eran lo mismo en el plano de sus intereses personales. Le tenía sin cuidado que representaran al Bien y al Mal en otro de los enfrentamientos samsáricos cuyos desenlaces no importaban ya que volvería a repetirse indefinidamente. De hecho, la figura de Frasca le despertaba cierta simpatía, por su inventiva tan afín a la del artista. El mismo Sabor, más allá de su identificación con el héroe de tantas aventuras que lo habían transportado desde la infancia, y más allá de la natural tendencia a ponerse en el bando del ganador, no habría visto con malos ojos una victoria circunstancial de Frasca. De otro modo, las cosas se hacían un poco mecánicas, y previsibles en exceso, y temía que el interés de los lectores flaqueara.

Pero yendo al fondo de la cuestión, había que preguntarse por los efectos, primarios y secundarios, que podía tener la extinción del Presente. Bastaba una somera reflexión para ver que con él desaparecerían muchas de las cosas buenas de la vida, si no todas: el placer de contemplar una flor, de gozar del buen tiempo en una caminata o de mirar la lluvia desde la ventana; el sentimiento de lo temprano de la mañana o lo tarde de la noche, el canto de un pájaro, la música (que era Presente en estado puro), las lágrimas de identificación con el protagonista de una buena película... El pensamiento mismo. ¿Dónde se pensaba sino en el Presente? Las buenas ideas, que tanta alegría aportaban a la vida de un creador, los recuerdos, los olvidos, las asociaciones. El eco en las montañas, las perspectivas fugitivas de la ruta en un viaje en auto, las coincidencias. Es cierto que todas estas cosas, todas las cosas y hechos en general, contenían también una proporción de Pasado y de Futuro, y no era fácil decidir por anticipado a qué quedarían reducidas sin el Presente. Pero el empobrecimiento sería inevitable. Más que empobrecimiento, sería un desecamiento, una pérdida de vida, de carne y sangre; sería el fin de lo concreto y particular, el advenimiento de un mundo de espectros. El fin del arte. Pero aun para la gente del común, para la que no se interesaba ni poco ni mucho por el arte, la pérdida se haría sentir, y quizá más todavía. Porque la vida de esa gente, aunque ellos no lo supieran, se alimentaba del arte que desdeñaban, y lo tenía como garantía última de su valor.

Y había algo más, una pérdida más importante: sin Presente no podía haber Amor. La vida perdería su poesía, porque la poesía de la vida era el Amor. Aquí ya no se trataba de una amenaza a los aspectos estéticos o hedónicos de la existencia, sino a la esencia misma de la especie, al motor de la humanidad.

V

Al día siguiente, Karina había vuelto a la tiendecita de Internet, con la misma desesperación de los días previos. Había olvidado completamente las fugaces ilusiones de regeneración por el trabajo, y junto con ellas había quedado olvidada la existencia de su corresponsal periodista, por lo que le sorprendió encontrar varios mensajes cuyo remitente firmaba «Sabor». El nombre se lo devolvió a la memoria, aunque sin muchos detalles, que fue completando a medida que abría los mensajes. El proceso estuvo lleno de imprevistos.

En el primer mensaje, enviado el día anterior apenas un par de horas después de la comunicación de Karina, Sabor le agradecía los datos enviados, y las fotos, y le anunciaba el envío del artículo que estaba escribiendo a partir de ese material. En efecto, el segundo mensaje contenía, adjunto, el texto ya redactado; Karina no abrió el archivo adjunto y por lo tanto no lo leyó. Pasó al tercer mensaje, donde las cosas empezaban a complicarse. Sabor escribía en la mañana del día siguiente; empezaba diciéndole que el artículo había aparecido en la edición del día de *El Orden*, en la sección «Internacionales», y que había causado buena impresión y despertado interés; si Karina quería, agregaba, podía verlo, con la foto, en la edición on line. Seguía una fatigante explicación, llena de alternativas, sobre el cobro de la nota; él se había tomado el trabajo de negociar en Tesorería el pago como una colaboración freelance, lo que no había sido fácil y había dado por resultado una cifra insignificante, para hacerse con la cual ella debería llenar una planilla de colaboradores externos, más una autorización sindical y un certificado de libre deuda fiscal, presentar la factura y esperar a recibir su número de clave para presentarse en ventanilla, etcétera. Para cada uno de estos trámites él proponía opciones posibles, además de ofrecerse a actuar de intermediario. Seguía con el tema, un par de largos párrafos, que Karina no leyó. Tanto la hartó esta prolijidad inoportuna que estuvo a punto de borrar todo y no leer los mensajes siguientes, lo que habría sido un error.

El cuarto mensaje la sobresaltó. Estaba marcado URGENTE con enérgicas mayúsculas, y Sabor le pedía más datos sobre Abu Ibn Wassar, que se había revelado mucho más interesante de lo que él había creído en el primer momento. Más que interesante, era un filón periodístico de primera magnitud, de imprevisibles resonancias internacionales.

Karina, por supuesto, no sabía de qué le estaba hablando. Le llevó más de una hora de navegación y lecturas ponerse más o menos al tanto, y aun entonces quedó con serias dudas. Aquí haremos un resumen ordenado, para no marear a los lectores.

A partir de los datos enviados por Karina sobre el joven poeta predicador Abu Ibn Wassar, que hacía furor entre los públicos populares de Egipto con sus recitados multitudinarios, Sabor había escrito un artículo más bien extenso, que con la ampliación de la foto que ella le había enviado terminó ocupando media página del diario. Era cierto que Karina le había mandado la foto, seleccionada del pequeño banco de imágenes depositadas en su cámara, y la había acompañado con un epígrafe que le debía tanto a la improvisación como a una cierta locura del momento; ahora reconstruía su ansiedad del día anterior por asegurar el interés de su interlocutor con algo que sonara periodístico y sensacional. A partir de eso, que era casi nada, Sabor había bordado toda una historia, adornada de generalidades que no le costaban nada y con las que no mentía, pues eran verdades que salían solas de la redundancia de la vida popular. Según el artículo, el joven poeta había descubierto que bastaba darle un leve giro a su vocación literaria para hacerla llegar a las masas, y había descubierto que éstas, contra lo que se hubiera podido creer, estaban sedientas de poesía; los sucedáneos con los que se la alimentaba (el deporte, la religión, el nacionalismo) cedían ante el artículo genuino. En plena alucinación periodística, Sabor se preguntaba por la calidad de la poesía de Ibn Wassar, y concluía que estaba creando un nuevo paradigma.

Ahora bien, a las pocas horas de que el diario estuviera en la calle, se recibió en la redacción, vía Internet, un mensaje de un lector rosarino diciendo que había reconocido por la fotografía a Abu Ibn Wassar, que no era otro que un poeta y cantautor rosarino de nombre, o más bien seudónimo, Lenteja.

Fue, contaba Sabor, una revolución en la redacción, donde mucha gente conocía a Lenteja. Ampliada y examinada, la foto reveló que sin lugar a dudas se trataba de él. Pero ¿qué hacía en Egipto, atrayendo multitudes? Merecía investigarse, y el jefe de redacción le otorgó a Sabor una página entera para el día siguiente. El interés en Rosario se había despertado; después de la primera, recibieron innumerables cartas de lectores que también reconocían al hombre de la foto. Un par de reporteros y fotógrafos puestos a las órdenes de Sabor salieron a rastrillar la ciudad en busca de la familia y amigos de Lenteja que pudieran dar testimonio de sus andanzas. Con sus hallazgos había escrito el segundo artículo, ya en prensa; se lo mandaba adjunto, y agregaba que aunque éste lo había escrito sin aporte de ella, había preferido mantener la firma conjunta para conservar la unidad de la serie, que confiaba en que sería larga, ahora que la conexión rosarina había despertado el interés del público local. Le encarecía el envío urgente de más información; sugería que lo ideal sería una entrevista exclusiva con Abu Ibn Wassar-Lenteja.

Karina quedó mareada. Se preguntó cómo era posible que en tan poco tiempo hubieran pasado tantas cosas. La respuesta era simple: había que contar el desfase horario. Cuando para ella era de día en Egipto, era de noche en Rosario, y viceversa. Las cosas marchaban a otro ritmo con estas zancadas del tiempo.

Esto le trajo a la mente la conspiración contra el tiempo, sus ensoñaciones de la noche anterior, y de inmediato, sin pensarlo más, se las transmitió a Sabor. Lo hizo más que nada para llenar su vacío de informaciones, porque realmente le habría sido difícil escribir algo sobre «el poeta que despertaba a las masas de su letargo secular». No dudaba de que, con su emprendedora fantasia, el periodista haría la conexión entre una cosa y otra, y muchas más, y todas las que fueran necesarias. Agregó algunas de las fotos que había sacado la tarde anterior.

Y así fue en efecto. La serie de artículos que Sabor fue hilvanando en los días siguientes, que no tardaron en pasar de la segunda página a la primera plana, tal era la pasión con que se los esperaba y leía, constituyeron una historia coherente, dotada de un verosímil inquebrantable, aunque cotidianamente puntuada de giros y sorpresas. Las contribuciones de Karina se fueron haciendo, por las razones que se verá, cada vez más escuetas, lo que no impedía que su interlocutor les sacara cada vez más jugo.

A pesar de todos estos giros, el hilo conductor de la historia fue el que había sido el punto de partida: el efecto que tenía la poesía sobre el pueblo. En esto Sabor mostró tener el instinto del narrador. Al regresar siempre al tema original, los lectores no se perdían en los meandros del relato, y la idea de una verdad trascendente les iba entrando poco a poco y profundamente en la cabeza.

El pueblo recibía la poesía como una Buena Nueva, no tanto porque fuera una novedad como porque era lo que siempre había estado buscando sin saberlo. Todos le buscaban un sentido a la vida, y por supuesto que no lo encontraban. Por lo tanto, seguían buscándolo, reiniciaban la busca cada vez desde cero. Ahí la poesía, con todo su mito, venía a propósito, la poesía como eterna juventud, que recomenzaba en cada poeta.

La devaluación que había sufrido recientemente la Argentina en su moneda explicaba que las fuerzas del Mal hubieran ido a reclutar allí un poeta a precio regalado y sin escrúpulos para llevar a cabo sus propósitos. (Rosario era la ciudad cantada de donde sacarlo, por sus antecedentes literarios y musicales.) Todos los testimonios coincidían en que Lenteja era un oportunista mercenario que no le hacía ascos a ninguna oferta, por turbia que fuera. Los testimonios también coincidían en que no sabía el idioma egipcio ni ningún otro emparentado. Pero ahí había estado el toque genial de sus empleadores: le hacían memorizar poemas que no entendía, y recitarlos como un loro. El efecto se potenciaba, el público entraba en un estado de fascinación hipnótica, la lengua natal les era devuelta con una dicción que parecía venir de más allá del mundo.

La gira había comenzado en El Cairo y había ido descendiendo el curso del Nilo. La crisis se produjo al llegar a Luxor, a medio camino de la travesía hacia las fuentes del río sagrado, donde según los anuncios se produciría el advenimiento de la idea de Dios (promulgada por los poemas de la pura voz sin sentido) y caducaría el Presente. Dios, o su concepto repuesto en el cerebro de la humanidad, disiparía todo lo presente para no dejar más que una vacua eternidad hecha de pasados y futuros fundidos y coagulados, en una especie de gelatina espaciotemporal.

Pero en Luxor esta maniobra encontró un obstáculo que no esperaban ni soñaban: allí había hecho su cuartel central Barbaverde, siempre listo para salvar al mundo. Había ido acompañado de un grupo de arqueólogos chinos que le servían de cobertura, y su tropa casual era otro grupo de jóvenes rosarinos que se encargarían de desenmascarar al impostor. Los reporteros de *El Orden* habían establecido una relación entre Lenteja y Tapita. Meses atrás, la novia del segundo, de nombre Vanessa, lo había abandonado para huir con el primero. Aunque no había pruebas de que Vanessa hubiera acompañado a Lenteja a Egipto, todo indicaba que el juramento de Tapita de recuperar a su amada estaba en su etapa de consumación.

Tapita se enteró de la presencia de Lenteja en Egipto por *El Orden*, cuando llegó la tía de Carlitos. Esta señora (de cuya aparición tan lejos de Rosario ya nos ocuparemos) le había traído a su sobrino algunos comestibles, envueltos en hojas del periódico local, y en una de ellas estaba el primer artículo de Sabor. La prolongada abstinencia sexual que estaba sobrellevando Tapita había exacerbado sus recuerdos. De pronto empezó a sentir que el amor era algo que sólo podía suceder en el Pasado, y que se había cerrado la válvula que conducía al Presente. Pero en alguien de tan pocas luces como él ese sentimiento no hizo más que acentuar su deseo fanático de recuperar a Vanessa. Sublevó a sus compañeros, sobre los que tenía un ascendiente completo, y los convenció de que lo secundaran en la empresa.

Como Karina era su único contacto entre el mundo exterior y las carpas donde se la pasaban bebiendo cerveza, le pidieron que les averiguara dónde se presentaba Lenteja, alias Abu Ibn Wassar. Para ella, aunque habituada a las realidades a medias del arte, esto fue demasiado. Su primer impulso fue negar todo, pero lo pensó mejor: tenía a mano una salida verosímil, y en el fondo no importaba adónde llevara. En sus cotidianas excursiones a la ciudad se había enterado de que estaba realizándose la Bienal Internacional de Arte Contemporáneo de Luxor; en otras circunstancias no se la habría perdido, pero en el estado de ánimo en que se encontraba apenas si le había dedicado una vaga atención, como si no le concerniera. Pero por lo visto la había registrado, y le sirvió para decirle a Tapita que era allí, en el marco de la Bienal, donde haría su recital el poeta. Le preguntaron si sabía cómo llegar; dijo que no creía que fuera difícil pues había carteles por todas partes, en la ciudad, y a ésta sí sabía llegar. No se habló más. Decidieron ir esa misma tarde, renunciando a la siesta.

No hubo inconvenientes en el viaje, salvo por el disgusto que le causó a Karina tener que pagar los diez boletos de ómnibus. El problema, cuando estuvieron frente a uno de los carteles de la Bienal, fue decidir a cuál de los locales ir, pues el evento estaba repartido en varios. Karina sugirió el que figuraba en primer lugar, que era el museo de arte de la ciudad, suponiendo que sería el principal. Tuvieron que caminar un rato, orientándose con displays de información turística y preguntas, una cosa y otra a cargo de Karina pues los demás se limitaban a seguirla y burlarse de los nativos que cruzaban; les daba risa que hablaran una lengua incomprensible para ellos, o que se vistieran distinto, o que sus casas y tiendas no fueran como las de Rosario. La avergonzaban y deprimían, tanto que decidió separarse de ellos no bien pudiera y dejarlos que volvieran solos, así aprenderían.

El museo era un majestuoso edificio colonial, al que le habían adosado una modernísima construcción de acero y cristal, obra de Renzo Piano según una placa. Justo enfrente, se abría un gran parque verde. Karina no dejó pasar la ocasión de sacarse de encima a la insoportable bandita. Les dijo que según tenía entendido los recitales del poeta se realizaban a la puesta del sol, para la que faltaba un buen rato; les sugería que hicieran tiempo en el parque, mientras ella recorría las salas del museo. Salvo que, agregó con una punta de ironía, prefirieran acompañarla… Un coro de risas y sarcasmos rechazó sin deliberación previa esta última propuesta. ¿Ir a perder el tiempo con esas porquerías llamadas «arte»? ¡Jamás! Se consideraban gente normal. Dio media vuelta y entró, sin prestar atención a la sorna de las despedidas y los malévolos «¡Que te diviertas!» de esos salvajes ignorantes.

El nombre del vasto jardín, escrito en jeroglíficos dorados sobre el arco de la entrada principal, era «Parque de la Cabeza de Horus», enigmática denominación que como muchos nombres podía no tener ningún significado o haberlo perdido más allá de los horizontes de la memoria. Tapita y sus amigos se internaron por unos senderos curvos entre una exuberante vegetación. Impermeables a la belleza, también lo eran al exotismo, y hasta a los rudimentos de la geografía misma. La ignorancia suele ser imperturbable, y la de ellos lo era en grado sumo. Otro se habría preguntado cómo era posible que ese jardín de mil verdes floreciera en un país del desierto. Para ellos era tan natural como que un parque tuviera plantas. Tapita abría la marcha, hablando con Bonfiglio: calculaban la posibilidad de que hubiera un kiosco de bebidas donde pudieran sentarse a tomar cerveza y después escaparse sin pagar, en una maniobra que ya habían puesto en práctica muchas veces en Rosario, y si les había salido bien en Rosario, ¿por qué no les iba a salir bien en Egipto? La única precaución era tener bien en claro el camino de salida; se dio vuelta y les gritó a sus amigos que registraran bien por dónde iban. Él por su parte ya estaba del todo perdido. Hubo un intercambio de opiniones cuando expuso su plan, y objeciones de las chicas, que habían venido con sandalias de taco alto, incómodas para correr. Prevaleció la temeridad; los envalentonaba el número.

De pronto el follaje se abrió y se vieron frente a un gran lago de aguas quietas, oscuras, en las que se reflejaban las copas de los árboles, las nubes, y unas montañas que no habían notado antes.

En el lago, ibis y cocodrilos convivían pacíficamente.

Los diseñadores del parque habían intentado, con éxito, darle un aire europeo. Vegetación de follaje oscuro, arbustos floridos intercalados y a lo lejos, en las laderas (porque era grandísimo), pequeños chalets alpinos, kioscos, glorietas, topiarios, laberintos de cercos vivos, parterres, rosedales, pabellones de té. Todo lo cual era un esfuerzo desperdiciado para la bárbara invasión rosarina.

Yamina, que haciendo honor a su físico con tendencia a la obesidad se llevaba a la boca todo lo que le caía a mano, soltó un grito, y cuando los otros la miraron les señaló las ramas bajas de un árbol bajo el que pasaba y con uno de esos mohínes infantiles que afectaba, gritó: «E lico, la nena quiele más». El árbol estaba cargado de unos pequeños frutos rojos, de los que ella tenía varios en la mano, y se los llevaba a los labios repitiendo que eran «licos». Jonathan se acercó, desprendió uno y lo probó. Asintió, y levantó la mano para tomar más. Los otros volvieron sobre sus pasos para imitarlos, y pronto todos estuvieron comiendo. Hasta que se dieron cuenta de que esos árboles seguían en fila por el sendero que bordeaba el lago, todos igualmente cargados de los deliciosos frutos, y entonces siguieron su marcha, sin dejar de comer.

Eran unos frutitos huecos y blandos, en forma de dedal, de un rojo violáceo. Húmedos al tacto, carnosos (pero entre diez no hacían un bocado, tan pequeños eran), tenían un sabor dulce muy intenso, con un regusto agrio.

Pronto estaban todos con los dedos enchastrados y con manchas rojas alrededor de la boca.

Tan entretenidos estaban con la golosina natural egipcia que no habían registrado, aunque lo habían oído varias veces, el pitido agudo de un tren. Al fin, después de cruzar un pintoresco puente de madera sobre uno de los brazos del lago, vieron que caminaban sobre vías, e hicieron la asociación. Poco después, por un claro entre los árboles, vieron un trencito, que en ese momento pitaba, deslizándose en una ladera.

Siguieron las vías hasta la estación, donde hicieron el escándalo habitual. No perdían ocasión de demostrar lo primitivos que eran. Su ignorancia se manifestaba sobre todo en el área lingüística; lo que no tenía nada de raro, si había algo de cierto en el refrán «El pez por la boca muere». Además, debía de ser algo bastante común. La gente nacía en una lengua, vivía en ella, y se necesitaba un esfuerzo de cultura para imaginarse que había otras lenguas, que era como decir otros mundos.

Por ejemplo, la palabra «tren» en egipcio, se decía con otros sonidos, por completo diferentes. Eso a ellos los hacía desternillar de risa, los terminaba de convencer de que los egipcios eran unos retrasados mentales, que no se habían enterado de que el tren se llamaba «tren». Tampoco se les ocurría que la señora a cargo de la boletería, y el maquinista, al repetirles esa palabra señalando el tren, podían estar diciendo otra cosa; de hecho, era muy probable que la palabra fuera el equivalente de «boleto» o «pagar»… En ese perpetuo comienzo del mundo en que vivían, los sonidos que alguien pronunciaba señalando una cosa no podían ser más que el nombre de esa cosa, su nombre edénico (rosarino); verbos, adjetivos y otras lindezas estaban fuera de cuestión.

Resultado, que se subieron al tren sin pagar. Sus defectos tenían casi siempre consecuencias ventajosas para ellos. Y los egipcios, la boletera y el maquinista, cansados de no hacerse entender, se resignaron a llevarlos gratis. Partieron.

Para entonces la sustancia que contenía el pequeño fruto rojo con el que se habían hartado comenzaba a hacer efecto. El principio activo no era otro que el de la proxidina, la droga más popular entre la juventud de Rosario. Con razón o sin ella, se decía que la proxidina causaba un efecto psíquico de contigüidad: todas las cosas se acercaban, y no sólo las cosas entre sí sino, en una escalada imparable, las cosas y su sustento, vale decir que la cosa se acercaba a lo que la hacía cosa, y esto a lo que lo hacía ser lo que era… Se producía un compacto bastante confuso (a los usuarios la confusión era lo que menos los preocupaba), en el que los nombres participaban de la proximidad generalizada. Los que decían que no se trataba de un alucinógeno propiamente dicho tenían ahí un buen argumento, pues si la alucinación también se acercaba a la realidad hasta pegarse a ella, dejaba de existir como tal. Pero en los hechos el efecto de la droga era un prodigioso distanciamiento, que desmentía su nombre.

Los frutitos rojos contenían proxidina en una combinación molecular distinta a la que se comercializaba en las calles de Rosario. Debió de ser por eso que les pegó tan fuerte.

El recorrido de las vías seguía el contorno sinuoso del lago, en cuyas orillas producía desbandadas de ibis y zambullidas precipitadas de cocodrilos. Todo contribuía a la ruidosa alegría del grupo; en sus carcajadas y gritos ya sonaba la nota ebria de la proxidina. El escenario contribuía, lo mismo que las sacudidas de los pequeños vagones. La profusión selvática del follaje se hacía compacta, aunque con agujeros que dejaban ver más árboles y matas, o les acercaban cascadas de flores superabiertas, plantas que eran todo flor, como láminas blandas de los colores más encendidos. Pájaros pequeños como moscas, avispas grandes como pájaros, animaban el complejo vegetal. El bullicio de la banda de amigos se hacía ensordecedor, y tanto se movían y saltaban por encima de los asientos que faltó poco para que el trencito descarrilara. El pitido de la locomotora, de pronto, los hizo estallar en gritos locos.

La señal que hacía sonar el maquinista tenía un sentido, no era pura decoración sonora: el convoy pasaba por un breve túnel, el primero de los diez que puntuaban el paseo. Estos túneles eran en realidad casetas alargadas, hechas de una especie de papiro plástico translúcido, dispuestas en ordenada sucesión de modo que los turistas siguieran toda una historia. Cada uno de los túneles tenía las paredes pintadas con figuras y escrituras, que la luz del exterior filtrándose por las membranas coloreadas permitía ver. El conjunto representaba las Estaciones de la Muerte de Horus, divinidad tutelar del parque.

Había que saber mucho de mitología egipcia para entender de qué se trataba, además de que las explicaciones intercaladas entre las figuras estaban escritas en jeroglíficos. Por supuesto, los rosarinos no podían ignorar más de la materia. Pero, paradójicamente, el exclusivismo idiomático del que nunca habían salido los puso en condiciones óptimas para descifrar lo que a un erudito habría puesto en problemas. Esto, sumado a la exaltación a la que los habían llevado los frutitos rojos, les permitió identificarse plenamente con el mito.

Horus era el dios con cabeza de halcón, hijo de algún dios y padre de algún otro, protagonista de diversas aventuras y transformaciones, patrón de ciertos gremios, servido por sacerdotes especializados y morador solitario de una constelación del firmamento. La cabeza de animal era una constante en el panteón divino, pero a Horus le había correspondido, por motivos que sólo sabían los autores de aquellas complicadas patrañas, el privilegio de representar el tema mismo de la cabeza. Aunque en realidad habría que decirlo en plural, «las cabezas», pues eran dos: la de hombre que correspondía a su erguido y juvenil cuerpo humano, y la de ave cetrera que le había impuesto la fábula.

El proceso de su muerte, ilustrado en las diez toldillas que atravesaba el tren, consistía en un complicado ritual de decapitaciones, soldaduras, trueques y confusiones, en el que participaban sus parientes dioses y no pocos faraones que habían promovido el culto. En el fondo, la historia era la de las alternancias políticas y las luchas de poder en el seno de la clase sacerdotal por imponer un tipo u otro de culto, En la superficie de la representación esos avatares históricos o dinásticos tomaban la forma de una guerra de dioses. La cabeza humana caía, a consecuencia de la traición de una esposa, y el cuerpo decapitado vagaba ciego por el vacío celeste durante largas eras hasta que una potencia benévola lo dotaba de una cabeza de halcón, sólo para volver a empezar con otra esposa. La trama, siempre acelerando, avanzaba a fuerza de recuperaciones inoportunas de las cabezas ya usadas, sorpresas de comedia, condenas, castigos, venganzas. En un momento (Estación 7) Horus aparecía con el cuello deshabitado y una cabeza en cada mano, expresivo emblema, seguramente inconsciente, de las vacilaciones que debe enfrentar el autor de una historia ante las posibles alternativas del relato que está inventando.

En cuanto a la «muerte», que no es algo tan extraño pues todos los pueblos antiguos han tenido dioses que mueren, representaba el triunfo de la ficción, o del poder de aniquilación del narrador. En su misma contradicción interna, la «muerte de un inmortal» significaba la potencia de la fábula, y era paradójicamente una victoria sobre la muerte.

Los jóvenes rosarinos, que tomaban todo esto con la displicencia de civilizados ante las creencias absurdas de los salvajes, se divirtieron muchísimo; celebraban con carcajadas cada decapitación, y apostaban a nuevos trueques; lo encontraban mejor que la televisión; o no tanto: sus conocimientos históricos les alcanzaban para saber que la televisión todavía no se había inventado en «Egicto», y por lo tanto los egipcios se habían visto reducidos a ese dispositivo de tren y jeroglíficos.

Debido al calendario tropical, y quizá también a una compresión causada por la proxidina, se había hecho de noche de pronto. Las últimas imágenes las vieron en una media luz azul que las hacía más impresionantes.

El maquinista casi sin disminuir la velocidad saltó a tierra y operó una de esas palancas de cambio de vía, para meter el tren en un depósito cerrado, con los pasajeros adentro; su intención era llamar a los guardias del parque y obligar a los polizontes a pagar el boleto, más las correspondientes multas. Los jóvenes no advirtieron nada. Para ellos todo era diversión. La tierra se abrió suavemente y la locomotora se hundió, arrastrando los vagones, por un túnel de verdad. Fue vertiginoso, tanto que no les dio tiempo de asustarse. En segundos el trencito desembocaba en una cripta de piedra, silenciosa y con olor a momia, en la que se detuvo.

La banda bajó a curiosear. Como habían hecho con todo lo demás, se lo tomaron con naturalidad, creyendo que era parte del programa. Habrían tenido un atisbo de la verdad si se les hubiera ocurrido mirar dentro de la locomotora: el maquinista había desaparecido. Pero no lo hicieron, más interesados en los guerreros de piedra que se alineaban a lo largo de las paredes, y en la estatua monumental que presidía el fondo; en ella reconocieron al mismo personaje con cabeza de halcón cuya biografía habían venido siguiendo en los dibujos.

Estaban en la Cámara de Horus, el sanctasanctórum del dios más misterioso de Egipto, el recinto hasta entonces inviolado que durante siglos habían estado buscando arqueólogos y profanadores. Nunca hubo privilegio más desperdiciado. Las chicas se reían de las estatuas, les encontraban parecidos con gente de Rosario, la Beba preguntaba dónde estaba el baño, Yamila se puso a gritar porque dijo que había visto una araña. Bonfiglio se había montado a la estatua de jaspe de un hipopótamo y hacía muecas. Carlitos pedía (inútilmente, por suerte para esas venerables reliquias) un aerosol para dejar su firma y alguna inscripción conmemorativa de la goleada de Central. Tapita y Jonathan preguntaban airados si no había cantina. El Cabeza contaba con el dedo las estatuas, serio como un niño de tres años.

Toda esta actividad cesó de pronto cuando vieron que no estaban solos. Para ellos fue una sorpresa tal que no supieron si habían estado distraídos, o si los intrusos habían aparecido mientras tanto. Aunque más bien los intrusos eran ellos, pues los otros parecían instalados desde antes, y absortos en sus tareas, que ellos venían a interrumpir. Una vez que los hubieron visto les asombró no haberlo hecho antes. No eran pocos, y se hacían notar. Por lo pronto, la iluminación provenía del sitio donde se hallaban. Había unos reflectores portátiles que varios electricistas hirsutos probaban encendiéndolos y apagándolos, a la vez que desenredaban y enrollaban larguísimos cables, como si se propusieran trasladar todo el equipo a otra parte. También había luz, blanca y muy fuerte, sobre una consola de sonido en la que se afanaban dos operarios. Tubos fluorescentes iluminaban unos racks de ropa oriental alrededor de los cuales evolucionaban mujeres semidesnudas muy pintadas, algunas vistiéndose, o desvistiéndose, o cambiándose tras unos biombos abiertos en desorden. Una de ellas estaba planchando, otra cosiendo, las dos en la urgencia de un detalle de último momento. Un grupito sentado en semicírculo leía y comentaba papeles que acercaban, para ver mejor, a una lámpara portátil en el centro. Pero la fuente de luz más llamativa era la hilera de foquitos que rodeaba el espejo de una mesa de tocador. No sólo era llamativa sino que daba la nota de sentido y explicaba la escena, que era teatral, de preparativos antes de que se levantara el telón. Por lo visto, estaban usando la Cámara de Horus como camarín improvisado para un espectáculo. Y la naturaleza de ese espectáculo quedó en claro cuando

Tapita reconoció, en el espejo del tocador, al personaje sentado ahí: Lenteja, su rival en las andanzas lumpen por las calles nocturnas de Rosario, su rival en el amor. No podía ser otro. Las expectativas con las que venían cargados así lo ordenaban. Ni siquiera podía hablarse de coincidencia. Tenía que ser él para que la historia en la que estaban encabalgados se sostuviera.

Lenteja estaba en manos de una maquilladora que le trabajaba el rostro con movimientos expertos, desde la derecha. Desde la izquierda, un fonoaudiólogo lo hacía recitar y lo corregía, volviéndose con frecuencia hacia el semicírculo de sus colegas que le daban papeles y le sugerían instrucciones. El maquillaje, y el discurso gutural que incorporaba de memoria, mecánicamente, transformaban a Lenteja en Abu Ibn Wassar, el falso profeta de la Poesía. Salvo que esta vez la transformación quedó interrumpida por un grito que salió de la boca de Tapita:

—¡Lenteja, hijo de mil putas, devolveme a Vanessa!

El eco de las estatuas de piedra hizo reverberar un largo silencio de amenaza. La cámara se electrizó, el aire tomó un tinte rojizo. Hubo una parálisis colectiva en la que Lenteja se volvió hacia la fuente del grito (su sillín era giratorio). Abrió la boca. Lo que dijo, en el denso silencio, no se parecía a sus famosos recitados egipcios:

—¡Nunca, leproso de mierda!

Lo próximo que supieron fue que estaban combatiendo, bando contra bando. Las chicas rosarinas, con la gordita Yamina a la cabeza, se trenzaron a arañazos y tirones de pelo con las coristas del poeta, los varones a puñetazos y patadas con los fonoaudiólogos, en un desparramo generalizado. Tapita y Lenteja saltaron desde sus respectivos lugares y chocaron en el aire, bajo la bóveda central de la cripta. El encontronazo hizo saltar una nube de polvo irisado: el maquillaje todavía no asentado del poeta. De esa nube de siete colores emergían brazos y piernas, y cuando tocaron el suelo ya estaban entrelazados en plena riña callejera encarnizada; lo único que sobresalía del nudo móvil eran los jadeos, gruñidos, y los repetidos «¡Tomá, puto!», «¡Puto vos!». De ellos emanaba una energía rabiosa que potenciaba a los demás.

Cada uno tenía sus cualidades propias para la pelea: Bonfiglio ponía la misma vivacidad que tenía para hablar y mentir,

Carlitos cuando se enardecía era malo y dañino, Jonathan a pesar de su apariencia escuálida tenía una fuerza que rendía, Frente era escurridizo como una lombriz. El Cabeza era el único que ligaba sin atenuantes, pero su espesor de gordo lo hacía resistente. Y las chicas eran unas verdaderas harpías, con mañas de rata. Unos y otros rebotaban contra los sarcófagos y los altares, sacudían las estatuas, llenaban los recesos de la cámara con gritos y ese terrible olor animal de las hormonas agresivas.

Pero la balanza de la victoria empezó a inclinarse peligrosamente para el lado de los secuaces del poeta. Tenían el número a su favor: entre fonoaudiólogos, electricistas, utileros y vestuaristas duplicaban a los rosarinos; y las coristas, entrenadas en las exigentes danzas de Ra, eran inexpugnables a la saña de las noviecitas. El resultado habría sido fatal para los atacantes de no haber recibido una ayuda inesperada.

Un fuerte aleteo se dejó oír, aun por encima del fragor de la batalla. Provenía del techo del primer vagón del trencito, que seguía estacionado en el fondo. Una enorme libélula se levantó de ahí y alzó vuelo. Era la misma libélula que había sobrevolado el convoy en la superficie; nadie había visto que en el momento en que el tren se hundía en tierra, se había posado sobre el techo. En realidad no era una libélula sino un vehículo aéreo con la forma de ese insecto. Era de membranas de plexiglás de ámbar, articulada, un poco primitiva, como el avión de los hermanos Wright, pero su tamaño y maniobrabilidad la hacían temible, sobre todo en un espacio cerrado. Estaba tripulada; el casco traslúcido de la cabina dejaba entrever una figura humana, aunque sus rasgos eran irreconocibles por causa de una fosforescencia verde enceguecedora. En un primer momento nadie le prestó mucha atención; lo hicieron cuando sus vuelos rasantes empezaron a voltear enemigos a golpes de ala. Tapita fue el primero en comprender que tenían un aliado en ese pterodáctilo de cartón, y en la primera ocasión en que su duelo individual con Lenteja se lo permitió, se colgó de la cola de la libélula y salió volando. En un looping espectacular, la libélula lo depositó en la cabeza de la estatua mayor de Horus. La cabeza era redonda (recordemos que era la de un halcón), y el joven resbaló hasta quedar a horcajadas sobre el pico; su peso torció el pico hacia abajo, y como en realidad era una palanca, obra de ingenieros antiguos, la estatua se abrió por la mitad como una mancha de Roscharch, revelando a la prisionera que encerraba: Vanessa. Tapita había seguido resbalando, y cayó en brazos de su ex novia recuperada, que lo besó murmurando: «Mi héroe».

VI

En el curso de los días previos, Karina había venido notando distintas señales de la extinción progresiva del Presente. Eran indicios sutiles, que a ella misma le parecían ilusiones de una mente sobreexcitada. Detalles nimios, que sólo ella podía notar; no valía la pena comunicárselos a nadie, ni siquiera a su fantástico corresponsal allá en Rosario. Náufraga en un desierto antiguo, no tenía con quién confirmar sus sospechas; la ambigüedad agravaba sus alarmas. No le servía de nada culpar a su imaginación, porque, justamente, sentía que había entrado en un juego en que la imaginación se había hecho real. Y la fragmentación propia de la realidad se volvía un enjambre de signos. Sufría en carne propia la verdad teológica del dicho: la treta más astuta del demonio es hacer creer que no existe. Era como si algo terrible estuviera a punto de suceder, pero la inminencia se cerraba sobre sí misma, se hacía pequeña como un grano de arena y volaba a confundirse con las dunas inmóviles.

Estudiaba con aprensión las horas del día, trataba de aferrarse a la idea de que cada una de ellas era presente, pero como no lograba echar el ancla en ninguna, pasaba el día en ascuas. Eso podía deberse a que no estaba trabajando; pero no podía remediarlo, estaba demasiado lejos de su taller. El cielo, imperturbablemente azul, transformaba sus azules; y si bien cada uno era el azul del momento, los momentos se sucedían, a veces parecían retrasarse o adelantarse, a veces se superponían. Los grandes crepúsculos vacíos la sobresaltaban. De pronto recordaba algo que había pasado, algún pequeño accidente, alguna modificación inexplicable, y se preguntaba si las sombras inminentes alcanzarían para lavarla de sospechas y convencerla de que el Presente seguía existiendo.

Nada habría podido convencerla mejor que la visión del firmamento nocturno. Los astros en el cielo, por causa de su distribución en el espacio, eran una coincidencia, una gran coincidencia, y eso y no otra cosa era el Presente. A la medianoche, recostada en la arena fuera de las carpas donde arreciaba el jolgorio brutal de sus compañeros, Karina dejaba que su mirada se perdiera entre las estrellas, y se ponía filosófica. ¿Qué era el presente sino la ocurrencia simultánea de una enorme cantidad de hechos distintos? Bastaba con que coincidieran en el tiempo para que hubiera Presente, y eso nadie podía impedirlo. ¿O sí? La visión de todos esos poéticos puntitos de luz en la bóveda negra de la noche eran la más cabal imagen de la coincidencia. Pero una imagen puede mentir; la artista que había en ella lo sabía bien. Y sabía, como todo el mundo, que las señales que enviaban las luminarias celestes venían de tiempos distintos, separados unos de otros por dilatados milenios.

La decepción del cielo la llevaba de vuelta a la conspiración. ¿Cómo se proponía hacerlo el profesor Frasca? Si para anular el Presente debía anular la coincidencia, ¿qué iba a poner en su lugar? La respuesta no era difícil: la suplantaría con la sucesión causa-efecto. Sí, eso debía de ser. La causa siempre estaba en el pasado, respecto del efecto, y éste estaba en el futuro de la causa. No habría más Presente. El mundo se quedaría sin esa deliciosa suspensión irresponsable en que las cosas han coincidido porque sí, por casualidad, sin explicación. Todo empezaría a funcionar en encadenamientos que extenuarían el pensamiento de la Humanidad, y ya no habría más vacaciones, ni felicidad.

Dejó de mirar el cielo y se sentó. Las dunas a lo lejos se dibujaban en un halo gris. En un gesto habitual, Karina se frotaba las manos. Eso le hizo percibir una distorsión en el anillo, que conocía bien. Usaba un delgado anillito de oro, sin ningún objetivo simbólico, sólo porque le gustaba. Muchas veces encontraba que el anillo estaba retorcido, como si le hubieran dado martillazos. Se debía a que ella hacía movimientos inconscientes con los dedos. Tenía una tremenda fuerza muscular, que no se sospechaba por su aspecto delicado, muy femenino. Pero esta fuerza actuaba cuando no pensaba en ella; cuando quería enderezar el anillo tenía que recurrir a alguna herramienta; a veces le daba trabajo sacárselo. Esa noche lo encontró todo torcido, parecía una joya barroca de elipse caprichosa, y no el simple anillo de niña que era (se lo había regalado el padre al cumplir quince años). Se preguntó en qué momento de la jornada habría estado tan tensa como para que sus dedos, sin que ella se diera cuenta, arrugaran el oro como un papel. Pregunta vana, porque no había hora ni minuto, en ese viaje desdichado, en que la tensión aflojara. Deploraba los estados inconscientes, porque la vida transcurría en ellos por fuera de la vida, y sólo se incorporaba a ésta por el lado de sus consecuencias, que siempre eran una torsión con algo de monstruoso o asimétrico.

Un momento objetivo de nerviosidad generalizada era el ataque nocturno de chacales que sufría el campamento. Las bestias, como perros esqueléticos, venían de muy lejos, de las dunas que hacían las veces de horizonte, pero venían muy rápido, sacudiendo las patas de alambre peludo, en una bandada innumerable, como astillas metálicas imantadas, de pronto sus jadeos hambrientos sitiaban las carpas. Se decía que eran inofensivos, pero era inevitable que dieran miedo, por su número y la avidez que mostraban. Y además la leyenda dejaba abierta una puerta al peligro, al contar que los chacales tenían una especie de reina, una chacal hembra llamada Bella, blanca y gordísima. Estaba así de gorda por una operación que había sufrido, a manos de los sacerdotes médicos de Osiris, o del mismo Osiris según otra versión. La operaron para aliviarle los dolores que le provocaban unos cálculos renales grandes como huevos de gallina. Sus súbditos flacos la obedecían ciegamente, y habrían atacado y exterminado los asentamientos humanos que invadían por las noches, si ella se lo ordenara. Bella tenía toda la intención de dar la orden, pero por suerte para el hombre (y para el chacal, porque la guerra no habría tenido un resultado seguro, sobre todo ahora que el hombre disponía de letales armas de fuego), nunca llegaba a tiempo; mientras los demás se precipitaban, ella venía a la zaga, bamboleando la panza. Se cansaban de esperarla, volvían, y la encontraban a medio camino, resoplando, echada en un nido de arena o trepada en uno de esos sillones que los egipcios tiran en el desierto cuando compran nuevos. Así es como la raza de los chacales nunca sacia el hambre ni ejercita su agresividad natural.

Los rosarinos los espantaron tirándoles botellas de cerveza vacías, y lo disfrutaron como un juego más. El juego se puso peligroso cuando intervinieron los franceses del campamento vecino, que tenían ametralladoras. El tiroteo fue infernal, y hubo riesgo de morir de una bala perdida; milagrosamente, no hubo más víctimas que los chacales. Desde esa noche, Karina empezó a desconfiar de sus vecinos, que no habrían podido explicar por qué una misión arqueológica disponía de semejante arsenal.

Después de la matanza, fue hasta el borde de la meseta, sorteando los cadáveres de los animales, a ver cómo escapaban los sobrevivientes, siluetas andrajosas a las que no les alcanzaban las patas para alejarse. Tenía algo así como la esperanza de ver a Bella bajo las estrellas, sentía una rara identificación con la bestia legendaria... aunque sabía que era una leyenda, y por lo tanto no existía. Fue entonces, en la vaga angustia remanente del episodio, que debió de gesticular inconscientemente con los dedos hasta torcer el anillo, que efectivamente (lo comprobó a la luz de la noche) tenía su ecuador de oro todo deformado. Pero ¿eso había sucedido antes o después? Volvían las dudas. Volvía a comprobar que algo se le escapaba del momento en que sucedían los hechos.

¿Y cuándo sucedían? Había hechos de fábula, como el que acababa de vivir, que no tenían una localización precisa. Y más aun, el estado de sospecha en el que se hallaba le hizo preguntarse cómo se había enterado ella de la historia de la Reina Chacal. Se la podía haber contado cualquier egipcio, pero ella no sabía el idioma. En realidad, no estaba hablando con nadie, se sentía aislada en sus pensamientos, que hacían presión sobre su mente, segun la imagen del anillo.

O bien el Presente se hurtaba como una anguila resbalosa, o bien todo era Presente, como en una ficción hecha realidad. Lo que podía estar pasando era que el Presente, amenazado, presentaba batalla y se lanzaba masivamente sobre el mundo, y las alternancias de su presencia y ausencia causaban un torbellino temporal que la sacudía y confundía.

¿Nadie más que ella lo estaba notando? Había detalles tan patentes que saltaban a la vista. Pero ¿eran detalles concretos? El peligro de la abstracción se volvió su demonio más torturante durante esos días. La lucidez de la que se jactaba, y que le habían elogiado, no le servía más que para deslizarse a engañosas aporías. Siempre había pensado que la lucidez era una bendición de dos caras. Por lo pronto, la había dejado sola, en camino a volverse una solterona. Y ahora volvía a jugarle en contra.

Debería registrar el Presente, para tener algún punto concreto de referencia. Pero ¿registrarlo cómo? Ella sabía hacerlo con arte, y el arte llevaba implícita una forma de eternidad que terminaría confundiéndola más todavía. La escritura sería más útil, una simple escritura de anotaciones puntuales, sin pretensiones poéticas. A veces se sentía escrita, pero desde una dimensión distinta; si realmente estaba viviendo una aventura en la que se jugaba la suerte del mundo, la historia escrita de la que era personaje era un cuento fantástico perfectamente fuera del tiempo. Y en su realidad, nadie escribía. O al menos eso creía ella, hasta que un día lo vio a Jonathan inclinado sobre un cuaderno escolar, agarrando con torpeza una birome y trazando laboriosamente palabras, letra a letra. Ya había notado antes que Jonathan sobresalía ligeramente (apenas) del grupo, por ciertos gestos más humanos. Era el de aspecto más humilde; por sus rasgos y el color de piel se lo habría dicho proveniente de un medio carenciado, y quizá eso mismo le daba un atisbo de sensibilidad.

Le preguntó si llevaba un diario de la expedición. La respuesta fue negativa. La explicación, por falta de medios expresivos, resultó confusa, pero Karina pudo sacar en limpio que estaba tratando de contar su vida en una novela, o, dicho en otros términos, de escribir una novela autobiográfica, o una autobiografía novelada. Era un viejo proyecto; el hogar disfuncional del que había salido, los fracasos escolares causados por la dislexia de la indigencia, los años en la calle, le daban materia, decía, para un libro aleccionador. Y los problemas de salud, superados a medias. No ocultaría nada. Le confió que había descubierto, o inventado, un método para decirlo todo. Consistía en escribir como si él fuera él mismo. Karina asintió, pero no pudo ocultar que no entendía, y Jonathan, con sus balbuceos, se esforzaba por explicar que el personaje de la novela sería él mismo, sin inventar nada, pero contado como si el personaje mismo escribiera el libro… Lo que quería decir era que escribiría en primera persona. Karina no le dijo que el recurso ya se había usado.

¿Y estaba muy adelantada, la obra?

No, para nada. La había empezado hacía años, pero nunca había pasado de la primera página, porque nunca encontraba el tiempo o la tranquilidad necesarios para sentarse a escribir. Por eso había traído el cuaderno en la mochila, calculando que en las horas muertas del viaje tendría ocasión de avanzar un poco. Y lo había hecho, pero apenas.

Le ofreció darle a leer lo que llevaba escrito. Karina declinó, por temor al compromiso de tener que comentar algo demasiado malo, y de todos modos él se desdijo de inmediato, diciendo que el borrador era muy imperfecto todavía, muy en bruto, por el momento se limitaba a anotar lo primero que le venía a la cabeza; y además, una vez que hubiera escrito tendría que hacer una seria reflexión sobre la conveniencia de dar a conocer intimidades que no sólo le concernían a él.

Así las cosas, cuando Karina estaba sola en una de las carpas vacías, aburrida y deprimida, oyendo desde la carpa vecina los gritos y risas de la banda burlándose del chino, sintió algo haciendo bulto en la superficie sobre la que se sentaba, y al buscar con la mano encontró que era el cuaderno de Jonathan, por lo visto no muy cuidadoso ni secreto con su manuscrito confidencial. Distraída, lo hojeó, en un movimiento mecánico, sin intención de leer. Vio que, efectivamente, había escrito muy poco, casi nada. El cuaderno quedó abierto en sus manos en la primera página, y sin proponérselo leyó la primera frase.

«Por no haber corregido a tiempo los defectos de postura, el culo se volvió mi peor enemigo.»

No leyó más. Con eso tuvo suficiente, hasta para arrepentirse de haber leído. La breve frase, cuya sintaxis por algún milagro de la combinatoria había salido correcta, le abría una ventana a un paisaje moral que no quería ver. En su concisión, encerraba todo un estilo, no sólo literario (si es que podía hablarse de literatura) sino de relación con el propio yo. ¿Qué clase de vida podía ser la de alguien que inauguraba su autobiografía con esa declaración? Era desalentadora sobre todo porque hacía pensar que el Presente, lejos de ser la revancha del tiempo, era ese páramo brutal en el que podía desembocar la percepción de sí mismo. El hábito era una administración del tiempo medida en posturas corporales; en ella el resultado había sido el Arte, y en su optimismo modernista debía de haber creído que así pasaba con todo el mundo; pero en la porción mayoritaria de la humanidad se manifestaba al fin en un exhibicionismo anal.

Entre la Reina Chacal, que nunca llegaba a tiempo, y esta increíble vulgaridad escrita que la expulsaba de la experiencia del prójimo, Karina seguía dudando de sus facultades, vacilando entre lo abstracto y lo concreto, sin saber qué pensar en definitiva.

Estas alternativas del desasosiego se resolvieron (para mal) cuando entró al museo donde se exponía parte de la Bienal Internacional de Arte Contemporáneo de Luxor. El alivio de dar la espalda a sus ruidosos compañeros, que desdeñaban cualquier visión cultural y se dirigían al parque a hacer tiempo, se potenció por la expectativa de ocupar la mente, durante el resto de la tarde, en contemplaciones y asociaciones intelectuales, en la inspiración y el estímulo que siempre representa el arte para un artista. La realidad le jugaría una mala pasada.

Pagó la entrada y subió al primer piso, donde se iniciaba el recorrido. A manera de frontispicio o introducción de la muestra, en una gran pantalla cuadrada se proyectaba una película de Andy Warhol, *Sleep*. Era el rostro de un hombre dormido, la cámara a un costado, tan inmóvil como el actor. Karina conocía la obra por libros y fotos, pero nunca la había visto en el original. No tenía esperanzas ni ganas de verla entera esta vez (duraba seis horas, sin cambios), y además tuvo la sospecha de que no estaba frente al verdadero original. Recordaba que la peculiaridad de esta película, y de otras de Warhol de la misma época, consistía en que el paso de la cinta no era de veinticuatro cuadros por segundo como lo es normalmente en el cine, sino de dieciséis. Fue a ver el cartelito pegado en la pared, y ahí constaba el detalle. Miró atrás, al techo, y vio el proyector, que por supuesto era un cañón de video. Se preguntó si el cambio de soporte afectaría la visión de la obra. Como tantas otras veces en el arte contemporáneo, no sabía si estaba viendo la obra original o una especie de reproducción. Y a veces una pequeñísima diferencia lo cambiaba todo. Esa duda fue el primer llamado de atención para lo que no tardaría en volverse un gran rechazo.

Empezó a recorrer las obras. A algunos artistas los conocía, a otros no. Casi todos hacían instalaciones, que ocupaban salas enteras, a veces literalmente y en todos los sentidos, como una que consistía en humo y llenaba por completo un cuarto grande; había que atravesarlo, se entraba por una puerta y se salía por otra enfrentada; el humo, bastante respirable, era de un color verde claro fosforescente, y como era inevitable que se escapara por las puertas cada vez que las abrían, sus filamentos verdosos la persiguieron por todo ese piso del museo, y los superiores también.

Otra era lo mismo pero en lugar de humo tenía globos rosa, del suelo al techo, por entre los cuales había que abrirse paso. Aquí no eran los globos mismos los que se escapaban por las puertas, sino el ruido de los que se reventaban al paso de la gente; esos molestos estallidos la acompañaron durante el resto de la visita.

Aunque no siempre tan infantil, todo era parecido. Había una sala con ropa hindú colgada de percheros, otra con guitarras eléctricas apoyadas en bafles, que sonaban solas a intervalos irregulares, otra perfectamente vacía salvo por un intenso olor a rosas. Un espacio enorme en el segundo piso estaba ocupado por una jaula dentro de la cual se había reproducido un patio de escuela, con medio centener de estatuas de niños en tamaño natural, entre los cuales revoloteaban palomas vivas.

En general Karina tenía bastante paciencia con estas cosas, por sensibilidad y por lealtad profesional. Se las arreglaba para encontrarles una justificación, cosa que no era difícil disponiendo de unas pocas claves de la jerga crítica. Después de todo, ella también era artista y hacía cosas parecidas. El arte contemporáneo era un gusto adquirido; había que estar «adentro» y aceptar sus reglas, de otro modo era inevitable que se lo tomara como un timo que no engañaba a nadie.

Pero en esta ocasión, las salvaguardas no bastaron, y hasta se volvieron en contra. Empezó a encontrar ridículo todo, a irritarse contra esas «obras» que eran un montón de piedras o unas feas fotos ampliadas al tamaño de paredes, o un video borroso de una fiesta, o una pila de cajas de cartón. Y la seriedad con que esa basura era expuesta y etiquetada, y el ojo vigilante de los guardianes para que nadie tocara nada. El fastidio se multiplicaba al volverse contra sí mismo, porque se daba cuenta de que estaba reaccionando como una burguesa filistea, y no se reconocía, ella, practicante y defensora del «arte contemporáneo». Sala tras sala, su enojo crecía. Si hacía un esfuerzo por volver a ser la que era, por volver a ponerse «adentro» de la teoría que sustentaba esas pretenciosas naderías, era peor, porque las razones que encontraba le daban más motivo de desprecio. Hasta que llegó a comprender que la anulación del Presente la había penetrado, y ya estaba actuando desde ella. De pronto se le hacía evidente que no podía aceptar que el «arte» pudiera ser «contemporáneo», y eso significaba la aniquilación de ella misma, de su vocación y sus esperanzas.

Hizo presa de ella una profunda depresión. Pasó por entre una instalación de reflectores, que encontró fea e idiota; era de Olafur Eliasson, que siempre le había parecido un farsante, un falso artista. Pero en la sala siguiente había una instalación de Dieter Roth, al que tenía por un genio, y la encontró igualmente nula. ¿De qué servía todo eso? ¿Qué estaba haciendo ahí? Quería irse. Hacía demasiado calor, en esa feria de esperpentos, el humo verde le hacía arder los ojos, estaba tan cansada que no se tenía en pie. Al fondo del último nivel había una salita oscura (¡más video!) en la que se metió sin ganas, ya casi masoquista. Aquí la originalidad era que estaba vacía, salvo por una pequeña pantalla cuadrada empotrada en el piso. Había que acercarse casi hasta pisarla, y bajar la vista. Según la tarjeta explicativa, la pantalla mostraba «en tiempo real» lo que sucedía en el sótano del museo.

La escena del famoso «tiempo real» (¡qué sardónica le parecía ahora esa expresión!) era muy agitada, y la pantalla era tan chica, las figuras tan miniaturizadas, que tardó un rato en reconocer a sus compatriotas rosarinos, empeñados en una batalla campal con desconocidos, en una especie de templo subterráneo con estatuas de dioses. Era muy abigarrado y confuso. Además de los combatientes, y las estatuas y sarcófagos, había un tren de tamaño apenas menor que un tren de verdad, con sus vagones enrollados alrededor de la locomotora formando una espiral multicolor, y al fondo una gran estatua hierática de un dios con cabeza de halcón, además de utilería teatral que el combate había roto y esparcido por todos lados. En el reducido espacio de la cripta, las dos bandas enfrentadas se propinaban golpes con puños y pies, además de cabezazos y rodillazos, se hacían llaves estranguladoras, se revolcaban y mordían, como si se hubieran vuelto locos. Las chicas rodaban con tanta energía o más que los varones, trenzadas con nativas semidesnudas que mostraban una salvaje agresividad. Y para completar el espectáculo, un avioncito-libélula hacía pasadas rasantes, soltando unas bolas que al tocar el suelo o un cuerpo en movimiento estallaban soltando un humo verde (el mismo de la instalación; seguramente habían comprado una gran partida de humo verde y lo había utilizado más de un artista); sus grandes alas rígidas de papel transparente chocaban todo el tiempo con las paredes y las cabezas de las estatuas, pero no terminaba de precipitarse sino que volvía a alzar vuelo. De una de sus zambullidas emergió con Tapita colgado de la cola, y ambos fueron a posarse sobre la gran estatua de Horus, que se abrió dejando ver a la bella prisionera, que era muy parecida a Karina. Tan parecida, que creyó verse a sí misma, reproducida mediante algún truco.

VII

La aparición de la nueva Karina, que se llamaba Vanessa, sumió a la vieja Karina en una desesperada busca de sentido. Ahora no buscaba indicios o señales: ya los tenía todos, y más de los que necesitaba. La gota que rebalsó el vaso fue la aparición de esa doble que confirmaba sus peores temores sobre la perturbación de la realidad, y le planteaba problemas prácticos y urgentes. Ya no se trataba de especular sobre la salvación del mundo y la Historia: debía pensar en sí misma.

Cuando salió del museo era de noche. Ensimismada, caminó un rato sin registrar lo que la rodeaba. Después vio que se hallaba en una zona de la ciudad más elegante que las que había conocido. Había tiendas iluminadas, bares, restaurantes, grupos de turistas, y en el aire un tono más internacional y (lamentaba tener que reconocerlo, una antiglobalizadora como ella) más civilizado. Había quedado aturdida por las experiencias de la tarde.

Vagamente comprendía que se había producido un giro decisivo en la aventura, al menos en lo que le concernía a ella. Pues si la anulación del Presente llegaba al punto de hacer incompatibles los conceptos de «arte» y «contemporáneo», ya no había nada más que esperar. Y no sólo la afectaba a ella en tanto artista; todo el mundo estaba en peligro.

Pero la comprensión de esa amenaza general le produjo un efecto paradójico: pensó que debía ocuparse de ella, tratar de sobrevivir ella, concentrarse en sí misma, y, si era necesario, dejar que todo lo demás se fuera al diablo.

En esta línea de razonamiento, la tentó la posibilidad de meterse en un restaurante y cenar. Por lo pronto, no tenía ganas de volver al campamento. Y sentarse, tomar una copa de vino, comer algo, le vendría bien para relajarse y pensar con más claridad en los próximnos pasos a dar. No le gustaba ir sola a un restaurante, pero por una vez podía hacerlo, en un país extranjero y en circunstancias tan especiales. Además, necesitaba estar sola.

Sin darle más vueltas se metió en un lugar de nombre francés, el primero que le salió al paso. Un mozo le abrió la puerta, le preguntó (en inglés) si estaba sola, y la condujo a una mesita contra la pared. Se sentó en la banqueta; tenía una vista completa del local, que era más bien pequeño, y elegante. Boiseries oscuras, techos altos con una gran araña de caireles en el centro, manteles blancos, copas de cristal, rieles de bronce en los tabiques que separaban los reservados. Los mozos estaban de blanco inmaculado, que hacía contraste con sus manos y rostros morenos. Pidió una copa de vino blanco y se puso a examinar el menú. Eligió «tête de veau» con «sauce gribouille»; la pidió cuando le trajeron el vino, y, liquidado ese trámite, bebió un sorbo, suspiró, y miró a su alrededor. No había mucha gente, seguramente porque era temprano. Frunció el entrecejo al posar la vista en las ventanas a la calle: lo que había enfrente, haciendo un arco modernista que terminaba lindando con el mismo restaurante, no era otra cosa que el museo del que había salido un rato antes. Le extrañó, porque había creído caminar bastante: o lo había hecho menos de lo que creía, o había caminado en círculo.

A su izquierda, y separado de ella por paneles de vidrio biselado que no impedía el paso de las voces, había un reservado en el que cenaba un grupo de seis o siete hombres, y una sola mujer que parecía una secretaria porque tenía abierta una carpeta en la que tomaba notas. Parecía una reunión de trabajo, pero relajada, con muchas risas. Todos tenían teléfonos celulares y llamaban o recibían llamados todo el tiempo. Eran jóvenes, llamativamente bien vestidos, y con un aire inocultable de mafiosos. A cada momento estaba entrando uno nuevo al restaurante y se les unía, o alguno de los presentes se marchaba, y volvía al cabo de un rato. Por la dirección que tomaban, Karina dedujo que iban al museo, y venían de él. ¿Serían artistas? Podría haber jurado que no. Eran típicos yuppies de negocios raros, o yuppies proxenetas, o proxenetas sin más. Por el modo en que se dirigían a los mozos, y el modo en que éstos se acercaban a la mesa a hablar con ellos, se diría que tenían alguna relación especial con el establecimiento. Y quizá el restaurante tenía alguna conexión con el museo, todo lo cual explicaría las idas y venidas.

No había prestado atención a lo que decían, dando por sentado que hablaban una lengua que ella no entendía, pero en un momento en que alzaron la voz contando un chiste se dio cuenta de que eran franceses. La asaltó la sospecha de que fueran sus vecinos de campamento, y se volvió disimuladamente a mirarlos. Pero el movimiento le permitió descubrir algo que le interesó más. Encima de esa mesa, y colgado de la pared a tres metros del suelo, había un teatrito de títeres, una primorosa antigüedad con tallas de estuco en los marcos, soles dorados en los ángulos, y telón de terciopelo rojo abierto y sujeto a los costados: porque se estaba representando una pieza, con tanta discreción (era una pantomima muda) que si uno no levantaba la vista no se enteraba. Era una sofisticada variación de los televisores colgados en bares y restaurantes, que en Rosario siempre estaban transmitiendo fútbol. Eso la convenció definitivamente de que el lugar era un anexo del museo. Lo intrigante era cómo movían los muñecos, porque allá arriba no había lugar para titiriteros. Quizá eran electrónicos, teledirigidos o programados. Para saberlo tendría que observarlos un rato, y desde donde estaba sentada era imposible, la obligaría a estar con el cuello torcido toda la cena.

En la vacancia de atención que eso le produjo, empezó a escuchar la conversación de sus vecinos. Su francés no era tan bueno como para entenderlo todo, pero lo que entendía, por ser poco y salteado, acentuaba su idea de que no eran trigo limpio. Hablaban de plata, y de proyectos para atraer público a algún sitio que no supo si era ese mismo restaurante, o el museo, o el yacimiento arqueológico donde tenían el campamento (si se trataba de los mismos franceses). Esto último parecía bastante probable, porque uno de ellos, el que llevaba la voz cantante, se extendía en las ventajas de hacer participar a los viejos dioses en la diversión nocturna. Mencionaba experiencias propias. Decía haber visto a un joven besar a Thot en la boca, en presencia de su novia y de todos sus amigos. Con un dios se lo podían permitir todo. El salto en el tiempo que representaba la presencia corporal de la divinidad era demasiado extenso para temer las consecuencias. Favorecía la impunidad, y ésta era el núcleo duro del descontrol, clave del negocio. Y agregaba, para más persuasión, que «con Horus se lo habían permitido todo». Karina escuchaba disgustada esas expresiones de cinismo, que era tan coherente con sus caras, con su desenvoltura de dueños del mundo, con sus figuras demasiado esbeltas, de gimnasio y playas, enfundadas en trajes de Prada y Armani. Más todavía le disgustó oírles proponer la realización de una «soirée dadá». Ella era una estudiosa y admiradora del movimiento dadá, y hasta cierto punto se consideraba a sí misma una dadaísta. En su devoción, ponía objeciones a todo lo que se definiera como «neodadá», por rechazo vanguardista a las repeticiones. No es difícil entender entonces que la indignara esta obscena utilización comercial del nombre de su vanguardia favorita. Y los franceses, casi como si se hubieran propuesto provocarla, ya estaban perfeccionando la idea con la propuesta de una «soirée pédé». Les daba lo mismo, dadá o pédé, probablemente probarían con las dos para ver cuál atraía más gente y en cuál se consumía más.

Pero mientras aguzaba el oído había notado que en la pared frente a su mesa un gran espejo le permitía ver el retablillo y seguir la representación sin más que levantar la vista del plato. Las dos actividades, oír y ver, se le habían venido mezclando, porque los títeres ponían en escena, a su modo grotesco, situaciones de diversión nocturna, en las que jóvenes a la moda se tomaban toda clase de libertades con los dioses egipcios, que eran figurados como saliendo de bajo tierra y sacudiéndose las telarañas. Los remplazaban muñecos (mal) imitados de los de Tauber-Arp, bebiendo y bailando en el Cabaret Voltaire. Y luego la fiesta se transformaba en una ronda de travestis y maricas y marineros tatuados, en cruel caricatura de la «salida del armario» de la comunidad gay.

El francés de Karina era precario, y lo que podía comprender de una conversación de franceses nativos, llena de coloquialismos, era más adivinación que audición, palabras sueltas, que contextualizaba con la imaginación, y, en este caso, la indignación. Así que se quedó con la duda de haber interpretado bien, sobre todo por la coincidencia de los títeres. Pero la experiencia no fue tiempo perdido, porque la resolvió a tomar una decisión que había venido madurando durante los últimos días.

«La experiencia no fue tiempo perdido.» Bonita frase, con la que justificó las horas pasadas en el restaurante, y que se le antojó que encerraba una gran verdad, muy ajustada a las circunstancias. Porque el peligro que afrontaba era precisamente que de ahora en más la experiencia sucediera en un pliegue del tiempo que se hurtara al Presente. Lo había sentido antes, en el museo, al ver en la pantalla a sus compañeros combatiendo con los enemigos, y venciéndolos. No sabían que de ahora en más toda batalla ganada sería una batalla perdida. El mundo escaparía de las manos de los artistas y pasaría a las de los administradores del tiempo perdido, como sus detestables vecinos de mesa.

La decisión que había tomado, para decirlo en tres palabras, era hacerse atar las trompas. Se le había ocurrido días atrás, al principio como una posibilidad remota, como una mera fantasía, pero a medida que la pensaba (porque no se la pudo sacar de la cabeza) le fue pareciendo cada vez más plausible. No nació de ella sino de la casualidad. En su caminata cotidiana desde la terminal de ómnibus a la tiendita de Internet pasaba por varias clínicas especializadas en ese tipo de operaciones, y una vez se detuvo en la puerta de una, a leer el cartel de propaganda. Había una competencia furiosa entre esas clínicas, de las que la ciudad contaba con medio centenar. El gobierno progresista de Egipto promovía una política de control demográfico y reducción de los embarazos adolescentes, y este método había sido el recomendado por los tecnócratas oficiales. En todo el país surgieron establecimientos donde mujeres de toda edad y condición social podían atarse las trompas, y en Luxor especialmente, pues era una meca del turismo sexual, con una inusitada concentración de meretrices.

La operación, que antaño caía en el rubro de la cirujía mayor, se había simplificado, merced a la tecnología, a un trámite veloz y aséptico, que ni siquiera necesitaba anestesia local. El cartel que había estudiado Karina explicaba el procedimiento usado. Un programador a distancia transformaba una gota de sangre de la zona sacra en operador auxiliar, y la gota misma se ocupaba de atar las trompas. El cartel la mostraba, en unos simpáticos dibujos, primero como una gota convencional, bombardeada por un rayo electrónico que la volvía un hombrecito con ropa de obrero, y en los dibujos que ilustraban los pasos siguientes ponía una escalera en el complejo falopiano, subía, atareado, y hacía un prolijo moño con los conductos sueltos en forma de trompetines tibetanos; en los últimos dibujos había bajado de la escalera, hacía la venia como diciendo «deber cumplido», volvía a la forma de gota y se reintegraba al torrente sanguíneo.

Salió del restaurante cerca de la medianoche, y anduvo caminando un buen rato en busca de la clínica. La hora no la preocupaba, porque tenía presente la advertencia al pie del cartel: «Abierto las 24 horas». Cuanto más tarde mejor. Empleó el tiempo del trayecto en reflexionar. Tenía suficiente información del tema como para saber que la operación era irreversible. El motivo que tenía para hacérsela, por supuesto, era circunstancial: la aparición de su doble volvía urgente tomar medidas. Pero ¿y el futuro? ¿Quién le decía que en los años por venir no sentiría el deseo de tener un hijo? De hecho, de sólo pensarlo sintió ese deseo. Hasta entonces había vivido dedicada a su vocación, y toda idea de familia le era ajena. Pero si el arte contemporáneo, como lo había experimentado esa tarde en el museo, caducaba en ella junto con todo lo contemporáneo, ¿qué le quedaría sino la reproducción?

Ahí se le apareció la magnitud del sacrificio que haría. No quiso minimizarlo. Como una nueva Ifigenia, se acostaría en el ara a que le extirparan la descendencia y la volvieran todo Presente.

Con este ánimo heroico, pero también práctico, entró a la clínica, firmó los papeles, pagó con la tarjeta y se dejó conducir al quirófano. No hubo muchos preparativos. Se limitaron a tomarle la presión, y ni siquiera tuvo que sacarse los zapatos.

Este episodio fue el único que no le contó a Sabor, su corresponsal rosarino, que seguía escribiendo con frenesí. Lo creía capaz de ponerlo en uno de sus artículos en el diario. Para no contárselo debió recurrir a otros temas, que tuvo que hacer interesantes y atractivos de modo de distraerlo convenientemente. Se rompió la cabeza tratando de desviar su atención. Eso la llevó a olvidarlo ella misma, o a ponerlo en el último rincón, nunca visitado, de su mente. Ahí estaba bien, en reserva, actuando silenciosamente.

Las noticias que le envió al día siguiente fueron las de la Bienal, la decadencia repentina del Arte Contemporáneo, y la participación que habían tenido los rosarinos, en recompensa de lo cual los habían invitado a cenar al lujoso restaurante del museo, a todos ellos y a Lenteja, que se había reconciliado con Tapita, y ahora eran los mejores amigos del mundo. Otro invitado fue el aviador misterioso, que no se sacó las antiparras en toda la cena; los relatos sobre él que le hicieron a Karina variaban, y así se lo transmitió al joven periodista, sabiendo que esas ambigüedades pondrían en marcha su fantasía. Más provechosa para la bandita fue la amistad que hicieron con el videoartista de la pieza en la que actuaron, un francés relacionado con los arqueólogos franceses que acampaban en el mismo yacimiento. Con éstos se entendieron de maravillas. Se estableció una estrecha camaradería, y los dos campamentos, separados por el de los chinos, se volvieron uno solo. Había motivos para el acercamiento. Los franceses, que de arqueólogos no tenían nada, habían utilizado la beca de la UNESCO como fachada para ir a Luxor a instalarse y abrir una cadena de locales nocturnos. Como necesitaban personal de confianza para los quehaceres de este negocio poco claro, emplearon a los rosarinos no bien descubrieron que eran tan poco arqueólogos como ellos. La banda de Tapita empezó a ir todos los días a la ciudad, en los jeeps de los franceses, no bien caía la noche, y se dispersaban entre los clubes y discos. Volvían bien entrada la mañana, a veces al mediodía, y dormían toda la tarde. Karina le agradeció a la suerte estas ausencias, que le daban un respiro.

VIII

La tía de Carlitos, de regreso de su excursión a Tierra Santa, hizo un crucero por el Nilo y visitó a los muchachos, llevándoles provisiones caseras, cartas de las familias, recomendaciones y noticias.

No bien estuvo de vuelta en Rosario, Sabor la entrevistó. Enterado del viaje por los mails de Karina, estaba esperándola en el aeropuerto, y allí mismo, mientras la señora esperaba su valija junto a la cinta (él se había metido con la credencial de periodista) le extrajo la información que necesitaba para los artículos con los que continuar la saga, que seguía causando sensación entre los lectores de *El Orden*.

Esta dama, la «tía Dora» (no tuvo inconvenientes en que Sabor utilizara su verdadero nombre) se les apareció en el campamento una mañana, cargada de paquetes, y les anunció que pasaría tres días con ellos. Tres días era el lapso que tomaría el barco en llegar a las fuentes del Nilo y volver a pasar por Luxor; ella renunciaba a ese tramo del viaje para estar con su sobrino y los amigos de éste; renunciaba de buena gana porque lo que llevaba visto del río le bastaba y sobraba, dijo, y además estaba harta de la compañía de turistas de la tercera edad, y ansiosa por compartir las aventuras arqueológicas del grupo de jóvenes; siempre había preferido la juventud, preferencia a la que atribuía su propia juventud de espíritu y su vitalidad, a pesar de los años que llevaba vividos, que no eran pocos. Los jóvenes por su parte la recibieron alborozados, y la disfrutaron cada minuto. En parte porque les traía una ráfaga de Rosario, en parte por mérito de ella: era una señora alegre, adaptable, cariñosa, que muy al contrario de lo que podía esperarse de su edad no les recriminaba el ocio ni la bebida ni el sexo ni las drogas, sino que los alentaba a gozar de la vida y ser felices. Ya el hecho de que hubiera emprendido sola este largo viaje hablaba por sí solo de su mentalidad.

Pero, claro está, no podía con su genio de veterana ama de casa, y no bien se hubo instalado empezó a poner orden en las carpas, donde buena falta hacía. Los muchachos le dijeron que no se molestara, que era un alojamiento provisorio que abandonarían pronto, y que a ellos les daba lo mismo, cosa por demás evidente. Respondió que el sitio donde uno estaba, así estuviera un día nada más, o una hora, era el hogar, y hablaba por su habitante. La dejaron que se diera el gusto, y no tuvieron motivos para arrepentirse.

Pero ¿qué iba a ordenar, si no había nada? Los jóvenes no habían traído más que sus mochilas o bolsos, y seguían metiendo en ellos su ropa. Dormían en el suelo acolchado de las carpas, donde también se sentaban a charlar o comer. La vajilla del catering era descartable, y desaparecía no bien terminaban de usarla. Ni siquiera habían comprado souvenirs. De modo que los instintos de orden de la tía Dora parecían destinados a quedar sin efecto, salvo que los empleara en acomodar granos de arena o botellas de cerveza vacías… o cuerpos humanos. Por increíble que parezca, fue esto último lo que hizo (aunque los cuerpos no fueron verdaderamente humanos).

Se trataba, como los lectores de *El Orden* ya debían de estar sospechando, de los chinos. Un breve flashback recordaba el episodio del chino que se les había presentado portador de una invitación, y que no había podido hacerse entender. La incomunicación le había descompuesto el mecanismo, y se quedó allí, haciendo reverencias y sonriendo en loop. Fue ese accidente el que reveló que este grupo de supuestos chinos arqueólogos eran en realidad dispositivos humanoides producidos en serie por la potencia oriental para enviar al exterior.

A pesar de su perfección de réplicas, que no habría engañado a un compatriota pero sí a un extranjero, estos mecanismos tenían defectos, como lo probó la falla sufrida por el de la invitación. Por supuesto, el implacable Estado chino mandaría fusilar a los ingenieros que habían cometido el error, no bien éste llegara a su conocimiento, pero esa severidad era injusta: se trataba de prototipos, que apenas si empezaban a probarse en la práctica, y las fallas eran inevitables. Aunque había que reconocer que algún castigo estaba indicado, porque no fue uno solo el símil chino que falló, sino todos. En unos pocos días hubo una especie de epidemia, y uno tras otro fueron desactivándose hasta que no quedó ni uno sano. Como causa, no habría que descartar el contagio, que puede darse tanto entre máquinas como entre organismos vivientes. Sobre todo porque en estas máquinas en particular había, como lo reveló más adelante el autor de la serie, un punto orgánico, y viviente.

De todos modos, eran especímenes de alta tecnología, y aun descompuestos tenían que servir para algo. Era fácil deducirlo por lo siguiente: para imitar cumplidamente a un ser humano, no sólo en su aspecto externo sino en sus acciones y reacciones, incluido el lenguaje, debían contener la suficiente cantidad de hardware como para suplir cualquier otra máquina que el hombre hubiera inventado, por ejemplo los electrodomésticos. Adaptarlos a un uso u otro no era difícil ni precisaba de la intervención de un experto, ya que sus sofisticados chips hacían todo el trabajo. De modo que la tía Dora no tuvo más que arrearlos a las carpas de los amigos de su sobrino y activarlos en las utilidades que le parecieron convenientes: radiodespertador, aspiradora, procesadora gourmet, lámpara halógena (tres), teléfono celular, heladera, horno de microondas, aparato de aire acondicionado (tres) y reproductor de DVD. En cierto punto del proceso cayó en la cuenta de que además de una función, podían ejercer todas las otras. Para no causar confusiones, no empleó esta posibilidad, salvo en un aspecto: todos los chinos, además de ser específicamente lo que habían devenido, fueron reproductores de DVD.

Había una notoria incongruencia entre la señora rosarina actuando por imperativos domésticos, y el sutil bricolaje electrónico que resultó en el reciclado de los chinos. Por fácil que fuera, no podía serlo tanto. La sospecha de que alguien la había ayudado surgía por sí sola, y la identidad de este auxiliar no le planteó dudas a Sabor, que a esta altura de su saga egipcia se estaba preguntando por qué las intervenciones de Barbaverde habían sido tan esporádicas y discretas. Era cierto, y así se lo recordó a sus lectores, que el célebre aventurero siempre había preferido la participación secreta o indirecta; pero aun así, el público reclamaba su presencia, que era la que daba sentido y unidad a sucesos que por ser reales parecían a veces tan disparatados.

La hipótesis de su furtiva entrada en escena se vio a medias confirmada por las confidencias que la tía Dora empezó a hacerle a Vanessa. Entre las dos mujeres se estableció una corriente de amistad, no por ninguna afinidad especial sino por las circunstancias. Desde que saliera del vientre de Horus, esa chica no se había integrado al grupo: estaba cambiada, el mismo Tapita se lo decía a sus amigos. Se movía como una sonámbula, había perdido parte del lenguaje. Como los demás la dejaban fuera de sus actividades, la tía Dora la acaparaba para sí y le daba charla. No recibía casi respuesta, pero eso la alentaba a hablar más. Le daba consejos: que viajara, que empleara su juventud en viajar, pues nada abría tanto la mente ni expandía a tal grado los horizontes vitales. Ella podía asegurárselo por experiencia propia; no toda su experiencia, lamentablemente, ya que había cometido el error de no viajar en su juventud; lo había hecho de grande, pasados los cincuenta años, pero ahora no dejaba pasar ocasión de embarcarse. Se reprochaba no haber empezado antes. Se había perdido todo el romanticismo de la aventura, de lo exótico, de los encuentros… Los encuentros sobre todo eran importantes. Porque si bien reconocía lo gastado de la fórmula «viajando se conoce gente», también había que reconocer que, gastada y todo, era cierta. Más cierta para las mujeres que para los hombres. El problema de las mujeres era la falta de hombres. En nueve casos de cada diez, una mujer tenía que resignarse al hombre que le había tocado en suerte, y pasarse el resto de la vida añorando al desconocido que el mundo escondía en sus confines y que ella no veía nunca. Su caso no había sido la excepción, pero el destino le había dado una segunda oportunidad. No era lo mismo, por supuesto, porque la juventud es irremplazable, pero las pasiones de otoño tenían lo suyo. El corazón seguía joven, y tenerlo sin uso era una garantía de ardores nuevos y sensaciones estremecedoras.

Por esta vía llegaba a los secretos que le quemaban la lengua. Sí, en efecto, no quería hablar de eso, decía, y menos con una amiga reciente, porque a Vanessa la consideraba una amiga, tan amorosa, tan calladita, a pesar de la diferencia de edad, no quería dar una idea errónea de su conducta: no viajaba en busca de hombres, o en todo caso no se entregaba al primero que se le aparecía. Pero sí. En efecto. Había conocido a un caballero, y había nacido una simpatía. No tenía nada de malo; ella no tenía nada que ocultar. Era un señor sumamente correcto, que la trataba con una cortesía y un respeto de otra época. Distinguido, fino, culto. Un poco mayor que ella, pero muy bien conservado, en pleno dominio de sus facultades. Reconocía que podía estar en la ceguera del primer deslumbramiento, porque apenas estaban conociéndose. ¿Cuánto hacía que se habían encontrado? ¿Un día? ¡A ella le parecía un año! Hay afinidades profundas, afinidades del destino, que hacen que dos personas, desconocidas unas horas antes, sientan que se han conocido toda la vida. Hay elementos de la personalidad que salen a luz, se diría que de un modo automático, por mero contacto o proximidad. Por ejemplo ella había sentido hasta qué punto estaba necesitada de la protección de un hombre. ¡Ella, justamente, que hasta ayer se consideraba tan independiente, tan autónoma, y que tanto desdén sentía por esas mujeres que necesitaban un hombre hasta para cambiar una bombita de luz quemada! Pero es que él irradiaba una sensación de seguridad, de «yo me hago cargo». De pronto, ella había sentido la soledad, y eso también la había sorprendido, porque su vida transcurría en un flujo constante de sociabilidad, tenía a sus amistades haciendo cola para verla. Él irradiaba, otra vez, una compañía irremplazable, única, ante la cual todas las demás compañías empalidecían y se afantasmaban. Era una «solidez de presencia», que quizá se debía a algo en su aspecto, por ejemplo esa gran barba hirsuta, enrulada, que parecía cambiar de color según la luz ambiente. Si había una palabra para definirlo, según la tía Dora, era: «rey». Un rey antiguo, salido de un libro de cuentos. O quizá el efecto de presencia se debiera a algo menos tangible, sin caer en fantaseos psicológicos: el perfume que usaba, que era rarísimo, no se parecía a ninguno que ella hubiera olido antes.

Ahora que lo pensaba, charlando con Vanessa, descubría que podía definir mejor la impresión que le había causado por el perfume que por el aspecto. Es decir, que «no» podía, porque un perfume se resistiría siempre a una definición clara en palabras. Es que él, más que aparecer, desaparecía. No era de esos cargosos que se pegaban a una. Lo que más valor le daba a su presencia era su ausencia. Eso tenía una explicación astrológica. Él era piscis, con ascendente en escorpio (se lo había dicho). Los nacidos bajo esa influencia absorbían mucho de las personas que los rodeaban, eran como esponjas que se embebían no sólo de lo que oían y veían sino de todo lo que emanaba de la personalidad de su interlocutor. Absorbían, y no eran absorbidos: era una fuerza centrífuga tan fuerte que no permitía el movimiento contrario, y eso los volvía misteriosos, sin que ellos tuvieran ninguna intención de crear misterio. Llegaba un punto en que habían absorbido demasiado, y tenían la necesidad de apartarse. Precisaban de periódicas curas de soledad para evitar la sobrecarga y preservar la razón. De modo que a ella no le podía extrañar que su nuevo amigo se excusara con una disculpa y fuera a esconderse; hasta parecía evitarla, pero ella no se ofendía porque conocía la causa de sus desapariciones. En esa absorción, que era una forma casi sobrehumana de atención, estaba el secreto de su atractivo. Seducía con el magnetismo implacable de su atención, pero de inmediato estaba apartándose fuera del alcance del seducido; era una dialéctica que intensificaba tanto la presencia como la ausencia. Y como él lo hacía sin cálculo, con una sinceridad a toda prueba, sufría. El sufrimiento lo hacía más querible, le daba ese toque vulnerable que les gustaba especialmente a las mujeres porque les daba una razón de ser a su lado.

Sin esta estimulación de los sentimientos maternales o protectores, su compañía habría sido demasiado intimidatoria. Porque era un hombre que había vivido circunstancias y aventuras tan variadas y extrañas, era tal la latitud y profundidad de su experiencia, que más parecía un dios que un hombre. Se diría que había vivido muchas vidas, no una. En el tiempo que habían pasado juntos le había contado… En realidad no se había puesto a contarle nada, pero al azar de la conversación salían aquí y allá datos que abrían inmensas perspectivas de peripecias novelescas que hacían vibrar la imaginación. El tema de sus aventuras era inagotable en cantidad y calidad. Tan preciosos, por raros, esos relatos de la boca misma de su protagonista volvían a la tía Dora una privilegiada como quizá no hubiera otra en el mundo en el momento actual. Y además existía la probabilidad de que hubiera nacido entre la pareja un genuino sentimiento que en el futuro podría atraer a Barbaverde, si de él se trataba, a Rosario. Sabor se prometía, y le prometía a sus lectores, sondear más en detalle a la señora, una vez que se hubieran calmado «las aguas egipcias».

Cuando volvió a Luxor el barco de la tía Dora, su sobrino y todos sus amigos la acompañaron al puerto, y se despidieron con la promesa de reencontrarse pronto en Rosario; ella se comprometió a hacerles una cena de bienvenida cuando volvieran, ellos le agradecieron el trabajo que se había tomado, aunque a ese trabajo, lo mismo que a la tía, se lo tomaban con ironía. Bastante se habían reído de los chinos, y volvieron a reírse, mucho más, esa noche cuando volvieron al campamento y los encontraron, decorando las carpas, como un museo de cera. Aunque debían reconocer que les hacían la vida más cómoda. O por lo menos más entretenida, cuando los ponían en modalidad «Reproductor de DVD» y los veían transmitir en loop la batalla de las Pirámides.

Ignoraban, porque la misma Dora lo había ignorado, que cada robot contenía una proteína. Sólo una por chino. Las proteínas son parte del mecanismo orgánico de los seres vivos, y funcionan en relativo a los demás elementos del organismo. Solas, no tienen función y se autodestruyen. Es sumamente difícil aislar una y mantenerla con vida. Los biólogos chinos lo habían logrado, y habían implantado en el CPU de cada uno de sus chinos exportables una proteína perenne, engarzada en una corona de chips, como un aguamarina secreta.

La conclusión de Sabor era la siguiente: nunca se sabe el efecto que puede tener algo que se ha sacado de contexto. El contexto explica. Y siempre hay contexto. Si un contexto se borra, de inmediato se constituye otro, automáticamente y con cualquier cosa que haya a mano, venga a cuento o no. Lo que sí puede haber es un aislamiento fugaz durante el pasaje, cuando se ha desvanecido un mundo y todavía no ha nacido el que vendrá a remplazarlo. Ese momento es brevísimo, se resiste a la contemplación, y muchos pueden dudar de su existencia, lo que no lo hace menos precioso, al contrario. En cierto modo, es el Presente.

IX

Encerrado en su laboratorio «a la vuelta del horizonte», el profesor Frasca había seguido perfeccionando su plan, del cual todo lo anterior no habían sido más que prolegómenos, cuando no maniobras de diversión para ganar tiempo. Su site de Internet animado por caricaturas en estilo bizarro-infantil, difundía las más extravagantes noticias para desorientar. La estrategia adoptada era que no lo tomaran en serio. Sus anteriores fracasos los había comercializado en forma de dibujos animados y videogames; con lo recaudado financiaba sus nuevos intentos de dominación mundial. Confiaba en que el público, al que la información le llegaba por los medios, creyera que todo era una ficción descabellada. Y en esta ocasión lo estaba logrando: todo lo que las agencias noticiosas levantaban de los artículos de Sabor, los diarios y medios audiovisuales del mundo entero lo reproducían en sus secciones de «Espectáculos».

El ataque decisivo lo lanzó de noche. Fue casualmente la última noche que pasaban en Egipto los jóvenes rosarinos, a los que se les vencía el plazo de la beca. Poco antes de la medianoche, un rumor sordo e insistente que parecía provenir de lo profundo de la tierra despertó a los habitantes de Luxor que se habían ido a la cama, y a los demás les hizo interrumpir sus conversaciones o apagar los televisores. Unos y otros se asomaron a las ventanas o subieron a las azoteas. No vieron nada todavía, pero el rumor, puntuado por latidos roncos, aumentaba perceptiblemente en volumen, al punto que algunos creyeron que el suelo empezaba a temblar.

Como si obedecieran a una cita, autos, ómnibus y caravanas de gente a pie empezó a salir de la ciudad rumbo a la meseta más allá de las excavaciones. Los arqueólogos alojados en los campamentos se encontraron en la primera fila de lo que se anunciaba como un espectáculo memorable. Porque ya algunos habían visto de qué se trataba, y la voz se corrió, al principio teñida de incredulidad, tan portentoso era. Pero las confirmaciones se sucedieron en cascada, y pronto ya nadie pudo dudarlo. Sobre la línea del horizonte del desierto asomaba una columna de pirámides en marcha, avanzando hacia la ciudad. Su roce con las arenas producía el rumor, sus pasos titánicos el latido. Era un tam-tam regular, envuelto en el *swishh* sibilino, que en conjunto creaba un ritmo creciente. ¿Cuántas eran? Miles. Y seguían asomando, todas del mismo punto del cuadrante, como si hubieran abierto un surtidor. Al avanzar se abrían en filas irregulares bastante compactas aunque con un espacio entre pirámides, que permitían divisar las de la fila siguiente. Se las veía pequeñitas como juguetes, pero el más simple cálculo de la distancia hacía patente que se trataba de pirámides de tamaño real, full Keops.

Aunque había apenas un recorte de luna en el cielo negro, la noche era clara, casi un día sin sol, como eran siempre las noches en Egipto. Un río de estrellas encendidas debía de colaborar con sus vatios cósmicos, así como el brillo que se demoraba en los innumerables granos de arena, un fulgor flotante de seca neblina transparente.

Eran innumerables, y se acercaban. Nada podía detenerlas. Al acercarse se las veía con mayor detalle, y eran detalles realistas, que por eso asustaban más: carcomidas, rotas, vetustas, con piedras que se les aflojaban por el movimiento y caían.

Era como si el Pasado mismo se hubiera puesto en marcha. No sólo el Pasado en su figura abstracta y metafórica, sino el Pasado en todo su peso incalculable, el Pasado que lo aplastaba todo.

La idea de Frasca se materializaba, pensó Karina. El aguerrido criminal lo tenía bien calculado. ¿Qué Presente podía hacer frente a ese prestigiosísimo emblema del Pasado? Superar la etapa de producción artesanal de Pirámides equivalía a poner al Presente al servicio del Pasado. Luxor era el campo de prueba. La noche se iba trasladando de este a oeste, y era la dirección que llevaba su ejército de piedra. Cuando amaneciera, el día de mañana, el mundo estaría tomado. Era inexorable.

¿Cómo lo había logrado? Había dado vuelta a la *hybris*: todo le era posible. Había comprendido que bastaba con actuar mediante los signos. De ese modo, a algo tan intangible como el tiempo lo dotaba de materia y peso, a la vez que lo hacía impenetrable, y secreto (porque las pirámides seguirían siendo indescifrables para siempre, lo habían sido hasta entonces a pesar de los esfuerzos de miles de esforzados arqueólogos e historiadores, y lo serían mucho más ahora que no habría Presente en el que se pudiera estudiar…). Era cierto que la inversión de la *hybris* no obedecía tanto a su mérito o esfuerzo personal sino a la Historia. Pero Frasca había captado (ese mérito sí había que reconocérselo) que los nuevos tiempos lo permitían todo, gracias a los avances de la tecnología. Sólo había que cambiar de nivel, es decir pasar al campo simbólico.

Había colgado de Internet un videogame, que tituló «War of the Pharoahs», tan original y divertido que chicos y grandes de todo el mundo se pusieron a jugarlo con pasión. La moda no iba a durar mucho, pero a él con unos pocos días le alcanzaba. Sin saberlo, ese ejército de ociosos dispersos por el mundo estaba generando las pirámides que el mainframe del laboratorio del profesor, en el desierto egipcio, por un mero trueque de átomos volvía reales. Había una cierta justicia poética en el hecho de que estos adolescentes globalizados, que «perdían el tiempo» en entretenimientos tan banales, estuvieran colaborando sin saberlo en la aniquilación del Presente.

El juego consistía en lanzar pirámides y maniobrarlas en un diagama 3D hasta que formaran hipercubos, sorteando momias, ibis, esfinges y faraones rojos que desviaban los planos y restaban puntos.

En ese preciso momento (en Rosario eran las cinco de la tarde), Sabor había bajado el juego a su computadora en la redacción de *El Orden*, para probarlo. Por supuesto con su falta de práctica en esos juegos, lo hacía todo mal. Cada dos minutos le aparecía un cartel de game over. Se distraía con el fondo de pantalla, que era una noche egipcia, y echando una mirada al reloj calculó que esa noche, pero real, estaba albergando a Karina. De ahí le vino la idea del gran relato de la batalla, que pondría fin a las pretensiones de Frasca.

Sabor sabía muy bien que todas las iniciativas de Frasca, por descabelladas que fueran, dependían de la respuesta que les diera Barbaverde. De modo que no podía sorprenderlo la intervención del célebre aventurero en el instante crucial. Tampoco debía sorprender a Karina, que en ese preciso momento levantaba la vista, siguiendo las miradas de la multitud, y los dedos que señalaban el cielo. Había aparecido, flotando suavemente sobre la meseta, a mediana altura, una avioneta plateada en forma de libélula. Al principio su presencia parecía casual, como la de un curioso más que hubiera acudido a ver el espectáculo, sólo que montado en un vehículo volador. La silueta misma de insecto, perfectamente imitado hasta en el estilo peculiar de desplazarse en el aire, a sacudidas caprichosas y repentinas detenciones, deshumanizaba su interés en las pirámides. Pero después de unas volteretas apuntó hacia ellas, decidida, y fue a estacionarse sobre su línea de avance. Durante esas maniobras se había podido ver que la burbuja de plexiglás de la cabina difundía un brillo verde fosforescente, el único toque de color en el blanco y negro de la escena. Ese brillo impedía ver quién maniobraba la libélula, pero Karina no dejó de adivinarlo, como quizá lo hicieron también sus compañeros de viaje, a los que había perdido de vista en el gentío. Era dudoso en cambio que el público egipcio estuviera al tanto de la identidad de Barbaverde, pero su reacción no fue menos triunfalista que si lo supiera. Lo saludaron con hurras y aplausos, como a un ídolo deportivo, y en general la atmósfera era la de un estadio, la expectativa la de un match entre equipos rivales, salvo que todos estaban de parte de uno de los contendientes. Era un poco chocante la frivolidad que revelaba (¿o darían por descontado el triunfo?), sobre todo porque mientras tanto las pirámides habían seguido acercándose, ya estaban en la mitad de la meseta, y ahora nadie podía engañarse respecto de su volumen y peso, ambos colosales, junto con el aumento exponencial de su cantidad. Ahora sí la tierra temblaba de verdad. ¿Cómo podría una frágil libélula de papel detener ese avance de monstruos geométricos de piedra?

Karina salió del estado absorto por un reflejo de artista: eso había que registrarlo. Se abrió paso por entre el grueso cordón de gente que se había formado, para ir a las carpas a buscar su cámara de video. El campamento estaba desierto y en silencio. Entró a la carpa y fue, sorteando a los chinos, hasta el rincón donde tenía sus cosas. Al abrir el bolso notó de inmediato que la cámara no estaba. Pensó con desaliento en un robo, y ya se estaba culpando por su imprudencia cuando vio un tarjetón que no reconocía como propio. Lo sacó y vio que tenía algo manuscrito, con unas letritas de patas de araña, en dos líneas desparejas y retorcidas. No podía leerla en la penumbra de la carpa, así que fue a la entrada y la inclinó de modo que la alcanzaran los focos de la autopista. Al contacto con la luz la cartulina desprendió una débil fosforescencia verdosa. Decía: «Tomé su cámara prestada. Cuando lea esto, hágame el favor de encender todos los chinos (botón ON). Gracias». Y la firma, una «B» delgadísima. No era el momento de ponerse a hacer un análisis grafológico, pero aun así pensó que nunca se hubiera imaginado para este personaje una escritura tan vacilante, tan trémula, tan pequeña, con todas las letras separadas. Le asombró que le hubiera resultado tan legible. Y había algo importante en tener en la mano un documento de puño y letra de Barbaverde, si se trataba de él, una prueba tangible de su existencia. Habría querido mostrársela a alguien.

Pero el pedido, tan cortés, que contenía el mensaje, se impuso a su conciencia. Quizá era urgente. Seguramente lo era. La hora de su entrada a la carpa debía de haber sido calculada, y lo más probable era que se la hubiera calculado antes, lo que significaba que estaba retrasada. De modo que volvió adentro y encendió uno por uno todos los chinos electrodomésticos. En cierto momento de esta tarea pensó que la cortesía con que estaban formuladas las instrucciones tenía una falla: ese paréntesis, «botón ON», que implicaba que ella podía no saber cómo se ponía en marcha un aparato. «O me toma por idiota –pensó–, o el mensaje era para la tía Dora.» Pero esto último no podía ser, porque la tarjeta había estado en su bolso, y hacía referencia a su cámara.

Los chinos ya estaban en funcionamiento, con ese zumbido suave de la electrónica. ¿Y ahora? Se quedó a ver qué pasaba, a un costado de la entrada para dejarles el paso libre en caso de que fueran a salir para participar en la batalla. Pero no se movieron. Todos habían pasado automáticamente al modo «Reproductor de DVD».

Y lo que reproducían era lo que estaba filmando Barbaverde desde la altura. Karina pudo hacerse una idea de la inteligencia del truco. La cámara debía de estar colgada del fuselaje de la libélula, que se desplazaba a toda velocidad encima de las pirámides, y al captarlas con su lente las ponía en dos dimensiones, y en ese formato se las transmitía a los chinos, que las procesaban y las devolvían a Internet, más precisamente al videogame en el que habían nacido. Se establecía un circuito del que la realidad era apenas un trámite pasajero. Frasca había caído en su propia trampa; las pirámides asesinas se volvían inofensivas imágenes, una vez digeridas por los chinos. Cuando Karina volvió a la meseta, lo que había sido un avance arrollador se había hecho un jugueteo geométrico en colores flúo, y la libélula se precipitaba al otro lado del horizonte. La multitud pudo ver el desenlace en las pantallas de sus telefonitos portátiles; el laboratorio de Frasca también se volvía bidimensional, y de sus pliegues escapaba el profesor, corriendo por las dunas a toda la velocidad que le daban los pies, perseguido por la libélula, todo en simplificados trazos infantiles de dibujo animado. Se perdían a lo lejos, entre momias, esfinges y faraones que valsaban sobre el fondo negro. Con el cual el espectáculo terminaba, aunque no terminó del todo sino que volvió a transformarse, como si necesitara todavía una nueva verosimilización.

El gentío era tal que se diría que toda la población de la ciudad había acudido a ese borde del desierto. Pero mirando bien, cuando el fin del combate permitió disociar la atención, podía verse que no era una multitud tan casual como las que reúnen las catástrofes. Era más homogénea; todos los presentes tenían en común un aire de familia, aunque a primera vista no fuera tan fácil decidir qué era. Hilando fino se detectaban vetas distintas; hubo tiempo para hacer estas observaciones porque nadie tenía intenciones de marcharse, al contrario, había una atmósfera de «estamos llegando» o de «que empiece de una vez». Una de las vetas, mayoritaria, era la juvenil: jóvenes de ambos sexos, clase media, muy vestidos y producidos. Otra veta era la gay, en cantidad notoriamente superior a la media, y en grupos, vocingleros, anunciándose. Y otra más, que participaba de las anteriores pero también se diferenciaba, compuesta de lo que podría llamarse gente elegante de la cultura, o snobs culturales, con muchos europeos, asiáticos y norteamericanos.

Para entonces ya había empezado a sonar la música electrónica, o las músicas, en plural, porque provenían de distintas fuentes, bastante alejadas entre sí, en toda la extensión que cubría la muchedumbre. Eran cabinas elevadas e iluminadas, donde distintos DJs se afanaban sobre las consolas. Todos sus mix derivaban del ritmo de pasos y roces que habían establecido las pirámides. También había grandes pantallas que se encendieron con imágenes psicodélicas. Por lo demás, la única luz provenía de la luna y las estrellas, y eso les bastaba para verse saltar y bailar.

Era una rave, ni más ni menos, y de las grandes, con gran despliegue de tecnología, como las de Alemania. Karina recordó entonces que había visto en los días previos los carteles que la anunciaban, y recordó haber visto o leído en alguno de los folletos que había traído del museo un artículo sobre el tema: el cierre de la Bienal se haría con una rave, que tenía que ser ésta. El artículo reivindicaba ese tipo de evento como obra de arte, junto con los desfiles de Orgullo Gay.

En la organización del evento debían de haber participado los franceses que ella había oído casualmente en el restaurante. Y entonces se explicaba el brainstorming de ideas que habían realizado en su presencia: querían sumar gente, pues su negocio no podía estar sino en la venta de drogas, que en las raves se hacía masiva e impune. En cuanto al dadaísmo, lo habían impuesto los directores de la Bienal, pero también les convenía a los gángsters, en tanto la locura y el disfraz eran ideales para hacer pasar tanto el tráfico de drogas como sus consecuencias. En los escenarios adjuntos a las casillas de los DJs ya se estaban realizando performances al estilo Cabaret Voltaire, recitados de poemas, canto, teatro y primitivos muñecos de cartón, y al terminar su número los artistas bajaban a mezclarse con el público, que se sacudía sin cesar al ritmo de los latidos electrónicos. Del modo más natural, las invenciones teatrales se fundían con las provocaciones gay; la «soirée dadá» se transformaba todo el tiempo en «soirée pédé», y viceversa; el vaivén tomaba impulso para durar toda la noche. Ya que no podría dormir, Karina también se mezcló entre los bailarines, se dejó llevar por esa marea humana en ondulación permanente, y cuando levantaba la vista a las pantallas veía en ellas pirámides agilísimas hechas con píxels, que también bailaban, y libélulas tripuladas por simpáticos enanitos de dibujo animado, que entraban y salían del cuadro. Se preguntó si la suerte del Presente, que equivalía a la suerte del mundo, no se habría jugado, al fin de cuentas, en una exhibición de efectos especiales en vivo a manera de introducción de la fiesta.

X

Al día siguiente, el grupo rosarino inició los preparativos de la partida, pues ya había transcurrido el mes de estada otorgado por la beca. No iban a extrañar, ni lamentaban irse; la habían pasado bien, decían, y ya estaban deseando volver para contar sus aventuras. Eran de esa clase de gente que por primitiva e inculta no encontraba mucha diferencia entre un lugar y otro. Mientras no los obligaran a trabajar, Luxor o Rosario les daba lo mismo. Ni siquiera se les ocurrió comprar souvenirs. Se habían pasado el mes metidos en las carpas tomando cerveza, y eso les parecía muy gratificante; era lo que se proponían contarle a sus conocidos cuando volvieran. A Karina no le sorprendió demasiado enterarse de que ninguno de ellos había ido a ver el Nilo, que corría a unos pocos cientos de metros. Se dijo que la curiosidad intelectual era un bien repartido en forma muy desigual: algunos pocos la tenían toda, todos los demás no tenían nada. Un poco más le sorprendió oírle decir a Tapita, cuando salió el tema del Nilo, que él tampoco conocía el río que pasaba por Rosario (recordó que se llamaba «Paraná» cuando ella se lo dijo). Hubo varios «Yo tampoco», y un acusador «¿Ves?» dirigido a ella. Parecían encontrar un justificativo en esa ignorancia anterior, y Yamina, que pasaba por la intelectual del grupo, no se privó de decir, rencorosa y bienpensante, que tratándose de accidentes geográficos uno debía conocer primero los de su patria antes de empezar a preocuparse por los extranjeros.

Cuando Karina dijo que lamentaba irse sin haber conocido El Cairo, hubo una momentánea confusión. Jonathan dijo que él lo conocía. Era el único. Le preguntaron qué era eso, y respondió que era un café del centro (del centro de Rosario, por supuesto). Karina tuvo que aclarar que ella se refería a la capital de Egipto.

–Pero entonces –exclamó el Cabeza–, ¡todo está repetido!

Y con las risas que provocó esta salida ingeniosa se quedaron muy contentos, como filósofos salvajes. En cierto modo tenían razón, porque todo era cuestión de palabras, y las palabras, por supuesto, se repetían.

La única en mostrar un signo de insatisfacción por la partida fue la Beba, la novia de Carlitos, que había renunciado a su empleo en el McDonald's para hacer el viaje y ahora volvía, en sus palabras, «con las manos vacías». La consolaron como mejor pudieron, asegurándole que la volverían a tomar, o, al revés, que no valía la pena dejarse explotar por una multinacional a cambio de un sueldo de hambre. Como ella no se mostraba muy convencida ni con un argumento ni con el otro, se les ocurrió hacerle un regalo, bastante raro pero coherente con el nivel mental promedio de la banda: una cabeza de chino. Tomaron el que tenían más a mano, que había funcionado como lámpara halógena, lo acostaron y le desenroscaron trabajosamente el cuello entre varios, a los tirones, cortando cables y rompiendo tubos, sin preocuparse por las chispas. Cuando estuvo suelta se la dieron; en Rosario podría venderla como curiosidad. La cabeza del chino seguía parpadeando y haciendo muecas mientras la metían a presión en la mochila de la Beba, lo que desencadenó nuevas risas.

Las risas, éstas como las anteriores, sonaban extenuadas. Se los veía ojerosos, pálidos, sus movimientos eran torpes, y algunos dormitaban tirados en el suelo, y les delegaban a sus amigos más despiertos la tarea de juntar las cosas y hacer los bolsos. Eran los efectos de la noche de rave. A pesar del casancio, no disminuía el buen humor. Sin necesidad de interrogarlos, Karina se enteró, por sus comentarios, de los motivos tanto de la fatiga como del contento. Habían estado trabajando toda la noche, chicas y muchachos, a las órdenes de los franceses. Y, desmintiendo sus sospechas, no había sido vendiendo drogas, sino algo mucho más inofensivo: agua. En efecto, el negocio de los franceses había sido la concesión exclusiva de venta de agua dentro de la rave, y habían empleado a los jóvenes rosarinos para el reparto ambulante entre los bailarines. El resultado era que no se iban con las manos tan vacías como decía la Beba. A cinco euros la botellita, habían vendido entre mil y dos mil cada uno. Como la comisión era generosa, habían embolsado una buena cantidad, con la que podrían vivir varios meses en Rosario. Karina se sintió avergonzada de sus suspicacias. Por una vez, no se aplicaba el dicho «Piensa mal y acertarás». Hasta tuvo un sentimiento de simpatía hacia ellos, al verlos tan molidos. En el fondo, eran chicos humildes que no dejaban escapar la ocasión de ganarse unos pesos. ¿Acaso ella tenía derecho a menospreciarlos, desde su pretendida altura de artista y niña bien?

Además, ella misma tenía sus planes para no irse «con las manos vacías». Los había estado puliendo durante las últimas horas de la noche y las primeras de la mañana, desde el momento en que recordó que Barbaverde se había llevado su cámara de video. Él tenía que saber que se marcharían ese día, y con su fama de caballero y paladín del Bien, no podía dejar de venir a devolvérsela. Sería una oportunidad, de las que se daban una vez en la vida, de tener una conversación *tête-à-tête* con el elusivo personaje. Y se proponía aprovecharla. Primero pensó en grabar una entrevista en video, pero lo descartó porque no había tenido tiempo de prepararla, y no estaba segura de poder persuadirlo. Se decidió por algo de más largo alcance: proponerle la realización conjunta de una acción artística, en las condiciones que él propusiera o aceptara. No tendría que hacer más que lo que hacía todo el tiempo, es decir vivir aventuras que conmovían al mundo; ella se encargaría de darle el formato que la hiciera apta para una bienal o un museo.

Se pasó toda la mañana esperándolo. Entraba y salía impaciente de las carpas, recorría el camino de entrada de los campamentos. Quería atajarlo para llevarlo a un sitio donde pudieran hablar a solas. De otro modo los demás lo iban a acaparar pidiéndole autógrafos y haciéndola quedar mal con su vulgaridad y con chistes de mal gusto sobre su supuesto noviazgo con la tía Dora. El asomo de simpatía que había sentido hacia ellos no daba para tanto, aunque bastó para hacerla sentir un poco más culpable. Quizá después de extraerle una promesa de colaboración podía presentárselos…

Pero sus planes no se concretaron de ningún modo porque Barbaverde no apareció. Karina fue impacientándose e irritándose con el paso de las horas, y al mediodía, harta, renunció. Si había algo que la exasperaba, era esperar.

Como no quería perder el día, o al menos sus últimas horas en Egipto, tomó el ómnibus a la ciudad, para hacer unas compras y abrir por última vez su casilla de correo electrónico. Iba malhumorada, reprochándose las ilusiones que se había hecho en forma tan gratuita. Quiso prestar atención al paisaje para distraerse, pero había poco que ver. Las arenas ardían bajo el sol, las palmeras estaban tiesas e inmóviles, los grises edificios de las refinerías de petróleo lucían tan abandonados y antiguos como las ruinas de los templos de Ammón. Luego, arrabales miserables con niños descalzos jugando a la pelota y alguna mujer gorda y oscura tendiendo ropa lavada. Los camellos dormían la siesta, los buitres trazaban círculos en el cielo blanco, como moscas.

Fue hasta la última parada, en el centro. Tampoco allí había mucha vida. Se puso los anteojos negros y emprendió el conocido camino a Internet. El rato que había pasado sentada en el ómnibus, después de la tensión de la espera de toda la mañana, y la noche en vela, había multiplicado su cansancio. No se tenía en pie. Caminaba con pasos vacilantes, medio sonámbula.

No obstante su estado, hizo un rodeo para pasar por la tiendita de un platero que había visto días atrás, con la intención de ver si valía la pena comprar alguna baratija bonita. La encontró, y miró en la única vidriera un despliegue polvoriento de viejos relojes japoneses y dijes oxidados. Pero vio que estaba abierta y aprovechó la ocasión para que le enderezaran el anillo. Las emociones recientes habían sido de tal intensidad que los músculos de su mano habían trabajado en exceso, con el resultado de que la pequeña joya se había retorcido hasta perder toda forma, y le era imposible enderezarla.

Aunque pequeño, el local se estiraba hacia atrás, y la oscuridad del fondo avanzaba creando una penumbra a la que sus pupilas contraídas por el resplandor de la calle tardaron en habituarse. Avanzó casi a tientas hasta el mostrador. Al otro lado de éste, el dueño, mimetizado en su inmovilidad con las vitrinas y aparadores, la esperaba, desocupado. Entablaron un diálogo en inglés, lengua que el joyero hablaba mejor que ella, con anticuada elegancia colonial que hacía contraste con sus ropas raídas y lo miserable de su establecimiento. Era un egipcio flaco, con un fez de cartón y la cara apergaminada. Examinó el anillo haciéndolo girar en sus dedos secos mientras ella le explicaba lo que quería (que no era difícil de ver). Se quedó pensando, y Karina miró a su alrededor. No había nada que llamara la atención en el tienducho obsoleto, pero la invadió una sensación inexplicable, vagamente evocativa de algo que no tenía nombre ni forma. Debía de ser el olor, que no le desagradaba, aunque no podía ubicarlo. No tuvo tiempo para pensar mucho en estas sensaciones porque el egipcio ya le estaba diciendo que podía hacerlo, pero no inmediatamente porque un colega extranjero estaba utilizando su banco de trabajo. Acompañó estas palabras con un gesto de la mano apuntando hacia el fondo. Karina miró y no vio nada; dio un paso al costado, y pudo discernir, apenas, la figura de un hombre sentado, que les daba la espalda, muy concentrado en un trabajo de precisión. Parecía decapitado, pero eso se debía a que inclinaba mucho la cabeza sobre el banco, como si se ocupara de objetos pequeñísimos; si era así, no se entendía cómo podía hacerlo en la casi completa oscuridad que reinaba allí atrás. El platero le decía que si le dejaba el anillo y volvía en una hora, se lo habría devuelto a su forma original. No vio motivo para no hacerlo, y salió.

Le mandó un par de breves mensajes a sus primas, y borró todas las propagandas y anuncios que seguían llenando su casilla a pesar de los antispam que había colocado. En el borrado incluyó esos mails personalizados firmados «Sabor», que Karina seguía creyendo que era una marca de jugos; eran divertidos, y los había leído y respondido al principio, cuando se sentía más desolada por la lejanía y el aislamiento. Pero desde que se adaptó al viaje y encontró otras cosas que hacer, dejó que se contestaran solos. Los que mandó esa última vez fueron breves, sólo para decir que estaba con un pie en el avión, y que al día siguiente, descontando la diferencia horaria, estaría de vuelta en Rosario.

Frente a la pantalla en blanco, se quedó pensando que todas sus actividades del día habían tenido algo en común: devolución (la cámara), restauración (el anillo), reivindicación (sus compañeros), regreso (los mensajes). Esto último, el regreso, debía de ser lo que marcaba el conjunto, le daba un tono de final, pero de final que anulaba lo que lo precedía, como el despertar de un sueño.

Distraída, hizo todo el camino de vuelta a la terminal pensando en sus cosas, y sólo cuando estaba a punto de abordar el ómnibus se acordó del anillo. Por un momento estuvo a punto de dejarlo. La acobardaba la perspectiva de rehacer el trayecto bajo el sol, con piernas que ya no le respondían por el cansancio. Se le antojó que tenía algo de poético, dejar un souvenir en Egipto (en vez de llevárselo).

Pero se impuso el sentido del deber. Y se felicitó de haber vuelto, porque el platero no sólo tenía el anillo perfectamente rectificado, sino también un paquete para ella, o mejor dicho dos. Uno era su cámara de video, limpia y con baterías nuevas. El otro, mucho más pequeño, estaba envuelto en colorido papel de regalo. Karina miró interrogativa al platero, quien le dijo que lo había dejado para ella el caballero que había visto en su visita anterior. Aspiró con fuerza, dándose cuenta de que había dejado escapar la ocasión, una vez más. Por distraída, por estar todo el tiempo pensando en otra cosa. Barbaverde debía de estar riéndose de ella, aunque seguramente no lo había hecho adrede; era su modo normal de aparecer y desaparecer al mismo tiempo. Ella misma sonrió, porque ya no quedaba otra cosa que hacer.

Abrió el paquetito, bajo la mirada curiosa del platero. Cayó una tarjeta doblada en dos. La desplegó y leyó. Encima de la firma, que era otra vez una delgada «B» caligráfica, y con la misma letrita inconexa, manifestaba su agradecimiento «por la valiosa ayuda prestada» y ofrecía «estas naderías» para que le «endulzaran el regreso». Eran unas minúsculas pastillitas rosadas en forma de corazón. Pero el recipiente desmentía la modestia con que se la calificaba de «naderías» pues era una cajita de porcelana antigua, con exquisitas pinturas de lotos haciéndole una guarda en la base.

En cuanto a las pastillas, exhalaban un suave olor a rosa, y estaban delicadamente moldeadas en forma de corazones. El ojo fino de artista de Karina advirtió, pese al tamaño (no debían medir más de tres milímetros de diámetro y dos en el centro, pues eran bombeadas), que el color se debía a la vecindad de imperceptibles granitos de azúcar roja y blanca. Mirándolas de cerca se veía que el moldeado incluía una figura sobre la cara superior: una «S». ¿Por qué una «S»?, se preguntó. ¿No debería ser la famosa «B»? No había respuesta. Pero eso era lo que menos podía preocuparla. Al contrario: lo inexplicable le gustaba, y algunos de sus héroes y modelos en el campo del arte, como Eva Hesse o Barry Le Va, habían hecho amplio uso del absurdo. Se echó una a la boca y la dejó disolver en la lengua; era dulce, con una veta ácida y regusto fresco, a flor. No las contó, pero había unas doscientas en el estuche de porcelana con tapa corrediza. En el avión lo llevó en el bolsillo, y cada tanto se llevaba una a la boca; el encanto del sabor se renovaba cada vez.

XI

Sabor se había refugiado en el trabajo durante todo el mes que duró la ausencia de la amada. No se le ocurrió otro modo de apaciguar la nostalgia. Creyó haberlo hecho bien; al menos había mantenido la mente ocupada, del mismo modo que había mantenido en vilo la atención de los lectores de *El Orden* con las treinta entregas sucesivas de la aventura. Del interés que había despertado no podía dudar, pues a medida que pasaban los días veía aumentar sostenidamente la tirada del diario. Sentir todos los ojos puestos en su producción le creó una responsabilidad a la que respondió con toda clase de recursos, que no sabía que tenía. Se descubrió escritor.

Pero ¿dónde estaba la magia de la palabra escrita, dónde el poder demiúrgico de la literatura? En los hechos, no había logrado nada de lo que le importaba. No había avanzado un paso en la expresión de sus sentimientos. Se daba cuenta, demasiado tarde, que expresar los sentimientos, y expresarlos de manera inteligible y aceptable por el ser amado, requería una precisión y una concisión, y una austeridad, y una seriedad, de la que él no podría haberse alejado más con la exuberancia de sus invenciones. Había sepultado el susurro de una declaración de amor bajo el ruido de un palabrerío en definitiva bastante gratuito. El error derivaba de la mentira inicial. ¿Por qué había tenido que escribirle a Karina que estaba interesado en sus impresiones de viaje, en lugar de decirle que estaba interesado en ella, o directamente que la quería, que se había enamorado? Una vez que hubo fingido ese interés profesional, ya no hubo vuelta atrás, y no tuvo más remedio que seguir complicándose y alejándose del buen camino.

¡Qué oportunidad perdida! Ahora debía empezar de cero. O peor: creía haber retrocedido largamente del cero. Quizá el problema de fondo era el miedo. Aun con su poca experiencia, sabía que en el diálogo erótico había que andar con pies de plomo. Una palabra mal puesta, una sola, causaba una herida, y para restañarla había que sudar mucho. El amor se quería perfecto, y por ello era muy susceptible.

En cambio, en las invenciones rocambolescas que se le habían ocurrido tenía una gran libertad, toda la que podía pedir. Pero era una huida, o una postergación sin efectos permanentes. El diálogo tenía que entablarse tarde o temprano, si quería llegar a algo. Y la práctica de la «libertad» que estaba adquiriendo podía ser contraproducente (estaba seguro de que lo era). Temía no poder acostumbrarse a pensar lo que decía, a medirse, a ser conciso, serio, etcétera. Implicaba un cambio de registro demasiado grande.

De sólo pensar en la tensión a que lo obligaría vigilarse antes de decir cada palabra, lo invadía un desaliento infinito. Explicarse ya era una tortura, de eso podía dar fe porque ya estaba dando explicaciones. Por ahora no se las pedía nadie, pero si alguien se las iba a pedir, ese alguien era Karina. ¿Quién si no? Y de sólo pensarlo cayó en la cuenta de que su enamoramiento era puramente físico. Se había enamorado de unos ojos, de un rostro, de una voz, de unos labios que quería besar y de un cuerpo que soñaba abrazar. Pero ese cuerpo era el soporte de una mujer que, con amor o sin amor, no tenía por qué ser diferente de todas las mujeres. Y ahí lo esperaban las previsibles complicaciones psicológicas, las recriminaciones, las exigencias, las amenazas veladas, las susceptibilidades, todo ese clima de histeria feminista… Se helaba de espanto.

Fueron estas reflexiones, y sobre todo haber esperado al último momento para hacerlas, lo que lo decidió a no ir a la recepción en el aeropuerto que él mismo había planificado y publicitado. Se contentó con seguirla por televisión. Vio la ruidosa aglomeración que vivaba a los «héroes del Presente», la improvisada conferencia de prensa en la que todos hablaban al mismo tiempo, y la caravana de autos que los acompañaba hasta la Casa de Gobierno, entre los aplausos del público reunido a los costados de la ruta. En un clima apenas más apaciguado, las cámaras tomaban la ceremonia en que los recibía el intendente, y terminaban anunciando para la noche un show homenaje de la Trova Rosarina, en el estadio de Central. Aunque escudriñó la pantalla todo el tiempo, no vio a Karina. Un compañero de redacción le dijo al regresar de las concentraciones que dos de las chicas del grupo habían sido llevadas directamente del avión a un centro de salud. El parte oficial hablaba de una descompensación producida por el desfase horario; el caso no revestía gravedad, y las pacientes permanecerían internadas en observación por veinticuatro horas antes de ser dadas de alta.

Salió a caminar, bastante deprimido. La agitación del último mes lo había tenido atado a su escritorio largas jornadas que le sacaban las ganas de hacer sus clásicas caminatas, y ahora sentía que retomaba una costumbre tan necesaria para el cuerpo como para el alma. Era una tarde despejada, con anuncios anticipados de primavera. Sus pasos lo llevaron solos hasta el boulevard Oroño, que seguía embanderado pues por ahí había entrado la comitiva. Tomó en dirección al parque, entre joggers y parejas y grupos de colegiales gozando del asueto escolar decretado en honor de los pretendidos salvadores de la Humanidad.

No podía concentrarse en nada, y se dejaba deslizar en una superficie de atontada melancolía, esa melancolía tan peculiar de las oportunidades perdidas, cuando adelante se abre un vacío. Ya estaba entrando en ese vacío, en ese silencio. Le vino a la memoria una época no tan lejana en que todas las cosas a su paso le hablaban de su amor. Una ilusionada esperanza había guardado las voces en su corazón, y allí habían florecido en historias fabulosas, como exóticos juguetes a cuerda.

Aun en su distracción, pudo percibir que la gente que lo rodeaba estaba viviendo un fin de fiesta, y se disponía a emprender nuevas aventuras, grandes y pequeñas; seguramente pequeñas, porque ésa era la ley de lo cotidiano: los hechos, y las emociones que acompañaban a los hechos, se iban haciendo cada vez más pequeños. Sea como fuera, todo esto quedaría olvidado muy pronto. Ya estaban embarcados en el proceso del olvido. Por suerte.

El inexplicable alivio que sintió al pensarlo le recordó que él era un periodista, un aliado del olvido, obrero de lo efímero. Su infatuación de escritor, que se desvanecía en el aire de la tarde como una pompa de jabón, no debía hacerle perder el ancla del oficio que había adoptado. A esta hora estaban pasando cosas en el mundo, y él tenía que investigarlas. ¿Por qué no lo estaba haciendo?

Quizá porque antes debía completar esta historia. Miró el reloj, y vio que no le sobraba tiempo para escribir el artículo sobre la llegada de los «héroes» y las ceremonias de bienvenida. Emprendió el regreso, armando mentalmente las frases.

Interrumpió su escritura mental una voz que gritaba su nombre a sus espaldas. Se volvió sobresaltado, saliendo de un profundo pozo de palabras. El que lo llamaba era un joven de aire insignificante, a la vez un tanto extraño, en el que reconoció (a duras penas, porque se había dejado la barba) a Sergio, ese desubicado. Lo saludó de mala gana, preparando una excusa de horarios, que no era excusa vana porque realmente el tiempo apremiaba, como comprobó con la ostentosa mirada al reloj destinada a anticipar sus palabras. El otro no le dio pie:

—¿Vas al diario? Te acompaño, yo también voy para allá. Vine a ver a mi prima —dijo señalando con el pulgar el edificio del que había salido, que era una clínica. Ahí se le ocurrió algo, y miró a Sabor—: ¿Vos también habías venido? —Sabor se limitó a negar con la cabeza. No sabía de qué le estaba hablando, y no quería preguntar. Sergio, impermeable a estas señales de desinterés, siguió hablando—: Tenía mucho que hacer pero me hice una escapada, para hacerle un informe a los abuelos, que están preocupadísimos. No sé cómo se enteraron, pero me llamaron de Venado. Esa piba es una máquina de darle disgustos a la familia. Por suerte está bien, fuera de peligro. En realidad no tuvieron que operarla, pero le hicieron como diez ecografías. La sacaron del quirófano como la metieron. ¡No daban pie con bola!

Sabor, que oía ese parloteo como desde lejos, se preguntaba por qué habría tanta gente que daba por sentado que los demás estaban informados de sus vidas y negocios, y hablaban de sus asuntos privados como si fueran del dominio público. Nadie se molestaba en buscar la base sólida de lo compartido; se colgaban de las ramificaciones, y preferían las más lejanas y retorcidas. El resultado era que la Humanidad se disgregaba en islas de tedio. Lamentó que los buenos modales, a los que al menos él seguía aferrándose como a una tabla de náufrago, le impidieran decir: ¿Y a mí qué me importa?

Hizo un esfuerzo por abstraerse, pero le seguían llegando fragmentos de la charla incoherente de su acompañante, quizá por la extrañeza del asunto:

—... que había sido un desprendimiento masivo de óvulos, ¡algo nunca visto! Eran millones y millones. Ellos seguían haciendo ecografías, y fue una enfermera la que se dio cuenta de lo que pasaba, sacó una muestra con una cucharita de helado, de las que usan para mirarte la garganta, ¿viste? Había para dar y regalar.

Soltó una risa desagradable, y aclaró:

—Eso no se lo voy a decir a mis abuelos, perdé cuidado. Ella confesó que se había hecho una ligadura de trompas. La muy turra no quería quedar embarazada, ¡te imaginarás en lo que andará! El único justificativo que tenía era que se lo hizo en el extranjero, pero hasta eso es dudoso, como lo del *Apolo XI*.

Seguía y seguía, entusiasmado con su propio relato.

—El nudo se le desató en el avión, ella dice que por la diferencia de presión, pero debe de haber sido por las drogas que vino tomando. De eso hay testigos. La otra chica que internaron dice que le convidó una pastillita rosa, una sola, y casi se muere. ¡Y ella se mandó como cien! Cuando se le desataron las trompas, hubo una inundación, parece ser que el útero se desbordó...

El desinterés de Sabor se iba trocando en disgusto ante esta proliferación de detalles fisiológicos.

—¡Tenía óvulos hasta en el pelo! ¡No sabés! Le salían por los poros, por las orejas, por los ojos, de abajo de las uñas, por todas partes. Estaba bañada, que asco. El único peligro era que se le fueran a los pulmones, pero zafó. Espero que aprenda la lección. —Otra vez la risa, y agregó—: Por lo menos ahora va a poder tener descendencia, ¿no?

Esta conclusión un poco abrupta se debía no a que hubiera percibido la incomodidad de su interlocutor sino a su repentino apuro por pasar a otro tema, cosa que hizo sin darse tiempo a una transición.

—¿Hoy escribís el último artículo de la serie? ¿El gran final? ¡Qué bien la hiciste! ¡Vos sí que sos un macaneador de primera! Me los leí todos, no vayas a creer que hablo por boca de ganso. Tenés una imaginación de la San Puta.

Sabor, con helada ironía:

—Gracias.

—No, pero hablando en serio, ¡qué desastre! Qué bajo ha caído *El Orden*, para publicar tanta pavada, con las cosas importantes que pasan en el mundo. Aunque la culpa no es del diario sino del público, que pide morbo y frivolidad. Por supuesto, vos escribís lo que escribís para reírte de todo el mundo, no te importa nada, sos un postmoderno. Lo que hay que reconocerte es el color que le ponés. Tenés garra, lástima que no sepas escribir. ¿Nunca oíste hablar de una cosa llamada sintaxis? Ya sé, la excusa que tenemos los periodistas es la prisa, la urgencia, la falta de tiempo para corregir. Como sale, así queda, y va a la imprenta. Al fin de cuentas, ¿a quién le importa? Mañana se publica, pasado mañana se lo llevan los cartoneros y todos se olvidaron. Hay impunidad, ¿no? «Si Dios no existe, todo me está permitido.»

—Yo trato de hacer mi trabajo lo mejor posible, nada más.

—¡Y lo hacés muy bien! Te has vuelto una estrella en tiempo récord, mientras los que llevamos años en el diario seguimos en la oscuridad, sólo porque nos tomamos en serio el oficio del periodismo. Y conste que no lo digo por envidia. Tengo publicados dos libros de poesía, que es lo que realmente me importa, y no participo en las internas de poder de la redacción. Nunca le serruché el piso a nadie, y no lo pienso hacer.

—Gracias. Me quedo más tranquilo.

—¡Ojo, que no te estoy restando méritos! Ya te dije que leí todas tus notas. Es cierto que las leí para reírme nada más. Pero también es cierto que terminé sintiendo algún interés, aunque más no fuera por saber cómo te las ibas a arreglar para seguir adelante. Los malabarismos de un irresponsable pueden ser fascinantes de contemplar. Yo esperaba cada vez que hicieras el nudo de un hilo que habías soltado, y casi nunca me defraudabas. ¡Al revés de mi prima, que primero hizo el nudo y después lo soltó!

23 de noviembre de 2005

LOS JUGUETES

I

Sabor preparaba su viaje a las islas. Estaba nervioso, preocupado, distraído. Sedentario inveterado, ese módico desplazamiento lo alteraba a tal punto que diez veces por día se inclinaba a desistir, y lo habría hecho de no mediar el compromiso profesional y los arreglos ya hechos por la dirección del diario. Terminó resignándose a cumplir con su deber, con el consabido «Que sea lo que Dios quiera». Después de todo, se decía, no era para tanto: no estaría fuera de su casa más que dos días, y a tiro de piedra, porque le habían dicho que desde la isla se divisaba el perfil de los edificios altos de su Rosario natal. Pero seguía siendo un viaje, y en un viaje nunca se sabe exactamente qué puede pasar, y él seguía intranquilo. Dormía mal, no comía, no se concentraba.

En ese estado no pudo prestarle la debida atención a una extensa «carta de lectores» que le mandaron editar para que saliera como artículo firmado, en las páginas de «Opinión». Era una práctica bastante común en *El Orden*, adaptar cartas de lectores o contribuciones espontáneas, cuando tenían algún interés y ellos estaban cortos de material. Como estaban crónicamente cortos de material, no era necesario que lo que les llegaba tuviera realmente mucho interés. A veces tenía tan poco que se hacía necesaria una intervención radical, o una reescritura completa.

No parecía ser el caso esta vez, o quizá sí. A la primera lectura no estuvo seguro, y no lo estuvo nunca, aun después de combatir con el texto varias horas y entregarlo. Más que con el texto, el combate fue con su distracción. El pensamiento se le iba a las islas, volvía a la pantalla del monitor para no entender o no recordar de qué se trataba, y el desaliento lo hacía retomar casi de inmediato el hilo de sus preocupaciones sobre lo que debía llevar (un bolso de mano, o una valija que tendría que pedir prestada, o una mochila…). Terminó sin saber qué había venido escrito y qué había corregido o agregado él. A esa confusión contribuía el hecho de que el texto se lo habían mandado directamente a la computadora, y de los cambios que se efectuaban en la pantalla no quedaban rastros.

Se preguntaba, malhumorado, por qué le habían dado a él la tarea. ¿No había otros redactores, desocupados, tomando café y charlando a su alrededor? Justo a él, que al día siguiente tenía que viajar… Una asociación de ideas a propósito de sus compañeros de redacción le hizo pensar, por primera vez a pesar de la cantidad de vueltas que le había dado al tema, que iría solo. ¿Por qué no habían pensado en mandarlo con un fotógrafo? De a dos se habría sentido más seguro, sobre todo ante las cuestiones prácticas de traslado y alojamiento. Pero no. El fotógrafo estaba fuera de discusión, porque *El Orden* había enfrentado la reciente crisis de costos despidiendo a uno de los dos que tenían, y al otro lo necesitaban en Rosario al día siguiente, por la visita de Kirchner a inaugurar el Congreso Ferroviario. De modo que estaría solo, librado a sus fuerzas. No quería pensarlo, y volvía con un esfuerzo espasmódico de la voluntad a lo que estaba haciendo.

También podría haberse preguntado, si hubiera estado en condiciones de pensar seriamente en el asunto, por qué el secretario de redacción se había empeñado en hacer emprolijar para su publicación esa carta de lectores, o lo que fuera. Era bastante confusa, y no dejaba traslucir su intención. ¿Estaba a favor o en contra? ¿Y de qué? Con la cabeza en otra cosa, Sabor releía una y otra vez sin terminar de entender de qué se trataba. Lo único que creyó entender de entrada fue que era un padre o un abuelo hablando de las nuevas generaciones. Una mala premisa, pues Sabor tenía fobia a todo lo que entrara en el rubro «educación». Oía la palabra y se desenchufaba automáticamente. Ningún tema le resultaba más aburrido y deprimente. Era una reacción instintiva, y no sabía si constituía la causa o el efecto de su opinión acendrada de que la educación tal como se practicaba en escuelas y colegios y en el ministerio correspondiente, era una farsa.

En un momento fugaz en que las islas se desplazaron unos milímetros y dejaron de hacer obstáculo a su atención, captó lo siguiente del contenido: este lector había observado con sorpresa que el relojito de juguete que le habían regalado a su nieto de tres años en la fiesta de cumpleaños… era un reloj de verdad. O mejor dicho, quizá (la redacción era pésima), era un reloj de juguete que daba la hora. La palabra «chip», que alcanzó a ver unas líneas más abajo antes de que el viaje a las islas volviera a distraerlo, le sugirió la explicación. Hoy en día la electrónica se había hecho tan omnipresente y tan barata que sin ningún esfuerzo los jugueteros podían ponerle un chip a un simulacro plástico de reloj y hacerlo funcionar. ¿Y con eso qué? ¿Llevaría la bolsa de dormir? Ya había decidido que no, pero la posibilidad de todos modos había quedado flotando en un lugar de su mente, y por algo debía de ser. Comprendía que llevándola se sentiría más seguro, aunque no la usara. El problema era el volumen. Aunque era liviana. Y otro problema, derivado del hecho de que por su volumen no se la podía ocultar, era el ridículo. Se suponía que la invitación incluía facilidades para pernoctar, y aparecerse con una bolsa de dormir, como un boy scout, sería absurdo, además de descortés.

Cada vez que volvía de una de sus ensoñaciones a la preocupación del trabajo en curso, escribía unas líneas deprisa, con renovado apuro por terminar y dedicarse de lleno a los preparativos del viaje. Estos esfuerzos convulsivos, que duraban poco, iban haciendo el texto más y más incoherente. No le estaba dando mucha importancia, pero nadie se la daría, porque sólo se trataba de llenar cuatro columnas, con cualquier cosa.

El Imbécil (así llamaba in péctore al autor de la carta) sacaba las más ridículas conclusiones del asunto del relojito. Los que funcionaban a chip daban la hora en números, sobre una pequeña pantalla. Con lo cual los niños de la nueva generación no aprendían a leer la hora con agujas, lo que a la larga dejaría un hueco importante en su instrucción, además de modificar su percepción del tiempo. Sabor agregó que los privaba de oír el tictac de los relojes mecánicos, que en los de pulsera era tan bajo que había que presionarlo contra la oreja para oírlo. Pero al seguir leyendo vio que el Imbécil lo había puesto ya. Ese sonido íntimo y secreto tenía algo de orgánico; el niño lo incorporaba como suyo, no lo compartía más que con su propio corazón. Recordaba su excitación, a los cinco o seis años, cuando aprendió la hora; o mejor dicho antes de aprenderla del todo, cuando ya sabía los números, y sabía que el reloj daba la hora con sus agujas, y no podía resistir la tentación de preguntarle a un adulto, después de mirar el cuadrante de un reloj, qué hora era si la aguja larga estaba en tal número y la corta en tal otra. Le causaba un placer inagotable que le respondieran al punto, o después de pensarlo un momento; quizá porque era lo único para lo que los adultos tenían una respuesta puntual, siempre lista. O quizá, también, porque encontraba cierta magia en la relación entre las posiciones de las agujas y la hora. La respuesta siempre era distinta. Le daba la ocasión, tan rara, de mantener un diálogo con los adultos en un nivel que se le antojaba intelectual, sofisticado. Lamentablemente, repetir cien veces por día la misma gracia terminó cansando a su madre, que dejó de responderle, o le respondía con un sopapo. Le quedó un pequeño trauma, relacionado con las dos agujas del reloj. Pero reconocía que había algo digno de investigar en la disociación de horas y minutos, es decir en la aguja que iba lento y la que iba rápido, sobre todo porque la que iba rápido también iba lento (su movimiento no se veía).

En el fondo, todo su problema estaba en que el tiempo pasaba muy lento. De no ser así, no se preocuparía tanto por este viaje de apenas dos días. Pensó que como estaría trabajando no lo sentiría.

Enfocó nuevamente la atención en el texto, esta vez decidido a avanzar como fuera, para sacárselo de encima y meditar en serio sobre la bolsa de dormir. Cayó sobre un pasaje sobre el reloj del nieto, que daba la hora con agujas, no con números, pues el sistema digital permitía imitar el sistema analógico…

¡Entonces estaba a favor! Lo sorprendió, porque habría jurado que estaba en contra; en general esas cartas de lectores se enviaban con la intención de protestar por algo.

Ya estaba por desarrollar el asunto de las agujas en tono encomiástico, cuando al tocar por error una tecla la pantalla saltó a la página siguiente, y el párrafo que quedó en la línea de su mirada le mostró que en realidad el autor estaba en contra, si bien en contra de otra cosa que no tenía nada que ver. Decía que al transformar en un reloj de verdad una baratija de plástico que se ponía en manos de un niño de tres años para que jugara y lo rompiera, ese niño perdía el sentido del valor de los objetos, y se acostumbraba a lo descartable y perecedero de la sociedad postindustrial. No necesitó seguir leyendo para imaginarse lo que seguía: a ese abuelo que escribía le habían dado su primer reloj de pulsera al cumplir trece años, y lo había conservado y cuidado durante toda su adolescencia, hasta poder comprarse uno con sus primeros sueldos, y eso sí le daba a un joven el sentido del valor y el respeto por lo adquirido con esfuerzo.

Pero ¿sería ése el tema central? Para saberlo tendría que leerlo todo, y no tenía ganas. ¿Cuál era la intención? Si alguien podía decírselo, era el Imbécil, y se le ocurrió que al pie de la carta podía haber una dirección de e-mail para comunicarse con él. Fue al final, y lo que había, bajo la firma, era un teléfono. Llamó sin más, después de mirar el nombre. Atendieron.

—¿Podría hablar con el señor… Frans Canto, por favor?

—¿De parte de quién?

Dijo su nombre, y mencionó el diario, y la carta. La voz, que era de mujer, respondió que «el señor no se encontraba», y no iba a volver en todo el día, pero había dejado dicho que lo esperaba y que tendría mucho placer en conversar con él.

Sabor colgó, pensando que era típico: mandaban una estúpida carta de lectores y se quedaban esperando a que fueran a hacerles una entrevista y sacarles fotos. Todos creían tener mucho que decir, todos se creían objeto de interés. El desaliento de la comunicación frustrada lo hizo volver masivamente a la angustia del viaje.

Tardó un buen rato en reunir fuerzas para volver a escribir, y cuando lo hizo había perdido el hilo. Así que inventó más o menos libremente, sobre relojitos con chips que daban la hora exacta a lactantes inquietos, y, para ampliar (porque el tema no daba para mucho), sobre trompos con disco rígido que alteraban los polos magnéticos del planeta, y soldaditos de plomo que invadían Irak. Dio libre curso a su imaginación, pero era una imaginación melancólica, que tenía por fondo las islas, esos espejismos de la lejanía que de pronto se precipitaban sobre él.

II

Fue una noche de poco sueño, interrumpido por las pesadillas, con asomos de fiebre. Se producía ese conocido círculo vicioso del insomnio: lo preocupaba la necesidad de dormir para hacer frente con toda su energía y lucidez a las pruebas del día siguiente, y la preocupación no lo dejaba dormir. Se adelantaba a los hechos, imaginaba las peores alternativas y les buscaba soluciones, pero como no sabía qué podía esperar imaginaba otras, remontaba el hilo de accidentes que no habían sucedido, se extenuaba dando explicaciones a interlocutores fantasmas, o pidiéndolas, desesperadamente... De ahí regresaba a la razón, de la que nunca había salido: ¿cómo podía ser, se preguntaba, que un simple viaje de trabajo lo afectara tanto? Y un viaje insignificante como éste. ¿Y se había creído periodista? Qué sería si lo mandaran a Irak, de corresponsal de guerra. Pero él, ya lo había probado, era un periodista de escritorio, de redacción.

Se revolvía en la cama, y a cada cambio de posición (ya llevaba diez mil) cambiaba del enfoque de sus razonamientos. Las islas en realidad eran parte de Rosario, casi podía considerárselas un suburbio. Había gente que iba los domingos a comer un asado. Los pescadores las frecuentaban y se iban lejísimos, de isla en isla, buscando las caletas de procreación de las bogas. Las familias hacían excursiones a respirar aire puro y dejaban jugar en libertad a los niños. Si lo hubieran llevado a él de chico, no estaría experimentando este horror a lo desconocido. Todo tenía una primera vez, y cuanto antes sucediera, mejor.

Pero no quería pensar. Quería dormir. Cuando se descubría pensando (otra vuelta más en las sábanas ardientes) se lo prohibía, y trataba de llenar la cabeza de imágenes sin sentido, hasta que se le ocurría otra posibilidad para el día siguiente y ya estaba de nuevo embarcado en un cálculo de busca de soluciones o explicaciones a su jefe de por qué las cosas habían salido mal. O bien se dormía, pero no ganaba mucho porque su cabeza seguía produciendo creaciones monstruosas. Era peor, porque ya no tenían nada que ver con el viaje, y cuando se despertaba, minutos o segundos después, y retomaba sus preocupaciones, las reales se mezclaban con las fantaseadas y éstas potenciaban a aquéllas, las volvían quimeras abrumadoras. Si despierto no podía controlar las carreras locas del pensamiento, dormido podía menos. Y dado que a cierta altura del insomnio el sueño y la vigilia no se distinguían bien, la razón se extraviaba definitivamente. Soñaba con la cotización del dólar, se veía reflejado en la ventanilla de una casa de cambios, los rasgos desfigurados por la angustia al enterarse de que sus dólares eran falsos y no los aceptaban, o, peor y al mismo tiempo, que en el transcurso de la noche el dólar había subido tanto que todo su sueldo y todos sus ahorros sumados no alcanzaban para comprar un solo dólar. Flotaba en un grito mudo a la oscura vigilia para perseguirse, sin más transición que una coma en una frase, por su economía real, y la pregunta que había venido haciéndose esos días sobre la cantidad de plata que debía llevar en el viaje.

Sabor era de esos temperamentos nerviosos que pierden el control de sus inquietudes. Su lucidez lo lamentaba, pero no tenía remedio. Desde chico había sido así. La mente se le desbocaba y cuantos más razonamientos quería oponerle a la preocupación más la empeoraba. Era como echar más leña al fuego. Lo pequeño se le hacía gigante, lo ocupaba todo, lo poseía y sacudía hasta desalentarlo por completo. No puede extrañar que siendo así huyera de los problemas. En su caso, como quizá era el caso de todos lo que compartían su carácter, «problema» equivalía a «novedad». Era lo nuevo, lo que no había probado nunca, lo que más loco lo ponía. No saber qué podía esperar. Verse frente a una multiplicidad de alternativas posibles, sin disponer de elementos para decidir cuál se haría real. De ahí que se aferrara tanto a la rutina. Hasta esa ocasión no había pensado, como lo estaba haciendo, que la profesión de periodista era la menos indicada para él. Y sin embargo se había embarcado en ella, con relativo éxito. Debía concluir que había tenido suerte, o que la sabiduría del instinto lo había venido salvando. Había hecho un buen papel en el diario gracias a sus series de artículos sobre el célebre aventurero Barbaverde, cuyas andanzas habían coincidido de modo casi milagroso con las aptitudes de escritor que él se había descubierto. Y no lo habían obligado a moverse de su escritorio. Ahora, de pronto, una asignación que para cualquiera de sus colegas sería una bicoca, lo obligaba a preguntarse si realmente el periodismo era un trabajo para él.

Aun si no lo era, como se sentía inclinado a admitirlo en el torturado soliloquio de la noche, descartaba la idea de renunciar. Debía insistir. Además (elaboraba), no era tan seguro que él no estuviera cortado para el periodismo. Quizá sí para el viejo periodismo, el del estereotipo popular, el entrometido que iba a cortar en persona la carne de la realidad. Pero quizá la profesión estaba cambiando, gracias a los nuevos medios de información a distancia. Hoy el periodista se acercaba más al escritor, su trabajo se volvía «cosa mentale». Y eso era lo que le pedían sus lectores. Porque la novedad en el tráfico de la información no se agotaba en el aspecto técnico sino que modificaba también las expectativas del público…

Misericordiosamente, se dormía, y sus silogismos se convertían en imágenes, que lo despertaban temblando, con todos sus frágiles consuelos destrozados. El inconsciente se parecía a las tecnologías modernísimas de transmisión de datos, por lo visto: todos convergían en el mismo torbellino de angustia. Si él estaba agigantando lo pequeño, en su neurosis de sedentario fóbico, la fusión onírica atraía restos del artículo que se había visto obligado a escribir y le mostraba diminutos juguetes creciendo hasta adquirir dimensiones de casas o tractores de verdad.

No quería mirar el reloj porque había oído decir que era lo peor que se podía hacer durante el insomnio. Había que relajarse. Se puso boca arriba, lo que a esa hora era un gesto desafiante en él porque nunca dormía en esa posición. Era como decir ¡Qué me importa! Echó atrás los brazos, enlazando las manos en la nuca, y dejó vagar la mirada en la semioscuridad del living (dormía en el sofá cama, porque el departamento tenía un solo dormitorio, ocupado por la madre). En la momentánea tranquilidad que obtuvo con esa maniobra, recordó que en realidad había estado durmiendo mal las últimas noches, y se preguntó si no sería desde antes de saber del viaje, que se lo habían anunciado hacía apenas dos días. Le gustó la idea de que el problema no fuera el viaje. Por supuesto, el viaje era el problema, pero quizá se había superpuesto a alguna otra alteración, quizá fisiológica.

Por lo pronto, estaba el olor. Un olor podía modificar ritmos en un organismo sensible. Aspiró por la nariz varias veces, concentrándose. No podía decir si lo percibía o no. En el rubro olfativo, el acostumbramiento lo era todo. Pero sí lo percibía. ¿O no? Creía sentir algo distinto. No estaba seguro. Se preguntó si no se habría dormido otra vez.

Había tenido una discusión con su madre por la cuestión del olor que había invadido el pequeño departamento. Esas discusiones tenían algo de onírico. Ésta se prolongó varios días, y no lograron ponerse de acuerdo. La madre decía que no olía nada, pero él ya le conocía las mentiras; cuando ella se sentía culpable por algo, podía encapricharse en negar lo más evidente. Y cuando se le ocurría una buena explicación, no vacilaba en contradecirse. Era lo que había pasado esta vez. La explicación fue que había usado un producto de limpieza que no usaba nunca, «fuertísimo». Lo usó para lavar la vieja mochila de él, pese a que Sabor no estaba del todo decidido a llevarla en el viaje a las islas. Fue una de sus tantas indecisiones: mochila, bolso grande, bolso chico, maletín… Si era mochila, tendría que ser la suya, que había usado en los campamentos escolares y que hacía años que estaba arrumbada en el fondo de un armario. La madre no esperó a que se decidiera, porque después no habría tiempo, y la lavó. Dijo que era necesario porque estaba sucia, cosa para nada evidente a simple vista. Como era de una lona gruesa, y según ella tenía la mugre muy pegada, compró un producto nuevo y se pasó horas frotándola con un cepillo haciendo espuma; después la colgó en el tendedero. La operación ocupó todo el departamento, porque como la mochila no cabía en la pileta del lavadero, la lavó en la bañera. De ahí, decía, que el olor del Espumol hubiera impregnado el departamento.

Con alguien tan irracional como su madre era imposible discutir. Él también ponía lo suyo. Los argumentos se ramificaban, por ejemplo a la necesidad o no de haber lavado la mochila. Como resultado de esas confusiones no le quedó claro si el olor no había estado desde antes del lavado.

Si se durmió, a pesar de la postura «antisueño» que había adoptado, debió de seguir pensando dormido, porque de pronto había vuelto a sentir el olor, intensamente, como olor intruso. O mejor dicho, el olor de un intruso.

Ese asunto ya se le había planteado más de una vez, pero tan ligado a lo nocturno y lo infantil que nunca había podido considerarlo a la luz de la razón. Probablemente no resistiría a esta luz. ¿Cómo iba a meterse un ladrón, y cómo iba a esconderse de ellos, en ese minúsculo departamento de dos ambientes, ocupados además por sus dos habitantes? Sólo un niño podría creerlo, y un niño medio dormido que confundiera sueño y realidad en la amalgama de sus miedos.

Aunque pensándolo, siquiera en términos paranoicos, había alguna posibilidad de que sucediera; porque el lavadero descubierto anexo a la cocina no tenía protector, y alguien habría podido meterse por ahí descolgándose de la terraza. Y en cuanto a pasar inadvertido, tampoco le habría sido imposible porque la madre de Sabor tenía el sueño pesado y lo anunciaba con persistentes ronquidos. Ella se decía una insomne irremediable, y tomaba pastillas en cantidad, pero lo cierto era que dormía clamorosamente sus doce horas diarias. Sabor se preguntaba a veces si a él no le pasaría lo mismo, o, más en general, si el insomnio no sería una gran fantasía de la humanidad, una fantasía poblada de sueños.

Además, que el departamento fuera pequeño no quería decir nada. ¿Qué era lo pequeño? Todo era relativo. Cualquiera que supiera de la existencia de los virus o las bacterias, o los átomos, sabía que allí también podían suceder cosas. Lo pequeño se hacía grande, y no sólo en su imaginación desbocada.

Esos pensamientos inconexos, y la duda que los sobrevolaba (¿estaba despierto?) lo llevaron a sospechar que realmente alguien se había colado en la oscuridad, y era la fuente del olor que lo había despertado, si es que estaba despierto. Después de todo, lo real es lo que más dudas provoca sobre su realidad, y sin embargo es real. Un pequeño ruido en la cocina, otro en el baño, los atronadores ronquidos de la madre tapando el sonido de pasos o roces… Se puso tenso como una viga. Si era un asesino y lo mataba, no tendría que viajar.

Esta nueva fantasmagoría tenía antecedentes. Era una de las más viejas y arraigadas de su vida, y se reactivaba en situaciones de estrés como ésta del viaje. Sabor no había conocido a su padre, que los había abandonado en forma ignominiosa pocos meses después de que él naciera. Nunca lo había visto, aunque el padre había seguido viviendo en Rosario. La madre lo veía a veces en la calle; no se saludaban.

En un determinado estadio de su desarrollo, a los seis o siete años, el niño alegre y sociable que era Sabor empezó a sufrir terrores nocturnos. Se despertaba en medio de la noche y se quedaba acechando en las tinieblas pequeños ruidos que lo convencían de que un extraño se había metido en el departamento, que era el mismo en el que seguía viviendo de adulto. El miedo lo paralizaba, en vigilias interminables. Llegaba a estar seguro de que esa noche, y todas las noches era lo mismo, se había hecho realidad lo que tanto temía. La madre dormía profundamente, y él no se atrevía a despertarla, no sólo porque la inmovilidad y el silencio eran su única defensa, sino porque sabía que ella se deslomaba trabajando para mantenerlo, y necesitaba el descanso.

Más tarde, llegada la edad de la razón, hizo consciente algo que había sabido siempre: que ese extraño sin rostro que se metía en el departamento todas las noches, con propósitos tan poco claros como la oscuridad de la noche, era un representante de su padre.

III

Las aguas del día separaban las aguas de la noche. Grandiosas extensiones de agua gris se desplegaban en la luz. El silencio del amanecer llenaba el mundo. Aunque ya no era tan temprano. Un Sabor aterido esperaba en el embarcadero, dando la espalda a la ciudad de la que se había despedido en la melancólica caminata desde su casa, gritando interiormente que era ¡por dos días!, ¡sólo por dos días! Se aferraba a ese número como un talismán, para calmar sus temores.

Tenía la vista fija en el agua y barría su superficie gris blanca con nerviosos cabeceos. Llevaba una hora allí, desgarrado entre la impaciencia y la esperanza de no tener que hacer el viaje después de todo.

Al llegar, no había encontrado al famoso Rompetrueno. Como no estaba tampoco su lancha, no podría verlo llegar sino por el agua. Reflexionaba sobre la proverbial impuntualidad de los pobres, que la leyenda atribuía a su falta de dinero para comprarse relojes; le volvían frases del artículo que había escrito la tarde anterior, y se decía que con la disminución del precio de los relojes ya no tendrían esa excusa, que por lo demás nunca había sido más que una excusa. Además, no habría cambios en ese aspecto, porque para que los pobres se volvieran puntuales los ricos deberían volverse impuntuales, y eso nunca pasaría.

El desierto de agua continuaba inmutable. Se preguntó varias veces si no se habría confundido de embarcadero. Aunque estaba seguro de recordar bien las instrucciones, y aunque no había posibilidad de error porque éste era el unico muelle en el radio céntrico, con el paso de los minutos llegó a convencerse de que se había producido algún malentendido. Empezó a pensar seriamente en ir a buscar un teléfono y tratar de localizar al secretario de redacción, que había hecho los arreglos. Pero en ese momento una lancha surgió de la niebla, justo frente a él, y no bien se hubo perfilado (venía a toda velocidad) reconoció la corpulenta figura de Rompetrueno encorvado sobre el volante.

Nunca lo había visto antes pero lo reconoció de todos modos porque coincidía con las descripciones que le habían hecho, de un gigantón simple de espíritu. Lo primero se veía de lejos, y de lo segundo tuvo una cabal demostración por las explicaciones que le dio al llegar y hacerlo embarcar. Esto lo hizo rápido, sin amarrar; las excusas por la demora fueron muy poco inteligibles, en parte por las aceleradas del motor para dar la vuelta y apuntar la proa a las islas, en parte por la dicción defectuosa de Rompetrueno. De lo poco que pudo entender dedujo que le echaba la culpa al diario, por haber mandado dos hombres en vez de uno como le habían dicho. Y el primero había aparecido antes de hora, con la exigencia perentoria de ir ya mismo a la isla, y obligarlo a volver a buscar el otro, que era Sabor. Por supuesto, no había dos periodistas, eso Sabor lo sabía perfectamente, y ese primer cruce el lanchero lo había hecho por codicia, por no perderse un pasajero, sin importarle la demora que le infligía a él. No discutió porque no valía la pena. No había perdido gran cosa, apenas un par de horas, y ya estaba en camino. Además, no estaba seguro de haber oído bien. La lancha era vieja, obsoleta, con la pintura descascarada, y el motor hacía un ruido infernal. No tuvo tiempo de pensar que era la primera vez que estaba navegando. Apenas si atinó a sentarse en el único asiento y a mirar hacia adelante.

Cuando se hubo acostumbrado al ruido al punto de dejar de oírlo, entabló conversación con el lanchero. Algunas observaciones tentativas sobre el clima obtuvieron respuestas ininteligibles. El llamado Rompetrueno, pensó Sabor, debía de haber perdido la mejor parte de su capacidad de comunicarse debido a la soledad en que tenía que ejercer su oficio. O quizá nunca la había tenido; era demasiado grande para ser normal. Aun así, insistió, pues quería obtener alguna información sobre lo que le esperaba en las islas. Debido a sus cruces constantes, y a la cantidad de gente que traía y llevaba, nadie más indicado que él como fuente de datos realistas y actualizados sobre la instalación de las plantas farmacéuticas, sobre las que tantas leyendas se habían tejido.

Para su sorpresa, Rompetrueno no sabía siquiera de qué se trataba. Aunque no mostró ninguna curiosidad, Sabor le hizo un resumen del tema, con la esperanza de despertarle algún recuerdo.

Un consorcio de laboratorios multinacionales había construido en medio del río un complejo de alta tecnología para la producción de células madre, por un acuerdo con los gobiernos de las dos provincias que compartían la jurisdicción de las islas. Los trabajos se habían hecho con poca publicidad, y fue la investigación de periodistas de *El Orden* la que sacó a luz las implicancias del proyecto en términos de contaminación del medio y peligros para la salud de la población. La opinión pública se había movilizado, y el asunto no tardó en volverse una causa nacional. La magnitud de la inversión, que sólo en la primera etapa alcanzaba los cuarenta mil millones de dólares, hacía muy delicado el tratamiento del problema tanto para las gobernaciones como para el Estado nacional. La tesis a la que adhirió desde el comienzo la línea editorial de *El Orden* fue que el deslumbramiento por la cifra, que acallaba críticas sobre la desgana de la actual administración por atraer inversiones, había llevado a firmar a ciegas la autorización, sin los correspondientes estudios de impacto ambiental y sanitario. La fantasía popular hizo el resto.

La naturaleza de las misteriosas células madre causaba una intriga que no podía dejar de contaminarse con el temor de mutaciones o nacimientos monstruosos. A la parálisis de las autoridades (que se atribuyó a coimas cuantiosas) respondió la acción de la ciudadanía. Menudearon los boicots, piquetes y manifestaciones. Rosario se solivantó y empezó a vivir en estado de asamblea permanente. Los delegados viajaban a la capital provincial, y a la nacional, llevando y trayendo propuestas. Se peticionó ante la Organización Mundial de la Salud, las Naciones Unidas, la Organización de Estados Americanos y el gobierno suizo, país este último donde se presumía que se hallaba la cabecera del consorcio farmacéutico, el cual por su parte se encerró en una férrea negativa al diálogo y un mutismo sin fisuras. El tradicional bajo perfil de estos conglomerados tuvo en este caso una expresión tan acentuada que tanto su composición como su origen y hasta su existencia misma quedaron librados a las conjeturas.

Tanta era la efervescencia activista que intervinieron en la controversia manifestantes a favor de la instalación de las plantas, reclamando para sí la consigna («A Favor de la Vida») que levantaban los que se oponían. Se recurrió a argumentaciones de progreso de la medicina, y se pidió el parecer de reputados científicos del país y del extranjero, pero sus opiniones no resolvieron nada porque estaban divididas.

No tardaron en surgir disensiones en el seno de la resistencia. Se dividieron en tres bandos: Asambleístas Duros, que exigían el desmantelamiento inmediato de las plantas, sin atender razones; Asambleístas Dialoguistas, que dejaban abierta la posibilidad de la instalación y permanencia de las plantas, aunque mediando estudios fehacientes realizados por un comité científico independiente; y Ambientalistas, aliados con Greenpeace. Unos y otros se acusaban de connivencia con el gobierno y el consorcio, y los tres estaban infiltrados por militantes de distintos partidos políticos. Una buena docena de líderes de las distintas facciones habían alcanzado una notoriedad estelar. El boletín diario de esta guerra era el diario *El Orden*, que había duplicado su tirada y se agotaba no bien llegaba a los puestos de venta.

Sabor, que había dado por sentado que no quedaba nadie ajeno al tema, no salía de su asombro al comprobar que el lanchero, justamente él, lo ignoraba por completo. ¿Acaso no estaba paralizada la ciudad por las marchas, cacerolazos, apagones? ¿Se hablaba acaso de otra cosa? Por primera vez lo asaltó la sospecha de que el periodismo, con *El Orden* a la cabeza, estuviera magnificando las cosas, quizá inventándolas. No sería la primera vez. En ese caso, y en el medio del río junto a este corpulento espécimen del pueblo sano y realista, él quedaba aislado y flotante como un fantasma o un ser de otro mundo.

No pudo ahondar en esta línea de reflexión por causa de un accidente imprevisto. Ya desde el comienzo del diálogo, Sabor había notado las dificultades de expresión de su interlocutor. Como no lo conocía de antemano, pensó que era una característica natural, es decir que siempre era así. Ahora, de unos ronquidos y murmullos que profirió el gigantón, dedujo que se encontraba alterado. Algo andaba mal. ¿Sería la lancha? A él le parecía que el ruido del motor seguía estable, pero sabía que los dueños de los vehículos tenían el oído afinado para los menores cambios. Aunque no era eso, porque le oyó un «Me siento mal», acompañado de puteadas y resoplidos. Lo miró y lo vio pálido, la cara cubierta de sudor, una mueca. Le preguntó, haciendo caso omiso de la redundancia, si se sentía mal. Rompetrueno no le respondió, ocupado en respirar ruidosamente. Cuando habló, con palabras sueltas y cada vez más confusas, dijo que era «alergia», desencadenada por «un olor»… «¡Yo no siento nada!», se apresuró a declarar su pasajero, asaltado por un repentino sentimiento de culpa al que todavía no le encontraba una causa cierta. De los murmullos que siguieron, ya guturales, creyó entender que Rompetrueno responsabilizaba al pasajero anterior, que había venido perfumado y le había dejado la lancha olorosa… Sabor, que inclinaba la cabeza hacia un lado y otro oliendo, sintió al fin, o le pareció, un perfume conocido. La culpa se precisó: debía de ser él, que traía encima el olor del maldito Espumol.

Él, y no el pasajero anterior. Si no lo sentía con claridad era porque lo tenía impregnado desde la noche y se había acostumbrado.

Cuando volvió a mirar a Rompetrueno, lo vio blanco como un papel, cabeceando... y se desmayó. Lo vio caer sobre el volante, y después, inane, su enorme masa se desplazó hacia un costado. Trató de sostenerlo y acomodarlo en su asiento, sin éxito; debía de pesar trescientos kilos; la fuerza de gravedad lo atraía con un vigor al que jamás habría podido oponerse un enclenque periodista. Se derrumbó en el espacio entre los dos asientos. Tal como se desarrollaron los hechos, fue una suerte que sucediera así porque dejaba libre el puesto del conductor.

No es para describir la alarma y el desconcierto de Sabor. No tenía la menor idea del manejo de una lancha. Pero el predicamento en que se hallaba era urgente, tanto más cuanto que oyó unas carrasperas del motor cuando los mandos quedaron vacantes. Si se apagaba, él no iba a saber encenderlo, y no quería pensar en lo que podía pasar entonces. De modo que se sentó en el asiento de Rompetrueno. Los pies le quedaron en el aire, pero no tenía tiempo de hacer ajustes; y no valía la pena porque no había pedales. Las intermitencias del motor se agravaron. Manoteó todas las palancas a su alcance, y con una de ellas produjo una acelerada furiosa. Volvió a manipularla, con más prudencia, y la marcha se estabilizó.

Había evitado lo peor, pero ahora, ¿qué hacer? Estaba en medio del río, y sólo entonces, al quedar librado a sus fuerzas, advertía que una neblina muy liviana que parecía no ocultar nada, en realidad lo ocultaba todo. Su única guía era la dirección que traían, y sólo podía confiar en que la lancha no se hubiera desviado durante los momentos en que el volante había quedado suelto. Lo aferró con fuerza y lo mantuvo inmóvil. ¿Volver atrás? No sabía cuánto camino habían hecho: podían estar muy cerca de la meta, y muy lejos del punto de partida. Decidió seguir adelante. El rumbo, pensó, no debía de ser muy difícil de establecer tratándose de un río, ya que bastaba con seguir en una línea perpendicular a la corriente; pero cuando miró el agua la vio quieta, o con pequeños movimientos contradictorios, seguramente producidos por la lancha misma.

Estaba nerviosísimo, cubierto de sudor, con temblores en todo el cuerpo. Y al rato descubrió que no había estado tan cerca de la otra orilla, porque la travesía se prolongaba, interminable. Clavaba la vista en el horizonte brumoso, que seguía guardando sus secretos, y sólo apartaba los ojos de él para echar una mirada al cuerpo de Rompetrueno, que no volvía en sí.

Después de un lapso indeterminado la costa apareció frente a él. Junto con ella, aparecieron en su mente nuevos problemas. Estrellarse no era una solución, pero cuando estuvo lo bastante cerca como para ver detalles comprobó que era una costa blanda, sin rocas, como correspondía a la formación sedimentaria de las islas. Suaves barrancas barrosas, y un derrame trémulo de juncos y mimbres, no anunciaban más catástrofe que un encallamiento progresivo. Una repentina tranquilidad, típica del marino que ve tierra, lo hizo sentir más seguro; quizá no sería necesario siquiera encallar. Probó de doblar hacia un lado, y lo hizo sin dificultad. Podía recorrer la costa buscando un sitio apropiado para el desembarco. Por ejemplo, podía buscar un sitio poblado, porque lo que tenía enfrente era pura naturaleza silvestre, sin rastros humanos.

Pero no resultó tan fácil como había creído, porque de pronto la costa no estaba a la derecha sino a la izquierda, y cuando quiso acordar estaba a los dos lados. Debía de haberse metido en una especie de bahía, y efectivamente un poco más allá vio costa también enfrente. Inició una maniobra de giro que le exigió tanta concentración, y la hizo tan mal, que la lancha se incrustó bajo unas frondas colgantes, y el motor se apagó. Sabor tardó un largo momento en tranquilizarse lo suficiente para evaluar la situación. Sentía en todo el cuerpo el silencio que había sucedido a la vibración del motor. Cuando se consideró en condiciones de hacerlo, salió del asiento y trepó al capó. Vio que desde allí podía saltar a tierra. La vegetación era tupida pero no le impediría hacer pie. Habría desembarcado sin más, tanto era su apuro por salir de la trampa en que se había convertido la lancha, pero la responsabilidad lo hizo reflexionar. No podía dejar a Rompetrueno a merced de las corrientes y otros caprichos del agua. Vio atrás de los asientos un rollo de cuerda, uno de cuyos extremos estaba sujeto a un travesaño. Arrojó el rollo a tierra, saltó él, y ató la otra punta de la cuerda al tronco de un sauce providencial. Le hizo varios nudos para asegurarse. Volvió a la lancha, examinó de cerca al desmayado, que respiraba con regularidad, y se marchó, después de colgarse la mochila a la espalda. Debía ir a buscar ayuda médica. Antes, y más importante, debía alejarse. Si tenía razón en su conjetura de que la reacción alérgica se debía al olor a Espumol que él mismo llevaba impregnado en el cuerpo, cuando se retirara y los efluvios de su presencia se disiparan el gigantón volvería en sí. Se internó en la espesura.

IV

En la isla, amanecía para una banda de fugitivos, como amanecía para todo el mundo. El campamento se hallaba en un claro del bosque, a bastante distancia de la costa. Lucía provisorio, y a la vez definitivo, contradicción que se explicaba para quien supiera que sus habitantes lo habían levantado hacía pocos días, a su llegada, pero con vistas a una instalación por tiempo indefinido, quizá muy prolongada. Había sólo una carpa, de lona remendada, y tres casuchas de ramas y musgo, en distintos estadios de construcción. Ropa tendida de cordeles indicaba la presencia de niños y mujeres. Había fuentones, latas, botellas vacías, huellas de fogones; por lo visto se hacía vida en común. Un caballo atado con una larga soga a un árbol ponía el único y muy discreto toque de movimiento, masticando con paciencia el pasto que arrancaba de la tierra. Los humanos dormían, y siguieron haciéndolo hasta que el sol asomó sobre el follaje. Después, poco a poco, fueron asomando, y a media mañana estaban mateando al aire libre. Eran ocho hombres, dos mujeres, y cuatro niños pequeños.

Con la misma parsimonia con que habían salido del sueño empezaron a alistar líneas y anzuelos, y unas viejas escopetas, lo que hacía presuponer que de esos implementos dependía su alimentación. Pero no debía de ser la única fuente de sustento, pues las mujeres habían sacado de la carpa, que parecía ser el almacén común, latas de conservas, botellas plásticas de agua y cajas de leche en polvo, para el desayuno de grandes y chicos.

Un testigo más atento habría notado que su manipulación de los útiles de caza y pesca era más bien torpe, de principiantes. Aunque ya se los habían repartido, según sus preferencias, y los habían usado, seguían aprendiendo su manejo. Y no parecían hacerlo con mucha convicción. Los que habían elegido líneas, las tenían enredadas, y se hacían un lío con los anzuelos, que observaban con prudencia cercana al miedo. Lo mismo los que alistaban las armas de fuego; sopesaban los gruesos cartuchos de cartón rojo y miraban intrigados las escopetas, como si se preguntaran por qué extremo meterlos. A éstos, además, las mujeres les hacían desconfiados reclamos de cuidado, y mandaban alejarse a los niños.

Ya la hora avanzada era elocuente de la poca gana que tenían de partir en busca de provisiones. Y lo confirmaba su actitud postergadora, la sugerencia de poner otra pava al fuego para seguir con el mate, las posturas que adoptaban tirados en el pasto para asolearse mejor, o descabezar un sueñito remanente.

Aun así, a la larga habrían partido, si no hubiera sobrevenido una excelente excusa, en la forma de un joven extraviado que irrumpió de pronto en el claro, y al verlos, y ver clavadas en él todas las miradas, se quedó fijo.

Todo indicaba que esa gente, si había elegido ocultarse del prójimo y la ley, era de avería, y Sabor, porque de él se trataba, temió haber caído «en la boca del lobo». Y en efecto, hubo algunas miradas, más automáticas que deliberadas, a los objetos de valor que traía el recién llegado: mochila, chaqueta, reloj, calzado… El impulso fue prontamente dominado, al punto que murió antes de nacer. Quizá se debió a que había muy poco de valioso a la vista, pero había causas más probables, la principal de ellas la incertidumbre en la que se hallaban los fugitivos, y su dependencia del enigmático personaje que los había enviado a la isla. De hecho, todos a una se hicieron la idea de que Sabor venía del mismo lado, como una especie de prueba secreta que les imponían.

El más desenvuelto se levantó a saludarlo, y lo invitó a incorporarse a la reunión. No hubo presentaciones, y los nombres que surgieron en el curso de la conversación (Tito, Cacho, Loco, Negro) eran tan vagos que no ayudaron a la individualización. Cuando Sabor hubo dicho que era periodista, y que había cruzado a la isla a interiorizarse de «la situación», sus interlocutores no tuvieron dudas de que ellos eran los objetos de su interés, y se pusieron a darle explicaciones. No pertenecían a la clase de gente capaz de dar explicaciones claras, y además daban por supuesto que el joven periodista ya estaba al tanto de lo básico. Aun así, los hechos terminaron haciéndose entender.

Todos los allí presentes pertenecían a uno de los tantos movimientos de reivindicación social que habían surgido en los últimos años en el seno de las populosas villas miseria que rodeaban a Rosario. En este caso se trataba de Vivienda Digna, un grupo intervilla nacido al calor de la administración socialista de la ciudad, que sobrevivió a ésta por lo razonable de su demanda, mucho más fácil de digerir por la opinión pública que otras muchas. No había más que ver, siquiera en fotos, el descalabro habitacional en el que vivía la masa indigente para alarmarse por las consecuencias sociales a mediano y largo plazo, y también al más corto e inmediato. Las condiciones de promiscuidad e insalubridad del amasijo de casillas de lata y cartón desalentaba de entrada toda expectativa de integración. Bajo el paraguas de la culpa, los ciudadanos toleraban las manifestaciones de Vivienda Digna, y los funcionarios de gobierno escuchaban sus peticiones y prometían atender los reclamos.

La consideración en que se tenía desde afuera al movimiento había terminado por contaminar a sus participantes. De algún modo, empezaron a creerse las promesas que les hacían, y la «vivienda digna» pareció encaminarse a su materialización. Surgió la preocupación por no echar a perder lo logrado, por no dar una excusa para que el poder retirara las dádivas que estaba a punto de conceder. En realidad no habían logrado nada, y nadie estaba a punto de darles nada, pero ellos se lo creían, y eso bastó para crearles un sentimiento de urgencia. Como no podía ser de otro modo en su ambiente, entre los miembros de Vivienda Digna había quienes tenían antecedentes criminales, o cuentas pendientes con la ley. Si salían a luz, la desconfianza crecería en la opinión pública como una mancha de aceite, y todo se derrumbaría.

El tema se trató en las reuniones del plenario, sin que se vislumbraran soluciones realizables. La «limpieza» del movimiento debía hacerse desde adentro, pero la decantación de indecentes por parte de decentes representaba un enfrentamiento de pobres contra pobres, inaceptable según las premisas de la militancia, además de difícil y peligroso de llevar a cabo. Sólo quedaba pedir un apartamiento voluntario, un sacrificio temporal, y eso era quimérico.

Aunque no lo fue tanto. Un simpatizante externo se manifestó en el momento justo, con una propuesta que caló hondo. Ofrecía transporte a un lugar cercano, y medios de subsistencia, a quienes consideraran que sus hechos pasados, o sus presentes defectos de moral y honestidad, pudieran perjudicar a la causa. La oferta no la realizó en persona sino que se hizo representar por un abogado; él prefería mantener el anonimato. Interrogado el abogado, sólo aceptó decir que se trataba de «un célebre aventurero internacional». No insistieron, sobre todo porque había más interés en saber cuáles eran los medios de subsistencia que proponía, y cuál era el sitio al que transportaría a los voluntarios. El sitio no era otro que una de las islas frente a Rosario, y los medios, una provisión, renovable, de alimentos no perecederos, más los instrumentos necesarios para obtener alimento fresco de la caza y la pesca. Era poco, muy poco. No representaba ninguna ganancia material respecto de lo que ya tenían, y probablemente ésa era la idea: el apartamiento debía hacerse por razones éticas y de solidaridad con el movimiento, sin alicientes lucrativos. Una vez que la noticia se difundió en el conglomerado de villas, las conciencias se agitaron durante veinticuatro horas, que era el plazo impuesto, y cumplido éste se presentaron cuatro hombres. De los doscientos mil posibles candidatos, nada más que cuatro se encontraron a sí mismos con personalidades potencialmente delictivas y por ello potencialmente dañinas para el prestigio público de Vivienda Digna. Y sólo dos de las esposas aceptaron acompañar a sus maridos.

Cuando Sabor oyó esto, se preguntó si la intención del anónimo benefactor no habría sido, al revés de lo manifiesto, descubrir de entre la masa indiferenciada las escasísimas almas que habían conservado su decencia y pureza a través de las duras pruebas de la miseria. Y las palabras «célebre aventurero» habían hecho sonar en su cerebro una campanilla de reconocimiento. Pero ¿para qué querría Barbaverde llevar a la isla a un grupito de santos escogidos?

Seguían informándole que a la oferta inicial se había agregado, cuando ya estaban transplantados, una vieja carpa proveniente de un remate del extinto capítulo rosarino de los boy scouts, y un caballo, al que no le habían encontrado ninguna utilidad. A ambos se los mostraron con un gesto, siguiendo el cual Sabor, que era muy poco observador y hasta entonces había estado concentrado en los personajes, alzó la vista y apreció por primera vez el claro. Una suave luz pareja se posaba en cada hoja de árbol y brizna de hierba. Cantaban los pájaros. Los niños, aburridos de la charla, se habían ido a jugar y corrían alrededor del caballo. Las casuchas de musgo, pequeñas y torcidas como hongos, testimoniaban a su manera la dignidad de la vivienda. Un aire de utopía flotaba en el ambiente, pero una utopía casual e improvisada. Una de las mujeres había intervenido para quejarse de lo escaso de las provisiones, la mala calidad de los productos, las necesidades insatisfechas. Los pobres vivían pidiendo. La presencia de un periodista los inspiraba, y pedían más. ¿«Santos», había dicho? No, no parecían. Eran humanos corrientes y desamparados; todo dependía de la situación. ¿Y sería verdaderamente Barbaverde el promotor de este selectivo éxodo ético? Podía ser. Con él nunca se sabía. Pero había mil probabilidades contra una de que no fuera. Para sospecharlo sólo tenía esas palabras, «célebre aventurero»; el mismo Sabor era quien había inventado y popularizado esa fórmula, en sus artículos sobre Barbaverde, y los medios se la habían apropiado. La televisión, que todo lo trivializaba, había hecho amplio uso de ella, hasta volverla una muletilla, sobre todo en un programa cómico de un canal rosarino, *Las aventuras de Barbaverde*, en el que un actor provisto de una barba falsa de hojas de árbol que le llegaba a los pies protagonizaba burdas parodias.

El hilo de sus reflexiones, ya desenganchadas de lo que le decían, lo llevó de pronto al motivo por el que había ido a la isla, motivo por completo ajeno a los intereses de este grupo, y cuando ya estaba por interrumpir para preguntarles si sabían algo de las plantas de células madre, una asociación de ideas le devolvió al olvidado Rompetrueno.

—¡Un momento! —exclamó—. ¡Me había olvidado! Yo estaba buscando ayuda…

Les explicó en pocas palabras lo que había sucedido con el lanchero y preguntó si alguno tenía idea de la administración de primeros auxilios. No la tenían, pero aun así se ofrecieron a ir a ver. Los atraía más ese programa que el de ir a pescar o a cazar algún animal improbable.

—Al menos —dijo Sabor cuando se ponían de pie—, podríamos llevarlo a tierra y acostarlo en un lugar reparado.

—¿Lo dejó en la lancha? —le preguntaron con asombro y con un matiz de reproche, al que reaccionó explicando que el hombre era demasiado corpulento para sus fuerzas.

—…Y no sé si aun entre todos podremos tan siquiera moverlo, porque es enorme, debe de pesar…

—¡¿No será Rompetrueno?!

—¿Lo conocen?

¡Vaya si lo conocían! Él los había cruzado, y era el encargado de llevarles las provisiones. Esto último hacía grave el accidente. Las mujeres lanzaron gritos alarmados. Contaban con el reaprovisionamiento de su menguado almacén, y con la imagen del gigante fuera de combate se veían de pronto abandonados a su suerte. «¿Qué va a ser de nuestros hijos?», gemían. Sabor seguía confirmando sus teorías: los pobres siempre estaban reclamando en nombre de sus hijos. Se diría que los tenían para disponer de un buen argumento.

Se pusieron en marcha, los cuatro hombres y al frente Sabor, que creía poder encontrar el rumbo por el que había venido, pero no estaba muy seguro.

V

Y, efectivamente, se perdieron. Hubo un momento en que ni siquiera las potencias conjugadas del autoengaño y la esperanza puestas al máximo volumen pudieron ocultarles el hecho de que estaban extraviados, caminando en cualquier dirección, quizá en círculo. Si este último era el caso, podían seguir en un área pequeña; para despejar tal posibilidad, aunque más no fuera con la magia de la palabra, hicieron unos comentarios sobre lo grande que era la isla. No se terminaba nunca.

—A ustedes, seguramente —dijo Sabor volviéndose hacia sus acompañantes— no les dieron un mapa, ¿no?

No, no les habían dado mapa; él tampoco había traído, y no porque no lo hubiera buscado. Había agotado las posibilidades de conseguirlo, de fuentes oficiales y extraoficiales. Ni siquiera los grupos ambientalistas y asambleístas, abocados como estaban al problema surgido en la isla, tenían uno. Las respuestas que recibía hacían hincapié en la jurisdicción compartida por dos provincias, y los intereses en mantener la incertidumbre territorial para negociar con más libertad los acuerdos federales; la disculpa era el constante cambio de perímetro y dimensión de esas formaciones aluvionales, con un dibujo frágil que transformaba una creciente o una tormenta. Probó con los mapas satelitales que había en Internet, pero renunció después de varias horas de trabajo cuando descubrió que las vistas que había estado acercando e imprimiendo correspondían (por un error suyo) al delta del Mekong. Aun así, había traído esos prints, y cuando se sentaron a descansar con sus amigos de Vivienda Digna los sacó de la mochila y fingió estudiarlos, para combatir el desaliento de la tropa y no parecer un improvisado.

Si se habían perdido era porque ellos habían confiado en él, y él en ellos, sin poner en claro de antemano que ninguno sabía nada.

Les preguntó cómo hacían para orientarse cuando salían de caza o de pesca. ¿Hacían marcas en los árboles? ¿Iban dejando piedritas en el camino? ¿Ataban hilos a las ramas? Dijeron que habían estado sopesando la conveniencia de usar alguno de esos métodos, pero no habían puesto en práctica ninguno por la simple razón de que todavía no habían emprendido ninguna expedición de caza o pesca. Lo confesaron con cierta vergüenza. Reconocían que su deber era procurarse el sustento por su propio esfuerzo, y que no había otro modo de salir de pobre. No era que cazando y pescando alguien pudiera labrarse una posición, pero era el gesto lo que importaba, la iniciativa. Aceptar la ayuda que venía de arriba (en este caso en la forma de alimentos no perecederos provistos por el benefactor anónimo) y sentarse a esperar más, no hacía otra cosa que confirmar la dependencia, el clientelismo, y en última instancia el status quo de la injusticia. Pero... era difícil resistir a la tentación de seguir la línea del menor esfuerzo.

El sitio donde se habían sentado era recóndito y acogedor. Al menos parecían protegidos. Los árboles, que se habían reproducido al azar, formaban filas irregulares, líneas ondulantes, espirales y racimos, los troncos se tocaban o se distanciaban, en una danza fija que más arriba, en el follaje, se movilizaba en temblores y caricias. Los pájaros se llamaban, los insectos chirriaban y zumbaban; era una verdadera cajita de música. Esta metáfora se le ocurrió a Sabor, y cuando la hubo formulado mentalmente la encontró tan adecuada que se volvía una descripción realista, por las repeticiones y por una cierta cualidad mecánica que tenía todo.

Pero sus ensoñaciones no duraron, porque en ese momento tuvo lugar una aparición que los heló de terror. Era un oso, un tremendo oso escurriéndose, elástico, entre los árboles y estirando un larguísimo brazo peludo con garras como sables negros hacia uno de los hombres, el que le daba la espalda. Lo abrió en tiras, y sólo entonces se adelantó y asomó la jeta por encima del cadáver. Dio un paso más y lo pisó, y se irguió sobre los otros, que habían quedado paralizados. Daba la impresión de ser demasiado grande para caber en ese rinconcito íntimo del bosque. Era beige, torpe, bamboleante, descoyuntado, el hocico en punta, los ojos estrábicos como dos bolas de vidrio negro. Resoplaba con un fondo de ronquido. El muerto bajo sus plantas (¿sería Cacho, Tito, el Loco, el Negro?) se deshacía por acción del peso en fragmentos viscerales: era increíble el poder destructivo de un solo zarpazo. Y la garra chorreando sangre ya acariciaba mortalmente a otro y se llevaba toda la cara en la punta de una de sus uñas curvas. En un movimiento de abanico el otro brazo pasó a milímetros de Sabor, que se echó instintivamente hacia atrás saliendo de su estupor, y eso lo salvó. Encontró un hueco bajo el arbusto contra el que estaba sentado, y se escabulló por él en cuatro patas. Al salir al otro lado se puso de pie y se volvió a mirar. El oso estaba haciendo una tercera víctima, esta vez a dos manos, destrozando carne y huesos y salpicando a metros de distancia. A pesar de su masa formidable, era hábil y rápido como el rayo; la matanza no había durado más que tres o cuatro segundos. Su última visión, antes de echar a correr como loco, fue la de la bestia agachándose sobre los cuerpos a terminar con los dientes lo que ya había más que empezado con las garras.

Corrió tropezando con raíces, azotándose con ramas, cayendo y levantándose, olvidado por completo del círculo. Si se hubiera acordado, el temor de volver a entrar a la cajita de música fatal lo habría detenido, y habría sido peor. No oía más que los latidos de su corazón, que lo llenaban de la cabeza a los pies. Pero por lo menos tenía el corazón en el pecho, y no en las fauces del oso. Tan alterado estaba que tardó un buen rato en darse cuenta de que a su lado, a veces adelante, a veces atrás, corría el otro sobreviviente (después supo que era el que llamaban el Negro). Cuando lo percibió y reconoció, tuvo un principio de tranquilidad, que a la larga le permitió detenerse y hablar, aunque con unos graznidos en los que no reconocía su propia voz.

—¿Te hizo algo? —El tuteo le salió naturalmente.

—No. ¿Y a vos?

—Nada. Nos salvamos por poco. ¿Y los otros?

Pregunta inútil. Los habían visto morir, y si buscaban en la ropa seguramente encontrarían gotas de sangre de esos desdichados. El Negro se agarraba la cabeza con las dos manos. ¡Sus tres amigos muertos! No lo podía creer. Y destruidos de modo tan repentino y cruel… ¡Los huérfanos, las viudas! ¿Quién les daría la noticia? Él no. Ya había dado demasiadas malas noticias en su vida. Sabor, pensando en voz alta, se preguntó si las mujeres y los niños no habrían sufrido la misma suerte.

¡A ellos no les habían dicho que en la isla había esa clase de peligros!, exclamaba el Negro. A los pobres siempre los engañaban…

Sabor, que junto con el uso de los pulmones y la lengua iba recuperando paulatinamente el del pensamiento, advirtió que no había que apresurarse a culpar a nadie, porque en realidad los osos no formaban parte de la fauna del litoral. Lejos de ello, eran animales de otro hemisferio. Sólo escapado de un circo… Y ni siquiera así. El recuerdo del incidente era demasiado abrupto y confuso como para desprender de él imágenes precisas, pero ese oso tenía características de una extrañeza que superaba la zoología. No podía explicarse, por el momento. Algo le decía, empero, que profundizando en la aventura encontraría las razones.

Deliberaron sobre lo que les convenía hacer. Lo único factible era mantenerse atentos y listos para huir. No hablaron de avanzar o retroceder, porque en la completa desorientación en la que se hallaban ambas cosas equivalían a lo mismo.

Se pusieron en marcha y esta vez no tuvieron que andar mucho. Un sobresalto, y estaban frente a otro gigante, pero éste pacífico: el buenazo de Rompetrueno, que parecía más perdido que ellos. No les dio tiempo a contarle del oso, porque tenía que contar sus propias perplejidades. Lo más grave era que había perdido la lancha, su medio de vida, y hasta que no la recuperara no le importaba nada más. Hablaba con sus farfullos habituales, pero peor que nunca, se le entendía apenas la mitad de lo que decía, y además estaba distraído, miraba en todas direcciones como buscando algo. Sabor le dijo que lo había dejado dormido, y le preguntó, sin mucha necesidad, si se había despertado. En realidad quería saber si estaba del todo despierto, pues no lo parecía.

A Rompetrueno lo había despertado un chapuzón. El agua fría en la que se encontró de pronto lo sacó del sueño. Alguien, suponía, lo había arrojado por la borda.

Sabor miró al Negro y le preguntó con los ojos: «¿Cómo habrán hecho? ¿Con una grúa?». Esos ladrones de lanchas tenían que ser titanes, el exceso de masa del lanchero lo estaba diciendo a simple vista.

Lo cierto era que antes de irse al fondo, pero después de tragar una buena cantidad de agua, volvió en sí y empezó a patalear y mover los brazos en molinete. Una rama salvadora se tendió en su ayuda. Se aferró a ella con las dos manos, todavía sin entender qué le estaba pasando, y empezaron a jalarlo hacia la orilla. El que manejaba la rama era el mismo hombre que Rompetrueno había transportado a la isla a primera hora de la mañana. Lo ayudó a izarse a tierra, donde se quedó tosiendo y regurgitando, mientras su salvador volvía a trabajar con la rama, esta vez no para rescatar a un náufrago sino para recuperar un objeto pequeño que flotaba en los remolinos que había dejado la zambullida del gigante.

A Rompetrueno, presa de mareos y unas sordas convulsiones respiratorias, no le fue fácil distinguir de qué objeto se trataba, pero le pareció que era una lancha, como la suya salvo que en miniatura, de veinte centímetros de eslora, que se movía impulsada por una hélice a cuerda y escapó al fin de la rama y se perdió aguas adentro. Su salvador renunció a atraparla, y cuando Rompetrueno estuvo en condiciones de ponerse de pie lo condujo a un repliegue de la barranca donde había establecido un improvisado campamento. Con gran amabilidad le había prometido una explicación al lanchero, para quien estos hechos seguían todos entremezclados en un amasijo onírico. Y su desconcierto creció más aún cuando el amable caballero se esfumó de pronto, casi frente a sus ojos. Claro que en éstos no podía confiar mucho, pues los tenía nublados por los limos del agua y las babas pegajosas de la reacción alérgica. Después de un rato empezó a batir en su busca el bosque circundante, y los había encontrado a ellos.

El relato no había salido en esta forma de sus labios, sino gutural y entrecortado. Fue Sabor quien al ir oyéndolo lo completó con frases y nexos causales, lo que beneficiaba la comunicación pero hacía dudoso que ésta se refiriera a hechos realmente acaecidos. De algunos elementos de la historia había pruebas concretas, por ejemplo el hecho de que Rompetrueno siguiera mojado. Y su confusión y la incoherencia de su discurso también atestiguaban en favor de su veracidad.

El gigantón seguía hablando, nervioso y enojado. Su idea fija era la lancha. Hacía veintisiete años que la tenía, y era su única posesión y herramienta; sin ella iba directo a la ruina, además de que se sentía incompleto, inútil, sin objeto ni dirección. Su frustración al verse a pie se expresaba en furia vengativa. Amenazaba con recurrir a la policía, a la gendarmería, y al clásico «si los agarro, los mato».

Sabor le propuso que los llevara al campamento que les había mencionado, donde quizá hubiera reaparecido el misterioso salvador, que debía de tener explicaciones para estos hechos intrigantes. Había empezado a sospechar algo sobre su identidad, y si estaba en lo cierto y se trataba realmente de Barbaverde, el viaje y los peligros corridos habrían valido la pena, profesionalmente hablando.

Se retrasó, hundido en sus pensamientos, sin prestar atención al relato que le iba haciendo el Negro a Rompetrueno de su encuentro sangriento con el oso. El lanchero, absorto en su candente problema laboral, tampoco le prestaba mucha atención.

Llegaron a la barranca, y allí estaba el campamento. Seguía deshabitado. Había una pequeña carpa, de la que asomaba una bolsa de dormir a medias desenrollada, del mismo modelo extactamente que la de Sabor, un bolso con instrumentos científicos, un par de botas de goma amarilla y un calentador a gas con la hornalla prendida bajo una pava. Todo indicaba un abandono precipitado y reciente. Un frasco de café instantáneo, un paquete de galletitas, ambos sin abrir.

Se quedaron en silencio, expectantes.

–No está.

–No. No está.

Otra vez silencio. El gluglú del agua sonaba a poca distancia. Un aleteo fuerte los sobresaltó. Alzaron la vista. Dos grandes palomas de monte se acomodaban en las ramas.

Sabor volvió a mirar el suelo. Un objeto pequeño le llamó la atención y se inclinó a tomarlo. Era un muñequito de plástico que representaba a Barbaverde según la imagen popularizada por el programa infantil de la televisión rosarina. No sabía que existieran esos muñecos, pero era algo demasiado típico de las técnicas de merchandising para asombrarse. Tampoco tenía idea de lo que podía estar haciendo ahí, pero era una prueba complementaria de que el desconocido salvador de Rompetrueno no era otro que Barbaverde. A su paso por Rosario lo habría visto en un kiosco y lo habría comprado; Sabor habría hecho lo mismo si hubiera visto un muñequito Sabor. Y ahora podía servir para una comprobación de identidad.

Sosteniéndolo en la palma de la mano se lo mostró a Rompetrueno y le preguntó si su salvador desconocido se le parecía. El lanchero no entendió la pregunta y hubo que repetírsela explicando, aunque sin explicarlo todo porque habría sido muy largo. Al fin cayó, y tomó el muñequito en sus manazas. Pero lo estaba mirando cabeza abajo; Sabor tuvo que darlo vuelta. Los ojos de Rompetrueno, acostumbrados a las distancias del río, tenían problemas para enfocar los rasgos miniaturizados del juguete.

Con todo, el reconocimiento fue positivo. Hizo la salvedad de que la barba no era tan larga.

Al ver confirmada su presunción, Sabor sintió una rara emoción. Una vez más, el azar lo ponía en el camino del célebre aventurero. Y eso significaba noticia, primicia, y la oportunidad de escribir sobre lo que a él más le gustaba. ¿Significaba que Barbaverde había decidido participar en el problema de las plantas de células madre? ¿O había algo más en juego? Un mero caso de contaminación ambiental parecía insuficiente para justificar su intervención. El primer éxito deductivo le daba alas de audacia a la imaginación del joven periodista, que ya había empezado a elucubrar otras posibilidades, por ejemplo que las plantas de células madre fueran una fachada para una operación más grande y mucho más siniestra. Pero ¿cuál?

Debía incorporar los nuevos datos que se habían presentado: el oso, y la desaparición de la lancha de Rompetrueno, para empezar. Y esa lanchita de juguete que Barbaverde había tratado de rescatar... Se dirigió al Negro: ¿los niños que estaban con ellos habían traído a la isla algún juguete?

La respuesta fue rica en información: una de las condiciones que había impuesto el anónimo benefactor, por la boca de su abogado representante, había sido que los niños no llevaran ningún juguete a la isla. Así, sin más explicaciones. Aunque incomprensible, la consigna no era difícil de cumplir: los niños pobres no tenían juguetes. Y sin embargo no la habían cumplido del todo, pues el hijo menor del Cacho (ahora difunto) había llevado de contrabando un oso de peluche sin el cual no podía dormirse. Había sido un regalo del padre, que lo había encontrado en la basura.

El pensamiento de Sabor ya estaba maquinando algo...

Dijo que debían ponerse en movimiento. Era urgente que encontraran al ausente. Se echó al bolsillo el muñequito, por si debía repetir la prueba del reconocimiento. Era como llevar un retrato, una foto, aunque se trataba de una infame caricatura burlesca, como que era una reproducción no del mismo Barbaverde sino de la parodia infantil que medraba en la televisión; y tenía algún motivo para sentirse culpable porque había sido él, en sus artículos para la prensa rosarina, quien había popularizado la figura del justiciero global.

Como primera medida, propuso que fueran a un sitio habitado. Era bastante obvio. Y no se le ocurría otro que el embarcadero, si es que lo había. Le expuso la idea a Rompetrueno, que era el candidato obligado para conducirlos, pero no fue tan fácil hacérselo entender. Sabor ya se había convencido de que, como todos los hombres corpulentos en exceso, el lanchero era limitado de entendimiento. La preocupación que lo trabajaba debía de acentuar esta característica natural. Más o menos lo mismo sucedía con el otro, el Negro. Le habían tocado dos compañeros con poco seso, y ese poco sorbido por cuestiones personales o por el espanto.

Logró encender una chispa de comprensión repitiendo las palabras «embarcadero», «lancha», «gente»…

Con un lento gesto de la masa de carne oscura que era su rostro, Rompetrueno dio inicio a un demorado reconocimiento. Al fin llegó a la palabra «estación», que pronunció al tiempo que volvía la cabeza hacia el agua, y, una vez orientado, señalaba hacia la derecha. Se puso en marcha, y Sabor y el Negro tras él. Les costaba no perderlo porque Rompetrueno iba forzando la marcha, apurado por encontrar gente y preguntar por su lancha. «Estación» era el nombre que se le daba al embarcadero en la isla, dedujo Sabor.

No tuvieron que andar mucho, y una vez allí el origen del nombre se hizo evidente. Además de embarcadero, el sitio era realmente una estación, la cabecera de un primitivo ferrocarril de trocha angosta construido antaño para hacer un recorrido turístico por la isla. Además había tres casas, una de ellas un almacén de ramos generales, una estación de servicio con surtidor de combustible y taller con fosa, muelle, amarradero, y en éste un precario bar-parrilla.

Aunque habría que decir que no había nada de esto. Para la inmensa sorpresa de Rompetrueno, que a esta altura ya no entendía nada y se quedó paralizado de estupor, todo había desaparecido. Su reacción fue tan extrema que hubo que descartar la eventualidad de que se hubiera equivocado de lugar. Señalaba el emplazamiento de cada construcción, donde ahora sólo había aire transparente.

—Se habrán ido… —sugirió el Negro.

Pero era vano pensar en mudanzas o demoliciones, porque esa misma mañana, al dejar al primer pasajero, el lanchero había visto todo en su lugar. Era una desaparición lisa y llana. Sabor, que no tenía motivo para dudar de su palabra, se adelantó, mirando el suelo, y aceleró el paso al ver algo. Llamó a los otros, y pronto estaban los tres inclinados sobre un curioso conjunto de maquetas. Allí estaban, tiradas en el polvo, las casitas, el almacén, la gasolinería, el tren, todo ocupando medio metro de terreno. No eran maquetas en realidad, sino más bien juguetes, de distinto tipo y calidad, aunque todos de fabricación industrial moderna, más bien barata, de plástico. La estación de servicio era un juego completo, con autitos, el ferrocarril era un Scalextric sin pilas, las casas eran modelos de Mis Ladrillos. El diorama parecía armado por un niño torpe, el día siguiente a su fiesta de cumpleaños, reuniendo regalos que sus invitados le habían hecho sin fijarse en las indicaciones de edad que venían en las cajas.

Pero ¿dónde estaba el niño? ¿Y qué podía significar la desaparición? Sabor le hizo notar a Rompetrueno la semejanza de este episodio con el que él había sufrido un rato antes, quizá simultáneamente: su lancha se había esfumado (¿no era una suposición más razonable que pensar que lo habían arrojado por la borda y se la habían llevado?), y habían dejado en su lugar una lancha de juguete.

De modo que, siguió, estaban ante una especie de bromista sumamente peligroso que, usando una tecnología desconocida, hacía desaparecer objetos e inmuebles, y dejaba en su lugar representantes pequeños, como para marcar su acción.

La explicación fue aceptada sin objeciones. La gente de pueblo, en su ignorancia y credulidad, podía aceptar sin problemas el absurdo más escandaloso, poniendo las razones en la inaccesible esfera superior de donde les venían las órdenes y las dádivas. Sabor había observado este hecho más de una vez, pero ahora lo tenía actuando a su favor, y lo alentó a seguir adelante y profundizar.

Temía, dijo, que se tratara de algo mucho más siniestro que sacar una cosa y poner otra. Temía que estuvieran frente a una forma, hasta ahora desconocida, de transformación. Se lo sugería persuasivamente el episodio del oso. En efecto, en la Argentina no había osos pardos, y además, apostaba a que ese oso que los había atacado y matado a los tres compañeros del Negro no existía en ninguna parte del mundo como especie zoológica. ¿Y no era cierto que un niño había llevado a la isla, en contra de una orden expresa, un oso de peluche? Todo coincidía de tal modo que parecía inventado a propósito. Por su parte, no necesitaba más pruebas para convencerse de que estaba actuando una fuerza que transformaba las cosas reales en juguetes (la lancha, la «estación»), y los juguetes en cosas o seres reales (el oso).

Ahora bien, cuál era esa fuerza, de dónde provenía, quién y con qué objeto la había puesto en acción, sólo podía ser objeto de especulaciones.

Pero él era un especulador nato, y las respuestas ya se agolpaban en su mente. Por lo pronto, la presencia en la isla del célebre aventurero Barbaverde señalaba como responsable a su archienemigo y Genio del Mal, el profesor Richard Frasca. Una maquinación tan parecida a la magia no podía haber salido de otro cerebro que del de este científico casi sobrehumano en su ingenio y perversidad.

Su aparato transformador ya debía de estar a punto. Ellos habían sido testigos casuales, y milagrosos sobrevivientes, de las pruebas iniciales. Pero el propósito era global: era demasiado bueno para desperdiciarlo localmente. El potencial era infinito. ¿De qué servía bombardear el Pentágono o el Kremlin si se los podía transformar en inofensivas casas de muñecas de un palmo de altura? Tanques, misiles, cazabombarderos, portaaviones, todo el arsenal de las grandes potencias podía volverse el stock de oferta de una juguetería, y hacer del dueño del aparato transformador el árbitro de la política mundial. Aunque su poder, claro está, iba mucho más allá del complejo militar, pues los efectos que podía operar sobre la economía, la cultura y la sociedad eran incalculables. No había más que imaginarse fábricas, museos, pozos petrolíferos, aeropuertos, todo disminuido a inservibles juguetes de plástico.

En efecto, un amplio panorama de posibilidades nunca entrevistas ni sospechadas se abría ante él a medida que hablaba. Se habían sentado en el suelo, y sus dos compañeros de aventura lo escuchaban con la boca abierta. Siguió hablando, haciendo un borrador de los artículos que ya estaba escribiendo in péctore. Había caído sobre un tema de primera, como hecho para él; y quizá realmente él lo estaba haciendo. Una vez más, era Barbaverde el que venía a darle material, cuando la realidad empezaba a ponerse gris y aburrida. Esto le recordó que el plan de Frasca debería enfrentarse a una formidable resistencia.

Para ubicarse mejor en el momento, dijo, debían recordar que Barbaverde ya estaba en la isla, y seguramente ya trabajando activamente para impedir que la maniobra tuviera éxito. No debían preocuparse demasiado, pues el célebre aventurero tenía recursos ante los cuales cedían las amenazas más espectaculares. La función de ellos sería la de testigos, o en todo caso auxiliares, si recibían las instrucciones pertinentes. Pero el testigo también era activo a su modo, en tanto debía ordenar los hechos en forma de relato, crear los nexos causales, verosimilizar, administrar el interés y el suspenso.

Se dio cuenta de que estas cuestiones técnicas superaban la comprensión de sus oyentes, y pasó a los hechos.

Barbaverde estaba al tanto del funcionamiento del rayo «juguetizador» de Frasca, como lo probaba de modo fehaciente la prohibición que había hecho de llevar juguetes a la isla. Prohibición que no había sido obedecida, con los lamentables resultados a la vista: tres muertos. Pero era importante saber que se había tomado el trabajo de darles la orden, porque significaba que estaba al tanto de la doble vía de la operación. En efecto, según indicaban las apariencias, el mismo influjo energético que volvía juguetes los objetos reales, volvía objetos reales los juguetes. El oso era la prueba viviente.

Esta doble vía daba que pensar. ¿No habría sido más práctico, como arma disuasiva o de utilización efectiva, la vía única? ¿No bastaba con la amenaza de volver juguetes las cosas? La reversibilidad podía volverse en contra del conspirador; sus víctimas podían usarla para repeler el ataque. Quizá se debía a causas inherentes a la misteriosa máquina que producía la fuerza transformadora; quizá, por motivos de equilibrio, tenía que hacer las dos cosas a la vez.

Pero Sabor no aceptaba esta explicación (que él mismo había propuesto): Frasca era demasiado hábil para no poder solucionar un problema de esta índole, si así lo quería. La doble vía era deliberada, y probablemente era la clave y esencia más siniestra de la operación.

Para entenderlo, había que hacer un poco de historia. La psicología de Frasca no era cosa que pudiera despacharse en tres frases ocasionales. En la ambición de dominar el mundo se encerraba, resumido en un monstruoso jeroglífico, el mundo entero en su infinita variedad, en sus múltiples niveles de significación, en sus diferencias y repeticiones. No sabía si ésta era la ocasión para intentar la hazaña intelectual de entenderlo, pero no tenían otra cosa que hacer; en tanto no recibieran instrucciones de Barbaverde, sólo debían esperar.

Tras esta introducción, alzó la vista en un gesto pensativo y dejó que fluyeran los recuerdos. ¿Por dónde empezar? ¿Dónde había empezado todo? Si quería ser sincero consigo mismo, tenía que decir que todo había empezado con el amor. Eso era lo que importaba, en definitiva. Los bellos ojos de Karina, que lo habían cautivado el día que la conoció, le revelaron un sentimiento y una dimensión nueva para él. Antes habría encontrado frívolo y pasatista darle tanta importancia a los movimientos del corazón. Cuando los experimentó, tuvo motivos para cambiar de opinión.

La había conocido una mañana memorable, que por una suprema coincidencia había sido su primer día como periodista: los dos habían ido al mismo tiempo al viejo hotel Savoy con el mismo objetivo, que no era otro que entrevistar a Barbaverde. Ahí había comenzado todo; casi podía decir que su vida había comenzado entonces. Y no era de desdeñar el hecho de que ella fuera artista. Por la fuerza del amor, y de los hechos extraños que lo envolvieron, el arte también se transformó a sus ojos. Antes lo había tenido por un fraude, o una ilusión, lo mismo que el amor. En el marco de la gran aceptación que siguió, se había desarrollado su meteórico ascenso en el diario, como redactor estrella de las más fantásticas aventuras.

El núcleo de estas coincidencias múltiples era Barbaverde. El trabajo de Sabor en el diario se había especializado en las andanzas del célebre aventurero, al que identificaba con el amor y con la escritura, además de hacerlo con la aventura. Su presencia misteriosa, que más se parecía a una ausencia (sin dejar de ser presencia) era como el amor, que nunca se sabe si está o no está, y como el arte, y como las aventuras que contaba en sus artículos. En una palabra, era la cifra universal de la vida de Sabor.

Pues bien: ahí, precisamente, en el núcleo del núcleo, en la cifra de la cifra, estaba Frasca, el demoníaco genio del Mal que era el único ser en el mundo capaz de crear las amenazas de entidad suficiente como para justificar la entrada en escena de Barbaverde. Esa posición peculiar, en el centro de todo, podría decirse que en el centro del vacío, le daba a Frasca ciertas características que desafiaban la lógica. De modo que mientras un villano convencional se habría conformado con diseñar un rayo que transformara las cosas en juguetes, él lo hacía reversible y transformaba además los juguetes en cosas y seres reales. Con lo cual se aseguraba una nueva creación, que él presidiría con inextricables propósitos.

En ese punto de su exposición, una pregunta del Negro le hizo ver que sus oyentes estaban entendiendo todo mal. O bien. Pero con un desvío por la ficción. Porque creían, y habían venido creyendo desde que él abrió la boca, que estaba hablando del programa de televisión, *Las aventuras de Barbaverde*, y habían referido cada una de sus observaciones a la eficacia de los guiones, a los gastos de producción, y a la sempiterna guerra del rating. Estaba a punto de poner las cosas en claro cuando pensó que quizá era mejor así. Después de todo, a los efectos de la acción, no había mucha diferencia.

VII

Mientras tanto, en otro lugar de la isla, las Barbies estaban iniciando su vida, aunque ellas creían que la continuaban. No es que hubieran nacido con recuerdos ilusorios de una existencia pasada: tenían incorporados los códigos de su vida de muñecas, y se las arreglaban con ellos. Mucha gente normal, de los que han sido siempre humanos desde su nacimiento de un vientre humano, se las arregla con menos. Las Barbies, en las cajas o displays en los que había transcurrido, desde el momento en que salieran de la fábrica, su espera inerte, contaban con las reglas del mercado y la representación. Esas reglas venían de lejos, unas más, otras menos. Ya en el fondo primigenio de la Historia la Humanidad había hecho muñecas para sus niñas, y las había seguido haciendo hasta la actualidad. Cargadas de sentido cultural, pero enteramente despojadas del sentido de la oportunidad. Lo particular lo ponían las niñas, a modo de inofensiva alucinación doméstica. Habitaban el mundo por la cuerda del «como si»: como si fueran reales.

Al volverse reales de verdad, este grupo de Barbies que el profesor Frasca había traído a la isla para testear su rayo se veía en el trance de poner, ellas mismas, el sentido particular. El único modelo que tenían era el reciente acontecimiento en el que los objetos de plástico que habían sido se transformaron en esbeltas jóvenes en tamaño real, de carne y hueso, animadas y parlantes. El tiempo y el espacio las arrebataron en toda su realidad, y tuvieron que improvisar.

Si hubiera habido un observador contemplando la escena, se habría sorprendido de que seres de cultura, nacidos como la diosa Atenea del cerebro del hombre civilizado, se mostraran tan frívolos. O quizá habría hecho una comprobación que no lo habría sorprendido en lo más mínimo.

Se la pasaban cambiándose de ropa, de la que tenían una gran provisión, y la combinaban con sublimes desplantes de indiferencia. Aparatosos vestidos de noche colgados en percheros rojos, tailleurs y faldas y blusas de cocktail, palazzos y tops de lycra o batones estampados, alternaban con shorts y camisetas trendy, o con indumentaria deportiva en tonos pastel, bikinis y tapados de piel, raso y cuero negro, pailletes y franela. Como todas eran del mismo talle, podían intercambiar sin problemas. Lo mismo con el calzado. En unos vistosos botineros de colores vivos tenían una ingente cantidad de zapatos de toda especie, desde las sofisticadas sandalias de taco aguja a las utilitarias botas de goma, que siempre se ajustaban perfectamente a sus piecitos blancos en punta.

Los zapatos, quizá por la variedad insólita de sus formas, tipos y materiales, eran el objeto de un juego al que se entregaban, el único juego que habían inventado y que ya era una tradición, en la precipitada eternidad de la vida del grupo. Consistía en reconocer los zapatos por el tacto. Dos Barbies se sentaban frente a frente, con una pila de zapatos entre ambas, cerraban aparatosamente sus grandes ojos y metían las manos en la pila, sacaban un zapato y sólo con caricias de sus largos dedos pálidos debían decir de qué modelo se trataba, incluido el color. Si acertaban, lo apartaban de su lado y volvían a sacar; si cometían algún error lo devolvían a la pila y cedían el turno a su contrincante. Ganaba la que se quedaba con más zapatos.

Este juego, si bien parecía demasiado pueril, era coherente con la relación que mantenían las Barbies expandidas con los objetos en general: una relación de familiaridad indiferente, que tenía algo de ceguera y mucho de automatismo. Humanizadas, las muñecas conservaban visible su historia de objetos. De éstos había muchos en el claro del bosque donde habían empezado su vida. Eran el repertorio de enseres que acompañaba a las Barbies en los estantes de las jugueterías, todos duplicados a tamaño real: salas, dormitorios y cocinas, con dos paredes o tres a lo sumo, los muebles muy de revista de decoración, casi todo en rosa fosforescente, muy femenino. Camas con sábanas de raso, jacuzzis, hornos de microondas, sillones retro, alternaban con cintas de correr y bicicletas fijas. Se lo diría una pequeña ciudad coqueta y tropical, esto último sugerido por la falta de techos y cuartas paredes; o una escenografía multifocal; la disposición de las «casas» no seguía ningún orden ni orientación; cada cosa parecía haber surgido de la tierra, nueva y brillante, como vegetación nacida de semillas dispersadas por el viento.

El movimiento en este complejo era incesante. Las Barbies iban y venían, se atareaban con sus rígidos modales ausentes sobre muebles y utensilios, se reunían de a dos o tres a conversar con sus voces suaves, que eran idénticas, o se tendían a tomar sol en reposeras, con anteojos negros y vinchas para recogerse el pelo. Sus larguísimas cabelleras, lacias, onduladas, rubias, oscuras, siempre hasta abajo de la cintura (eran toneladas de pelo) les daban bastante ocupación, sentadas frente a los espejos de sus mesas de tocador, cepillándolas o trenzándolas. Lo que daba una sensación de irrealidad era una cierta falta de coordinación en sus tiempos, como si cada una viviera uno distinto. Así, cuando se reunían cuatro en un impoluto living con sillones y mesitas ratonas sobre alfombras atigradas, una llevaba un vestido de fiesta de acampanada falda de tules y encajes, otra unos shorts de playa, otra guardapolvo de enfermera, y la última, que traía una bandeja con vasos altos de refrescos de colores, estaba desnuda. Lo que no les impedía parlotear como grandes amigas y comer saladitos.

En suma, parecían inofensivas, en cierto modo normales, salvo por una de sus actividades, que escapaba abiertamente del límite de lo habitual, aun entre muñecas vueltas mujeres. En este mundo intensamente femenino se había colado un hombre, uno solo. Se llamaba Ken, pero ellas lo llamaban Gen. Era del alto de ellas, o sea altísimo, apuesto y atlético, con el peinado sostenido por una abundante cantidad de gel y los bigotitos superbién recortados. Ellas no parecían verlo, salvo cuando él les dirigía la palabra, con sus relajados modales de gigoló. Entonces intercambiaban algunas banalidades, y ellas de inmediato hacían unas cortorsiones de gimnasia artística y daban a luz, por el lugar correspondiente, a una Barbie exactamente igual a ellas y del mismo tamaño, y además vestida con la misma ropa que llevaba en ese momento la «madre». La recién nacida se incorporaba sin más a la vida común del grupo, y en segundos se hacía indistinguible de las demás.

A partir de estos datos, Sabor podía intercalar en su relato un intento de descripción del sistema que gobernaba el cuadro, basándose en su conocimiento e intuición de los sistemas naturales. Los cambios de atuendo, que tan innecesarios parecían, tenían por objeto que el momento del «parto» las sorprendiera siempre con un conjunto distinto, según un cálculo general del vestuario disponible. Porque esos nacimientos producían no sólo una Barbie sino la ropa con la que en ese momento estaba ataviada la «madre». Lo mismo los zapatos y la bijou. El sistema debía de ser complicadísimo, dilucidarlo le habría llevado años de trabajo a un Lévy-Strauss. Era un motivo más para maravillarse del ingenio perfecto con el que trabajaba la Realidad (tal como estaban planteadas las cosas, no convenía hablar de Naturaleza), y cómo había logrado poner en pie toda una maquinaria de equilibrio en el poco tiempo de que había dispuesto, ya que la transformación original no podía datar de más allá que unas pocas horas.

Quedaba por sacar una lección importante: nunca había que apresurarse a tachar de frívola una ocupación, hasta que el círculo de causas y efectos no se hubiera completado, pues todo, hasta lo más fútil, podía revelarse necesario para el mantenimiento de un fragmento del mundo, es decir del mundo entero. Ahora bien, en este caso lo que se preservaba era la provisión y variedad de las prendas de vestir, cosa que también sonaba a frivolidad, en un segundo nivel. Pero también ahí debía de haber una necesidad, de segundo nivel asimismo, que no por indescifrable debía respetarse menos.

Estos razonamientos, como pudo comprobarlo Darwin, producen vértigo. El pensamiento no alcanza nunca a tomar la velocidad de los hechos, que se escapan siempre hacia adelante. Los efectos marginales crean nuevos centros que hay que tomar en cuenta... La necesidad de producir más indumentaria producía nuevos cuerpos que la traían puesta. Las Barbies originales se habían multiplicado y seguían haciéndolo. Suponiendo que hubieran sido diez (podría haber sido una sola), en minutos eran cien, y en unos minutos más eran diez mil, y poco después cien millones... ¿Los cuerpos eran una función de la ropa, como decía la hipótesis de partida, o al revés?

VIII

En las extensas playas de la isla se desarrollaba una frenética actividad humana. Una veintena de lanchas y botes a motor, a remo, y gomones, ahora atracados en las aguas bajas de la costa o llevados a tierra, habían transportado a un centenar de hombres y mujeres de Rosario cargados de bolsos y cajas que ya descargados eran vaciados y su contenido distribuido apresuradamente en extensiones de terreno que no justificaba su tamaño, pequeño en todos los casos. Reinaba una prisa y una atmósfera de codicia que habría hecho pensar en una actividad clandestina, si no hubieran sido tantos y actuando de concierto. No obstante, algo de clandestino debía de tener, para que se hiciera allí; un centenar de rosarinos jamás habría cruzado la peligrosa anchura del Paraná a disponer objetos pequeños en la tierra si no hubieran querido ocultárselo a sus conciudadanos. Y además la relación entre ellos tenía esa desconfiada agresividad propia de los cómplices que se toleran sólo por la más imperiosa necesidad. La desconfianza estallaba ocasionalmente en roces y palabrotas cuando se presentaba algún problema de límites en la repartición de lugares. Estos problemas eran por demás frecuentes, dado el apuro y la improvisación con que se trabajaba. Pero los resolvían pronto, dado que sobraba playa, y bastaba con que uno de los contendientes, o los dos, corriera en dirección a un tramo todavía vacío para proseguir allí lo que parecía una siembra de miniaturas a cielo abierto. Cuando dos o tres habían venido juntos, se gritaban instrucciones, o se señalaban parcelas como propias, después de marcarlas trazando rayas en la tierra con un palo. Así seguirían, evidentemente, hasta terminar con todo lo que habían traído.

Desde su escondite tras una frondosa mata de helechos, Sabor contemplaba con perplejidad este hormigueo. Aguzando la vista clavada en las hileras de objetos más cercanas, pudo ver que eran juguetes; eso ya no lo sorprendió tanto porque estaba en la línea temática de la aventura. Las deducciones y verosimilizaciones correspondientes hicieron que lo sorprendiera mucho menos empezar a reconocer a los que se dedicaban al extraño trabajo. A todos los tenía vistos de la televisión o los diarios, o de las marchas por la peatonal o frente al Monumento a la Bandera. Eran los líderes de asambleístas y ambientalistas que se oponían a la construcción de las plantas de células madre en la isla. Los reconocía perfectamente, como se reconoce a las celebridades de los medios, aun cuando sean celebridades tan casuales y fugaces como éstas. Estaban esas chillonas señoras, vulgares y conventilleras, de la asamblea de Madres por la Vida Sana, los más fervientes de la Fuerza Viva, las jóvenes licenciadas ecologistas, los ambientalistas de Barrios Reunidos por la Vida, los de Crecer Juntos, los combatientes intransigentes de No a las Plantas, los hipócritas de Greenpeace. ¿Cómo no reconocerlos si hacía semanas que estaban en todos los medios, a toda hora, así como en las calles? Esta vez no portaban las pancartas ni vestían los chalecos identificatorios, pero eran ellos, sin duda alguna. Y las diferencias que los separaban, que los habían llevado al enfrentamiento y a la difamación mutua, parecían haber caído en el olvido. Estaban demasiado ocupados, demasiado arrebatados por el apuro y una especie de ansiedad posesiva para dejar que sus divergencias los demoraran.

Esto era más importante. Lo era tanto que constituía el momento de quitarse las máscaras, después de la farsa que habían venido representando. A Sabor no le costó nada reconstruir la verdad de la historia. Los asambleístas y ambientalistas que habían tenido en vilo a la opinión pública de la nación, con la ayuda involuntaria del periodismo, no eran más que comparsas reclutadas por el profesor Frasca para distraer al mundo de sus verdaderas intenciones. De lo cual podía deducirse que no había y nunca había habido la intención de construir plantas de células madre. El verdadero operativo en marcha era el del rayo transformador de (y en) juguetes. Había que reconocer que estos simuladores habían hecho bien su trabajo. Todos se lo habían creído, empezando por los medios gráficos, con *El Orden* a la cabeza, y audiovisuales, así como sus numerosos seguidores y el público en general. Probablemente Frasca, en un paso anterior por la ciudad, le había tomado el pulso a la peculiar sociabilidad rosarina, y eso sumado a la disposición geográfica del río y la isla lo había decidido a instalar aquí, de todos los sitios posibles, su centro de operaciones. Y ahora, con el experimento ya a punto de mostrar resultados, los falsos combatientes por la Vida venían a la isla a cobrar el premio prometido. A juzgar por el número, habían introducido en el secreto a parientes y amigos. Calculaban, razonablemente, que habría para todos.

En los días previos habían vaciado las jugueterías de Rosario, con la excusa de cumpleaños de sobrinitos o compañeros de escuela de sus hijos y nietos. Se quejaron bastante del precio de los juguetes, pidieron rebajas por compras en cantidad, vacilaron con algunas exravagancias, pero terminaron comprando todo lo que consiguieron, y hasta hicieron excursiones a barrios lejanos en busca de jugueterías no holladas por sus cómplices. Después de todo, era una inversión que se recuperaría muy pronto, y centuplicada. ¿Cómo considerar caro un modelo en miniatura de un Ferrari Testarrosa si muy pronto se transformaría en un Ferrari de verdad? Compraban diez, veinte, todos los que había.

Esos autitos «de colección» eran lo más frecuente entre lo que habían traído, y lo que más trabajo les daba en la distribución a la espera de la metamorfosis: en efecto, debían calcular el tamaño del producto real, y separar lo suficiente los simulacros, pues no querían que al expandirse se chocaran o encimaran. No eran todos Ferraris, por supuesto; había Mercedes, Bentleys, Rolls, Lamborghinis, y mil más, hasta Torinos, ambulancias, carros de bomberos, jeeps, y una enorme cantidad de motos.

Con ser lo más abundante, los vehículos no eran lo único que estaban poniendo en el mostrador de la metamorfosis, ni mucho menos. Habían traído miles de juguetes, por no decir decenas de miles, siempre pensando en lo que, llevado al estadio de realidad, fuera deseable o pudiera venderse caro. Aunque habían tenido la información desde meses atrás, las compras, para no despertar sospechas, habían debido hacerlas en los últimos días. Y en la ocupación constante e intensa que les daba la farsa ecológica de la lucha contra las inexistentes plantas de células madre no habían tenido mucho tiempo de pensar en lo que realmente les importaba. De modo que cuando salieron a comprar juguetes tuvieron que improvisar, elegir, descartar, conformarse con lo que encontraban, descubrir en medio del frenesí cuánto ignoraban de la industria del juguete. Esto explicaba su número; los que estaban originalmente en el secreto eran pocos, pero cuando vieron que no podían con la logística iniciaron a parientes y amigos de confianza. El número de participantes no disminuía la ganancia, que se presuponía ilimitada; al contrario: cuantos más fueran más podrían, no sólo en los aspectos prácticos sino en los más sutiles del cálculo prospectivo y el pensamiento. Respecto de este último, la codicia no alcanzaba: se necesitaba además fantasía, y de la que ellos no tenían, la poética o artística que pudiera captar la lógica del juguete.

Se habían precipitado sobre todo lo que fuera reproducciones de objetos de lujo o valiosos, y bendijeron el ingenuo snobismo de las niñas que pedían joyas, tapados de piel y vestidos de soirée para sus muñecas. Collares de cuentas de plástico de colores se volverían rubíes, esmeraldas, zafiros y diamantes. Arrasaron con los clásicos juegos de té, que prometían valiosas porcelanas. Las casitas de muñecas les interesaban no por las casas en sí sino por su contenido: muebles de estilo, que la magia de la transformación haría auténticos, pianos de cola, jarrones, alfombras: tenían que ser Steinway, o Érard, Meissen o Compañía de las Indias, persas, respectivamente, pues, ¿qué razón había para que resultaran baratas imitaciones? Lamentaban que en las provincianas jugueterías humildes de Rosario no hubiera de esas detalladísimas casas de muñecas de las niñas ricas europeas. Aun así, compraron todas las que encontraron, y se ocuparon en desarmarlas hasta el último elemento: no perdonaron ni siquiera los minúsculos cuadritos de las paredes, que bien podían volverse Picassos o Van Goghs y valer millones.

Las góndolas para niños varones, una vez vaciadas de sus innumerables autitos (ahí bendijeron la educación automovilística que los rosarinos daban a sus hijos, lo mismo que todos los padres del interior del país), sólo les dejaban presas menos apetecibles: algunos teléfonos, computadoras. Con los juguetes bélicos tuvieron serias dudas: una buena ametralladora último modelo, o un lanzamisiles, podía valer mucho, pero en el mercado negro, y podían traerles problemas. Se conformaron con sables y floretes y pistolas de duelo, que podían venderse como antigüedades. Pero casi todos se llevaron también algo moderno y mortífero, ya que estaban. Y no podían dejar pasar la oportunidad, que no se repetiría, de tener un tanque Sherman o un helicóptero Sikorsky.

Miraban con odio el rincón, por suerte cada vez más reducido, de los juguetes clásicos, trompos, baleros, yoyós, bolitas. No había «versión real» de ellos, que ya eran reales en sí. Un problema más grave les planteó otro clásico indiscutido: las muñecas. Con ellas se les hacía imperioso tomar decisiones que los superaban. Las muñecas se volverían mujeres de verdad, pero ¿para qué las querían? La esclavitud había sido abolida en la Asamblea del año XIII. Hubo cabildeos al respecto, e incluso divergencias en los matrimonios, que por lo demás habían actuado en buena armonía en toda la operación, bajo el supuesto general de que «había para todos». Las señoras se preguntaban si no sería una buena solución para el problema del servicio doméstico; sus maridos, en secreto, no podían sino referir sus ensoñaciones al mito de la muñeca inflable, que aquí prometía una realización que iba más allá de todas las expectativas. Pero, en ambos casos, era jugar con fuego. Y no menos peligrosas se veían las demás posibilidades: la venta de órganos para transplantes, y la venta de bebés (que también abundaban en las jugueterías, en goma y plástico). Igual que en el caso de las armas, se trataba de negocios clandestinos. Teniendo tanta riqueza fácil en la punta de los dedos, no querían complicarse la vida.

Hurgando entre muñecas y muñequitos, soldados de plomo, astronautas, piratas y fisioculturistas articulados, encontraron réplicas de Maradona. ¿Un Maradona de verdad no era valioso? ¿A cuánto se cotizaba el contrato de un Maradona de veinte años, en plena forma? Desconocían los requisitos legales, pero se negaron a renunciar a ese sueño. Además, ya que la suerte les ofrecía tanto, podían permitirse un rasgo de generosidad desinteresada, por el placer, por el país, por el honor de hinchas: ofrecerle a la AFA once Maradonas jóvenes para armar una selección invencible en el próximo mundial.

Un desperdicio similar al de las muñecas lo constituían los peluches, que llenaban estanterías enteras en las jugueterías. Predominaban los osos, pero también había tigres, leones, chanchos, ratones, perros. Los descartaron de plano. Si bien algunas fieras grandes y raras podían valer bastante para un zoológico o un circo, se harían difíciles de manipular. Apenas si hicieron una excepción con los pandas, que valían millones y estaban en peligro de extinción, y algunos animales pequeños con los que se encapricharon, aunque hubo censuras y devoluciones de último momento. ¡Ojo con los monstruos!, decían, y de sólo pensarlo se horrorizaban. Al rubro dinosaurios; por lo menos, los que habían visto la película famosa no se acercaron.

Lo que no tenía discusión, y fue el objeto de las buscas y compras más exhaustivas, fue el dinero de mentira de los juegos de mesa como el Estanciero y el Monopolio, y otros más modernos, aunque no se habían modernizado mucho, apenas hasta el momento en que fueron suplantados en el interés de los niños por los juegos electrónicos de computadora. Estaban en oferta, con los precios desactualizados, las cajas cubiertas de polvo; para ellos se habían vuelto valiosos; tiraron a la basura tableros y fichas, e hicieron acopio de los billetitos mal impresos, con sus fantasiosos valores nominales. Confiaban en que se volvieran dinero de verdad, dólares, euros, francos suizos, yenes, de curso legal.

La distribución en las playas concluía. No sabían exactamente cuándo se haría la prueba del rayo. Frasca debía de haberles dado la fecha, pero no la hora. Todos les estaban preguntando a todos, todo el tiempo, qué hora era, y nadie la sabía. Pues nadie había traído reloj; sabían que las cosas de verdad se volverían juguetes, y no querían ver de pronto en sus muñecas unos inútiles relojitos plásticos; de éstos en cambio habían traído montones, y producido el Gran Cambio ya tendrían Rolex de sobra para ver la hora. La misma precaución contaba para las embarcaciones en las que habían venido a la isla; no habían tenido más remedio que traerlas, aunque sabían que se transformarían en lanchitas y botes de juguete; pero también habían traído lanchitas y botes de juguete, y juguetes que representaban yates de lujo, veleros y lanchas deportivas, todo lo cual lo habían dejado flotando cerca de la orilla, a conveniente distancia unos de otros, tal como habían hecho con los autos.

IX

A todo esto, se preguntaba Sabor, ¿dónde se había metido Barbaverde? Los hechos, bien o mal, seguían sucediendo, quizá ya cerca de producir consecuencias irreversibles, y el héroe seguía sin manifestarse. Su propensión a actuar entre bambalinas e indirectamente era bien conocida (al menos por Sabor, que era un especialista en el tema). Pero a veces la llevaba demasiado lejos. Trató de pensar como él (lo hacía con frecuencia y gracias a ello había podido escribir sus aventuras con tanto lujo de detalles). Hasta ese momento no había visto más que aspectos marginales de la operación, apenas lo suficiente como para ir haciéndose una idea de las intenciones y los planes del profesor Frasca, si es que se trataba de él. Pero si Barbaverde conocía de entrada estos planes e intenciones, era comprensible que no hubiera tenido interés en los indicios progresivos, lo que a su vez hacía comprensible que no lo hubieran visto. Tenía que haber ido, sin demorarse en descubrimientos y deducciones, al centro mismo de la conjura, vale decir: a Frasca. De modo que si Sabor (y junto con él sus dos compañeros, el Negro y Rompetrueno, que no se le despegaban) quería encontrar a Barbaverde, debía encontrar primero a Frasca. Esto no parecía difícil. Existía la posibilidad de que el rayo que había inventado funcionara con un aparato emisor portátil, pero era remota y para nada característica. Tenía que haber un laboratorio instalado, y no pequeño. Su construcción se había disimulado con la fingida construcción de las plantas de células madre. Trató de imaginárselo. Le venían las imágenes convencionales de laboratorios secretos en la selva o las montañas, de los que abundaban en las películas. Más realista, razonó, sería imaginárselo desde adentro, o sea desde su función. Fue entonces que se preguntó por primera vez cómo podía funcionar un aparato que efectuara una transformación mutua de cosas y juguetes. Tenía que ser mediante los átomos; y el trabajo con átomos, por pequeños que fueran éstos, y justamente por serlo, requería instalaciones muy grandes. Como la operación se efectuaba exclusivamente entre cosas, en el desplazamiento de sus niveles de masa, tenía que haber sobrantes o faltantes de materia que sería necesario guardar, y bien ordenados y clasificados si se quería, como seguramente se querría, volver a utilizarlos. No estaba muy al tanto de las cuestiones técnicas, nunca se había tomado el trabajo de averiguar lo que era un acelerador de partículas o un separador de positrones, pero podía inventar. Además, estaba casi seguro de que para hacer funcionar este tipo de máquinas se necesitaba un generador nuclear que pudiera producir superelectricidad, y eso significaba torres y cúpulas de hormigón forradas en metal. Había que agregar una enorme antena plato, de cien metros de diámetro, para transmitir órdenes a una plataforma satelital, pues Frasca querría darle alcance global a su rayo transformador; ya había decidido que lo que pasaba en la isla eran apenas pruebas experimentales de ajuste. El trabajo en semejante complejo tenía que requerir mucho personal, con lo que había que ampliar más aún las construcciones, y su condición de secreto y peligroso exigía una cerca perimetral, y torres de vigilancia. El resultado de todo lo cual, en la mente de Sabor, fue una imagen exactamente idéntica a la que había empezado descartando por convencional y tomada de las películas. A veces no valía la pena hacer deducciones «desde adentro» porque todo el trabajo que daban no servía más que para llegar a lo que ya estaba en la imaginación colectiva.

Partieron los tres hacia el interior de la isla, en busca del laboratorio, después de recomendarse unos a otros la mayor prudencia con el oso, y con otros peligros que pudieran estar naciendo. Pero no avanzaron mucho porque a los pocos pasos, no bien empezaba a espesarse el follaje, se toparon con una aparición inesperada, tanto que los dejó paralizados y con la boca abierta. Era una mujer desnuda. El cuerpo blanco brillaba con reflejos nacarados de rosa, como el de una ninfa en un cuadro antiguo. Ya en la sorpresa de los primeros segundos, cuando todavía no podían pensar en nada, habían advertido que era joven y bella; y que estaba desnuda por completo, sin una sola prenda, ni zapatos en los pies ni aros en las orejas ni anillos en los dedos. Ella también se había quedado fija, interrumpiendo lo que parecía haber sido una marcha apresurada, quizá de huida. Su expresión era de miedo y súplica, pero se recomponía. En un primer instante había pensado en huir de los desconocidos, pero su mirada se afirmaba y se disponía a pedirles ayuda, fuera cual fuera su problema.

El asombro que dominaba a sus dos compañeros se multiplicaba en Sabor hasta niveles nunca vistos. Porque una grandísima coincidencia, que entonces le pareció nada menos que sobrenatural, hacía que él conociera a esa joven. Y no sólo la conocía, sino que era la habitante privilegiada de sus ensueños más íntimos y secretos. Era Karina, la artista plástica que había conocido casi un año atrás y de la que se había enamorado, a primera vista y definitivamente. El amor le había cambiado la vida, pero los cambios en su vida habían sido tantos y habían venido tan ligados unos a otros que no sabía cuál era primero y cuál derivado. Junto con los bellos ojos de Karina había venido el trabajo, que le dio una dirección a su existencia hasta entonces ociosa y desorientada; la conoció el mismo día en que entró a prueba en el diario, y aquel primer trabajo le dio suficiente crédito en la redacción como para que el empleo se volviera firme. Porque, y ésta era la tercera coincidencia de aquella jornada prodigiosa, ése fue el momento en que Barbaverde entró en su vida, y lo hizo con efecto clamoroso. Por lo pronto, fue la clave de su éxito profesional; contando sus aventuras, en series de artículos que fueron muy leídos, se había hecho un lugar en el periodismo rosarino. Y por lo mismo, en el mismo movimiento, un viento de aventura y fantasía lo había arrebatado, dándole color y emoción a sus días y noches grises de huérfano pobre. ¿Qué había estado primero, entonces? El amor, el trabajo y la aventura se fundían en un loop, se le confundían en una ronda de promesas de felicidad.

Pero no podía negar que era el amor (o Karina, que era lo mismo) lo que le daba emoción al conjunto, lo más auténticamente valioso de todo lo que le había pasado y le estaba pasando. Lo demás se explicaba por su esfuerzo, por su pertinacia, por el talento que pudiera tener. Pero Karina había sido un regalo del cielo, sin causa, sin antecedente, como el encuentro en los profundos cuadrantes del firmamento de dos puntos de luz, y a la vez, misteriosamente, tan fatal como el curso predestinado de los astros. El amor no era un hecho más que pudiera poner en la sucesión de su historia; era la atmósfera que ordenaba todos los hechos en su lugar, el agua cristalina y brillante en la que nadaban todos los pececitos.

Ahora bien, descendiendo de esos vuelos líricos al plano práctico de lo fehaciente, había que decir que el sentimiento de Sabor seguía encapsulado en él, todavía sin salir a respirar el aire de la realidad. Por una cosa o por otra, Sabor había venido postergando todo este tiempo los pasos necesarios para estrechar la relación. El trabajo, que lo absorbía por su novedad, había sido el principal responsable. Y cada vez que se decidía, ella había emprendido un viaje, o dejaba su taller (que también era su casa) para llevar a cabo en un museo o galería o uno de los llamados «espacios alternativos» alguno de los muchos proyectos artísticos en los que siempre estaba embarcada. Estos motivos circunstanciales no habrían sido obstáculo para otro, pero él tenía un modo especial de complicarse las cosas. Estaba su timidez, su irresolución, y estaba también, paradójicamente, la plenitud inconclusa de su corazón. En todo el transcurso de un ciclo de estaciones había renovado su amor por Karina, y cada noche se acostaba con la sensación de haber amado. En suma, vivía una vida de enamorado, sin que la mujer amada lo supiera.

¿O sí lo sabía? En cierto modo, la comunicación no faltaba, porque todo lo que escribía en el diario estaba dirigido a ella. Cada artículo que publicaba, al menos los de las series dedicadas a Barbaverde, lo pensaba como una carta de amor. A veces se preguntaba si la obra artística de ella sería lo mismo, mutatis mutandis. No había podido comprobarlo; una serie de incómodas casualidades había hecho que nunca pudiera ver ninguna de sus exposiciones: o no se enteraba (solían hacerse en sitios recónditos, y se las publicitaba mal), o iba cuando el sitio estaba cerrado o al día siguiente de la clausura, o cualquier cosa por el estilo. Pero la idea de poder leer en esas obras un mensaje que le concerniera no era tan descabellada; sabía que Karina tenía por tema privilegiado a Barbaverde, y eso lo hacía soñar. Lo sabía por artículos que aparecían en la precaria página de «Cultura» de *El Orden,* y por conversaciones oídas de lejos en la redacción; por pudor, nunca había sacado el tema con el crítico de arte del diario. No ignoraba, por estar él mismo en la profesión, que convenía prestar poca fe a la información periodística. Y mucho más en un tema del que no sabía nada y cuya jerga le era ajena. No había podido hacerse siquiera una idea clara del aspecto material del trabajo de la bella artista. ¿Serían pinturas, esculturas, escenografías? La palabra «instalación», a la que recurría siempre, no le decía nada. Pero esa nebulosa le daba un tinte de misterio que lo encantaba más todavía.

Y de pronto, allí en el bosque de la isla, todo se precipitaba mágicamente. No puede extrañar que tardara en ubicarse. Los otros reaccionaron antes, Rompetrueno con un silbido humorístico, y el Negro con el gesto caballeresco que correspondía: se sacó la campera de nylon que llevaba puesta y se la dio a la ninfa, que se la puso y cerró deprisa, con lo cual la visión cesó y entraron en una especie de normalidad. Pero en las retinas de Sabor la visión persistía, y seguía impidiéndole todo comportamiento normal. Se daba cuenta, con una maravillada perplejidad, que nunca había pensado en Karina desnuda. No se lo explicaba. Porque el sentimiento que lo unía a ella, aun a la distancia, era de pura sensualidad y erotismo carnal. No era una idealización, aunque se le parecía. Lo suyo no era tanto amor como realidad del amor. En cierto modo siempre la había estado imaginando desnuda (y en sus brazos), pero la imagen en sí no había llegado a la superficie. Y ahora, de pronto, había roto la superficie. ¡Qué visión tan perfecta había tenido! Eso era lo que más lo admiraba, ya que estaba acostumbrado a las visiones fragmentarias, parciales, de la vida cotidiana, siempre entorpecidas por algo. Quizá por no haberla imaginado, no había diferencias, y eso la hacía tan nítida y real. Si se hubiera puesto a pensarlo, jamás habría acertado con esos pechos tan redondos y grandes, esas caderas de seda blanca, esas formas que se movían y se contenían... No. No podía creerlo. Era como si alucinara (a esa altura, con Karina ya arropada y hablando, lo era realmente) y en esa línea una voz dentro de él, muy adentro, en los estratos incontrolables de la fantasía, exclamó: «¡Y pensar que todo eso es mío!». Era comprensible que no lo pudiera creer. Ya encontrar a su amada en la isla habría sido casi milagroso. No se le había pasado por la cabeza que pudiera ocurrir. De hecho, hacía varios días que ni siquiera pensaba en ella, absorto en los preparativos de su misión. Y si hubiera hecho la cuenta con la cabeza fría, habría debido confesarse que ese olvido se prolongaba desde hacía semanas, meses quizá, todo el invierno. Había hecho un compromiso tan profundo con ella que los hechos y preocupaciones de todos los días transcurrían por su conciencia sin tropezar con su imagen.

Fuera como fuera, la fuerza de la imagen fue tal que algo en él se negó a buscarle una explicación. Marginalmente los oía hablar, y podría haber deducido que estaba operando el implacable verosímil que mueve el mundo. Pero él seguía haciendo la digestión, como una serpiente que se ha tragado un cordero. Se quedó apartado, en silencio.

Karina mientras tanto tenía mucho que contar, y mucha urgencia por hacerlo, pues no disponía de otro medio de superar el bochorno de haber sido descubierta en cueros entre los árboles. Hablaba atropelladamente, pasando por encima de los nexos causales o deteniéndose sin fin en ellos, como quien tiene enfrente interlocutores fantasma cuyos rasgos cambian todo el tiempo. El resumen, que Sabor haría más tarde, y que era el único que podía hacer pese a que fue el que menos atención prestó, era éste: una prima de ella pertenecía al capítulo rosarino de Greenpeace, y había sido iniciada en el secreto de los juguetes, por lo que participó en la operación Último Día (fue el nombre clave que le dieron los conspiradores) para lucrarse con el primer experimento de transformación. Había ido, junto con los otros, a las jugueterías, y, como los otros, había tenido dudas sobre su capacidad de elección y previsión. De modo que el día anterior, ya sobre el límite del plazo de acumulación, la había llamado a Karina para pedirle ayuda. Lo hizo no porque le tuviera una simpatía especial o quisiera beneficiarla, sino porque era la única artista que conocía y pensaba que serían útiles las sugerencias sobre transformación material y transmutación de valores provenientes del área estética. Por supuesto, debía apostar a la discreción de Karina, pero creía poder hacerlo sin riesgo en tanto estaba ofreciendo pasto a la codicia, a la que nadie, ni siquiera un artista, es indiferente. Karina los habría denunciado sin vacilar, ya que le resultaba repugnante el engaño a la buena fe de los ciudadanos rosarinos, pero fue tanta la sorpresa, y el apuro, y tanta la curiosidad que le despertó la revelación, que prefirió hacer lo que le pedían. Ya habría tiempo para denunciar. Acompañó a la prima a una recorrida de último momento por jugueterías ya vaciadas, kioscos y casas de decoración (estas últimas, propuestas por ella), en la noche prepararon todo el botín en cajas y bolsas, y a la mañana la había acompañado a la isla en una lancha. Para sí misma no llevaba más que un puñado de muñequitos que, si la transformación funcionaba realmente como le habían dicho, le permitirían llevar a cabo una acción artística nunca vista, con la que venía soñando desde hacía mucho. Ayudó someramente en la distribución de juguetes en las playas, disgustada por la vulgar avidez de estos falsos combatientes por el bien público, y no bien pudo se retiró más al interior, hasta encontrar un prado vacío donde se ocupó de distribuir los muñequitos…

Mientras contaba esto, y lo que siguió, tenía apretado en el puño unas telitas rotas, y sólo cuando llegó en su relato al momento en que la ropa que traía puesta se le desvaneció del cuerpo con un rasguido, se las mostró, como si las hubiera estado reservando para provocar un golpe de efecto (en realidad, se había olvidado). Eran sus prendas, vueltas vestidos de muñeca, que habían caído desgarradas a sus pies; a propósito de los pies, los zapatos también se habían reducido y vuelto de plástico. Los buscó entre los pequeños andrajos; eran dos toscas y baratas reproducciones, en las que no cabía ni la punta del meñique.

Pero ¿cómo era posible, se preguntó entonces, que a ellos no les hubiera pasado nada? ¿Acaso habían llegado a la isla después del barrido del rayo?

La campera del Negro, en la que estaba envuelta y que le llegaba a medio muslo, era una típica prenda de indigente. De nylon violeta desteñido en partes, raída y manchada. Su dueño debía de haberla encontrado en la basura, o, en el mejor de los casos, la habría recibido, usada y para tirar, de alguna alma caritativa, y con la clásica displicencia de los pobres la había usado verano e invierno sin una lavada ni un remiendo.

Rompetrueno se puso a explicarle que ellos estaban en la isla desde mucho antes de que todo empezara, haciendo hincapié en la desaparición de la lancha y de la «estación»; el Negro por su parte le hablaba del oso y la muerte de sus tres compañeros, con referencias patéticas a «esos pobres huerfanitos», los zarpazos, y la sangre. Sabor, siempre apartado, los oía como en un sueño, y calculaba con una parte de su mente que era imposible que ella sacara nada en limpio de esas frases inconexas. El relato que le hacían se parecía a la campera del Negro, igual de desprolijo y descosido. Pero, igual que la campera, a ella le bastó por el momento, y dijo que debía de haber un desfase que los había beneficiado a ellos; ya había sospechado que estaba pasando algo con el tiempo, o con los tiempos relativos. Pero desfasados o no, concluyó, «la unión hace la fuerza», y les pedía que la acompañaran un poco más, pues creía saber cómo conseguir ropa y poder devolverle la campera a su dueño. Circulaba una leyenda (con la velocidad con que se crean ciertos mitos, que no necesitan siquiera del desfase temporal) según la cual en un lugar de la isla el misterioso rayo había transformado en mujeres de tamaño normal a un stock de Barbies importadas, con un vestuario de nunca acabar. Si tenían suerte, y actuaban con prudencia, podía vestirse, y hasta elegir lo que le sentara mejor. Con la ejecutividad que la caracterizaba, encabezó la marcha, flanqueada por sus dos «salvadores». Sabor fue atrás, sin haber abierto la boca y sin que ella se hubiera percatado de su existencia. Seguía presa del encanto de la visión, y apenas si empezaba a asomar a su conciencia el problema de iniciar una conversación. ¿Debería preguntarle «Te acordás de mí»? ¿O bastaría con un «Hola, Karina»? Quizá sería mejor empezar a hablar directamente, saltándose las introducciones; ella le iba a agradecer una explicación coherente, y un plan de acción razonable. Pero quería demorar un poco más las explicaciones, por temor a que perdiera fuerza la imagen que lo estaba alimentando con esa clase de radiactividad. De cualquier modo, antes de que pudiera pensarlo mucho ya habían desembocado en el claro de las Barbies. No se necesitó prudencia ni estrategia alguna, porque sus monstruosas habitantes lo habían abandonado, dejando en el lugar todos sus enseres, así como la ropa, rumbo a la cual fue Karina sin hacerse de rogar. Se metió detrás de un biombo y se vistió. Cuando le devolvió la campera de nylon al Negro, éste le dijo que la tirara; ya se había apoderado de un excelente gamulán de Ken, que le quedaba perfecto. Rompetrueno en cambio no tuvo tanta suerte; para él esa ropa era como ropa de muñecas. Las prendas que se había puesto Karina, además de ser de pésimo gusto, según ella, le quedaban muy ajustadas. Las Barbies tenían medidas ideales, «y yo —dijo— estoy hecha una vaca de gorda», exagerando, por supuesto. Sabor siempre la había tenido por flaca, y lo era realmente; pero desnuda no se la había visto flaca, había revelado curvas y dimensiones de lo más deliciosas. Deliciosas para él, al menos. Al oírla ahora se dijo: «A mí me gustan las voluptuosas». Asombrado por su propio pensamiento, se preguntó si sería cierto. Nunca antes lo había pensado. Por lo visto, acababa de enterarse.

X

Un antiguo romano (Portius Cato) dijo que sólo había tres cosas de las que encontraba motivos para arrepentirse: revelar un secreto a una mujer, pasar un día sin trabajar, ir por agua a un sitio donde se pudiera llegar por tierra.

Sabor cabeceaba apreciando la profunda verdad, y tan a propósito, de esta sabiduría, que se reveló en los desdichados sucesos de la tarde. Un escuadrón de húsares de plomo los había tomado prisioneros apenas salían del claro de las Barbies, los habían llevado por la fuerza a un cobertizo de palmas y troncos sobre la barranca del río, y los había atado contra los postes del fondo. El cobertizo no tenía pared al frente, por lo que podían ver el río y la costa que bajaba hacia él. Los húsares se atareaban ejecutando las órdenes que transmitía Frasca, y siempre había varios entrando y saliendo, lo que les impedía a los prisioneros hablar y ponerse de acuerdo en un plan de escape. Les prohibían hablar porque debían oír las instrucciones.

A Sabor el silencio obligado no le molestaba, pues le daba la ocasión de profundizar en sus reflexiones. Entre ellas le había vuelto a la memoria la cita latina, que no podía resumir mejor la situación. Pero la hizo a un lado por el momento (se prometió examinar los tres puntos más tarde) para seguir recreándose con la sensación de infinita dulzura que le había procurado la visión de Karina desnuda. Tarde o temprano, pensaba, la sensación pasaría, y quería agotar su efecto mientras estuviera vigente. Se preguntaba por qué lo había impresionado tanto. Después de todo, mujeres desnudas era lo que, en los tiempos que corrían, uno veía todos los días, y varias veces por día. Estaban en las tapas de las revistas, o bastaba con encender el televisor. Y él había visto unas cuantas «en vivo», por distintas circunstancias. Claro que ninguna había sido Karina, la reina de sus sueños. Pero más a propósito: todas las demás venían en formato de imagen, aunque estuvieran en carne y hueso. Y Karina, en el momento en que se le apareció desnuda en el bosque, había hecho estallar ese formato; había retrotraído su desnudo a una forma primigenia de la imagen, a un estadio anterior a toda expectativa retiniana.

Se daba cuenta de que estas reflexiones lo estaban apartando de lo que debía hacer, que era narrar, de la manera más simple y directa posible, la aventura en la que se había embarcado. Conocía, a medias por experiencia, a medias por intuición, cuáles eran las necesidades de lectura de los lectores de *El Orden*; de hecho, estos acontecimientos, ya mientras los estaba viviendo, los ordenaba en episodios y entregas, los veía en tipografía, y hasta con el lugar que ocupaban las fotos que ilustraban sus artículos.

La cita latina la podía usar de epígrafe para algún artículo. Aunque tendría que modificar un poco la aplicación de uno de los motivos de arrepentimiento, i. e. «revelarle un secreto a una mujer», porque su secreto era su amor, y en realidad no lo había revelado, salvo en enigma y jeroglífico. Pero venía a propósito del secreto que habían detentado los falsos ambientalistas, y hasta de la misma Karina, que había sido iniciada, y había actuado con bastante imprudencia. Los juguetes a transformar que la joven artista había traído a la isla (Sabor debería haberlo imaginado desde el primer momento) eran Barbaverdes, esos ridículos muñequitos de plástico de cinco centímetros que vendían en los kioscos con un chupetín. Había traído veinte, con la idea de utilizarlos, cuando se hubieran transformado en Barbaverdes animados y en tamaño normal, para algún tipo de instalación o performance. Por el apuro, y la impulsividad de artista, no debía de haber pensado en las consecuencias imprevisibles de la jugada. Además, el típico coqueteo con la cultura popular no le había permitido ver que esos pequeños adefesios reproducían no al auténtico Barbaverde sino a su parodia humorística en un programa de televisión. En eso, y por el lado de la sofisticación posmoderna, coincidía con la percepción popular, que terminaba adjudicando más realidad a las reproducciones que a sus modelos. Y más en este caso, con lo elusivo que era Barbaverde. En un suspiro (o en una carcajada) se anulaba la distancia entre el héroe fabuloso cuyas hazañas habían salvado repetidamente al mundo, y el payaso que hacía chistes pedestres y se embrollaba en historias sin pies ni cabeza para mantener relativamente quieto a la hora de la leche a un poco exigente público de parvulario. De esa anulación era materialización el idolillo del chupetín; recordó que él tenía uno en el bolsillo, el que había comprado Barbaverde a su paso por Rosario y había quedado en su campamento abandonado. Lo hubiera sacado para mirarlo si no hubiera estado atado. Trató de imaginarse los veinte expandidos y en movimiento, en la isla. ¿Y si el de verdad, que debía de andar por ahí, se topaba con ellos, qué pensaría? La confianza que había mostrado en Sabor, y en la misma Karina, podía derrumbarse. Además de que le haría perder el precioso tiempo que necesitaba para salvarlos a ellos, y salvar el mundo.

En cuanto al primero de los motivos válidos de arrepentimiento, «pasar un día sin trabajar»… dependía de él. Había venido bien hasta el momento en que esa visión (al recordarla una vez más echó una mirada de reojo a Karina, ahora vestida y atada a un poste, más allá de los que inmovilizaban al Negro y a Rompetrueno) lo hundió en un mar de pensamientos. Ya era hora de salir de ellos y volver a ocuparse de la aventura. Los húsares que seguían con sus actividades frente a él se le antojaban marionetas, y se dijo que las marionetas eran los personajes ideales de un relato de aventuras. Debía concentrarse en sus artículos. Las cuestiones psicológicas no hacían más que detener el fluir de los hechos.

¿Eran hombres de verdad? Así como Karina había traído a la isla una caja llena de Barbaverdes de juguete, Frasca había traído, además de las Barbies y de quién sabe qué más, estos soldaditos de plomo que habían sido sus favoritos cuando era niño, y los sometió al tratamiento de su rayo. Debía de haberse asegurado, de algún modo, de que le obedecieran ciegamente.

Con un esfuerzo, se concentró en observar lo que estaban haciendo, y pudo ver que la naturaleza de sus actividades le daba, o le empezaba a dar, un panorama general de la operación. Los húsares le daban cuerda a unas sobredimensionadas cajitas de música que cuando se echaban a andar reproducían la voz de Frasca; aunque no habría que decir que la reproducían sino que la transmitían, porque sus mensajes eran del momento, y bastante urgentes. Quién sabe por qué había escogido este barroco sistema de comunicación, pudiendo optar por uno de alta tecnología; la de estas cajitas de música era realmente de museo: lengüetas de metal que hacían resonar los agujeritos de un cilindro giratorio; era asombroso que ese mecanismo empleado siglos atrás para repetir simples melodías pudiera sonar como una voz humana, bastante clara y además reconocible como la de Frasca, con su pesado acento de villano doblado. Probablemente al pasar el proceso de transformación juguete-cosa cambiaban sus propiedades.

Frasca se multiplicaba, los húsares no daban abasto para hacer girar las mariposas de las cuerdas; daban movimiento para un par de minutos, y Frasca les gritaba toda clase de improperios cuando no se daban prisa a volver a girarlas y él tenía que interrumpir su dictado de instrucciones. Además, hablaba por varias cajitas a la vez. El cobertizo resonaba como el centro de comando de la NASA el día del lanzamiento de un cohete.

Había realmente mucho que hacer. Las Barbies se habían salido de control. Montadas en las Ferrarias, que habían tomado por asalto y parecían hechas para ellas, aceleraban a fondo y hacían los cambios como si hubieran nacido para hacerlo. Pero los caminos de la isla no eran las lisas autopistas californianas, ni mucho menos. Un árbol, un pozo, un matorral, detenían con un choque o un vuelco el vehículo lanzado a toda velocidad. Los ambientalistas y sus esposas, inermes, veían convertirse en chatarra el premio de sus trabajos, y se desesperaban. Pero muy pronto tuvieron que empezar a preocuparse por su propia supervivencia. A las muñecas humanizadas les era indiferente la vida y la muerte. Al contrario, era como si les gustara el espectáculo de la destrucción, y les diera un placer trascendente yacer exánimes entre los restos retorcidos del auto en llamas, con sus larguísimas cabelleras derramadas y la sangre manando por las heridas, la sangre de la que habían sido provistas tan poco tiempo atrás. El problema era que no todas morían; eran demasiadas. Asolaban la isla con sus locuras. Frasca se desgañitaba desde las lengüetas de las cajitas de música mandando a los húsares a apagar incendios en puntos clave, o a enderezar torres de control.

Los húsares se desplazaban a pie, o en caballos blancos. Eran tan veloces como torpes. Entre ellos se desplazaba un cómico Napoleón ceñudo, en un carrito de golf tirado por perros de trineo.

Las Barbies no eran el único peligro. Estaban también las Pelotas Vivas, que se proyectaban con impulso propio contra el suelo y se elevaban por encima de las copas de los árboles más altos, para caer con fuerza destructiva en cualquier parte. Peor que el tamtam incesante de sus rebotes eran los gritos que emitían, humanos, desgarradores. Eran pelotas soeces, con una vida prestada, que querían gastar lo antes posible.

Reinaba el caos. Un rincón protegido, o que al menos Frasca mandaba a los húsares a proteger, era un taller de reparaciones de urgencia, montado en un invernadero. Una decena de científicos de guardapolvo se afanaba en raras cirugías que más se parecían a bricolajes. El lugar estaba lleno de órganos de repuesto con etiquetas mal escritas en distintos idiomas. Sobre uno de ellos había un papel que decía CEREBRO ANORMAL. NO USAR. Pero el papel estaba simplemente apoyado, y una ráfaga de aire que se coló en el invernadero lo hizo volar, y los científicos, que eran Barbies enfermeras actuando con atolondramiento, le injertaron el cerebro a un saxofón averiado. Como a las cajitas de música se les había agotado la cuerda y nadie tenía tiempo de volver a ponerlas en marcha, no se oyeron los gritos furiosos de Frasca.

Los cuatro cautivos enfrentaban el devenir de estos hechos con miradas diferentes. La de Sabor correspondía al registro documental ordenado: hacía el relato a partir de lo que, en sí, eran accidentes inconexos, proveía los nexos causales, coordinaba, explicaba, en cierto modo «redactaba». Por momentos debía inventar, para hacer verosímil un detalle que no venía a cuento y sin embargo pasaba. Lo más extraño debía dejarlo en suspenso, con la esperanza de que una nueva extrañeza creara un eco a la distancia que volviera a ambas legibles. El trabajo le exigía un esfuerzo de memoria que tensaba al máximo su capacidad mental. Sabía que, por bien que lo hiciera, seguiría siendo increíble, pero al menos pretendía que se sostuviera dentro de las premisas. La perspectiva en la que se ubicaban el Negro y Rompetrueno era necesariamente más práctica y subjetiva. Ellos no pretendían entender nada; sólo querían liberarse y escapar, volver a sus vidas normales, lo más lejos posible de esa pesadilla. A su vez, había una clara diferencia entre ambos: el Negro, en la lógica del indigente poscapitalista, esperaba que alguien viniera a soltarlo y le dijera adónde ir, a cambio de lo cual estaba dispuesto a obedecer cualquier orden que le dieran, a ponerse al servicio de cualquier patrón. Rompetrueno, en cambio, modelado por la autonomía de su oficio de lanchero en las vastas soledades del río, no contaba con más salvación que la proveniente de sus propios brazos, y efectivamente estaba tratando de zafarse de las ligaduras. Para él la pesadilla no se narraba desde el punto de vista de la víctima encerrada en el fondo del laberinto sin salida, sino del espectáculo de las figuras entre las que se debía pasar, haciéndolas a un lado como fantasmagorías, con un enérgico despertar. En esto coincidía parcialmente con la postura de Karina, en el otro extremo de la fila de postes. Ella también objetivaba, pero sin intención de intervenir; y a diferencia de Sabor, no le interesaba explicar o verosimilizar o construir un relato. Su mirada de artista absorbía lo absurdo como absurdo, lo inconexo como inconexo, y dejaba flotante cada desarrollo de modo que resultaran bellas asimetrías instantáneas.

De pronto el Negro estalló en un llanto angustiado, que tuvo la virtud de quebrar el aislamiento del cuarteto. Sabor, creyendo interpretar su preocupación (y porque se sentía responsable) le dijo que no debía preocuparse demasiado. No creía que fueran a matarlos. Lo más probable era que sólo quisieran tenerlos vigilados mientras se llevaba a cabo el experimento, para que no interfirieran. Los otros lo escuchaban con atención, y tuvo la satisfacción de ver que Karina asentía, seria y convencida. Tenía un modo encantador de estar seria. Bien pensado, Sabor no creía haberla visto sonreír nunca.

Tragándose un sollozo, el Negro le contestó con una violencia que el temblor de la voz y la mala dicción volvía patética: ¿acaso creía que sólo pensaba en sí mismo? ¿No habían sucedido ya bastantes hechos trágicos? Había visto sucumbir a una muerte sangrienta a sus tres amigos. ¿Y qué otra cosa era lo que habían tenido desde su nacimiento, y lo que tenía él ahora? Una muerte en vida, como era la vida sin trabajo, sin esperanzas, sin casa, sin dignidad. Era ese sentimiento el que lo había impulsado a unirse al movimiento Vivienda Digna, en el que había militado hasta que la decencia lo hizo apartarse… Karina, que hasta entonces había ignorado los motivos de la presencia del Negro en la isla, pidió explicaciones. Sabor se adelantó a dárselas, desde su poste, porque suponía con razón que el Negro se iba a enredar en un cuento complicado e incomprensible: Barbaverde, dijo, había financiado generosamente el apartamiento de Vivienda Digna de aquellos de sus miembros que tuvieran un pasado turbio en el que pudieran apoyarse los críticos neoliberales para desacreditar el movimiento. Habían sido cuatro, el Negro entre ellos, los que aceptaron la propuesta.

Pero ¿no era contradictorio, preguntó ella, pedir un gesto de decencia justamente a los que no la tuvieran?

Buena pregunta, empezó Sabor… Lo interrumpió el Negro, sorbiéndose los mocos: él había caído en la delincuencia por la fuerza de las circunstancias. ¿Qué podía hacer? ¿Cómo resistirse a un destino de hierro?

Sabor se preguntaba si no estaría recitando demagogias aprendidas. Ese hombrecito oscuro y lloroso era demasiado humano para el contexto. El resto de sus justificaciones, puntuadas por las vehementes preguntas de Karina, lo oyó a medias, pues también quería prestar atención a la voz de Frasca, que salía de las cajitas de música cuando los húsares les daban cuerda. Entre las órdenes y recriminaciones se colaban fragmentos con temas más generales, como si estuviera ensayando un discurso al mundo, o quizá ya lo estuviera grabando. Reuniendo esos fragmentos, y completándolos, pudo hacerse una idea de la amenaza global.

El mundo tenía motivos para temer. La humanidad había hecho proliferar con imprudencia la industria del juguete, al ritmo de la prosperidad y el consumo. También al ritmo de la tecnología, sin pararse a pensar en las consecuencias. No se podía culpar a nadie, pues las leyes de la economía también eran de hierro, y arrastraban a la civilización por un canal independiente (aunque paralelo) al de las buenas intenciones. El mundo estaba lleno de juguetes, maduro para que cobraran vida y se apoderaran de la Realidad. La contracara de lo cual era la instalación del modelo-juguete, a partir del cual la Realidad entera, es decir, lo que hasta el presente se había tenido por la Realidad, se volvería un surtido de juguetes, vanos y desconectados entre sí, objetos del capricho irresponsable, del deseo discontinuo, del descrédito.

Los juguetes se rompían. Siempre había sido así. Sabor lo sabía porque había sido niño, y todos los niños sabían que los juguetes se rompían. Antes de romperse, perdían interés, aburrían, el desarrollo físico e intelectual del niño los dejaba atrás. Quedaban arrumbados, o los padres los tiraban, cansados de tropezar con sus restos inservibles. ¿O se habían roto antes? Daba lo mismo. El desfase temporal era inherente, y se extendía en ambas direcciones de la línea del tiempo, por un extremo hacia el deseo intenso de tenerlo, por el otro a la nostalgia adulta del mundo en miniatura donde todas las fantasías se hacían posibles. Pero en ambas alternativas, la destrucción o el abandono, el juguete revelaba la misma fragilidad. Ése era el punto débil del plan de Frasca. ¿O era su punto fuerte? Más parecía esto último. Los niños rompían los juguetes, aunque no supieran conscientemente por qué lo hacían, para saber cómo funcionaban. Con el juguete, desarmar era romper; y no se podían volver a armar. En el estadio actual de la ciencia y la técnica, ya nadie sabía cómo funcionaban las cosas que se usaban todos los días. Sólo lo sabían, y parcialmente, sólo hasta donde alcanzaba su especialidad, unos poquísimos ingenieros. De ellos, Frasca era la culminación, superación y emblema. Que además representara el Mal era una consecuencia inevitable. Todo lo que podían hacer las potencias poniendo en acción (como ya debían de estar haciéndolo) sus mejores cerebros, era inútil. La resistencia eficaz estaba en otro lado: en Barbaverde, en la potencia de la aventura y el relato, que siempre se imponía al final, justamente porque debía haber un final y lo único que tenía final era el relato.

Con infinito cinismo, la voz mecánica de Frasca anunciaba una nueva Edad de Oro, una vuelta a la infancia, presidida por un Padre Bueno (él), dominando con su rayo «los átomos formales» y las materializaciones de la fantasía.

Un filamento de rayo, a modo de prototipo y advertencia, ya había partido de la isla y dado la vuelta al mundo. Algo inquietante había empezado a suceder: todos los Cristos de todas las iglesias del mundo cobraron vida, para espanto de feligreses, curas y capellanes, que no sabían si adorar o llamar a la policía. Sucedió en catedrales, basílicas, iglesias de barrio o de pueblo, oratorios, capillas, y con todos los Cristos sin excepción. Los Crucificados se retorcían tratando de aflojar los clavos, a la vez que aullaban de dolor. Los que cargaban la Cruz en retablos o calvarios tallados se la sacudían de encima y salían a la calle a mendigar, provocando la imaginable consternación. Pero ellos se explicaban, con las imperiosas razones de los desamparados. Habían sido arrancados, sin pedirles permiso, de su morada, y llevados por celosos evangelizadores a los rincones más remotos del planeta. ¿Y ahora qué podían hacer, desnudos, sin oficio, sin familia ni amigos? ¿Qué otra cosa les quedaba que reclamar un mendrugo a una sociedad que había prosperado a la sombra de su imagen? Y eran, como ellos mismos lo habrían dicho, legión. Millones, que se incorporaban a los millones de marginados que sólo podían aspirar a las sobras de la opulencia. Y en los distintos climas donde se habían animado, bajo lluvias, nevadas o soles ardientes, todos preguntaban, con sus bocas como heridas y sus ojos de alucinados, dónde dormirían, dónde tendrían refugio. Porque esas iglesias de las que salían eran frías e incómodas, la mayoría ni siquiera baño tenía. ¿De qué les servían altares de oro y frescos de Rafael, si no tenían una cocina o una cama? Ellos también exigían una vivienda digna. El Papa ya había pedido una audiencia urgente con el profesor Frasca, y obtuvo por toda respuesta una carcajada sarcástica.

XI

Mientras tanto, había ido pasando la tarde. Nuestros amigos habían perdido la noción del tiempo, con el que cada uno tenía su relación propia y distinta. El Negro, por supuesto, no tenía reloj y nunca lo había tenido; los pobres que eran tan pobres como él vivían el presente de la oportunidad, al acecho de la ocasión, que podía darse en cualquier momento, de recibir una dádiva o efectuar un robo; de ahí provenía la inveterada impuntualidad de su clase, que era uno de los motivos que les impedían prosperar. Rompetrueno, por su parte, aunque se ajustaba a las generales de la ley de la clase obrera, necesitaba saber la hora con cierta frecuencia, por sus compromisos de barquero y ferry; pero no usaba reloj pulsera porque nunca había encontrado uno con la correa lo bastante larga como para dar la vuelta a su gruesa muñeca; usaba el del tablero de su lancha, y no lo usaba mucho, porque los cruces del río, que eran su tarea, no se acortaban ni alargaban por mucho que consultara la hora; en cierto modo, la distancia de costa a costa era su reloj, y cuando estaba quieto y en tierra el tiempo dejaba de existir para él. Karina, artista sirviente de la inspiración y el trabajo, no quería saber nada de relojes, para ella no había día ni noche, tarde ni mañana, sólo había realización de obras encadenadas. El único que tenía un reloj era Sabor, pero tan fuerte se le había grabado la regla de los insomnes de no mirar la hora que no lo miraba nunca. Además, en esta ocasión no habría podido hacerlo porque tenía las manos atadas a la espalda atrás del poste. Esa ligadura, y la prolongada inmovilidad a la que lo había obligado, igual que a los otros tres, había terminado por darle sueño, o una modorra de agotamiento nervioso, que le cerraba los ojos. Era como si el insomnio estuviera cediendo al fin, y casi sonrió al pensar que ésa podía ser la solución a sus desvelos. Los otros debían de estar pasando por lo mismo, porque habían dejado de hablar.

La pared que faltaba al frente del cobertizo les mostraba, como una pantalla cuadrada, la vastedad del río, sobre el cual cambiaban los colores del cielo. Un rosa con fosforescencias doradas soltó un polvillo de la niebla más imperceptible, antes de transformarse en violeta, y luego en un gris azulado. El agua pareció bajar de nivel como si se hundiera en sí misma, aunque seguramente era un fenómeno óptico. La línea del horizonte subió unos milímetros, y se volvió la orilla opuesta. Allí debía de estar Rosario, pero lo que se veía no era el horizonte habitual de la ciudad sino una acumulación de reflejos entrecruzados que semejaban castillos, torres, puentes, palafitos, usinas, Venecias de cristal, con una innumerable población de arlequines diminutos que aparecían y desaparecían. Fugaces guirnaldas de botones negros cruzaban el río, proyectando redondas sombras errabundas sobre la superficie de la corriente verde. El movimiento se aquietaba, las siluetas de los húsares que se recortaban sobre la pantalla brillante se hacían más espesas, y de pronto ondularon todas a la vez y una ola de tiniebla las arrebató.

Al fin los esfuerzos de Rompetrueno para romper las cuerdas que lo ataban dieron resultado; sus brazos saltaron hacia adelante, libres. Su ejemplo hizo que los otros lo intentaran también, y lo lograron los tres a uno, como si las cuerdas fueran de papel. Se miraron. Sabor se puso al mando, como el que más pensadas tenía las cosas. Debían aprovechar este reflejo de realidad para escapar. Proponía ir en busca del laboratorio central de Frasca, donde seguramente se encontrarían con Barbaverde. El célebre aventurero estaba más elusivo que nunca. No se explicaba cómo había dejado avanzar tanto las maniobras del profesor, pero no dudaba que estaba actuando; quizá había esperado, como ellos, el momento oportuno. El rayo transformador debía de tener ciclos de actividad y receso.

Hubo una inmediata oposición; les parecía una locura ir a meterse «en la boca del lobo»; votaban por la alternativa de alejarse lo más rápido posible. Les recordó que se hallaban en una isla, por lo que de cualquier modo, rápido o lento, no irían muy lejos. Además, muy pronto el mundo entero sería el mismo circo que era la isla. No pretendía que fueran ellos los que salvaran a la Humanidad de un trastorno sin precedentes, pero al menos podrían ser testigos de esa salvación, y quizá colaborar en ella; las estrategias de Barbaverde, él lo sabía por experiencia, aun siendo insondables y con frecuencia incomprensibles, solían reservar un papel clave para los testigos casuales.

¿Y si buscaban un rincón protegido, en las barrancas, y se escondían allí?, propuso Karina.

Se puso serio para responderle. ¿Necesitaba más pruebas de que el rayo de Frasca operaba con todos los átomos, no con algunos? ¿Cómo esconderse de un arma así?

Pero si intentaban ir en su busca, podía pasar «cualquier cosa».

Eso estaba fuera de discusión, dijo con un gesto desdeñoso. En fin, no iba a obligar a nadie a seguirlo. Iría solo, si era necesario.

Estaba mostrando una autoridad que lo sorprendía a él mismo. Debía de estar actuando para la bella artista. Surtió efecto, sobre todo cuando empezó a moverse hacia la salida. A falta de otro plan, fueron tras él. Pero, antes de salir, Karina se detuvo y dijo que quería llevarse una de las cajitas de música. ¿Estaba loca?, preguntó Sabor. ¿Para qué quería uno de esos armatostes? Ella se había encaprichado. Quería reproducirlas en su taller. Pero ¿cómo llevarla? Eran cubos de un metro de lado. De eso se ocupaba ella, dijo. Estaba acostumbrada a los objetos, porque el arte (es decir: su vocación) estaba hecha de ellos. Y en su manipulación había aprendido que nunca eran tan pesados. Probó de levantar una, y en efecto era muy liviana. Rompetrueno, al que le había sobrevenido un gran apuro, se la sacó de las manos, la cargó al hombro y enfiló hacia afuera.

Nadie los detuvo. Estaba oscuro, pero no tanto como para no ver por dónde caminaban. Atravesaban el bosque nocturno, con toda clase de precauciones, aunque no sabían cuáles eran las que debían tomar.

Fue una experiencia extraña. La extrañeza se daba a priori, porque para los hombres de la moderna civilización urbana atravesar un bosque nocturno era una «primera vez». Y más si en esa travesía los acechaban peligros desconocidos y mutaciones asombrosas. Pero aun dentro de estas premisas de extrañeza, fue extraño.

Del barro que pisaban en la tiniebla, amasado de hojas muertas, ramitas y larvas, subía cuando pasaban un cricri metálico que los intrigaba. Se inclinaron a buscar a tientas, y levantaron «ranitas» de lata, que volvían a hacer sonar con el índice y el pulgar. A la luz de un rayo de luna que se colaba entre el follaje, vieron que estaban pintadas de colores chillones y con un estilizado diseño batracio.

Un grito de Karina. La había rozado un murciélago. Sabor sospechó que no era de verdad. Rompetrueno dijo que el bosque estaba lleno de murciélagos: para probarlo tenía uno enredado en el pelo. Se lo sacaron, y al examinarlo vieron que era de goma, esquemático, con un tubo flexible que le salía del vientre y terminaba en una perilla, también de goma: al apretarla abría las alas. Unos grandes búhos blancos, que caían rebotando en las ramas, tenían un mecanismo parecido, pero con palanca en vez de perilla, y eran de alambre y nylon.

Los grillos, con sombrero, levita, bastón y polainas, eran Pepes Grillos a resorte. En la oscuridad, todo era sorpresa del tacto, de la contigüidad. Adivinaban, al azar de las estrellas, pájaros que entraban y salían, conectados a alguna especie de metrónomo, de nidos redondos, y huevos de plástico que se abrían con un clac seco. El canto a cuerda del ruiseñor se interrumpía en medio de alguna de sus escalas cristalinas; prestaban atención, conscientes de que nunca volverían a oírlo. Abejas de vientres listados y caras de niña bailaban colgadas de planchas de cartón con publicidades de marcas de miel.

Karina se reía. Se adelantó para quedar al lado de Sabor y le señalaba los monos que se plegaban y desplegaban como ropa oscura, negro sobre negro (eran siluetas recortadas en goma eva). Sabor se sintió feliz con esta intimidad, y aceptó salirse del camino para atrapar un colibrí de plástico que se miraba en un espejito donde había pintada una orquídea, para que ella se lo llevara de recuerdo. Respondió al agradecimiento de Karina diciéndole que no había ningún mérito en lo que había hecho; no lo había «atrapado» en realidad, sino que se había limitado a «tomarlo». Y eso, prosiguió aprovechando la ocasión para darle un sentido a la aventura en la que se introducían, era un buen ejemplo del daño irreparable que podía causarle Frasca al mundo, si lo dejaban salirse con la suya: la transformación, por mucho que la maquillara de infantilismo poético y fantasía, llenaría la realidad de objetos que podían comprarse, como en un supermercado. Que fueran gratuitos y bastara estirar la mano para hacerse de ellos no cambiaba nada porque de todos modos se aniquilaba la acción, la creación. El dinero también emigraba del mundo, pero sólo para exacerbar el consumo, del que los juguetes eran el exponente más conspicuo. La seudopoesía de Frasca haría pasar a la Historia la verdadera poesía, que era la pobreza. (Sabor introducía, un poco tirado de los pelos, un tópico que le importaba mucho, a futuro. Porque su pobre sueldo de redactor sería un elemento a tener en cuenta cuando le propusiera matrimonio a Karina.)

No pudo ver la expresión con la que ella recibía sus palabras, pero era evidente que no quería hablar. Los susurros de insectos, cantos, aleteos, campanillas y tictacs que llenaban la oscuridad acaparaban su atención. Todo sonaba pautado y mecánico, hasta sus pasos. Además, había que cuidar la marcha porque surgían obstáculos inesperados, alternativamente visibles e invisibles. Hongos-globo inflándose con válvulas blandas a ras del suelo desplazaban triciclos y conejos a pila. Todo parecía inofensivo, un juego sin consecuencias. Pero no tanto. La oscuridad siempre era inquietante, y en el bosque la mutación de los tamaños aportaba una incertidumbre extra. A los costados del sendero que seguían se alzaban masas enormes; podían ser árboles o colinas, pero también podían ser la cercanía misma de lo desconocido. La falta de perspectiva se manifestó de pronto en un lamento agudo que sonaba demasiado cerca, casi entre ellos, o arriba, o abajo. En todas esas direcciones volvieron la cabeza con alarma, pero la tiniebla se había cerrado más que nunca y no vieron nada. Volvieron a oírlo, o mejor dicho siguieron oyéndolo, porque seguía sonando, en una larga frase sinuosa cuyas notas inconexas subían y bajaban, entre lo inaudible y el chillido. Parecía, dijo Sabor, un canto fúnebre árabe. Karina dijo que le hacía acordar a Ornette Coleman.

Entonces vieron, un poco adelante (se habían detenido en un grupo compacto, asustados) un brillo dorado que resaltaba en lo negro y lo hacía más aterciopelado y profundo. Era un saxofón erguido, de poco más de un metro de alto, avanzando hacia ellos. Tenía un aire infinitamente patético. Se desplazaba sobre patitas raquíticas, con movimientos ondulantes.

Cuando se les pasó la impresión, y se convencieron de que era inofensivo, se sentaron frente a él, sobre un tronco caído, y se pusieron a conversar. La voz del saxofón tenía algo de voz humana, oída como a través de ecos de metales, y algo de música que no era música. Podían hacerse una idea de su origen, así que no le preguntaron por él. Lo que no sabían era de qué lado estaba.

¿Y de cuál iba a estar?, les dijo. ¿Les parecía que podía estar del lado de su creador? ¿Que podía estar contento con lo que habían hecho con él? Se lo explicaba como el resultado de un error de la ciencia, uno de esos errores tan comunes en el proceso experimental. Un experimento no era tal si no tenía la posibilidad de fallar. Había muchísimos como él: el camino del avance del conocimiento estaba sembrado de esos seres fallidos, como el camino de los niños perdidos en el bosque estaba marcado por miguitas de pan. Por ellos, remontando sus tristes historias, se podía volver atrás y llegar a la inocencia primitiva.

Lo raro era que uno de esos fracasos tomara la palabra. Que era un error, un monstruo, no necesitaba decirlo porque ya se habían dado cuenta. Y abría una perspectiva de comprensión de más largo alcance sobre las transformaciones en general. Él mismo lo decía: podía reconciliarse con su destino de chuchería barata, con un niño arrancándole sonidos al azar durante unos días. Pero volverlo un ser viviente de oro y soltarlo en un mundo oscuro y lleno de obstáculos era cruel y absurdo (una cosa por la otra).

Sus alusiones al bosque y a los niños perdidos les recordaron que ellos no estaban muy orientados. Quizá él podría darles alguna información. Sabor, después de asegurarle que estaban radicalmente en contra de Frasca, le contó que habían salido en busca de su laboratorio central, si es que tal cosa existía. Sabían que debía de estar muy vigilado y protegido, y no se hacían ilusiones de poder detener las operaciones, aunque pudieran entrar. Pero confiaban en que un célebre aventurero, que ya otras veces había derrotado al profesor Frasca, estuviera actuando sobre el terreno, si no los habían engañado algunos signos de su presencia en la isla. Se llamaba Barbaverde.

El nombre despertó un recuerdo en el saxofón, que preguntó si se trataba de un hombrecito rechoncho con un gorro con pompón y una barba de hojas de lechuga fresca que le llegaba a los pies.

Sabor le hizo una corrección: ésa era la caricatura, el payaso, pero sí, aun sin el gorro y sin esa barba exagerada, y sin el diminutivo «hombrecito», pues más bien se trataba de un personaje majestuoso, era él. ¿Lo había visto?

De los gemidos del saxofón no sacó gran cosa en limpio, pero al menos registró como muy probable que Barbaverde estuviera actuando. Ahora el problema era saber adónde dirigirse. Y si bien era evidente que con el saxofón habían hecho un aliado, no parecía muy apto para guiarlos a ninguna parte. Renunciaron a seguir interrogándolo por el rumbo por el que había venido, o dónde había visto algo, pero les señalaba, con vacilaciones y rectificaciones y disculpas, cualquier punto del cuadrante, con su balanceo característico y racimos de notas de toda la escala. Podía deberse a que por su forma no tenía adelante y atrás, o a la naturaleza de la música, que fluía en círculos sin vector.

Al final, decidieron seguir adelante. Cuando se levantaban del tronco, Karina le preguntó a Rompetrueno si quería que cargara ella la cajita de música, que el gigantón había dejado en el suelo. Sabor tuvo una idea, y se asombró de no haberla tenido antes: ¿por qué no le daban cuerda y oían a Frasca? Podía darles una pista. Karina se sumó con entusiasmo a la propuesta.

XII

La cuerda era una «mariposa» de chapa que asomaba de un costado del cubo. Cuando Sabor la hizo girar se oyó adentro el suave trictrac de la maquinaria.

—No bien la tenga en casa —dijo Karina—, voy a desarmarla para ver cómo funciona.

Qué típico, pensó Sabor. Era como si nadie pudiera resistirse a la tentación de romper un juguete tan pronto como caía en su poder.

—Yo no me animaría —dijo—. Debe de ser un mecanismo muy delicado.

Cuando sintió que llegaba al fondo, después de una decena de vueltas, la soltó. De inmediato empezaron a suceder tres cosas. La primera y la segunda fueron simultáneas, ambas en el plano sonoro, y casi se confundían en la percepción de los cuatro amigos. Primero: la caja empezó a resonar con la voz de Frasca en la cima de la histeria. Segundo: el saxofón, asustado como un rata que oliera a un gato, rompió en locas escalas a todo volumen. Lo que decía Frasca, en un primer momento se les hizo incomprensible, no sólo por la interferencia musical sino porque hablaba muy rápido. A lo que más se parecía era a la transmisión de un partido de fútbol. Pero el tercer suceso les dio la clave.

Fue como si una parte del bosque se hubiera plegado, pero más probable es que distraídos con el saxofón y un poco deslumbrados por su brillo no hubieran mirado bien. Lo cierto es que frente a ellos se había abierto un panorama deprimido que se extendía en declive hasta perderse de vista. No tuvieron que levantarse del tronco para ver el espectáculo. Todo el tiempo le estaban diciendo al saxofón que no se interpusiera, porque no querían perderse detalle. La caja de música, como un bafle en un concierto de rock, marcaba la acción, que era vertiginosa.

En el prado, recortados en un lívido blanco y negro, Napoleones a caballo perseguían a Barbaverdes. La voz de Frasca les daba las instrucciones y los azuzaba a alcanzar, interceptar y matar. Los Barbaverdes eran los muñequitos del chupetín, expandidos y animados pero sin perder su aspecto grotesco de juguete y sus movimientos mal articulados. Se trataba de los que había traído Karina a la isla, y Sabor, molesto por el ridículo al que sometían a su héroe, habría querido decirle: «¿Estás contenta ahora?». Pero quizá el verdadero Barbaverde se estaba sirviendo de esos adefesios para realizar sus propósitos secretos.

En cuanto a los Napoleones, por lo visto reemplazaban a los húsares como fuerza de choque del profesor. No era fácil deducir de dónde habían salido en tal cantidad. Si Frasca había traído sus soldaditos de plomo para someterlos al rayo transformador, lo lógico era que hubiera muchos húsares y un solo Napoleón; el Gran Corso, emergente histórico ejemplar, era el emblema por excelencia de lo irrepetible. La única explicación era que los húsares, en el curso de una campaña acelerada, hubieran ascendido. De grado en grado, ayudados por la impaciencia de un niño, se habían hecho sargentos, capitanes, coroneles y generales, hasta llegar a Emperador, haciendo caso omiso de la Historia.

Frasca se desgañitaba desde la caja: «¡Atajalo a ése! ¡Allá va otro! ¡Cortale el paso! ¡Júntense! ¡Ahora dale en la cabeza! ¡Sepárense! ¡En abanico!». Todo era simultáneo, y las órdenes llegaban antes, durante o después de los hechos indistintamente. Los movimientos de los grotescos Barbaverdes eran torpes, se enredaban las piernas cortas con la barba, se caían y rodaban, mientras cada Napoleón les menudeaba sablazos. Los caballos se sacudían con frenesí hacia adelante y atrás sobre sus balancines de madera. La inclinación del terreno los arrastraba a todos.

Sabor calculó que la cuerda había girado hasta la mitad. Eso les daba tiempo para actuar, si lo hacían rápido. El laboratorio había quedado sin protección. Era una especie de pagoda inflable, hecha de rollos de goma plateada. Estaba demasiado cerca como para no intentar algo. Deliberaron brevemente, y se lanzaron, los cuatro juntos, con el saxofón atrás siguiéndolos como un perro fiel, aunque no debía de hacerlo por lealtad sino por no tener otro lugar adonde ir. Cuando estuvieron junto al laboratorio les pareció más grande que antes. Tenía las dimensiones de una montaña, y era más intimidante, a pesar de ser de goma o plástico o algún otro material blando, por no tener aberturas y estar inflado al punto de reventar. El gris que habían visto de lejos, de cerca se había vuelto un amarillento plateado. Junto a los rodillos del portal había un guardia armado, que habrían tomado por una estatua si no lo hubieran visto dar unos pasos aburridos. Se escondieron tras un rosal bañado en acero quirúrgico para intercambiar pareceres sobre la estrategia a emplear. Sabor era de opinión de encararlo sin más y pedirle permiso, diciéndole que eran asistentes de Frasca. Karina se opuso. Dijo que tenía un plan. Sabor no quería ni siquiera oírlo. ¿Para qué necesitaban un plan? Las cosas se hacían o no se hacían. Una llevaba a la otra. Lo más simple solía ser lo más eficaz. Pero ella insistió, y con entusiasmo de maestra de jardín de infantes organizando una representación teatral repartió los papeles: el Negro debía ir de frente y pedirle un cigarrillo al guardia; por su facha lo suponía habituado a esos pedidos, y no le importó que el Negro le dijera que no fumaba. Aprovechando la distracción, Rompetrueno se acercaría por atrás y lo desarmaría. Ella y Sabor se colarían entonces dentro de la fortaleza mientras los otros dos se quedaban de campana, vigilando al guardia. Sabor suspiró. No era gran cosa como plan, pero no le costaba nada darle el gusto. Por su parte, le gustaba la idea de que entraran ellos dos solos. Quizá se daba la ocasión de sentarse a charlar en un rincón, y ella podía empezar a conocerlo mejor. Aun en medio de la acción más vertiginosa se daban esos momentos muertos, y no era cuestión de desaprovecharlos.

El Negro cumplió bien su parte. En el silencio de la noche oyeron sus palabras, y la respuesta del guardia: él tampoco fumaba, y estaba terminantemente prohibido hacerlo en ese lugar, por causa del material del que estaba hecho el laboratorio, que básicamente era un globo de látex. Rompetrueno le cayó por la espalda y le arrebató la metralleta, que en sus manos de gigante parecía un juguete. Sabor y Karina, sin esperar al desenlace de la escena, corrieron hacia la válvula de ingreso, que los tragó sucesivamente con sendos flops.

Ya estaban adentro. Corrieron por un pasillo en arco a ambos lados del cual se sucedían fístulas embebidas en neón que daban a salones, oficinas, depósitos, escaleras y ascensores. Se dieron cuenta de que todos los espacios interiores, incluido el pasillo por el que avanzaban, eran virtuales. Los ambientes colgaban unos de otros; era un modo muy original de ahorrar espacio. El famoso ciclotrón consistía de una tetera y un espejo: otra originalidad. Una nueva válvula, y el helio se hizo más denso. El oxígeno flotaba como papel picado. Todo alrededor de ellos había pantallas y tableros, lo que les indicó que se hallaban en el centro de operaciones. Sabor le tocó el brazo a Karina y le señaló adelante. Un hombre les daba la espalda; atareadísimo en un manejo complicado, no los había oído entrar. Estaba enfundado en un mameluco de hule blanco, con casco, los brazos metidos en esas mangas para trabajar con materia radiactiva, que entraban en un grueso vidrio. Lo que manipulaba ahí adentro era una especie de boca, con lengua, paladar, dientes y labios, todo en metal negro flexible. Comprendieron que era Frasca, y que era así como «hablaba» por las cajitas de música. Lo hacía muy rápido y con gran habilidad, pero le exigía una concentración que le impidió notar la presencia de los intrusos.

Sabor miró a su alrededor, buscando un control que pudiera accionar y poner fin a las transformaciones, que ya habían ido demasiado lejos. Los mandos maestros tenían que estar aquí, porque más adentro del santuario de Frasca no podían ir. Al pensarlo, le volvió una pregunta que no había dejado de hacerse: ¿dónde estaba Barbaverde entonces? Todo el tiempo había venido esperando encontrarlo un poco más adentro, más cerca de Frasca y sus operaciones. Pero si habían llegado hasta aquí y no estaba, no estaba en ninguna parte. Significaba que él debía tomar la iniciativa, y era el momento de tomarla. Karina miraba fascinada la pecera atómica donde se hacían las palabras con el gran títere oral. Conociéndola, era fácil imaginar que estaba absorbiendo ideas para su trabajo. Dichosa ella, que encontraba arte hasta en los jardines del Mal. Sabor le señaló un panel sobre la pared, y fueron hacia allí. En el centro tenía una perilla con una aguja, que apuntaba a un círculo rojo a la derecha. A la izquierda había otro círculo, azul. Era el mando del rayo; el azul indicaba la Realidad; el rojo, el Juguete. El semicírculo superior, marcado con una flecha, era el trayecto que había sido girada la perilla para activar el rayo. Por señas, Karina le sugirió que la hiciera girar hacia atrás de modo que volviera a marcar «Realidad» y se deshicieran todas las transformaciones que habían tenido lugar hasta entonces. Pero Sabor era de otra opinión. En lugar de volver atrás, prefería hacer girar la perilla por abajo, y que diera toda la vuelta. De ese modo, lo transformado volvería a su condición original pero sin anular la experiencia sufrida. Las cosas y seres reales transformados en juguetes volverían a ser cosas y seres reales, y los juguetes transformados en cosas y seres reales volverían a ser juguetes, pero conservando en algún lugar de sus átomos la memoria de su paso por el otro estado. Quizá así el mundo se volvería un poco mejor. Llegó a esta decisión pensando en lo que habría hecho Barbaverde en su lugar.

Tomó la perilla, y empezó a hacerla girar. Hubo un suave trictric, muy aceitado, apenas audible, pero debió de llegar a los oídos de Frasca, a pesar del casco, porque se dio vuelta, los vio, sacó los brazos de las mangas del aparato y fue hacia ellos. Karina soltó un grito y se apretó contra Sabor, que apresuró el giro de la perilla hasta que la aguja llegó al círculo azul.

En ese momento sintió un fuerte golpe en el costado, a la altura de la cadera. Creyó que era Frasca, que había llegado a él y le pegaba, pero no era así. El profesor, fantasmal en su traje blanco brillante y su escafandra en gajos, estaba todavía a unos metros de distancia, y se había detenido. El golpe había venido de adentro del mismo Sabor, o de adentro de su ropa, que se había desgarrado, y una masa inesperada lo había hecho caer al suelo, arrastrando a Karina. Parecía un revolcón amoroso, los dos estaban gritando y se aferraban desesperadamente, esperando lo peor. Pero Sabor comprendió lo que había pasado: el muñequito de Barbaverde que esa mañana se había echado al bolsillo era el verdadero Barbaverde, transformado por el rayo. Con razón no lo habían encontrado: lo había tenido todo el tiempo en el bolsillo. Con la vuelta al orden normal, había recuperado su tamaño y animación. Y también su olor, que desde tan cerca (estaban los tres en un solo amasijo) los mareó. Como había quedado boca abajo, no pudo verlo; sólo pudo ver su mano, que abría un cierre relámpago en el piso, y él y Karina empezaron a deslizarse hacia abajo por una de las tantas troneras de escape de las que estaba provisto el edificio. Y vio también, en el último instante antes de que la válvula le chupara la cabeza, la otra mano de Barbaverde, sosteniendo con el índice y el pulgar un pelo (debía de ser un pelo que se había arrancado de su famosa barba), con el que se disponía a pinchar la pared. No vio más. Un segundo después él y Karina caían en tierra firme y rodaban aturdidos. Cuando se sentaron y miraron hacia arriba, el laboratorio ya se remontaba con un silbido, tomando velocidad. Por efecto del pinchazo, toda la construcción inflada emprendía uno de esos vuelos erráticos de los globos que perdían aire. Siguieron con la vista los zigzags que describía sobre el fondo del firmamento oscuro, cada vez más alto y perdiendo volumen. Por el agujerito salía un chorro de helio blanco que le hacía una cola como la de un cometa.

24 de junio de 2006

EN EL GRAN HOTEL

I

Un viernes por la tarde, en la ajetreada redacción de *El Orden*, Sabor simulaba trabajar en su cubículo, tecleando al azar en su computadora, sin mirar dónde ponía los dedos y sin ver tampoco la pantalla, en la que sin embargo tenía fija la mirada. Estaba haciendo tiempo. Por escrúpulos de los que no se libraba aun cuando su puesto en el diario estaba asegurado, y por más que en la redacción todos sacaran partido de la flexibilidad de la jornada de trabajo periodística, se resistía a retirarse antes de hora. Era curioso que un hijo sin padre (el suyo los había abandonado cuando él nació) hubiera desarrollado un superyó tan implacable. Pero tenía además otro motivo para prolongar ese juego vano: necesitaba pensar. Sus vacaciones empezaban el lunes, y este viernes era su último día laborable pese a que, por supuesto, en el diario se trabajaba el fin de semana; sucedía que una vez al mes los redactores tenían un sábado y domingo francos, por turnos, y ésta vez le tocaba a él; no lo había planeado así, pero caía del modo más conveniente porque prolongaba dos días (o los adelantaba) su semana de holganza. Que tuviera sólo siete días de vacaciones se debía al poco tiempo que llevaba en el diario: un año, y eran las primeras que se tomaba.

Por momentos apartaba la vista de la pantalla para echar una rápida mirada a los cubículos vecinos y el pasillo que los separaba de las oficinas vidriadas, cada vez llevando el dedo a la tecla que dejaría en blanco la pantalla. No le habría gustado que lo sorprendieran escribiendo un texto sin sentido, como el simio de la eternidad en la máquina de escribir. No habría tenido por qué hacer algo tan infantil. Si no quería irse todavía, podía leer o simular leer algunos de los muchos papeles que se apilaban en su mesita, a ambos lados del teclado y metidos a presión bajo el monitor. Pero él tenía muy asumido el aspecto infantil de su personalidad. Y fue ese aspecto el que lo sacó por un momento de sus cálculos preocupados para ver realmente el «texto» que se había estado escribiendo en la pantalla. Parecía de verdad un texto normal, porque el automatismo con que movía los dedos incluía presiones con el pulgar a la barra espaciadora, y de vez en cuando un «enter» y un «tab», con lo que se producía un punto aparte y un nuevo párrafo. Visto de lejos, o visto sin leer (eso era más difícil) se lo diría un escrito común y corriente. Leyendo, eran letras cualesquiera agrupadas en un simulacro de escritura. Sonrió, con la satisfacción de un niño ante el inofensivo monstruo que ha resultado de su juego. En su estado algo alterado no recordó que todos los textos guardados, si no se especificaba lo contrario, iban a la impresora central y se imprimían al final de la jornada; Clarita, la empleada a cargo, abrochaba prolijamente las hojas, cuando eran más de una, y las repartía por los respectivos cubículos, pues quedaban marcadas con el número de la computadora de la que habían provenido. De modo que las precauciones de Sabor para que no lo descubrieran eran inútiles, porque lo descubrirían después de todos modos, y daría lugar a bastantes risas y comentarios intrigados.

El motivo de su distracción eran las vacaciones. Era toda una cuestión para él, en parte porque eran las primeras (las primeras de su vida, ya que éste era su primer empleo), en parte por su carácter indeciso y temeroso. Casi lamentaba que la ley le diera vacaciones pagas. No debería haber prestado oídos a sus compañeros, que haciendo gala de su experiencia, le habían dado consejos contradictorios, y en definitiva paralizantes; ahora tenía que olvidarlos para salir del pantano en que lo habían metido; cosa problemática, porque él tenía una incapacidad mecánica para olvidar nada. Lo que le habían dicho era que las vacaciones podían «ahorrarse», de modo de sumarlas a las próximas, y siendo las suyas tan breves, le convenía postergarlas hasta que, sumadas a las próximas, tuviera una aceptable cantidad de días como para hacer un viaje que valiera la pena. Sabor tenía horror a los viajes, así que ese argumento no lo impresionaba. Pero desde que se lo habían dicho había empezado a observar sus ocupaciones y su empleo del tiempo en el marco de una semana, y había comprobado con escándalo que una semana no era realmente nada. Pasaba en un soplo. Era como para alarmarse, porque si una semana pasaba así, sin hacerse sentir, todos los demás períodos, hasta los más importantes, podían pasar del mismo modo. ¿De qué le servían entonces siete días de vacaciones? Tendría que viajar para darle alguna densidad al tiempo, y no había cosa que aborreciera más que viajar.

Lo peor fue que otros (o, imperdonablemente, los mismos) le recomendaban lo contrario: que «cortara» las vacaciones, cosa que también, como la anterior, podía hacerse. Podía tomarse sólo dos días y reservarse los cinco restantes, o tomarse cuatro y guardarse tres, o cualquier otra combinación. Se le hacía un lío fenomenal en la cabeza, sobre todo de pensar que todas esas matemáticas constituían sólo una de las dos alternativas, entre las cuales a la vez había que decidirse. Era para volverse loco. Hasta un rato antes su pensamiento dominante era que todavía estaba a tiempo de pedir un cambio. Pero con el correr de los minutos fue haciéndose a la idea de que la suerte estaba echada, y no sabía si eso significaba que ganaba o perdía.

Y mientras tanto, escribía y escribía como un poseído, o mejor dicho «escribía», a toda velocidad. Era la verdadera escritura automática, no la humana, que nunca puede ser del todo automática, sino la que suele postularse del famoso mono o de una máquina programada para actuar al azar. Si se prolongara infinitamente en el tiempo, para lo cual deberían prolongarse al infinito su distracción y sus preocupaciones e indecisiones, terminaría por escribir sin querer la Biblia y el *Quijote*.

Tuvo que venir una interrupción del exterior para que terminara. El director propietario del diario salió de su oficina, dio dos pasos por el pasillo hasta verlo, y desde allá lo llamó, tras lo cual volvió a entrar. Sabor se apresuró a cerrar el archivo y apagar la computadora, y fue allá. Ya le había perdido el miedo al director, pero siempre había una inquietud latente en esas requisitorias. ¿Se trataría de algo relativo a las vacaciones? Pregunta vana, porque en ese momento cualquier tema tendría que ver con las vacaciones.

—¿En qué está trabajando, amigo Sabor?

—Bueno… entregué un artículo para el «Revistero»…

Era una sección que salía los domingos, con artículos de interés general: no se habían atrevido a llamarlo «Revista» porque era apenas una página; la dirección tenía intenciones de ir ampliándolo hasta hacer, cuando hubiera fondos, una revista dominical, como tenían los diarios grandes; ese objetivo se vislumbraba muy lejano en el tiempo, tanto que el encargado del «Revistero» lo llenaba con fotos y con cualquier texto que se dignara escribir un redactor desocupado.

—… sobre las voces de animales que se oyen en la ciudad; cantos de pájaros, ladridos de perros, gritos escalofriantes de gatos en celo, en verano los chirridos de las cigarras…

—Qué interesante. ¿Ya lo entregó, me dijo?

—Sí. Y ahora…

Iba a decir que no tenía nada entre manos porque salía de vacaciones, pero el director lo interrumpió:

—Ahora, nada. Deje todo para la vuelta.

—Sí, por supuesto —dijo Sabor afirmando solemnemente con la cabeza, mientras pensaba que si la dirección se tomaba tanto interés en sus vacaciones, éstas eran algo más serio de lo que él había creído—. Es lo que pensaba hacer.

El director arqueó las cejas:

—Ah, ¿ya estaba enterado?

¿Como no iba a estar enterado de sus propias vacaciones? Si hacía una semana que no pensaba en otra cosa. Sospechó que había un malentendido, y negó con tanta convicción como antes había afirmado.

El director optó por terminar con los prolegómenos y le tendió un tarjetón de gruesa cartulina con el membrete del hotel Savoy (una media corona de laureles dorados en relieve). Era una invitación a su nombre. No pudo leerla con atención porque el director seguía hablando y tuvo que prestarle atención. Se trataba del famoso negocio de los números, del que se venía hablando desde hacía meses. Sabor, que se había resignado a no entender nada de economía, no lo había seguido más allá de la lectura de titulares y copetes. Desde el primer momento le pareció tan complicado y esotérico que renunció a entender. Sólo sabía que una corporación o fundación internacional se proponía vender licencias para el uso de determinados números, y usar el producido para combatir el hambre en el mundo. Los detalles, no había intentado siguiera penetrarlos. Y como la noticia ya tenía su tiempo (si no meses, varias semanas), y esas cosas tendían a complicarse a medida que pasaban los días, si uno no la había captado desde el comienzo, después se hacía inútil. De pronto, con la tarjeta en la mano, sintió un desaliento abrumador, del fondo del cual surgía una decisión irrevocable y casi violenta, rara en él: ¡no! Se negaría a ocuparse de ese tema, costara lo que costara. Aunque lo amenazaran con echarlo. Como una tabla salvadora en el mar embravecido de un naufragio, le vino el recuerdo de sus vacaciones, que nunca le habían parecido tan oportunas (la noción de oportunidad nunca se les había aplicado de ningún modo): se aferraría a ellas. O a cualquier otra cosa. Se tranquilizó un poco pensando que no le faltarían argumentos.

A todo esto, el director había seguido hablando. Sabor debió hacer un esfuerzo de concentración para recuperar lo que había oído sin registrar durante su sobresalto. No lo logró del todo.

En resumen, lo que sucedía o estaba a punto de suceder era que el proyecto llegaba a la práctica por primera vez, en una suerte de presentación general y prueba piloto. Asistirían periodistas especializados de todo el mundo, además de los interesados directos en la operación; pero el acceso a la prensa estaba severamente limitado, por invitaciones intransferibles, una por medio, y éstos elegidos, aparentemente, con mucho cuidado. Un pequeño diario local como *El Orden* no tenía a priori ninguna posibilidad de figurar en esa selecta lista, cosa que el director no había lamentado demasiado. Pues, a pesar de su indudable importancia, el asunto era demasiado técnico y abstruso como para atraer al lector medio rosarino. El director mismo confesaba que le había perdido el hilo inmediatamente después de los primeros anuncios, y no se había preocupado por retomarlo después.

—Siempre fui malo con los números.

—Yo también —se apresuró a declarar Sabor, que mascaba el freno en su impaciencia por empezar a dar excusas.

Y sin embargo, había que reconocer que eran importantes; más que importantes: todo en la vida giraba alrededor de los números. No inculcarles a los niños, desde la más temprana edad, el amor a las matemáticas, y construir a partir de ahí una sólida formación en ese campo, constituía una grave falla de la educación contemporánea. Hoy en día, todos los esfuerzos pedagógicos apuntaban a la letra, no al número, y así se estaba pudriendo la inteligencia de la humanidad. El director lamentaba ese vacío en su formación.

—Ni siquiera sé hacer una multiplicación.

—Yo tampoco. Y sumo con los dedos.

—Si me dicen «veintidós por tres», tengo que agarrar lápiz y papel y hacerlo despacio y pensando mucho.

—Sesenta y seis —dijo Sabor, y lamentó el impulso imprudente que lo había llevado a decirlo. Pero tenía arreglo—: Lo hago sumando con los dedos: dos más dos más dos... —lo demostró cerrando los puños y abriendo sucesivamente, de a dos, todos los dedos de la mano derecha y uno de la izquierda—: seis. Y con el otro dos de veintidós hago lo mismo. Da dos seis, o sea sesenta y seis.

—Ojalá fuera tan fácil —dijo el director, que se había mantenido fuera de foco durante la demostración.

Fuera como fuera, dijo cambiando de tema, acababa de recibir una invitación, a nombre de él, de Sabor.

—Pero...

—No hay pero que valga. No puede ser tan difícil, cubrir un evento, usted tiene calidad de escritura, que es lo que importa. Confiamos plenamente en su capacidad.

—Pero ¡es que no sé nada del tema!

—Mire, no creo que haya nadie que sepa. Ni de este tema ni de ningún otro, pero menos de éste. El periodismo es un oficio de saberes superficiales. Y este caso, por lo que estuve leyendo esta tarde, parece ser un invento bastante fantástico, quizá un gran fraude, algo como el traje nuevo del emperador: todos dicen entenderlo, pero deben de estar tan en ayunas como usted o yo. De cualquier modo, ahí debe de haber folletos, y además a un periodista le cae bien no saber: pregunte y se lo van a explicar. Estará en las mismas condiciones que los lectores.

—¿No tendría que ir el hombre de «Economía»?

—Tendría. Pero la invitación vino a nombre de usted.

—¿Por qué? ¿Por qué me invitan justamente a mí?

—Eso estaba pensando en preguntarle.

—¿No será un error?

El director se encogió de hombros. Se inclinó hacia adelante:

—Haga lo que pueda, y no se preocupe. Mándeme los informes, o sea los artículos. Eso sí es importante. —Bajó la voz, confidencial—: Se los vamos a vender a los diarios de Buenos Aires y a los de todo el interior, Chile, Uruguay, Paraguay y Bolivia, ¿qué le parece? Estuve llamando, y somos el único medio invitado, es un privilegio tan especial como inexplicable. Esmérese.

A Sabor se le caía el mundo encima. No había nada que lo paralizara tanto como la responsabilidad. Se jugó la carta suprema.

—Hoy empiezan mis vacaciones anuales. Si me hubiera ido diez minutos antes…

—No, yo no lo habría dejado. Lo estaba vigilando desde acá, mientras hacía los llamados. Las vacaciones se pueden desplazar unos días, por eso no hay problemas.

—Es que ya había hecho planes —mintió. La respuesta fue el silencio. Probó por otro lado—: Y descompaginan el programa de vacaciones y francos de los demás.

—¡Por favor! No me haga reír. ¿De qué vacaciones me habla? ¡Si nadie hace nada! Es todo ficción. No me va a decir que escribir sobre el canto de los pajaritos es trabajo.

Sabor se quedó sin palabras. Se alarmó retrospectivamente de su audacia. El director cambió de tono.

—Mire el lado bueno: tiene dos días gratis en un hotel cinco estrellas, nada menos que en el Savoy de…

—¿Dos días? ¿Nada más?

—¿Vio que no era tan grave? Lleve un traje de baño, que tiene piscina. Y habrá cocktails, con buen whisky, minitas… ¡Quién fuera usted!

Sabor no pensaba lo mismo. No sabía si el panorama se le había aclarado o se le había oscurecido. Volvió a mirar la tarjeta en busca de las fechas, pero estaba demasiado alterado para poder leer.

—¿Cuándo es?

—Mañana y pasado.

—Pero ¡era mi fin de semana franco!

—¿Cómo? ¿Encima de las vacaciones?

—Quedó pegado, por casualidad.

—Yo no sé cómo podemos funcionar, con los redactores de jolgorio en jolgorio. —Se puso de pie, despidiéndose—: Tómelo como un franco laborioso. Hasta el lunes. Que le vaya bien. Tres notas, tres mil palabras cada una. Livianas, sin tecnicismos, acentuando el costado humano. La primera, mañana a la tarde, otra a la medianoche, para que entre en la edición del domingo, otra la noche del domingo después del último remate. Yo sé que puede. No lo mandaría si no lo supiera.

Salió con una carpeta de recortes y prints bajo el brazo, presa de una confusión mental que no lo abandonó por horas. Lo que se preguntaba una y otra vez, como un principio al que había que volver para alcanzar alguna claridad, era: «¿Por qué yo?». No sólo el viejo y conocido «¿Por qué tiene que pasarme esto a mí?» que tanto se repetía en su vida, porque eso podía preguntárselo cualquiera. En este caso él, y no otro, había sido elegido, invitado, con su nombre y apellido, pero sin explicación. ¿Por qué él? Eso seguía resonando, al modo de una pregunta retórica, de las que no esperan respuesta pero igual insisten. Y sin embargo hubo una respuesta, o él creyó atisbar una, muy lejana, hipotética, pero como fue la única no tuvo más remedio que tomarla en cuenta. Asomó casi al final de la febril sesión de estudio a la que se entregó mientras esperaba a que su madre volviera del bingo e hiciera la cena. Los materiales que examinaba eran los contenidos en la carpeta que le había dado el director, reunidos por éste deprisa y sin método. Era todo lo que había encontrado sobre el asunto de los números, y aunque incompleto, con lagunas y repeticiones, le dio una idea general del tema.

Ordenando los recortes por fecha vio que los inicios de la noticia no se remontaban a meses atrás, como había creído, sino apenas a semanas. Todo había sido muy rápido, y se lo habría creído precipitado o improvisado (acentuando las sospechas de un fraude de charlatanes) aun a pesar de las afirmaciones de los organizadores, según los cuales llevaban años preparando la operación, en el mayor secreto, y sólo la hacían pública al estar a punto hasta en su menor detalle.

Sin entrar en esos detalles, la operación tenía una elegante racionalidad. Se proponía revolucionar las finanzas mundiales a partir de una idea que a nadie se le había ocurrido antes. Empezaba tomando nota de las enormes masas de capital ocioso, que sólo esperaban nuevas y más rentables ocasiones de inversión. El Consorcio Coordinador (que era el nombre que se había dado el comité ejecutivo de la organización) les daría esa ocasión, permitiéndoles invertir… en números. Es decir, se pondrían en venta los números, y cualquier institución estatal o privada, o particular, podría comprar uno o varios, todos los que quisiera, y «explotarlos» mientras durara su posesión, pues también podía revenderlos. Esa explotación consistía en el cobro de una pequeña cantidad cada vez que alguien, en cualquier parte del mundo, usara ese número. La moderna tecnología informática hacía posible, por primera vez en la Historia, el registro de esos usos. La endosfera humana estaba cubierta centímetro a centímetro y minuto a minuto por sistemas de rastreo, vigilancia y registro, y si los datos resultantes eran usados para espionaje y control, ¿por qué no podían ser usados para contar las veces que era empleado determinado número? Al usuario de ese número se le debitaría automáticamente la tarifa (casi imperceptible, al nivel de los millonésimos de centavo) y se la acreditaría en la cuenta del propietario de dicho número. La informatización generalizada de la economía lo hacía viable, estaba probado. Lo que no estaba probado todavía era que el negocio fuera redituable. Dependía, por supuesto, del monto de la inversión inicial, y de la renta que produjera cada número; esto último era imprevisible, pues no había estadísticas y los cálculos que podían hacerse eran fantásticamente hipotéticos. Se probaría en la práctica, no había alternativa, para lo cual el Consorcio Coordinador había planificado un inicio gradual, de modo de ir ajustando las variables sobre la marcha.

El mismo ritmo gradual y «sobre la marcha» había sido pensado para las imprescindibles autorizaciones de estados y gobiernos. El «gancho» principal era el objetivo: acabar con el hambre del mundo, es decir con la pobreza (porque el problema del hambre no se solucionaba produciendo más alimentos, que había que tirar al mar para mantener los precios, sino dándole plata a los hambrientos para que los compraran), mediante una fenomenal redistribución de las riquezas. En un primer estadio, y a título experimental, los permisos habían sido concedidos, en la mayoría de los casos de modo tácito, o al menos no había habido prohibiciones expresas. Seguramente el ánimo que había primado en los centros financieros oficiales había sido el de una sonriente tolerancia, ante lo que por el momento podía considerarse una extravagancia más. Tampoco se perdía gran cosa; era sólo dinero; tanto había generado el capitalismo en las últimas décadas que se había vuelto, en sus grandes acumulaciones como las de los jubilados norteamericanos, casi abstracto y daba lo mismo lo que se hiciera con unos miles de millones más o menos. Sobre todo si iba a ser repartido de inmediato entre los necesitados; una reanimación del consumo en las precarias economías del Tercer Mundo podría beneficiar a todos. Sea como fuera, no costaba nada darle un voto de confianza (sin comprometerse), al menos hasta ver cómo funcionaba. Los que quisieran «comprar» números estaban en libertad de hacerlo, porque era su plata; más delicado se presentaba el otro extremo, el del ciudadano común, rico o pobre, al que se le cobrara por cada ocasión en que hiciera uso de un número que tuviera dueño o licenciatario. Este cobro no había más remedio que considerarlo compulsivo, con lo que esta última palabra tenía de antipático. Pero la opinión pública, por el momento, se había mostrado indiferente, en parte por lo ínfimo de las cantidades: a nadie le preocupaba perder diez o veinte, o cien, millonésimos de centavo por día, sobre todo si era por una buena causa y ayudaba a limpiar la conciencia. En parte también, y era una buena parte, esa indiferencia se debía a ignorancia o desconocimiento, porque el asunto no había tenido mucha prensa, y para entenderlo cabalmente era preciso hacer un esfuerzo mental que el ciudadano común, con tantas preocupaciones como le imponía la vida cotidiana, no tenía tiempo ni ganas de hacer. Además, no pagarían los pobres realmente pobres porque los pagos, al hacerse por débito automático, requerirían un mínimo de formalización en las economías individuales: cuentas bancarias, tarjetas de crédito, etcétera. De hecho, los principales usuarios de números serían las instituciones financieras.

Hasta aquí se extendía más o menos lo que Sabor entendió de los antecedentes periodísticos que le había proporcionado el director. No sólo de ellos, pues a partir de los artículos, que leía salteados y deprisa, intercalaba sus deducciones y desarrollaba a gusto de su imaginación. Cuando se le terminó el material en que apoyar el pensamiento dejó que éste tomara vuelo propio.

Se preguntaba en qué consistiría este «uso» de los números por el que habría que pagar cuando esos números hubieran sido comprados y las «licencias» hubieran entrado en vigor. Venían a la mente en primer lugar los jugadores de quiniela, pero por supuesto era un ejemplo burdo por obvio. Había que generalizar y expandir. En cualquier compra o venta había números. Si él compraba un caramelo que costaba un peso, tenía que pagar por el uno. Si lo pagaba con un billete de dos pesos, pagaba por el dos. Y cuando le devolvían un peso de vuelto, volvía a pagar por el uno. Y, en estricta lógica, el vendedor pagaba las mismas tres veces, porque estaba usando los mismos números. Si iba a una casa que estaba en Oroño 543, pagaba por ese número. Por el número de su documento de identidad tendría que pagar cada vez que lo presentaba para hacer un trámite. Los números de teléfono que marcaba. Cuando alguien le preguntaba la hora y se la decía, o cuando la miraba él mismo. El soltero que suspiraba «¡cuándo seremos dos!» (el dos, ¡clinc, caja!). El cálculo de comensales en una cena, el dedo que apretaba un botón en el ascensor, las balas que habían acertado en el cuerpo de la víctima, las mamas con que la perra anunciaba la cantidad de cachorros que daría a luz, cuántos whiskies tomó el borracho, qué distancia hay de aquí a Andrómeda. Los puntos del derecho y del revés de la tejedora, los cumpleaños, la página en que se interrumpió la lectura de un libro, la demografía, las estadísticas. ¿Y los matemáticos? Parecía como si fueran a fundirse, pero tendrían beneficios compensatorios, pues el Consorcio Coordinador les daría empleo full-time a todos.

Es fácil suponer que los números menores rendirían más que los mayores. Un número realmente grande, por ejemplo superior a cien mil millones, se usaba muy rara vez; se vendería barato;

pero quizá no tanto, si se lo tomaba como inversión de riesgo, porque de algún descubrimiento científico o avance tecnológico podía resultar que ese número fuera importante para algo (podría descubrirse que era la cantidad crítica de alguna población de bacterias) y se lo empezara a usar todos los días. De cualquier modo, los números menores serían mucho más codiciados, porque serían minas de oro; no quería pensar en cuánto podía llegar a venderse el cinco, o el cuatro. ¡El tres! A miles de millones (pero la cifra saldría en los diarios y todo el mundo hablaría de ella: buen negocio para el dueño de ese número altísimo). Qué paradójico: los números chicos serían para ricos, los grandes para pobres. La paradoja le hizo pensar que en realidad había números para todos. Y sobrarían, aun cuando no hubiera (y no las había) restricciones para que una misma persona o sociedad comprara todos los números que quisiera.

A las noticias más recientes, las de ese día y el anterior, les dio apenas una mirada por encima, porque ya oía los pasos de su madre acercándose por el pasillo a la puerta del departamentito. No había mucho que leer, pues era básicamente el anuncio de la presentación en público del proyecto, durante la cual se haría, de modo un tanto simbólico pero también muy real, el remate inaugural, de los primeros números que salían a la venta. Para este estreno se habían elegido números muy altos, sólo para ir «calentando la máquina». Pero esos números ya quedarían con dueño, y en los días subsiguientes empezaría a apreciarse la renta que daban. De ésta, como ya se dijo, no había modo seguro de calcular la magnitud, lo que hacía de las primeras ventas una apuesta casi a ciegas, y también una oportunidad, que no se repetiría, de hacer una pichincha.

Cuando ya estaba acostado, después de la cena, seguía dándole vuelta a las explicaciones. Le venían en la oscuridad fragmentos sueltos de lo que había leído, entre ellos los nombres que se mencionaban en los artículos; no les había prestado mucha atención porque todos le eran desconocidos por igual. Salvo que en esos discontinuos fogonazos de memoria visual pareció formarse un nombre que sí reconocía: el del profesor Frasca. ¿Lo había visto de verdad, o lo estaba reconstruyendo a partir de otros que se le parecían, como Brascó, Fresco, Fratelli, Tasca? Ya medio dormido, no tuvo voluntad de encender la luz, levantarse e ir a ver. Pero la presencia de Frasca en el Consorcio Coordinador explicaría de algún modo que él, Sabor, hubiera sido beneficiado con una invitación. Había otra coincidencia: lo último que había sabido del siniestro Genio del Mal era que se había redimido y anunciaba que su poderoso intelecto se pondría al servicio de la Humanidad. Pero siempre decía lo mismo, después de cada fracaso en sus intentos de dominación del mundo. Y su némesis, Barbaverde, el célebre aventurero que cada vez le salía al paso, debía de estar vigilándolo de cerca. Era bastante verosímil que, en ese caso, Barbaverde hubiera logrado infiltrarse en el Consorcio Coordinador y desde allí hubiera maniobrado para hacer invitar a Sabor, testigo privilegiado y cronista irremplazable de sus aventuras.

II

A la mañana siguiente, un Sabor preocupado y pálido por el frío bajaba por la calle San Lorenzo en dirección al hotel Savoy. Un viento helado se embolsaba por la calle estrecha, obligándolo a caminar con la cabeza baja y los ojos entrecerrados. Llevaba colgado del hombro un bolso azul con algo de ropa, no mucha porque serían dos días apenas, y todo el abrigo lo llevaba puesto. Además, su casa estaba a pocas calles de distancia (por eso iba a pie); si necesitaba algo que se hubiera olvidado de empacar, no tenía más que ir a buscarlo. «Todos los viajes deberían ser así», pensaba, aunque en realidad este traslado no tenía nada de viaje. Pero sí tenía algo: el hotel. Era la primera vez que iba a alojarse en uno; en su infancia de niño abandonado por el padre, con la madre haciendo trabajos de limpieza para subsistir, no había habido veraneos; las ansiedades inevitables de toda primera vez se atenuaban al realizarse esta iniciación en un hotel a tiro de piedra de su casa. Algunas subsistían, no obstante lo cual se prometía gozar de la experiencia, aun sin saber qué clase de experiencia sería. Antes de salir había examinado la tarjeta de la invitación: el Consorcio Coordinador se hacía cargo de su alojamiento durante dos días, sábado y domingo; en letra pequeña, en un ángulo, constaba una precisión que en un primer momento le resultó enigmática: «check-in: 10 h. a.m. / check-out: 14 h. p.m.». Por pura deducción, y recurriendo a sus escasos conocimientos de inglés, concluyó que cada día pago en el hotel iba de las diez de la mañana a las dos de la tarde del día siguiente. O sea que disponía de su cuarto en el Savoy hasta pasado el mediodía del lunes; le pareció bastante generoso.

Cuando entró al lobby, esa generosidad se devaluó visiblemente. Setenta años atrás el Savoy había sido un hotel elegante, el favorito de los opulentos gángsters rosarinos. Desde entonces se había venido en picada lentamente y sin remedio. Las antiguas tallas de la puerta estaban descascaradas, los escalones de mármol blanco de la entrada se habían vuelto grises y con esa convexidad en el centro típica de las escaleras de los conventillos o reparticiones públicas que antes fueron casas burguesas. Y de pronto, justo antes de entrar, se dio cuenta de que ya no existía el bar de la esquina, ni como parte del hotel ni como bar: ahora era un bazar chino. O sea que todo lo que quedaba del hotel en la planta baja era ese mezquino zaguán en ruinas. Cuando entró, era peor: en realidad no se le podía dar el ambicioso nombre de «lobby» a ese oscuro agujero del tamaño de un retrete, e igual de oscuro y maloliente, con un mostrador, un tablero de llaves, y la escalera sin baranda que llevaba al primer piso, al costado de la cual había una silla de plástico y un televisor portátil encendido sobre un banquito de tres patas. El piso grasiento y cubierto de colillas, lamparones de humedad que subían de los zócalos. Tuvo que apretarse contra la pared para dar paso a unos viajantes de sobretodo negro que bajaban. Sintió una ligera pero extensa confusión. ¿En este tugurio se presentaría una operación destinada a cambiar el mundo? Si era así, debía modificar casi todas las ideas que se había venido haciendo desde la noche anterior. Grandes inversionistas, millones, macroeconomía... Era mejor archivar esos conceptos, o en todo caso traducirlos a la escala del charlatán callejero explicando su módica estafa tras la mesita plegable en la peatonal. El supuesto privilegio que comportaba su invitación personal («intransferible») resultaba una fea broma, casi un castigo. Se prometió pinchar el globo con la más descarnada ironía. Pero el trabajo era lo de menos: más grave era que debería pasar dos días en este ambiente sórdido y deprimente. Al pensarse instalado en uno de los cuartos, recordó que él había visitado una vez antes el Savoy, y si bien no había entrado a ninguna de las habitaciones había subido a los pisos altos y conocía esos pasillos sombríos y raídos...

Le volvió el recuerdo en una marea, y se sorprendió de que no hubiera vuelto antes, porque aquélla había sido una ocasión importante. Si lo apuraban, la más importante de su vida. Fue la primera vez que tuvo contacto con Barbaverde, el héroe de su infancia, que estaba alojado en el Savoy y a él lo habían enviado (¡qué ingenuos!) a hacerle una entrevista (como si fuera así de fácil). Era su primera asignación en el diario, en el que había entrado entonces; eso también hacía histórico aquel momento: se iniciaba en el periodismo, con todas las esperanzas y el entusiasmo de un primer empleo, y lo había hecho con tanta suerte que esa misión inicial le señaló el camino y le dio el impulso para avanzar por él. La entrevista no se hizo, por supuesto, pero la aventura que sobrevino en su lugar la compensó con creces. Y, más importante que todo eso, aquel día, en el mismo sitio donde estaba ahora, había conocido a Karina. Llevó la mirada al arco que separaba en aquel entonces el lobby y el bar, donde se habían sentado a tomar un café y charlar. El arco estaba cerrado por una pared de construcción reciente, mal revocada y sin pintar; creyó poder atravesarla con la vista y contemplar aquella escena primigenia del amor, que acudió puntual a la cita el día mágico en que comenzó todo. Las transformaciones tan aceleradas que había traído la decadencia eran tristes, pero la remembranza le dio ánimos para seguir adelante. Como los viajantes ya habían pasado, fue hacia el mostrador. Una mujer de aspecto derrotado y malhumorado escuchó la frase que él había preparado:

—Tengo una reserva a mi nombre, para sábado y domingo.

Ella negó, sin necesidad de mirar ningún registro:

—No hay ninguna reservación.

Lo descolocó:

—¿No hay lugar? —preguntó.

Sin palabras, ella abrió un anticuado cuaderno sujeto al mostrador con una cadenita, y buscó una lapicera.

—¿Para una persona?

—Sí, vengo solo, pero… —Ella ya se disponía a escribir—. Es por un congreso…

La mujer volvió a mirarlo en silencio. Milagrosamente, Sabor se acordó de la tarjeta de invitación.

—Un momento. —La buscó en el bolsillo exterior del bolso, la encontró y se la mostró. Ella no quiso tocarla tan siquiera. Cerró el cuaderno de un golpe:

—No es aquí. Es el Savoy de San Lorenzo.

Efectivamente, el sello dorado de la tarjeta lo decía. Pero a Sabor no le decía nada. A la mujer se le había unido un hombrecito calvo que se mostró más expansivo. Tomó la tarjeta, la leyó toda, y se la devolvió diciéndole que se trataba del hotel del mismo nombre en la localidad de San Lorenzo, a cuarenta kilómetros al norte de Rosario.

—San Lorenzo… —balbuceó Sabor tratando de poner orden en sus ideas, ya tan traídas y llevadas—. Por lo visto, hubo una confusión. Creí que era la calle San Lorenzo —mintió, porque en realidad no había reparado en esa leyenda; pero si lo hubiera hecho podría haber creído eso, así que no era tan falaz.

Había una marcada coincidencia de nombres, que debería disculpar el error. Pero se culpó de todos modos por no haber preguntado. ¿Qué hacer ahora? Él era de esas personalidades que no necesitaban mucho para naufragar en un océano de incertidumbres. Trató de sacar fuerzas de resolución y eficacia de su personaje de periodista. Le habían confiado una misión, y quizá no sólo el director del diario sino una agencia superior; debía mostrarse a la altura. Lo primero era rechazar la tentación de volver a su casa a buscar una excusa. San Lorenzo no estaba lejos, no más de media hora de viaje, y nadie había dicho que tenía que presentarse a las diez. Bastaba con ir a la terminal y tomar el primer ómnibus que saliera en esa dirección. Sin pensarlo más salió a la calle, caminó ensimismado hasta la parada de El Cairo y tomó un taxi.

—¡A la terminal!

En el camino se le ocurrió preguntarle al taxista si habría un ómnibus para San Lorenzo, donde tenía que estar, exageró, «antes de las once» (eran las diez). El taxista, que en realidad no sabía, empezó a proponerle alternativas, que incluían otros ómnibus que no partían de la terminal. No era imposible que tratara de confundirlo, cosa que logró de entrada, para hacer su negocio, porque terminó ofreciéndose a llevarlo él mismo. Sabor lo encontró absurdo en primera instancia: no concebía que se pudiera viajar a otra ciudad en taxi. Pero el hombre había seguido hablando, de distancias y tiempos, y mencionó un precio que a Sabor le sorprendió por lo módico. Era lo que había calculado que le saldría el pasaje en ómnibus, y se ahorraba inconvenientes y la posibilidad de que el primer ómnibus saliera a las seis de la tarde. Hicieron trato. El taxista apagó el reloj, estacionó para hacerlo pasar al asiento delantero, porque era ilegal que un taxi saliera del radio de la ciudad con un pasajero; simularían ser dos amigos que iban de excursión. Tomó rumbo a la autopista a toda velocidad.

La palabra «excursión» le recordó a Sabor que él había ido una vez a San Lorenzo, cuando era chico, en una excursión organizada por la escuela. Junto con sus compañeritos de división, y la maestra, habían visitado el célebre campo de batalla donde el ejército de la patria naciente había tenido su bautismo de fuego. No conservaba recuerdos claros de aquella ocasión, y tampoco sabía nada de San Lorenzo como ciudad, si es que lo era. Suponía que había empezado siendo un convento, porque la Historia decía que el Gran Capitán había ocultado tras sus muros a los granaderos de modo de emboscar a los españoles que desembocaban a esa altura del Paraná (Rosario no debía de existir todavía). Cuando el taxista le preguntó a qué parte de San Lorenzo iba, pudo saber más. Daba la casualidad de que el taxista era nativo de San Lorenzo; le dijo que aprovecharía el viaje para visitar a sus padres; por eso se había mostrado tan dispuesto a llevarlo, sin cobrar mucho. No tenía buen concepto de su pueblo natal: había emigrado a Rosario en busca de horizontes más amplios. ¿Conocía el hotel? Sí, lo conocía perfectamente. Estaba en las afueras, cerca del histórico convento. Sabor le comentó la confusión que había sufrido, con el Savoy de Rosario, y agregó que lo mandaba *El Orden* a cubrir un congreso… El taxista estaba enterado. Colegas suyos habían estado llevando desde la noche anterior a los pasajeros que llegaban al aeropuerto de Fisherton. Eso le daba más color a la situación: invitados que llegaban en avión, quizá de otros países… Lo que seguía sin cerrarle era que una cita internacional que se quería tan importante se realizara en un hotelito de pueblo… Al oírlo el taxista soltó una exclamación escandalizada: ¿¡hotelito!? Era un hotel enorme, un cinco estrellas, a todo lujo…

—Pero ¿allí? ¿En medio de la nada?

Eso nadie lo entendía del todo, según el taxista. Se había hablado de lavado de dinero, como siempre en esos casos. Pero al parecer el hotel funcionaba, con contingentes de turistas ricos atraídos por el lugar histórico, por las bellezas naturales, los paseos a caballo, el río (los cruceros por el Paraná tenían ahora una parada obligada ahí), y los servicios que ofrecía el hotel: spa, fiestas, shows, restaurantes gourmet y casino; sobre todo el casino. Y por supuesto, los congresos, que se sucedían todo el año.

A todo esto, ya salían de la ciudad. Los últimos arrabales se extendían en una desolación gris, y más allá de los ranchos y barracas se avizoraba el campo desierto, barrido por vientos helados y fundiéndose hacia el horizonte con la masa uniforme de nubes color plomo. A Sabor lo recorrió un escalofrío, y no sólo porque al desvencijado taxi sin calefacción lo invadieran chifletes por todos lados: salvo un fugaz viaje a las islas, nunca había salido de Rosario. Cada metro que recorrían lo hacía sentir más desprotegido, más librado a sus propias fuerzas. Y, en una alarmante proporción inversa, sus fuerzas disminuían a cada metro que se alejaban, porque él las extraía de su ciudad, de los trayectos y los horarios y las visiones que le proveía la ciudad; sin ellos no le quedaba nada. Sentía un desgarramiento suave y profundo. En una reacción inconsciente de defensa, cerró los ojos y se adormeció, aunque el taxista seguía hablando.

Al salir de la autopista, sin disminuir la velocidad, el taxi tomó por un camino a la derecha que se acercaba a las barrrancas y seguía su contorno sinuoso.

—¿Ya llegamos?

Un cabezazo afirmativo fue toda la respuesta. Le pareció que lo habían hecho demasiado rápido, o que algo había burlado con un pase de prestidigitación su expectativa de llegar a campo abierto. El río apareció muy cerca, al fondo de altísimos acantilados, y se extendía hasta las islas allá a lo lejos, cejas boscosas sobre las que parecía llover. Miró el parabrisas para ver si también llovía en la orilla donde se encontraban, y tuvo la sorpresa de ver alzarse, adelante, dos enormes torres. Una curva, casi enseguida, las borró sacándolas hacia un costado de su campo visual. Creyó que había sido un espejismo, pero otra curva las repuso en el exacto lugar donde las había visto. En el gris brillante que había tomado la mañana (la luz se filtraba por masas de diamantitos de hielo estacionados a media altura) las torres de cristal, aisladas, se tornasolaban en ópticas facetadas. En una predominaba el rojo lacre y el azul, en la otra un amarillo verdoso. Estaban muy juntas y se reflejaban extrañamente entre sí. Sabor nunca había visto rascacielos; en Rosario no los había; sabía que existían, pero otra cosa era ver uno (en realidad dos) en su primera salida de la ciudad. Buscó las palabras para preguntarle al taxista qué eran, pero antes de hacerlo el camino descendió abruptamente, girando, y cuando comenzó a ascender otra vez se hallaban en un parque muy cuidado, con canteros, fuentes de piedra blanca, balaustradas, pérgolas, estatuas doradas, kioscos, un lago artificial que bordearon, rosedales simétricos que parecían extenderse por kilómetros, bosquecillos decorativos de bambúes, y al fin una gran explanada redonda que recorrieron, frenando al fin, hasta detenerse frente a las torres: eran el Savoy.

Un majestuoso portero uniformado le abrió la portezuela y lo acompañó adentro. A partir de ese momento empezó a actuar sobre Sabor un fenómeno que era nuevo para él (por eso actuó con doble fuerza) pero conocían bien los que acostumbraban romper la rutina de vez en cuando con un viaje: la dilatación psicológica del tiempo. Si bien era ilusorio, porque el tiempo obviamente seguía corriendo a la misma velocidad de siempre, el afectado lo vivía como un hecho real, y sentía que los minutos eran horas, las horas días, los días meses. No era preciso explicarlo por causas sobrenaturales: ante lo nuevo, la percepción embotada por el hábito y ociosa ante lo conocido y repetido recuperaba su agudeza y comenzaba a registrarlo todo, a sorprenderse y «crear tiempo» mental para asimilar y nombrar. En las circunstancias de Sabor, ese mecanismo produjo un efecto tan avasallante que violó algún umbral cerebral y el devenir no sólo se hizo más lento, por más poblado, sino que además todo lo que contenía perdió su orden de sucesión y se volvió un magma de atracciones flotantes, en el que sus sentidos se expandían sin fin.

Aturdido, sin poder coordinar lo que veía y oía con lo que pensaba, tuvo que reconstruir en lapsos discontinuos las impresiones que se acumulaban. La arquitectura posmoderna del hotel parecía exigir ese tratamiento. Estaba concebido a escala titánica, y con perspectivas cambiantes, vías de circulación laberínticas, planos superpuestos, elegantes asimetrías resueltas en simetrías superiores, y toda clase de prodigios electrónicos que encendían luces a su paso, abrían puertas, cambiaban la temperatura, ponían música o hacían silencio. El lobby era un espacio del tamaño de un teatro grande, con piso de mármol crema y dos arcos de columnas del mismo material que subían hasta el techo, a una altura aproximada de cuatro pisos. La vasta comba del cielo raso estaba pintada al fresco con escenas cósmicas mitológicas, cuyas figuras se arremolinaban en ritmos de creciente intensidad alrededor del barroco rosetón de estuco, y del centro de éste colgaba la cadena que sostenía la araña de cientos de luces. En línea recta bajo la araña, una mesa redonda sostenía un arreglo floral de proporciones insólitas. Salvo unos grupos de sillones en los cuatro ángulos, el resto estaba vacío. Detrás del arco de columnas a la derecha, los ascensores de puertas de bronce; tras el arco de la izquierda, el mostrador de la conserjería, en el que evolucionaban unas jóvenes de uniforme azul oscuro. La fachada, en lo alto de una gran escalinata que se iniciaba en el nivel del parque, era toda de vidrio (desde adentro daba una vista amplia de la explanada y la vegetación que la rodeaba, así como de las abras, al fondo de las cuales se extendían los horizontes del río), estaba provista en el centro de una puerta giratoria que se ponía en movimiento no bien alguien entraba al círculo de sus aletas de vidrio y bronce. Al otro extremo del lobby otra escalinata de mármol rojo conducía a un espacio elevado, con sillones y palmeras de invernadero, cruzando el cual se ingresaba a lo que en la jerga intrahotelera se llamaba «el puente», y era eso precisamente, el pasaje que unía a las dos torres. Tenía las dimensiones de una catedral, salvo que mucho más largo y ancho, aunque más o menos igual de alto. Todo de vidrio, el interior se coloreaba con las luces del día y la hora; de noche, la discreta iluminación (velas en las mesitas, con pantallas de papel japonés) permitía contemplar las estrellas o el transcurrir de la luna. Las mesitas se hallaban a los costados de la nave central, rodeadas de butacas y puffs y separadas por biombos y tiestos con plantas en flor. Al fondo, un bar desde el que partía un ejército incesante de mozos de blanco con bandejas cargadas. En un discreto escenario en un ángulo, un piano de cola. Terminado el puente, volvía el mármol crema y las columnas; en la segunda torre los bancos de ascensores estaban en el centro, y desde el espacio que los separaba se distribuía la circulación, a la izquierda las escaleras rodantes que bajaban al casino en el subsuelo, a la derecha la gran escalinata de honor que llevaba a los salones del primer piso, flanqueada de maniquíes con vestidos de aparato (se estaba celebrando la Fashion Week).

Este reconocimiento del lugar que Sabor llegó a hacer a lo largo de su estada era precario y sujeto a constantes correcciones. Porque así como el tiempo se extendía, lo hacía el espacio, que seguía estirándose allí donde fuera. Por ese motivo entre otros no salió del hotel; sentía que debería pasar una larga temporada en él para familiarizarse, o habituarse, y que dejara de parecerle un laberinto sin lógica. Lo extraño fue que se familiarizó o habituó, al menos lo necesario para no perderse, en el breve lapso que estuvo en él, quizá por la ya mencionada dilatación del tiempo.

Otro de los motivos por los que no salía era la diferencia de temperatura, tan marcada. Herméticamente cerrado (las ventanas de los cuartos no se abrían), el clima en el interior era tropical, mientras afuera rugían cierzos helados que acumulaban y dispersaban nieblas espesas, y hacían volar lloviznas de nieve. El calor irreal naturalizaba las desnudeces, en la pasarela y fuera de ella, de la Fashion Week. Y ésta a su vez explicaba la cantidad de famosos y elegantes que habían invadido el hotel. Sabor no se cansaba de ver en sus vagabundeos por ascensores y salones caras conocidas de la televisión y las revistas. Tantas en realidad que perdía la cuenta, y como no estaba al tanto de la actualidad de ese mundo, le era imposible ponerle nombre a una cara; todas terminaban fundiéndose en una sola idea general de la fama. Se sobresaltaba, al verse de pronto ante una celebridad de los medios, con la idea magnificada del «parecido», que resbalaba sinuosamente al concepto de «identidad». Toda esa gente era idéntica a sí misma, lo que la hacía un poco irreal. (Por causa de la fama, el parecido se les adelantaba.)

En realidad, no sabía lo que era una Fashion Week. Se enteró ahí. Y para enterarse, antes tuvo que darse cuenta de que en el hotel se estaba realizando una; esto lo hizo uniendo indicios, leyendo carteles y los folletos que abundaban sobre las mesitas, viajando en ascensores con modelos y vistosos modistas, y hasta haciendo alguna incursión a los salones del primer entrepiso de la segunda torre, donde todo estaba preparado para el evento. De noche, las limusinas que veía entrar al parque desde su cuarto en el piso 21, y el público que atravesaba los vestíbulos y subía las escalinatas de los maniquíes, le indicaron que ya estaba en marcha. Como huésped del hotel tenía la entrada franca a los desfiles, y se atrevió a colarse en uno, en parte para agregar una nota de color a sus artículos, que en su tema específico no podían sino ser un poco áridos, en parte por un motivo más personal.

No pudo establecer exactamente el orden o secuencia de los hechos, salvo por una noticia que leyó en el diario. Fue durante el desayuno, en el salón del último piso, cuando al hojear *El Orden* encontró, en un rincón perdido de una de las últimas páginas, un suelto que informaba que un lamentable accidente había obligado a suspender la realización de la Fashion Week, apenas iniciada la primera de las dos noches programadas. Una modelo había muerto en la pasarela, afectada por un súbito ataque cardíaco; era una joven de veintidós años, no profesional, y las primeras explicaciones decían que se había privado de comida los cinco días previos, para estar en forma. Posteriormente esto fue desmentido, la familia pidió una autopsia, y hubo discusiones y suspicacias. En el momento, la noticia le sirvió a Sabor para registrar que la anterior había sido la primera noche del evento. Se preocupó un poco, vicariamente, por el esfuerzo y el dinero que perdían los organizadores con esta clausura prematura, pero era evidente que no tenían más remedio; no podían seguir adelante con un evento cuya razón de ser era la frivolidad, por encima del cadáver de esa pobre chica.

No es que hubiera hecho una exploración metódica del hotel y sus atracciones y maravillas. Lo que supo de él lo supo por casualidad, por alguna clase de insistencia, atando cabos subliminales sueltos. Se sentía exactamente como debía de sentirse un nuevo rico. Todo lo deslumbraba y superaba sus previsiones, y los fenómenos relacionados con la desaceleración perceptiva le hacían creer que estaba iniciando una nueva vida, con sus años y décadas y su evolución. No obstante el deslumbramiento, le encontró un defecto: el hotel, o al menos la torre en la que estaba su cuarto, crujía. Por alguna falla en los cálculos de los ingenieros, o quizá por las diferencias de temperatura, se producían unos tremendos ruidos como de un desgarramiento de metales, muy breves y espaciados pero no por eso menos alarmantes. Al principio creyó que alguien movía un mueble en el cuarto vecino, o que se rompía algo. Pero debió concluir que eran crujidos estructurales que partían del edificio mismo. Lo despertaban de noche, como un anuncio de derrumbe, hasta que se acostumbró y dejó de oírlos.

Su habitación era bastante más grande (el doble, calculó) que el departamento que compartía con su madre. *Moquette* borravino, paredes de un crema claro, elegantes grabados ingleses en marcos negros, muebles de caoba con herrajes de bronce, jarrones con flores frescas, espejos, lámparas, sillones… Un pequeño hall de distribución a la entrada estaba provisto de bar, perchero y heladera empotrada; una puerta daba a la salita, con sillones de un lado y del otro un escritorio con computadora, caja de lápices, carpeta con papel membretado y folletos turísticos, además del grueso álbum que enumeraba e ilustraba los servicios del hotel; una arcada con cortinados rojos daba acceso al dormitorio, al que también se podía llegar directamente desde el hall. Éste tenía además, frente a la puerta de la salita, la del baño, que era extenso, en tonos crema oscuros, con microclima (un poco más frío que el resto) y se continuaba en un sauna privado. En el dormitorio, dominado por la cama más grande que hubiera visto nunca, había cómodas, sillones para leer con sus correspondientes lámparas de pie, una mesa redonda con butacas, un armario en el que se podía entrar, en realidad un vestidor con espejos, y, frente y al costado de la cama, el televisor con pantalla de plasma y reproductor de DVD, y un equipo de sonido. Pero el elemento más llamativo era la pared del fondo, que no era pared sino un ventanal, de vidrios dobles y doble línea de cortinados accionados con un mecanismo eléctrico. Era el piso 21. La vista incluía el río, el parque, el célebre campo de batalla, el convento, campos que se extendían hasta el horizonte, y a un costado la ciudad de San Lorenzo, aplastada contra la tierra, dormida y sin señales de vida. De noche, las hileras de luces amarillas la cuadriculaban. Un repentino snobismo de lujo y esplendor que había asaltado a Sabor no bien entró al hotel lo hizo detener la mirada, más que en los vastos paisajes abiertos ante él, en ese mezquino centro urbano, y empezó a imaginarse la vida que se podía vivir en sus casitas. Supuso que no tenía mucho que imaginar, porque era la clase de vida que vivía él; pero era como si en los pocos minutos transcurridos desde que atravesara la puerta giratoria ya se hubiera olvidado.

III

Después de dejar a su pasajero, Óscar el taxista se dirigió a la casa de sus padres, en el centro de San Lorenzo. Hacía el camino de modo automático, pensativo. De pronto, y a medida que se acercaba, ya no le parecía tan buena idea esta visita familiar, y hubo un punto en el que de buena gana habría enfilado de regreso a Rosario. Le volvían a la mente, difusas, las condiciones de su traslado, el tedio de la vida de pueblo, la promesa de emoción y estímulos de la gran ciudad, y luego la lenta anestesia de la rutina del trabajo, de la que se había despertado un día sintiendo todo el tedio y la sordidez de la gran ciudad, y añorando un paraíso perdido que bien sabía que nunca había existido. Ya al borde de la treintena, todavía soltero, sobreviviendo penosamente a bordo del taxi, no veía perspectivas de cambio o progreso. La insistencia de los padres, cada vez que los veía, para que volviera al seno del hogar y se hiciera cargo del tienducho, aunque la reconocía bienintencionada, le hacía mal, porque no tenía respuestas que oponerle.

Cuando salió de su ensimismamiento ya estaba en la calle de su casa, y un vecino lo estaba saludando; el hábito había decidido por él; ya no había vuelta atrás. Frenó, bajó del auto, y su madre, que lo había visto por una ventana, acudía a recibirlo. ¡Qué buen hijo era su Oscarcito! ¡Nunca se olvidaba de visitar a sus padres! ¿Cómo estaba? ¿Comía bien? ¿Le había traído ropa para lavar? Sin casi dejarlo hablar lo llevó adentro. El júbilo materno estereotipado, que por lo demás era siempre igual, sin progresiones, y se expresaba en los mismos términos, esta vez le sonó a Óscar habitado por una cierta tensión, o distracción, o quizá preocupación. La intriga que esto le creaba no llegó a formularse en su conciencia, y se confundió con una vaga extrañeza, más subliminal todavía: en el breve trayecto a través de la salita creyó sentir un olor que no era el habitual de la casa. Duró poco porque ya entraban a la cocina, donde los aromas de las ollas y el horno se impusieron. Pero ese afán gastronómico, que explicaba la prisa de la madre por volver a la cocina, era raro también; desde que vivían solos, los padres se habían hecho muy austeros con la comida; y además era demasiado temprano. Al pensarlo miró su reloj pulsera, gesto que a la madre le hizo interrumpir el parloteo y preguntarle si venía con tiempo, si se quedaría a almorzar, si se quedaría todo el fin de semana. La tensión latente desde antes se hizo visible al hacer estas preguntas, tanto que su rostro se desfiguró en una mueca de angustia.

Óscar se convenció de que había algo no dicho, que estaba a punto de salir a luz.

—¿Y papá? —Fue lo único que se le ocurrió preguntar para salir del impasse. Ella le respondió en un grito:

—¡Ya viene! ¡Salió a hacerme una compra! ¡Ya debe de estar por llegar!

Eso completaba el círculo de lo raro. ¿Su padre haciendo compras, presumiblemente para el almuerzo? Que él supiera o recordara, nunca lo había hecho, y nunca lo hacía. ¿Y para este almuerzo, que ya parecía excesivo? ¿Qué había ido a comprar? Otra vez la respuesta fue en volumen de chillido:

—¡Aceitunas! ¡Blancas y negras! ¿Cuáles te gustan más? ¡Va a traer de las dos!

No quiso preguntar si acaso lo esperaban, porque era imposible, y como estaba sintiendo que la madre no se decidía a decirle algo, no quiso obligarla a mentir o a decir la verdad.

Un momento después irrumpía el padre, a quien la presencia de Óscar pasó casi inadvertida; después de un somero saludo inició con la madre una animada discusión sobre aceitunas y quesos. Y cuando volvieron a prestarle atención, el padre dio por sentado que el hijo ya estaba al tanto de la novedad, y la madre, en su aturdimiento, hizo lo mismo:

—Pero si querés quedarte no hay problemas, te armamos la cama en «la piecita». ¿No es cierto? —le preguntó al marido.

Éste se volvió hacia el hijo, sólo entonces haciéndose cargo de él, y le preguntó cómo estaba.

El dato que había quedado oculto en las vueltas de la conversación era que habían tomado un inquilino temporario, y lo habían instalado en su dormitorio, que seguía como él lo había dejado años atrás al irse a Rosario, y usaba en sus visitas cuando éstas se prolongaban más de un día. Pasaba meses sin ir, durante los cuales el cuarto estaba vacío. Nunca antes habían tomado pensionistas, ni se había hablado de hacerlo. La madre se deshacía en explicaciones, feliz de poder hablar libremente al fin, superponiendo atropelladamente las frases, tironeada entre el temor de que su hijo adorado se ofendiera por la invasión inconsulta y el inocultable entusiasmo que le producía la innovación.

Sucedía que la coincidencia de congresos y eventos en el Savoy había atraído una cantidad tal de gente que se había colmado su capacidad, y habían derivado pasajeros a casas de familia del pueblo. Al menos eso suponían. A ellos había venido a pedirles alojamiento un señor extranjero, solo, ¡amabilísimo!, todo un caballero. Se apresuraba a aclararle que era sólo por el fin de semana, dos noches nada más…

Las explicaciones seguían. Óscar no pudo evitar que una mirada a las ollas delatara el curso de sus pensamientos. ¿Incluían la comida? La madre se adelantó a responder la pregunta no formulada: no, era sólo para dormir, pero el pago, que el mismo pasajero había propuesto, era tan generoso, y además les había caído tan bien, era tan culto, tenía tal don de gentes, tan considerado, que habían querido preparar un almuerzo principesco para agasajarlo y gozar de su compañía, en caso de que viniera. Había salido temprano, no bien se levantó, al amanecer, ellos se habían quedado mortificados por no haberle ofrecido un desayuno… Es decir, le habían ofrecido café, por supuesto, él no aceptó porque dijo estar muy apurado, lo esperaban para desayunar en el hotel, una reunión de trabajo seguramente. Y ellos no tenían en la casa lo necesario para un desayuno decente, no habían tenido tiempo de comprar nada, no lo esperaban, por supuesto, ni remotamente, él se había presentado en mitad de la noche… «Como peludo de regalo», dijo el padre usando una expresión archigastada pero que en esta ocasión, por algún motivo, les pareció un chiste buenísimo y los hizo reír hasta las lágrimas. Óscar los miraba atónito. Nunca los había visto tan locuaces y felices. Ahora se proponían reivindicarse con el almuerzo, al que volvieron toda su atención y siguieron hablando entre ellos.

En el hijo se agolpaban sentimientos contradictorios. Lo irritaba un poco que le prestaran tan poca atención; el relato que le habían hecho lo reducía, inocultablemente, a mera excusa para regodearse hablando del inquilino, ese «regalo del cielo», que era evidente que ocupaba todos sus pensamientos. Pero a la vez le gustaba, veía ahí una repentina ventaja. Lo normal, y lo que hacía tan penosas sus visitas, era que los padres, sobre todo la madre, se concentraran fanáticamente en él, y lo bombardearan a preguntas sobre su bienestar, su trabajo, sus perspectivas, preguntas que él prefería no hacerse y a las que se le hacía difícil responder. Era una atención que lo abrumaba, que le hacía ver bajo una luz cruel lo limitado de la vida de los padres, y, por extensión, de la suya propia. Ahora, un desvío inesperado de esa atención lo liberaba. Pero lo casual e insignificante del motivo del desvío revelaba qué frágil era la base de las preocupaciones paternas por su hijo único: bastaba que un desconocido viniera a la medianoche a pedirles alojamiento para que se olvidaran de él.

Claro que si había aparecido a la medianoche, y se había marchado al amanecer, ¿cuándo habían tenido tiempo para apreciar esa cortesía y esa cultura y esa simpatía que tanto elogiaban? Óscar pensó que si él no tenía cortesía y cultura era porque ellos no le habían dado la educación adecuada, y si su natural simpatía se había embotado era porque el trabajo no le daba lugar para delicadezas sociales.

Salió de la cocina, sumido en sus reflexiones. Ellos ni lo notaron, atareados en la preparación de «la picada», para la cual habían desplegado una cantidad de platitos y boles y tablas que Óscar ni sabía que había en la casa.

De vuelta en la salita, sintió otra vez el aroma que le había causado la primera sensación de extrañeza al entrar. Tampoco ahora lo registró su conciencia, ocupada en analizar el cambio en la actitud de sus padres. Pero sus pasos lo llevaron en dirección a su dormitorio, aun sin habérselo propuesto. La puerta estaba cerrada. La abrió, sin pensar. No había nadie (recordó que el pasajero se había marchado temprano), pero el olor era más fuerte. Por lo demás no había cambios; no había habido tiempo para que los hubiera. Un bolso cerrado, que no tocó, sobre una silla, era la única señal de una presencia extraña. Y, cuando miró la cama, un pijama prolijamente doblado. Fue a la ventana, a mirar afuera. Las torres ominosas del Savoy parecían vigilar el pueblo, como desde otro mundo. Eran el único cambio en el paisaje que había visto desde esa ventana durante toda su infancia y adolescencia, un período que ahora, de pronto, se le aparecía como inconcluso. Pero esa sensación se la producía una inminencia de conclusión que había surgido esta mañana. Todavía estaba asimilándolo, con un trabajo que lo mareaba. ¿Era posible que sus padres encontraran otro interés vital que no fuera él, y se desvanecieran de su horizonte, liberándolo? Como hijo único, retraído y temeroso, había vivido bajo el imperio paterno, benévolo o bienintencionado pero por ello más inescapable. Esta mañana, cuando menos lo esperaba, había asomado la posibilidad de esa liberación en la que nunca había pensado como algo real. Por supuesto, esta actividad de «hoteleros» de sus padres no duraría, por el momento, más allá de este fin de semana, y era dudoso que se repitiera (pero podía ser, en tanto la capacidad del Savoy siguiera colmándose). Ellos no podían tomársela como algo permanente, no podían ser tan ilusos. Pero el entusiasmo que mostraban era significativo. Le hizo preguntarse si no habría sido una exageración suya, la atención maniática que había creído sentir enfocada en él. No podía haber sido tanto, para que se desvaneciera con tan poco.

Sea como fuera, y sobre todo si había sido presa de una larga ilusión, los sentimientos con los que se debatía eran reales, y hacían real la inminencia de la libertad y la adultez. Quizá había llegado el momento. Claro que esa liberación presentida, ¿a qué lo entregaba? ¿Al fracaso, a la condena perpetua al taxi?

Para llegar a la ventana, de la que en este punto apartó la vista, había dado la vuelta a la cama, y de este lado encontró otra pertenencia del desconocido, que no había percibido antes. Era una caja de metal rojo, rectangular, del tamaño de una caja de zapatos. Se inclinó a mirar, sin atreverse a tocarla. No tenía aberturas visibles, parecía hecha de una sola pieza. En una de las caras tenía un visor oblongo, que era una diminuta pantalla de plasma, y abajo de ella había una perilla negra, sin muescas ni indicadores. Nada más. Al principio creyó que la pantallita estaba en blanco, pero al desplazar unos milímetros el ángulo de visión descubrió que había números, o un solo número largo cuyas cifras cambiaban todo el tiempo, profundos e irisados como gotas de rocío.

Un aparato tan raro (parecía una máquina de hacer sueños) lo dejó pensativo y le hizo variar la idea, de por sí vaga, que se había hecho del inquilino de sus padres. Volvió a la cocina, con la intención de preguntarles si sabían quién era, más allá de las virtudes que le habían encontrado a primera vista. No le dieron tiempo, pues la madre quería saber si se quedaba todo el fin de semana, al tiempo que el padre lo invitaba a picar y sacaba una botella de Gancia de la heladera. Daban por sentado que se quedaba a almorzar, pero esperarían un rato al pasajero… La solicitud que mostraban no era la habitual; Óscar la sentía filtrada por la que dedicaban al desconocido. No obstante lo cual, y a sabiendas de que enfrentaba una distracción invencible, les dijo que no se quedaría mucho tiempo, porque tenía que «trabajar el auto» sábado y domingo. Su rencor se tiñó de una complacencia malsana al recordarles que sólo era peón, que el auto no le pertenecía y que no estaba en condiciones de estar haciendo turismo. Sólo había venido, agregó con un regusto de venganza, aprovechando un viaje que había hecho con un pasajero (él también tenía el suyo) al Savoy… Ahí los padres levantaron el nivel de atención. ¿Al Savoy? ¿Otro pasajero más? ¿Tenía reserva hecha? ¡El Savoy estaba lleno!

Los calló con un gesto. Qué le importaba a él si tenía reserva o no. Por lo visto, ellos ya se creían un apéndice del gran hotel. Tuvo ganas de decirles que él estaba trabajando de verdad, no construyendo castillos en el aire como ellos, tenía los pies en la tierra y si había traído un pasajero era porque necesitaba el dinero... Pero el curso de esas razones lo llevó a recordar de pronto, con un sobresalto de alarma, ¡que el pasajero no le había pagado el viaje! ¿O sí lo había hecho? De inmediato dudó. Trató de reconstruir con la mayor exactitud posible el momento en que lo había dejado, al pie de las escalinatas del Savoy. Las imágenes que le venían a la memoria, en el estado de ánimo alterado en que se encontraba, rebotaban fragmentándose, no podía ponerlas en claro. Pero estaba seguro de que no había habido un intercambio de plata. El pasajero, ese joven desconocido, había estado mirando boquiabierto el grandioso espectáculo que ofrecía el hotel; y el portero que había bajado a abrir la portezuela del auto completó la distracción, que por parte de Óscar se completó a su vez con la prisa por ir a la casa de sus padres... Sí, definitivamente, se había olvidado de cobrar. Sacó la billetera para cerciorarse. Los padres lo veían gesticular y le preguntaron qué pasaba. Se lo dijo, malhumorado. Su enojo consigo mismo se volvía contra ellos. Marchó deprisa hacia la calle, anunciando que volvía al Savoy a buscar a ese idiota a reclamarle el pago. La madre iba tras él: ¿por qué no lo dejaba para después del almuerzo? No se molestó en contestarle.

—Voy y vuelvo —dijo, aunque en ese momento casi había decidido que si lograba embolsar esa plata de la que lo había despojado su propio aturdimiento (el trabajo de toda una mañana) volvería de inmediato a Rosario.

Partió a toda velocidad, pensando una estrategia para dar con alguien cuyo nombre no conocía en un gran hotel lleno... Pero sabía la hora de ingreso, y podía dar una descripción aproximada... Dependería de la buena voluntad de los empleados de la conserjería; trataría de hacerles ver que él también era un trabajador como ellos, no un oligarca de los que iban a alojarse ahí. Si tenían un mínimo de decencia se pondrían de su parte... Aunque él conocía bien ese mecanismo de identificación por el cual los que trabajaban en lugares de ricos, aunque lo hicieran por un sueldo de hambre, empezaban a sentirse ricos y distinguidos y a tratar como basura a los miembros de su propia clase.

Estos pensamientos se le atropellaban mientras seguía acelerando por la calle de sus padres, y sólo después de cruzarlo advirtió el paso de un hombre a pie, en dirección contraria a la suya, que por algún motivo se le ocurrió que tenía que ser el famoso inquilino. Coincidía el hecho de que viniera del lado del hotel, y su aspecto, aunque en realidad no lo había mirado, era el de un extraño al pueblo. Lo miró por el espejo retrovisor; de espaldas, confirmaba la impresión subliminal que le había producido. Pensó en detenerse y esperar a ver si entraba a la casa de sus padres, pero prevaleció el apuro.

Contra sus previsiones (había llegado a temer que ni siquiera lo dejaran entrar), las chicas de la conserjería se mostraron amables y colaboradoras. Eso sí, tuvo que repetirles tres veces lo que le había pasado y lo que quería hasta que entendieron. O eran idiotas, o él se estaba expresando mal. Pero eran bonitas, las tres, en sus uniformes azules y su arreglo de muñecas. Nunca se le habría ocurrido, ni siquiera en circunstancias más tranquilas, que él era un joven atractivo, y que ellas eran mujeres. Su arraigado complejo de inferioridad volvía a jugarle en contra.

Al fin entendieron, y no tardaron en ponerse de acuerdo sobre quién podía ser. No había tantos hombres jóvenes que se hubieran registrado solos… Consultaron la computadora.

—Nildo Fresco. Habitación dos mil cuatrocientos treinta y dos. Lo llamaron ellas mismas. No contestaba.

—¿Quiere dejarle un mensaje en el teléfono? —Lo vieron dudar—. ¿Le hacemos pasar un papelito por abajo de la puerta?

¿Dónde podía estar? ¿Habría salido? Ellas lo negaron con energía. Tenía que seguir en el hotel, con este clima nadie salía al parque. ¿Quería buscarlo? Podía hallarse en alguno de los bares o restaurantes, o en el spa, o el casino, o en alguna de las salas de convenciones. Sonrientes (se había reunido las tres frente a él, al otro lado del largo mostrador de caoba, sin hacer caso de los que esperaban que los atendieran) le preguntaron si sabía a qué evento había venido su pasajero. No, no lo sabía. Pero sí sabía algo: era periodista. ¡Entonces tenía que ser por la Fashion Week!, exclamaron ellas al unísono. Claro que con eso no avanzaban mucho, porque los desfiles empezarían a la tarde, y a esta hora sus participantes estaban dispersos por todas partes.

Dijo que daría una vuelta, y después volvería a probar con el teléfono. De pronto se sentía mucho mejor. Su preocupación se había disuelto, en parte por la atmósfera del hotel, lujosa y relajada, en la que la cifra que había perdido se hacía insignificante; en parte porque ahora estaba seguro de que no perdería ese dinero, desde que sabía el nombre del sujeto, y el número de su habitación.

Lo que vio en su recorrida terminó de cambiarle el ánimo. La riqueza parecía contagiosa, y quizá lo fuera. Al asomarse a uno de los cafés de la planta baja, donde se tomaban aperitivos en mesitas bajas rodeadas de sillones, lo llamaron de un grupo. Él había estado mirando, sin ver a su presa, y había dado unos pasos inciertos preguntándose si habría salida por el otro lado. Se acercó a los que lo llamaban. ¿Buscaba a alguien? No supo qué responder. El que le hablaba era un hombre grueso, de ropa muy llamativa, anillos y aros, que departía con voz gruesa y ademanes afeminados con un grupo de hombres y mujeres vestidos como él. Se aclaró a medias el malentendido: lo habían tomado por un modelo, de los que estaban llegando para los desfiles de la tarde. En el ambiente se conocían todos, pero creyeron que era uno nuevo; en la profesión se estaba incorporando sangre fresca todo el tiempo, lo que era comprensible porque la esencia de la moda era la novedad. Un poco amedrentado, dijo que no era así; no tenía nada que ver. Una de las mujeres se incorporó para mirarlo y le preguntó si no quería hacer una «pasada» para ella en la presentación de su colección. Mientras él negaba con la cabeza, los otros aprobaban ruidosamente. Lo encontraban perfecto de cuerpo y de cara, «superatractivo», y se habían quedado cortos en modelos hombres. Pronunciaban nombres, de marcas y casas de moda que habían venido y se estaban disputando modelos… Aprovechó el interés que ponían en la conversación para escabullirse, pero lo siguió la voz del gordo diciéndole que lo esperaban esa tarde. Durante los minutos siguientes, que pasó vagando por salones y escaleras, se olvidó de lo que estaba buscando. ¿Él, modelo? Nunca lo habría creído. Y seguramente ahí había plata, más de la que producía el taxi, eso sin duda. Lo alcanzó un joven alto y desgarbado que debía de haber oído. Le preguntó para qué agencia trabajaba y antes de que pudiera responderle lo felicitó por habérselo ocultado a ese grupo de «buitres» que lo habían interpelado. Óscar tuvo que repetir que no era modelo; estaba ahí por otro motivo. El otro, evidentemente sin creerle, aprobaba con la cabeza, según él esa discreción era necesaria en esos momentos, y bajando la voz le dijo que entrara al desfile esa misma tarde, porque la Fashion Week no duraría mucho. Siguió hablando, conspirativo: era todo un fraude, una gran improvisación, habían juntado modelos no profesionales, de cualquier lado, era un engaño para los diseñadores que trabajaban todo el año, hacían una gran inversión, y quedaban en manos de una oscura trama de intereses… Óscar no entendía ni le interesaba. Se lo sacó de encima diciéndole que estaba apurado. El otro se despidió insistiendo en que se vieran por la tarde antes del desfile:

—Soy Maxi. Andá a las suites del piso veinticinco, a las seis, preguntá por la colección de Comodín, es la línea de verano, hawaiana, te va a quedar pintada…

—Sí, sí, hasta luego.

—Si querés podemos juntarnos a tomar un café. ¿Cómo te llamás?

—Óscar.

—¿Tenés novia?

—…

—¡Nos vemos! ¡Ojo con quién te metés! ¡Acordate de lo que te dije!

Sus pasos lo llevaron a un estrecho pasillo que torcía varias veces y desembocaba en el spa. Era un ambiente enorme, todo en vidrio, con palmeras y reposeras alrededor de la piscina de agua azul. La luz que entraba del exterior debía de estar acentuada por focos disimulados, porque el aire brillaba como en los trópicos. Afuera, el gris de las nubes y los árboles del parque azotados por el viento invernal hacían un fuerte contraste, al que parecían indiferentes los bañistas. Óscar dio unos pasos y empezó a sudar. No tenía muchas probabilidades de encontrar aquí al que buscaba, pero demoró la mirada en las bellas jóvenes semidesnudas que nadaban o tomaban refrescos. De pronto reconoció a una de ellas, o creyó reconocerla porque la vio de espaldas, y en un fugitivo perfil, subiendo una escalera. Era Vanessa, la rubia beldad de la que se había enamorado al llegar a Rosario, con la que había tenido un romance que terminó mal. ¿Sería ella? ¿Qué podía estar haciendo aquí? La respuesta a esto último podía deducirla de lo que acababa de oír: se celebrarían desfiles de moda en el hotel, y habían reclutado (¡a él mismo habían querido reclutarlo!) modelos no profesionales. Era perfectamente posible que una chica bonita de la ciudad cercana se hubiera anotado.

Vanessa era estudiante de economía, la familia era de Venado Tuerto, ella alquilaba un departamento con una prima en Rosario. Óscar la había conocido casualmente y se habían encontrado varias veces a charlar, sin llegar a una verdadera intimidad. El romance había estado más en él que en ella, sospechaba, aunque también sospechaba que a ella él no le era indiferente. Le había ocultado que era taxista, sin mentirle: le había dicho que era empleado. Por ese lado había venido el final, tan triste para él; Óscar nunca pudo concebir siquiera que su princesa, tan bella y elegante, quisiera tener algo serio con un taxista. De modo que se alejó, por su propia decisión, sin siquiera forzar una definición en ella, sin terminar de confesarle sus sentimientos, que de todos modos debieron de ser visibles.

¿Qué era el amor? Lo había visto de lejos, y a la vez de cerca. Quizá demasiado cerca, si reconocía que todo había estado en su cabeza, como una ilusión que nadie había compartido. Y a la vez lo había visto desde lejos, como un diagrama en el que se dibujaban todas esas famosas sensaciones de ligereza, de calor, el bienestar de la memoria, el revoloteo de los cinco sentidos, etcétera. Había sido algo cerebral, y era como si el cerebro estuviera cuadriculado por las clases sociales.

Curiosamente, nunca se había reprochado a sí mismo cobardía. Lo sintió como lo único que podía hacer un caballero de la clase baja: hundirse en su oscuridad, partir en su taxi por el laberinto y no volver más. Había quedado con la imagen de Vanessa acompañándolo casi siempre. Por un azar, no la había vuelto a ver nunca en las calles que él estaba recorriendo todo el día; quizá no había querido verla. Si esto último era cierto, al divisarla ahora en la piscina del Savoy quizá había intervenido su voluntad, alentada por la autoestima que despertaron los elogios a su apariencia. ¿Y si él aparecía de modelo esa tarde, o cualquier tarde, y Vanessa lo veía, ya no como taxista sino como algo abstracto, con ropas elegantes? Se quedó soñando con esta posibilidad.

Herminia, la llamada (por sus compañeros de trabajo) «Herminia la Maldita», se había trasladado de un Savoy a otro. Era recepcionista en el viejo Savoy de Rosario, la ruina decadente y mohosa que le había contagiado su ruina, a ella moralmente, y algo físicamente también (había pasado largamente de los cuarenta). Arrastraba como una pata de palo la problemática de la mujer separada. La necesidad económica la acuciaba, y los espacios laborales se le cerraban; sólo le había quedado ese nicho, en el viejo Savoy, y desde allí ejercía su resentimiento contra la juventud, y cuando se dio la oportunidad, saltó al campo del Mal. En el taller de su rencor de mujer se elaboraba la infamia. Había venido en ómnibus, con la intención de transmitir un dato que podía tener valor. Sabía que el profesor Frasca estaba en el gran Savoy, atendiendo a su nueva operación (ella no sabía bien cuál era); Herminia había conservado, desde que Frasca la reclutara por primera vez para hacerle de espía, contacto con Nildo, el asistente del profesor, y éste la había ido a saludar, a su paso por Rosario. Al parecer, y por las palabras del joven, esta vez no requerirían sus servicios. Esto le cayó bastante mal a la Maldita, pues sus finanzas estaban en un estado de mediocridad lamentable. Y cuando, en la mañana del sábado, vio aparecer en el viejo Savoy a ese joven periodista desmañado, confundiendo un Savoy con otro, comprendió que Barbaverde, el enemigo jurado de Frasca, estaba de algún modo en acción; este joven periodista era su especialista, su vate, su secretario. No tuvo que pensarlo mucho: la noticia tenía que interesarle a Frasca, y aunque ya supiera que su archienemigo estaba cerca, le agradecería el dato.

Era la primera vez que iba al Savoy de San Lorenzo, que conocía sólo por fotos. Le causó una gran impresión. Entró, aterida, y se tomó un momento para apreciar las instalaciones, y acercarse cautelosamente al mostrador. Había gente esperando, y el ojo profesional de Herminia detectó una falla pronunciada en la atención. Las tres recepcionistas, tres mocosas veinteañeras, estaban hablando con un pasajero joven y muy apuesto, embobadas con él (quizá fuera algún famoso), mientras unos matrimonios y un grupo de ejecutivos esperaban. ¡Y pensar que ella no había tenido ninguna chance cuando se postuló a un empleo aquí, por su edad! Pero en este caso la mala atención le convenía, pues le daba tiempo para otear el ambiente. Y esta demora fue providencial porque, para su sorpresa, en la conversación de las tres chicas con el joven salió de pronto el nombre de Nildo. Estaban llamando a su habitación. Herminia, toda oídos, se enteró de que Nildo estaba en la 2345, y contestaba el teléfono, o alguien lo contestaba por él, pero la comunicación sufría interferencias. Cortaron, y le sugirieron al joven que subiera; le indicaron la dirección de los ascensores, y le dijeron que antes de irse pasara a hablar otra vez con ellas (no habían quedado satisfechas, por lo visto) pues querían proponerle un negocio. Esto dicho entre risas y guiños, y mientras hacían esperar a los demás, las muy irresponsables.

Siguió al desconocido. Juntó valor y lo interpeló antes de llegar al ascensor: había oído casualmente que buscaba a Nildo, y como ella había venido a hablar con él, le había ahorrado la consulta. Trató de decirlo en tono social simpático, lo que para ella era un esfuerzo enorme, con todo lo que había sufrido en la vida.

Óscar asintió, sin decir nada. Ella le preguntó si era amigo de Nildo, y arriesgándose un poco más, si trabajaba él también para el profesor... Óscar negó con la cabeza. Y como quería ir poniendo las cosas en claro le contó cuál era el problema: el taxi, el olvido de pagar, la busca...

Algo no encajaba:

–Nildo vino anoche, no esta mañana. ¿Está seguro que es él?

Óscar no estaba seguro, ni mucho menos. Tendría que verlo. Se lo había descripto a las chicas, les había dicho la hora de entrada, y ellas habían deducido que tenía que ser este Nildo. Herminia chasqueó la lengua con desdén: esas aturdidas no eran de fiar, ya lo había comprobado. Óscar siguió diciendo que lo único que sabía de su pasajero era la profesión: periodista.

Herminia la Maldita sumó dos más dos. ¿Un periodista joven? ¿Y había tomado su taxi en Rosario a las diez y cuarto? ¿Dónde? ¿En la parada de El Cairo? Entonces tenía que ser Sabor (esto no se lo dijo). Empezó a elucubrar. Este ingenuo taxista les serviría para encontrar a Sabor, y a través de él a Barbaverde. Iban subiendo directo a la cueva de Frasca.

En la 2345. Una sola mirada le bastó a Óscar para saber que «Nildo» no era el pasajero que él había traído. Su confianza en el simpático trío de la recepción decayó. Se habría despedido ahí mismo para bajar a reclamarles por el error, pero la mujer que había subido con él insistió en que pasara, lo presentó como un taxista de Rosario al que podían encargarle un trabajo, y se retiró a conferenciar con Nildo en una alcoba contigua, tras pedirle que los esperara. Óscar se quedó solo en el pequeño hall de entrada, y se adelantó unos pasos para echar una mirada al cuarto principal. Había ropa y objetos por todas partes, en el mayor desorden; la ropa era de mujer, y la había en una abundancia que superaba con creces las necesidades de una o dos pasajeras (y además la suite, si no le habían mentido, estaba ocupada por un joven solo); supuso que se trataba de otro de los representantes de casas de moda que intervendrían en los desfiles. Pero su atención se detuvo poco en todo esto, pues había algo mucho más extraño: una caja roja, de dos metros de alto, tan grande que era imposible que la hubieran metido por las puertas, o subido por el ascensor. Tardó un instante en comprender qué le recordaba: él había visto una igual, en tamaño reducido, en su casa, en el cuarto que ocupaba el inquilino de sus padres. Y, lo mismo que aquélla, ésta tenía un visor rectangular en una de sus caras (y una perilla abajo), por el que pasaban números todo el tiempo, salvo que aquí intercalada con los números pasaba una figurita femenina, y pese a la distancia le pareció que era una figura de Vanessa, una breve filmación de Vanessa caminando, de perfil, que reaparecía a intervalos irregulares entre los números; éstos, por contaminación, también parecían caminar de perfil, pasando por la pantalla de izquierda a derecha. ¿Sería realmente ella, o él se habría quedado con su imagen en la piscina y ahora la ponía ahí, sobre un esquema cualquiera? No tuvo tiempo para acercarse a comprobarlo porque ya volvían los otros dos; sólo alcanzó a ver que frente a la caja había una cámara de video sobre un trípode, apuntando al visor, aparentemente grabando porque tenía una lucecita roja encendida.

Minutos después estaba otra vez en el lobby, frente al mostrador de la recepción. Las chicas dejaron todo lo que estaban haciendo para preguntarle, ansiosas, si había logrado su cometido. pero ese interés era muy superficial, porque cuando empezó a explicarles que había habido un error lo interrumpieron: ya lo encontraría, ellas lo ayudarían, ¡no se le iba a escapar!, y pasaron a otro tema: las tres vivían en Rosario, y cuando terminaba su turno por las tardes volvían en un ómnibus, lento, incómodo, y encima caro, y habían pensado que alquilar un taxi entre las tres, arreglando un precio por todo el mes (o por semana, como a él le conviniera) podía ser la solución ideal. Le dieron a entender, más con miradas y sonrisas que con palabras, que él era parte de lo «ideal», o sea que si no habían implementado antes el sistema era porque no habían encontrado un taxista así de apuesto. Prometió pensarlo y darles una respuesta esa misma tarde.

¿Volvería, entonces? Es decir, ¿se iba? ¿No quería almorzar en el comedor del personal? Podían darle un vale. Dijo que lo esperaban los padres, que vivían en San Lorenzo, lo que provocó nuevas sonrisas y renovada admiración. Todavía hubo un último comentario sobre su busca: no compartía el optimismo de las chicas; en su recorrida, aun parcial, había podido apreciar la magnitud casi inabarcable del edificio, y si estaba lleno… Ahí ellas lo desmintieron con seguridad: no estaba lleno, lejos de ello. Se necesitaría mucho más para llenar este panal. En realidad, el hotel estaba medio vacío.

Esto le dio que pensar. Quería decir que el inquilino de sus padres había mentido. Y si le sumaba la coincidencia de las cajas rojas, la enorme que había visto en el hotel (se le antojaba una de esas cajas que usan los ilusionistas para meter a su bella asistente y cortarla en dos, o en cuatro) y la pequeña, portátil, que había visto en su casa, había algo que lo intrigaba. Aun por encima o por debajo de la intriga mayor, que era la figura de Vanessa. Pero por el momento, cuando caminaba por el lobby, no pensó mucho porque se distrajo mirándose en los espejos, que proliferaban. De perfil, con su figura de modelo.

IV

En ese mismo momento Sabor se estaba mirando en otros espejos del hotel; era inevitable, tantos había. En algún momento debieron de coincidir en los mismos, o quizá coincidieron todo el tiempo. Quizá, pensó Sabor ya sintonizado con los prodigios de la modernidad, todos los espejos del hotel estaban comunicados, por algún sistema de alta tecnología. Prácticamente no se podía volver la vista a un lugar donde no hubiera un espejo. La desorientación que había venido sufriendo desde que entrara al Savoy podía deberse a esa abundancia, lo mismo que la impresión de grandeza sin límites (y por supuesto el brillo). Debía de estar calculado. De hecho, había oído hablar, no recordaba dónde, de espejos que beneficiaban sutilmente la figura de los que se miraban en ellos; sin llegar a deformarlos o cambiarlos, producían un efecto subliminal de afinamiento o hasta de embellecimiento. Y en esa misma línea, recordó otra cosa: que por los conductos de aire acondicionado se podía inyectar en un ambiente una sobrecarga de oxígeno que causaba una ligera euforia, también ella subliminal, pero efectiva. Se lo usaba sobre todo en casinos, para alentar a los jugadores a seguir apostando, alegres y confiados. Era muy posible que aquí emplearan esa oxigenación (después de todo, tenían un casino, que él todavía no había visitado), porque no habían ahorrado avance alguno. Pero ¿sería bueno para el negocio hotelero que la gente se sintiera bien, y se viera bella (lo que equivalía a lo mismo, dada la importancia que se le concedía a la belleza física en la sociedad actual)? Y, pregunta más inmediata: ¿él se estaba sintiendo mejor y viéndose más apuesto? Por inmediata, era más difícil de responder.

Aunque la respuesta bien podía ser afirmativa, a juzgar por la complacencia con que estaba perdiendo el tiempo en vagabundeos y contemplaciones. Debía trabajar, a eso había venido. Se lo propuso con firmeza y se encerró en su cuarto a escribir. Después de tanto extrañamiento entre el lujo y el exotismo tecnológico, volvía a estar en lo suyo. Pero no completamente, y lo notó no bien puso manos a la obra. Lo suyo, lo que había aprendido a escribir en el año que llevaba en el diario, tenía que ver con lo concreto de la aventura, de la acción, de las motivaciones humanas. Hasta ahora nunca había tenido que enfrentar una materia abstracta como los números. A priori, no debería preocuparse por esta diferencia, ya que, en tanto reportero de los hechos, la materia, humana o inhumana, le venía dada por la realidad y no debía inventar nada. Pero ya tenía la experiencia suficiente para saber que a pesar de todo era necesario inventar, si no en los hechos (con los que trataba de ser tan fiel como le fuera posible) sí en su hilación causal, en el verosímil que los sostenía unidos, en sus teleologías y resonancias. Y nunca lo había hecho con números. ¿Podría hacerse?

Encontró el salón del remate por pura casualidad. Había descubierto, por unas carteleras en el lobby, que se estaban celebrando en el hotel tres eventos de muy distinta naturaleza. Uno, el que se llevaba toda la atención, era la famosa Fashion Week, que ocupaba los salones del primer piso. Después estaba lo suyo, la presentación y lanzamiento de la Operación Números. El tercer evento era el único que entraba en la categoría «congreso», y doblemente, no sólo por serlo sino porque su tema era la Organización de Congresos. Supuso que sería de interés para promotores culturales, operadores turísticos, y todo lo que hubiera entre ambos. Al ver el anuncio, pensó que superaba en abstracción al asunto de los números. Aun así le picó la curiosidad y se llevó al cuarto para leerlo un folleto, que tuvo que pescar entre la enorme cantidad de coloridos folletos de casas de moda que colmaban las mesitas y consolas de los pasillos. En cambio, no encontró ninguno sobre el evento de los números, que le habría sido más útil. De hecho, a medida que empezaron a pasar las horas de la tarde del sábado, aun con toda su elástica ampliación (le parecieron días o semanas) empezó a alarmarse por la falta de información. Y ahí vino la casualidad. Por hacer algo, se puso a leer el folleto que había recogido, y al final de una cháchara insustancial sobre técnicas de organización de congresos, había un parrafito que anunciaba, en una redacción bastante ambigua, que un distinguido equipo de especialistas ejemplificaría los últimos avances de la profesión con la puesta en escena de una Business Conference del más alto nivel: la presentación y remate inaugural de la Operación Números. En la última página del folleto había un programa con horarios y lugares, y cuando llegó a ese punto, y miró el reloj, tuvo que salir corriendo.

Aun con esos datos, no le fue fácil dar con el remate. Empezaba a acostumbrarse a dar vueltas, subir y bajar, y en el camino encontrar otros motivos de interés, que lo distraían y prolongaban la busca. Esta vez terminó en el bar llamado El Cisne, en un entrepiso de la torre delantera. Lo habían adaptado para la ocasión, pero dejando en su lugar las mesas y sillas, así como a los mozos, que seguían en acción. Al fondo, un panel de pantallas y un estrado por el momento vacío, en el que supuso que se ubicaría el rematador. Cuando entró, el acto ya había empezado, sin orador presente: se hablaba por teleconferencia, en las pantallas. Como lo hacían en inglés, idioma que Sabor no manejaba (era una de sus asignaturas pendientes), no prestó mucha atención, en lo que no difería del resto de los presentes, a los que se puso a observar para pasar el tiempo. Había pocas mujeres; los hombres parecían viajantes, con trajes baratos, los clásicos maletines, bebían y charlaban; no era por cierto un ambiente de altas finanzas. Se dio cuenta de que la poca atención que prestaban a los discursos se debía al desconocimiento del inglés, como en su caso.

Trató de concentrarse en las pantallas; no era tan simple porque había varias, mostrando escenas distintas. El sonido (al menos lo poco que podía oírse por debajo de las conversaciones y el ruido que hacían los mozos sirviendo) provenía sólo de la pantalla en la que un sujeto hablaba, seguramente haciendo la presentación del proyecto. En las demás se veían salones con gente, como éste en el que se hallaba. Sabor recordó que el remate se haría al mismo tiempo en varios puntos del mundo, y por lo visto estaban todos comunicados visualmente. Era el único signo de tecnología, en lo que por lo demás parecía una reunión provinciana y un tanto sórdida.

Esa impresión se acentuó cuando terminó el discurso que se transmitía por la pantalla central y subió al estrado el rematador, que había estado sentado en una mesa charlando y riéndose con un grupito de viajantes, sin prestar la menor atención al discurso. Era un sujeto chillón y vulgar, chistoso, expansivo, con una retórica popular de ferias de chacareros. Y como él sí hablaba en castellano, y un castellano de acento rosarino rico en coloquialismos, no tuvo problemas en hacerse entender por el público, que comenzó a participar con entusiasmo. Sus primeras palabras fueron un elogio, perfectamente hipócrita, a la presentación «internacional» del proyecto hecha por «nuestro entrañable R.F.», iniciales que fueron saludadas con risas y aplausos. Sabor le estuvo dando vueltas a estas letras un momento, hasta que cayó en la cuenta de que podían referirse a Richard Frasca, el siniestro científico del que ya había sospechado que podía estar detrás de toda la operación. Pero, en ese caso... El hombre que había estado hablando en la pantalla un momento antes, ¿había sido Frasca? Trató de reconstruir la imagen en la memoria y no pudo; se dio cuenta de que, atraído por lo que sucedía en el salón y descartando el discurso y al que lo pronunciaba por no entender el idioma, prácticamente no lo había mirado. O sea que se había perdido la oportunidad de ver la cara del hombre que periódicamente ponía en peligro de muerte a la humanidad con sus planes de dominio.

Acto seguido, el rematador comenzó su propio discurso, con bromas y saludos confianzudos a sus conocidos presentes, «y a los nuevos amigos que se suman a este apasionante concepto de la concesión de números», fórmula que evidentemente había aprendido de memoria, cosa que quedó clara por su inmediata confesión de no entender nada de dicho «concepto». Entre risas y nuevas bromas se extendió al respecto. Hacía este trabajo por amistad y compromiso con «el querido viejo R.F.», pero lo suyo, como lo sabían bien algunos de los presentes, era otra cosa. La complicidad amistosa con que se refería por segunda vez al dueño de esas iniciales le hizo dudar a Sabor de que se tratara realmente de Frasca; el eminente profesor se movía en círculos de alto nivel, así fueron los altos niveles del Mal, y no parecía probable que mantuviera una relación de esa naturaleza con este buscavidas de pueblo; pero con él nunca se sabía.

Seguía hablando: él se limitaba a seguir las instrucciones, «proforma», en piloto automático, pero poniendo toda la calidez que le conocía la concurrencia, y toda la responsabilidad y seriedad que merecía este proyecto «de alcance mundial». El automatismo, agregó disculpándose, venía, en cierto modo obligado, por la naturaleza del asunto; con los números no se jugaba. Había que limitarse a obedecerlos. Y como no estaban ahí para perder el tiempo, era hora de empezar.

Lo que sucedió acto seguido le dio toda o casi toda la razón: no se necesitaba saber mucho para hacer su trabajo; una vez puesto en marcha el mecanismo general, se hacía solo. Sabor sacó su libreta del bolsillo y empezó a tomar notas; pensaba apuntar sólo los números que salieran a la venta, pero no pudo con su genio y terminó redactando la mitad del artículo que un rato después terminaría directamente en una computadora del Business Center que había descubierto en el hotel. (Pero le daría tanto trabajo volver a encontrarlo que eso lo llevaría a nuevos descubrimientos.) La redacción le salía naturalmente, y obedecía en buena medida a su propia inspiración, ya que si iba a confiar en las explicaciones del rematador estaba perdido; de hecho, escribía en contra de la cháchara insustancial del sujeto, que seguía con sus chistes y su camaradería fuera de lugar, y sólo de vez en cuando, cada vez que parecía haber un cambio en las pantallas, leía cifras y datos, dándose la mayor importancia, de un papelito que tenía en el atril.

En esta primera sesión se vendieron diez números altísimos, tres medianos, y, como momentos estelares, uno bajo (menor al millón) y uno redondo. Empezaron con una primera tanda de cinco de los altísimos. Esta categoría estaba destinada a incluir los números por encima de diez mil millones, cantidad supuesta de la población mundial. Lo cual tenía su significación, en tanto la idea era que todo habitante del planeta llegara a tener su número, y con él su fuente de ingresos, contribuyendo de ese modo a la redistribución de la riqueza, o, lo que es lo mismo, al fin de la pobreza. Esta aspiración era una constante en los proyectos que lanzaba Frasca, y por ello un dato más que se sumaba para creer que era él quien estaba detrás de esto. (Pero no era más que una fachada, que no engañaba a quienes lo conocían, y nadie lo conocía mejor que Barbaverde, que era el que infaliblemente deshacía sus maquinaciones.)

Pues bien, salió a la venta el primer número. Estaba en el orden de los setenta mil millones. Más precisamente, era el 73.895.234.173. Brilló en todas las pantallas al mismo tiempo, en negro sobre rosa, y estallaron fuegos artificiales electrónicos al son de la música. Hubo aplausos, y al volver el silencio empezaron las posturas. No duraron mucho, por no decir que no duraron nada. Fue adjudicado casi de inmediato, por un dólar, a un pobrísimo campesino chino de nombre Chuang Tsi, de una aldea del Honan. Demasiado rápido para ser de verdad. Debía de estar arreglado.

En rápida sucesión, se vendieron el 95.312.886.614, el 61.912.003.524, el 69.521.485.010 y el 88.332.471.761, respectivamente a una sirvienta somalí, a un lustrabotas turco, a un anciano mendigo de Calcuta y a otro campesino, esta vez ecuatoriano. Los precios, obtenidos sin mayor puja, oscilaron entre los dos dólares y los cinco. Como era improbable que estos humildes compradores estuvieran conectados en ese momento a la red de transmisión, o siquiera estuvieran enterados de esta venta, se hizo evidente, al menos para Sabor, que las compras las hacía en nombre de ellos una agencia creada ad hoc para iniciar el gran reparto. Por el momento todo tenía un aire bastante simbólico.

Aun así, la idea empezaba a concretarse. Estos compradores que habían salido a luz, tan dispersos y ocultos en la cascada demográfica como las briznas de hierba en un prado (en un prado grande como el mundo) eran personas reales, con las que uno podía identificarse y que empezaban a sumar la suma que incluiría a toda la humanidad. Había números para todos. En términos estrictamente matemáticos, había una cantidad infinita de números para cada hombre y mujer y niño. Pero esa abundancia, tan democrática como parecía a primera vista, era engañosa, pues no todos los números valían lo mismo ni darían la misma renta. De hecho, era lo menos democrático del mundo porque no había dos iguales (no hay dos números distintos que sean iguales, eso es obvio).

A continuación salieron a la venta los tres números «medianos», así calificados por puro relativismo, ya que seguían siendo altos. El primero fue el 1.187.312.442. Mil cien millones... La cifra ya caía en el campo de lo posible y manipulable; había poblaciones (de insectos, roedores, aves, plantas, hombres) que superaban esa cantidad de individuos; había gente que tenía ese dinero, y más. Podía suponerse que la posesión de ese número empezaría a pagar dividendos de inmediato. Pero antes de poder hacer muchas especulaciones, ya estaba adjudicado, por la modesta suma de mil dólares, a una compañía de seguros holandesa. Si había pujas, no se hacían notar, o sucedían demasiado rápido, probablemente por medio de algún sistema eletrónico que anulaba las esperas. Pero ¿no se anulaba con ello la emoción y el suspenso propio de los remates? Aun así, a juzgar por lo que pasó a continuación, esas pujas, con su emoción y suspenso, debían de existir, comprimidas. El siguiente «mediano» en ponerse en venta fue el 2.313.986.242; aunque bastante más alto que el anterior, alcanzó un precio sideralmente más alto: doce millones de dólares. Hubo gritos y aplausos. La oferta vencedora venía de Panamá, unas siglas que debían ocultar un consorcio financiero. La diferencia daba que pensar. Una de dos: o el primer comprador había hecho una pichincha grandiosa, a favor de ser el primero y encontrar los motores todavía fríos, o bien algún sistema hacía veloces cálculos y discernía la diferencia de calidad entre números del mismo grado aproximado de magnitud. O, tercera posibilidad: en los escasos minutos transcurridos entre la primera venta y la segunda, se habían evaluado los rendimientos del primer número vendido, con resultados lo bastante positivos como para justificar semejante inversión. Sea como fuera, ésta parecía exagerada. Si se pagaban doce millones por un número del orden de los dos mil millones, se agotaría el dinero del mundo antes de llegar a números de siete cifras, y se disipaba toda esperanza del ciudadano corriente, el hombre de la calle, de tener su número, al menos de tener uno no desmesurado.

El tercero de los medianos volvió a dar una sorpresa. Era el 1.111.030.989, y lo compró, con la velocidad del rayo, un médico francés por doce dólares con setenta y cinco centavos. El salto había sido otra vez impresionante: de doce millones a doce dólares, sin escalas. Y era un número menor, y a simple vista más prometedor, que los dos anteriores. Los analistas económicos tendrían que hacer grandes esfuerzos dialécticos para explicarlo. O bien habría que esperar a que las cosas se asentaran. Todo indicaba que seguían en el estadio de los tanteos y las pruebas.

Siguió otra tanda de cinco números altísimos, en la misma franja que los cinco con que habían comenzado. El 66.239.674.480, el 79.501.198.312, el 94.949.232.055, el 91.212.003.401 y, descendiendo un poco, el 53.988.105.013. Como antes, fueron adjudicados a obreros, pastores, homeless, mineros y pescadores, a cambio del pago de cantidades que esta vez habían subido un poco: entre los veinte y los veintitrés dólares.

Hubo un intervalo, en el que se renovaron las bebidas mientras por las pantallas pasaban documentales, o quizá fueran entrevistas (parecía eso más bien) a los adjudicatarios pobres de los números altísimos. Sabor no lo supo en definitiva porque al estar en inglés el audio, sin traducción ni subtítulos, no entendía nada; ni siquiera habría podido asegurar que era inglés. Así que aprovechó para completar sus notas y extenderse donde le parecía que no había sido claro. Justamente, la experiencia que estaba viviendo en ese momento, de no entender casi nada, lo contaminaba y lo ponía en guardia. Si algo había aprendido de su trabajo era que los lectores, por lo menos los de *El Orden*, lo querían todo bien explicado, sin intrigas ni enigmas; ya bastante trabajo debía de darles descifrar sus propias vidas. Sintonizado con esa clase de público, clase a la que él mismo pertenecía de alma, lo había hecho bien hasta entonces. Pero era cierto que hasta entonces no había tenido que manipular sino material humano, o natural, lo que le permitía usar el cemento de la psicología, de la sociopolítica, del eterno combate del Bien contra el Mal. Con los números, se encontraba de pronto en terreno inexplorado, donde sus instrumentos narrativos eran inútiles o exigían una violenta adaptación que sentía, por el momento, más allá de sus fuerzas. Se esforzó, empero, sostenido por la esperanza de que Barbaverde viniera al rescate de su relato, como había venido tantas veces al rescate del mundo.

Tras otro breve intervalo (todo parecía estar sucediendo en plazos instantáneos) se anunció el plato fuerte de la sesión: el número «bajo», es decir menor al millón, y el número redondo. El primero introducía por primera vez un número con características marcadas de «realidad», o que en cierto modo hacía resaltar la poca realidad (en términos prácticos y cotidianos) de los números que se habían venido manipulando hasta aquí. Era el 854.964. Sabor se apresuró a anotarlo en su libreta y se lanzó a una precipitada taquigrafía de reflexiones. No se habían ido muy abajo del millón; apenas 145.036 números abajo, con lo que a este último número el anterior le estaba dando un uso, que habría que pagar. Cuántas facetas tenía este negocio. Cuántas idas y vueltas. Empezaba a sentir cómo movilizaba el pensamiento. Con este número sí, la operación tendría que basarse en un cálculo racional de inversión y ganancia. Pero ¿alcanzaría la experiencia de las compras anteriores (tan inconexas y vacilantes) para fundamentar esa racionalidad? No veía cómo. De todos modos, podía preverse que habría competencia, por tratarse de un número ni siquiera millonario. En el mundo había más, mucho más, que un millón de ricos o de instituciones financieras que podrían estar interesados. Aunque por ser el primero que se vendía de sus características, y haber otros novecientos noventa y nueve mil novecientos noventa y nueve disponibles, podían dejarlo pasar si todavía no estaban seguros del terreno que pisaban.

El otro, el «redondo», por un lado no era tan redondo y por otro era exageradamente altísimo. Nada menos que 760.000.000.000; o sea, setecientos sesenta mil millones. Antes de que Sabor hubiera terminado de escribir ceros, ya se había vendido, porque empezaron por él: un dólar, que pagaba un banco de Singapur. Aunque «pagar» era un verbo excesivo para una transacción que tenía más de simbólico que de comercial. Habría que pensar, seriamente, qué ventaja podía tener un número redondo frente a uno sin ceros al final, a efectos de su rendimiento, o sea de la frecuencia de su uso. Estaba el famoso redondeo, por supuesto, como el nombre lo indicaba, pero todos los días se estaban dictando leyes contra el redondeo, y de todos modos los redondeos que se hacían en el supermercado o en la verdulería no podían tener ningún efecto sobre una cantidad tan alta. Y tratándose de cálculos científicos o estadísticos, como en la actualidad los hacían máquinas infalibles, los números eran siempre exactos y no se redondeaba nada.

Sería interesante, pensó, y escribió, ver qué reacciones suscitaba un número capicúa. Ahí podían entrar en juego, como no habían entrado hasta ahora, elementos más personales, afectivos o supersticiosos. A la simetría de los capicúas se le adjudicaba suerte. En cuanto a los números de la suerte que cada cual tenía, o números favoritos, habría que esperar a salir de la órbita de las seis cifras, y de las cinco y las cuatro, y hasta de las tres.

Por ahora, había que conformarse con ver qué precio alcanzaba el 854.654, que habían dejado para el final, y salió a la venta con una fanfarria de cláxones electrónicos. Leyendo el papelito que tenía frente a él, y sin mirar siquiera a las pantallas, el martillero anunció que lo compraba un ciudadano norteamericano en la cifra de 2,458 dólares (dos dólares con cuatrocientos cincuenta y ocho milésimos). La perplejidad de Sabor no tenía límites. Para empezar, era la primera vez que oía de la existencia de milésimos de dólar. Y el precio era ridículamente bajo, en vista de que un número dos mil trescientas veces más alto y remoto había sido pagado doce millones de veces más... Había que seguir presumiendo que los precios no se estabilizaban. Más intrigante, para él, era que el anuncio se hubiera hecho leyendo. ¿Significaba que todo estaba preparado y decidido de antemano? La violenta sensación de desánimo que lo invadió no duró mucho, porque la remplazó la intriga provocada por una observación que no había hecho antes, lo cual a su vez le provocó otro tipo de desánimo, más liviano y al que estaba más acostumbrado, al comprobar hasta dónde llegaba su distracción.

Vio entonces, cuando ya la reunión terminaba y todo el mundo se levantaba y empezaba a marcharse (¡y cómo era posible que no lo hubiera visto antes!) que todos los presentes tenían en la mano un aparatito de lo más curioso. Se trataba de un dispositivo, del tamaño y forma de un encendedor, rojo brillante, con un pequeño visor en la parte superior de una de las caras, y bajo éste una diminuta perilla negra. Reconstruyendo un poco, a contracorriente de su imperdonable distracción, se dio cuenta de que todos habían estado pendientes todo el tiempo de sus pequeños fetiches rojos, y hasta los gritos y bromas que proferían eran provocados por lo que leían en sus visores. De ahí que se le prestara tan poca atención a las pantallas. Y era el caso también del rematador: cuando éste recogió del atril que tenía enfrente su papel, recogió asimismo su propio aparatito. De lo cual Sabor pudo deducir que era ahí, en el visor, donde había leído los datos referidos a las ventas.

Era urgente, entonces, que averiguara de qué se trataba. Era una pieza esencial de la operación, de la que hasta ese momento no había tenido noticia. Lo indicado era preguntar, y hacerlo rápido, antes de que los que se demoraban en las mesas terminaran de guardar sus cosas y se marcharan. Pero lo indicado en general no era lo indicado para él. Su timidez le hacía penoso dirigirse a desconocidos, y le faltaba la habilidad específica para hacer preguntas comprensibles, y repreguntar lo que debía para completar la información. Sabía bien, no necesitaba que nadie se lo dijera, que sus obligaciones profesionales como reportero empezaban por ahí, y en buena medida ahí seguían y terminaban. Un periodista debía hacer preguntas. ¿Qué otra cosa debía hacer? Consciente de esta falla, la culpa lo perseguía. Pero, después de todo, había iniciado una brillante carrera en el periodismo sin preguntar. Lo había hecho a su modo, compensando un defecto con virtudes que él mismo se había inventado y seguía perfeccionando cada día. Quizá ahí estaba el secreto de su éxito, la novedad que había introducido en el oficio, que le había ganado un público fiel a sus artículos; un público, a esta altura de las cosas, cansado de la redundancia de las respuestas (porque no se pregunta sino lo que ya se sabe) y ávido de lo nuevo.

En este caso, optó por una combinación de preguntas, observación y deducción. Los aparatitos rojos eran fabricados por una compañía de electrónica propiedad del mismo Consorcio Coordinador que llevaba adelante la Operación Números, y la idea era que cada ser humano en el planeta tuviera uno. Estaban todos coordinados, según el modelo de los relojes que daban la hora, para dar cotizaciones, tasas de rendimiento, identificar números vendidos y por vender, y todo lo demás referido al tema. Se venderían, y nadie dejaría de comprar el suyo; con el tiempo se harían virtualmente indispensables, como los teléfonos celulares. Y todos los personajes de los que había estado rodeado durante el remate (en eso su intuición no lo había engañado) eran los vendedores de este nuevo electrodoméstico, viajantes de comercio en suma, preparándose para salir a la calle a tocar timbres, con sus clásicos maletines, sus trajes oscuros, su discurso enérgico aprendido de memoria, sus planes de pago.

Ahora bien: las breves miradas de reojo que Sabor había alcanzado a echar le mostraron que el visor del aparatito no mostraba sino una sucesión de números que pasaba a toda velocidad, y evidentemente su lectura e interpretación exigía un aprendizaje. Ésa podía ser la otra pata del negocio, y la más jugosa: cursos de capacitación, venta de manuales, actualizaciones, especializaciones. Sin olvidar la fabricación y venta callejera de estuches de cuero o de plástico imitación cuero para conservar el aparatito. Y los precios de todo eso serían a su vez números que se estarían utilizando y que se contabilizarían.

Llevando un poco más lejos sus reflexiones, creyó comprender el tono de alegría expansiva que había reinado durante el remate: desde el principio le había sonado a simulación, a la particular simulación de saber que hacen los que no saben, y saben que los demás tampoco saben, por lo que todos están interesados en sostener la representación, a fuerza de entusiasmo. ¿Quién podía creer, en efecto, que estos ignorantes pueblerinos iban a poder leer esa vertiginosa sucesión de números en los visores e interpretarlos correctamente? Eran viajantes que ya debían haber fracasado en la venta de lavarropas o seguros contra granizo, que habían saltado sobre la ocasión de esta novedad como podrían haberlo hecho sobre cualquier otra que les diera la posibilidad de sobrevivir. Era coherente, porque sobre esas miserias se asentaba el imperio de Frasca.

Junto con los aparatitos debían de vender los cursos, normales y acelerados, de iniciación y avanzados, sin los cuales el aparato sería pura escritura maya. Ahí estaría lo más jugoso del negocio. Pero ¿quién les enseñaría a los maestros? Esa vieja regresión se le planteaba a Sabor como el nudo de su trabajo de escribir un artículo (¿o ya lo había escrito?) acerca de un tema tan sospechoso.

(Por supuesto, estaba también la venta de manuales, sin los cuales no se concebía la enseñanza; y su impresión, encuadernación, antes de la cual venía la redacción, corrección, diseño… Con la fase editorial, el negocio crecía y crecía.)

V

Pero ya todos se habían dispersado, y cuando levantó la vista de su libreta en la que había estado escribiendo con frenesí y una letra que no confiaba en entender él mismo, se encontró solo en el salón. También se había ido el rematador, con el que quizá debería haber hablado para obtener algunos datos; no era que no pudiera inventarlos por sí solo, pero los datos que venían de afuera, lo había notado, le daban ideas que enriquecían sus artículos, lo inspiraban. En fin. Ya no tenía remedio, porque en ese laberinto donde no se encontraba él mismo jamás podría encontrar a otro.

Miró el reloj, y vio que corría prisa para ir al Business Center donde había Internet, y enviar el artículo esbozado en el campo de acción. Salió y se internó por los pasillos, confiando en su intuición. Como no podía ser de otro modo (ya estaba acostumbrado) se perdió. Ese edificio, con sus espejos y sus niveles, y sus duplicaciones, estaba hecho para perderse. Pero esta vez su extravío no fue como los anteriores. Fue un extravío de encuentro, al que se dejó llevar, olvidado de su compromiso profesional. Había un clima especial, creado por corrientes humanas que confluían en ciertas direcciones, como si las atrajeran rumores de multitud, y música tecno, y masas de luz de colores. Por ciertos indicios supuso que había comenzado la Fashion Week. En realidad no tenía una idea clara de lo que era este evento, y no concebía cómo una «semana» podía comenzar de pronto a una hora cualquiera de la noche, pero no era difícil imaginarse una cosa y otra. Se estarían llevando a cabo los grandes desfiles de moda por los que había venido tanta gente elegante al hotel.

Y fue esto lo que hizo subir a la superficie algo que había tenido oculto en el fondo de su conciencia durante horas, que a él le parecían días, desde cierto momento de la tarde. En algún punto de sus idas y venidas, en el traspapelamiento generalizado de tiempo y espacio al que lo había sometido la excitación de la novedad, había creído ver de lejos a alguien que conocía. Quién sabe por qué, pensó de inmediato en un error, y descartó la posibilidad de una confirmación o una explicación. Y también de inmediato, en el mismo movimiento, relegó al olvido a esa bella joven que creyó reconocer solo por el porte, por el aura, porque la había visto apenas por un instante y de perfil, casi de espaldas, subiendo una escalera; la escalera misma, en ese lugar, lucía imposible, quizá porque la estaba viendo, sin saberlo, en un espejo. Ahora, en el contexto de la Fashion Week, esa visión tomaba sentido, y su pensamiento se hacía cargo de ella.

Había creído que se trataba de Karina. Por supuesto, podía estar dejándose llevar por una de esas ilusiones del parecido que son tan comunes en la vida social… y en el amor. Karina era una joven artista plástica rosarina, más conceptual que otra cosa, que Sabor había conocido en extrañas circunstancias más de un año atrás, y de la que se había enamorado. Las circunstancias extrañas habían comenzado a encadenarse desde entonces, sin pausas, y no le habían dado la tranquilidad necesaria para hacerse una composición de lugar, examinar sus sentimientos, y decidirse a dar los pasos concretos que lo llevaran a declararse, o al menos a establecer una relación en la que pudiera declararse. Las intermitencias del corazón, la precipitación sobre el presente a la que lo conminaba el periodismo, los vuelos locos de su imaginación en los que se perdía o se desconocía a sí mismo, lo habían llevado a preguntarse si amaba de verdad, o si amaba a una mujer de verdad y no una fantasmagoría creada por él. Esta duda bien podía ser, no podía negarlo, una táctica de tímido para postergar los penosos deberes de la realidad. O bien, se decía: en un mundo en el que todo oscilaba locamente entre lo verdadero y lo falso, ¿debía dudar también del único sentimiento que le había dado la sensación de estar vivo?

Era perfectamente verosímil que Karina hubiera hecho, como él pero por motivos diferentes, el viaje a San Lorenzo. No por los números sino por la Fashion Week. Y no por el atractivo intrínseco de ésta, sino para utilizarla, de un modo que Sabor no se imaginaba pero sería posible, para uno de sus proyectos artísticos. El arte era todo para ella. Se dedicaba a él con una entrega que Sabor contemplaba maravillado y nimbándola de las más halagüeñas promesas para él. Sin saber nada de arte, al menos de ese arte hecho de realidad que practicaba ella, Sabor sentía que el arte era el compañero inseparable del amor, tan inseparable que en cualquier momento se transformarían uno en el otro.

Ya había supuesto antes que las casas de moda, por haberse reunido todas las del país en el mismo evento, se verían frente al problema de la escasez de «cuerpos» para desfilar sus modelos. Debían de haber recurrido a toda la juventud presentable de Rosario. No creía que Karina se hubiera sentido tentada en ese sentido; era demasiado intelectual; y no tenía la edad de las jovencitas que había estado viendo esa tarde, muchas de ellas quinceañeras; había pasado con comodidad los treinta (no lo sabía con exactitud, pero sabía que era bastante mayor que él). De cualquier modo, era una causa que podía utilizar también para explicar su presencia aquí, aunque más no fuera como sobredeterminación.

De modo que decidió ir a ver. ¿O ya lo había hecho y ya había visto? Cuando recapituló los hechos, para construir una historia más o menos coherente, no llegó a decidirlo. Sabía que ese mismo clima que ahora (pero ¿era ahora, o había sido antes?) lo arrastraba era el que lo había desorientado cuando buscaba el salón del remate, y le había hecho tan difícil llegar a él. Antes y después se le confundían, como sucedió todo el tiempo durante ese fin de semana. La superposición en el antes y el después de la experiencia de la Fashion Week dejó al remate en un intervalo difícil de ubicar. Eso, sumado a la duración tan comprimida del remate, que no podía haber durado más de unos pocos minutos, lo dejaba con una sensación de irrealidad, como si lo hubiera inventado.

La Fashion Week tenía que empezar temprano, para dar tiempo a que todos los diseñadores del país, si era cierto que habían venido todos, mostraran sus creaciones. Lo cual no podía hacerse con la instantaneidad un poco mágica con que se había desplegado el asunto de los números. Los modelos debían recorrer la pasarela paso a paso, en tiempo real, para que la ropa pudiera ser vista. Los organizadores habían tratado de maximizar el tiempo disponiendo varias pasarelas elevadas, en recorridos sinuosos que cubrían toda la superficie del enorme salón, entre las sillas donde se ubicaba el público. Las pasadas eran simultáneas.

El espectáculo era impresionante. Debía de haber varios miles de personas sentadas, además de los centenares que circulaban por todas partes. La percepción tardaba en acomodarse, porque cada pasada estaba puesta en escena con música y luces diferentes, algunas con humo de color o falsas lluvias, y la mirada, que las atravesaba todas, se hacía menudo lío. No contribuía menos a la confusión el hecho de que cada diseñador exhibiera una estética pertinazmente diferente.

En un primer momento, perdiéndose entre el gentío, Sabor pensó que sería imposible encontrar a nadie, pero ya mientras lo pensaba la vio otra vez, y justo donde podría haber esperado verla, haciendo lo que habría supuesto que haría: filmando, con una pequeña cámara. Por lo poco que había podido entender del trabajo de Karina, el video era el soporte que prefería para la documentación de sus acciones artísticas. Pero ¿era realmente ella? Aparte de que estaba muy lejos y los separaban vetas de luz y atmósferas diferentes, el reconocimiento se dificultaba porque ella sostenía la cámara frente al rostro, ocultándoselo. Si antes, en la escalera, no había estado seguro de que era ella, ahora lo estaba menos.

El único modo de confirmarlo era acercarse, y se lanzó en su dirección sin pensarlo más. Le pareció difícil, pero lo fue mucho más. Por lo pronto, no había modo de hacerlo en una línea recta ni mucho menos. Las pasarelas eran infranqueables; había que rodearlas, así como las filas de asientos, los reflectores y sus cables, los equipos de sonido. No había cosa más incómoda que ir de un punto A a un punto B pasando por C, cuando C estaba cambiando de lugar todo el tiempo. Tan largo fue el rodeo que terminó en otro salón, cuya existencia no había sospechado hasta entonces. Éste era igual al primero en dimensiones, cantidad de público y pasarelas asimismo muy transitadas. Pero, mirando bien, le pareció una copia mal hecha, más improvisada y cachivachesca, con música más vulgar, luces más crudas, pasarelas sin alfombrar y hechas con tablones mal apoyados en caballetes, y los modelos desfilando con ropa común, gastada. Fastidiado, buscó el camino de regreso al primer salón, pero no lo encontró. Se había perdido por completo.

Y sin embargo, cuál no sería su sorpresa al levantar la vista y ver allá lejos, entre la multitud que parecía haberse hecho más densa todavía, a la misma Karina o falsa Karina, siempre filmando, siempre con la cámara ocultándole el rostro. Se preguntó entonces si no habría un solo salón y no dos. Un cambio de posición relativa le había hecho creer que estaba en otro, y seguía en el mismo. ¿Podía ser? El único modo de cerciorarse era prestar alguna atención a las modelos que desfilaban, aunque eso también podía ser engañoso, porque sospechaba que la misma modelo que pasaba en traje de baño por un lado, podía ponerse de inmediato un tapado o un traje de novia y salir a mostrarlo por otra pasarela.

Siguiendo el contorno de una pared se acercó a la plataforma donde arrancaban varias recorridas, y pudo ver pasar muy cerca a un modelo hombre que magnetizaba las miradas de todo el mundo. Era un joven muy apuesto, desplazándose con un descuido seguramente muy estudiado. Arrancaba aplausos a su paso, y gritos, lo que a Sabor le hizo pensar que debía de ser una figura conocida de la televisión; cuando puso su percepción en modo «reconocimiento», lo reconoció, pero no de las pantallas o las revistas sino de un recuerdo mucho más personal y más próximo: era el taxista que lo había llevado esa mañana al hotel. Poco fisonomista, no confiaba en sí mismo, pero tuvo que reconocer que algo de cierto había porque el joven, a cuyo encanto contribuían en no poca medida las miradas que lanzaba al público en todas direcciones, como un náufrago al horizonte, lo reconoció a él desde lo alto de la pasarela y le hizo unas señas que podían querer decir: «No te muevas, ya voy a reunirme con vos».

La curiosidad sola le habría impedido moverse de donde estaba, pero además ya había comprobado que era inútil intentarlo. Aunque el fracaso anterior en llegar a la posición que ocupaba la joven de la cámara no se había debido sólo a su propia torpeza, sino a una conmoción que había causado un disturbio en un sector, y se había propagado en ondas a todo el salón, o a los dos salones, si los había. Parecía un accidente.

De la naturaleza de ese accidente se enteró al día siguiente, leyendo el diario. Y las circunstancias de esa lectura tuvieron un clima de novedad que se sumaba a los descubrimientos del fin de semana. Sabor no tenía experiencia en la vida de hotel, mucho menos en hoteles de lujo, y de no ser por algún azar habría tardado varios días en descubrir que el alojamiento incluía el desayuno. El Savoy lo servía en un salón que cubría toda la mitad trasera de cada una de las torres. Cuando el joven periodista desembocó allá, en el piso 25, llevado por un ascensor que subía cuando él pretendía bajar, y fue arrastrado por gente que sí sabía del desayuno y no quería perdérselo, se deslumbró en primer lugar por el paisaje que le mostraban los ventanales. Era distinto del que veía desde su cuarto: aquí tenía una vista plena del río, y las islas, y de un cielo gris cargado de nubes oscuras desplazándose unas sobre otras a gran velocidad. Las islas cubiertas de bosques impenetrables, las costas lejanas de la Mesopotamia, todo lo inaccesible de la naturaleza puesto en plano, en dibujo, y enmarcado en horizontes perdidos. El gris pesado del aire, barrido por vientos salvajes, depositaba en los vidrios una luz de brillos sombríos.

Su deslumbramiento no tardó en trasladarse al buffet. Trató, quizá sin éxito, de ocultar su admiración de provinciano poco viajado. Contra las paredes, largas mesas cargadas hasta el derrumbe de todo lo que cupiera en los sueños de un gourmet, al menos para ingerir por la mañana. Observó con disimulo, fingiendo un elegante desinterés, lo que hacían los que habían llegado con él. Como ellos, tomó un plato, y lo fue cargando al azar de quesos, jamones, medialunas, torta, yogurt, mermeladas (en unos diminutos potes de vidrio), y fue a ubicarse en una mesa chica contra una ventana. Desde allí observó un poco más, y vio que también había jarras de jugo; fue a servirse un vaso. Un mozo se acercó a la mesa y le llenó la taza con un café humeante. ¿Podría perdirle algo más a la vida? Se olvidó de todos sus problemas y sólo quiso disfrutar el momento. Todos los desayunos de su vida confluían en éste, y encontraban su razón de ser.

Un rato después, masticando, empezó a oír las conversaciones en las mesas vecinas. Parecían en lenguas extranjeras, pero quizá eso se debía a su deseo de distracción. En la más próxima, dos gruesos hombres de negocios de traje oscuro terminaban su colación y se levantaban, dejando un diario en el que Sabor reconoció un ejemplar de *El Orden*. ¿Sería el de la fecha? Recordó que, si lo era, debía traer su artículo transmitido la noche anterior. No tuvo necesidad de levantarse a tomarlo porque un mozo que había visto su mirada se lo alcanzó, solícito. Lo aceptó en gran señor, con un cabezazo, casi sin dar las gracias, totalmente compenetrado con sus privilegios. Pero al mismo tiempo no pudo evitar pensar cuánta injusticia había en la sociedad: mientras tantos pasaban hambre, él tenía a su disposición todas las medialunas del mundo, y encima podía leer el diario gratis.

No llegó a ver su artículo, que después supuso que estaría perdido en las páginas de economía, porque lo detuvo otro que empezaba en la primera plana, y con foto. En la foto estaba él; eso fue lo que lo hizo quedarse ahí, perplejo; y el texto empezaba con el paréntesis convencional: «De nuestro enviado especial». Era imposible hacer una referencia más explícita a su persona. Y sin embargo el artículo se refería a hechos que desconocía, y que lo sorprendían tanto o más que a cualquier lector. Después de leer, y de pensarlo, llegó a la conclusión de que la foto, tomada en medio de los desfiles de la Fashion Week, lo incluía a él por pura casualidad. Y en cuanto a lo de «enviado especial», era una maniobra tan habitual como mentirosa de *El Orden* para revestir de alguna sustancia noticias levantadas de los cables de las agencias, y extendidos con las fantasías del redactor de turno. Era evidentemente el caso en esta ocasión.

La noticia había rebotado en las grandes agencias nacionales, y se lo merecía. Una modelo había caído muerta en la pasarela, en medio de un desfile. Se llamaba Vanessa Ligamenti, tenía veintidós años, y no era modelo profesional sino que había sido invitada a participar en la Fashion Week junto con otros muchos jóvenes de ambos sexos de la región. Su deceso se había debido a un paro cardíaco, atribuido diversamente a la emoción, a una falla congénita, a un prolongado ayuno de varios días, o, exagerando, de semanas, para estar en línea durante su actuación.

Volviendo a la foto, Sabor comprendió que la conmoción que había interrumpido sus investigaciones no podía ser otra cosa que esta muerte inopinada. En el momento no había sabido de qué se trataba, ni lo había sospechado siquiera. ¿Quién piensa en la muerte en medio de una celebración de la belleza y la juventud? Se perdió en una meditación sobre la fugacidad de la vida. Esa pobre chica, casi una adolescente que estaba empezando a vivir, con todas sus ilusiones, hasta con el cerebro de pajarito que le presuponía, ella tampoco había sospechado que el fin estaba tan cerca.

¿Qué pasaría ahora con la Fashion Week? Los organizadores no tendrían más remedio que suspenderla. Seguir adelante como si nada hubiera pasado los haría quedar demasiado mal. El evento, preparado durante meses, financiado por sponsors laboriosamente convencidos, y destinado a exhibir el trabajo de todo el año de los diseñadores, quedaba en la nada al momento de empezar. Todo por un accidente imprevisible, y justo la clase de incidente más indicado, por sus resonancias simbólicas, para interrumpirlo. La muerte se manifestaba en todo su poder, que era un poder de interrupción.

Adelantándose un poco, pensó que ahora la historia de la Fashion Week seguiría por el lado del cadáver, o de la muerta: habría una autopsia, discusiones sobre las causas (y en esos casos, a diferencia de lo que pasaba con un novelista, a nadie se le ocurría pensar en la sobredeterminación), se examinarían los antecedentes de la víctima, su historia, tomarían protagonismo los padres… ¿Quién escribiría esa historia para *El Orden*? Lo más probable era que esperaran que lo hiciera él, que él encarnara al fantasmal «enviado especial»; él lo era, al fin de cuentas, aunque lo habían enviado para otra cosa. Supuso que el tema de los números pasaría a segundo plano, y sintió un cierto alivio. Desde el comienzo lo había encontrado aburrido y descarnado, sin interés vital; ahora tenía para oponerle el más vital de los intereses, que era el interés mortal.

En todas las catástrofes, cuando eran catástrofes de verdad, es decir cuando había muertos, el número de muertos era lo que más le interesaba al público, lo que más se repetía y lo que en cierto modo resumía toda la noticia. Si era Frasca el que estaba detrás de la Operación Números, no podía haber dejado de tenerlo en cuenta. Cada catástrofe produciría un número que rendiría fortunas, como una gallina de huevos de oro. Y el mundo actual era poco más que una sucesión ininterrumpida de catástrofes. Si faltaban durante una temporada, nadie mejor que el demoníaco profesor para producirlas.

De tan funestas suposiciones salió con un suspiro, todavía masticando la última medialuna, y levantó la vista del diario. No supo, a fin de cuentas, si algunos de sus pensamientos los había pensado o los había leído. Más tarde le quedó la duda de si la relación entre la Operación Números y el desenlace abrupto de la Fashion Week lo había hecho él o era obra del secretario de redacción, en sus catálisis de la hora de cierre.

El espectáculo del desayuno continuaba. No tenía muchas variaciones, como no podía tenerlas la ceremonia de la alimentación, pero el sistema de buffet la hacía siempre distinta porque cada comensal elegía según su gusto y fantasía. Esta mezcla de igual y distinto le daba una cierta eternidad, que se renovaba cotidianamente. La eternidad era una falta de realidad, y a ello contribuía el contraste entre la ropa de verano que usaba todo el mundo y el crudo invierno expuesto tras las ventanas. Dejó vagar la mirada por las vertiginosas profundidades que le ofrecía la altura. Los bosques de las islas se sacudían azotados por ráfagas implacables, lluvias y borrascas se escalonaban en el paisaje, rodaban nubes bajas por pendientes invisibles hasta estallar sobre el río, que se abría en olas dentadas y parecía entrechocar hielos que en realidad estaban en los vasos de jugo.

Pero se desprendió de esas ensoñaciones con un movimiento decidido, que aprovechó para ponerse de pie. Debía trabajar, y en él trabajar equivalía a escribir. Ahora que había descubierto, o le había salido al paso, un segundo cauce temático, debía escribir el doble.

Antes de ir a encerrarse a su cuarto a escribir, empero, tenía algo que hacer; algo que, haciendo cuentas, vio con alarma que había postergado irresponsablemente por más de una hora, embobado en el desayuno. La noche anterior había hecho una cita con Óscar el taxista. El bello joven le había dicho que tenía cosas importantes que comunicarle, y no podía hacerlo en medio del bullicio del desfile; habían quedado en encontrarse en el lobby a primera hora de la mañana; pero Sabor, mirando el reloj mientras iba hacia el ascensor, vio que la primera hora había pasado hacía mucho.

Efectivamente, no encontró a Óscar a primera vista. Pero había demasiada gente yendo y viniendo, y ocupando los sillones, como para estar seguro. Era tan poco fisonomista que nunca podía estar seguro. Se disponía a dar una segunda vuelta, y extender la busca a los bares contiguos, cuando lo abordó una mujer. Era pequeña, fea, mal vestida, con un aire extrañamente retorcido, que le resultaba conocida aunque no lograba ubicarla. Se trataba de Herminia, la recepcionista del Savoy de Rosario; se había hecho remplazar en su puesto para venir a intrigar a las órdenes del profesor Frasca, del que esperaba una recompensa que la sacara de la problemática (al menos la económica) de la mujer separada. Atada a su mediocre trabajo en el hotelucho decadente, sin la menor posibilidad de viajar, la ocasión de ponerse a las órdenes del Genio del Mal, que tenía el mundo entero por escenario, se le daba muy raramente; que una ramificación de la más reciente maniobra del profesor hubiera caído cerca de Rosario era casi milagroso, tanto que ella sentía que podía ser la última vez. Eso le daba a su actuación una urgencia que la hacía muy convincente. Se jugaba el todo por el todo. Aunque con un despistado como Sabor no se necesitaba tanto, ni mucho menos.

Siguiendo las instrucciones recibidas de Nildo, el joven asistente de Frasca, le preguntó si buscaba a Óscar, y ante la afirmación de Sabor empezó a tender sus redes:

—¿No sabe lo que le pasó? ¿No? Ese pobre muchacho está desesperado. Su novia murió anoche, en pleno desfile. ¿No se había enterado?

Insistía con las preguntas, y con el gesto exagerado de incredulidad. Sabor se fastidió un poco, y quiso al menos salvar su honor de periodista:

—Sabía de la muerte de esa chica, por supuesto. Pero no que él era su novio. Apenas si lo conozco, nuestra relación es muy reciente y de índole profesional, no personal. —Quiso introducir él también una nota de misterio, ya que todos parecían medrar con el misterio.

—Lo está interrogando la policía, y va a tener para un buen rato. Por eso me pidió que lo buscara y lo pusiera sobre aviso, para que no perdiera tiempo esperándolo.

—Muy amable.

—Yo soy como una madre para él. Entre nosotros no tenemos secretos. Puede decirme a mí todo lo que tenía que decirle a él.

Esto a Sabor le sonó sospechoso. La mujer, aun sin reconocerla, le había producido una sensación turbadora de peligro. Pero no quiso dejarlo traslucir. En el vacío de sentido en el que se encontraba, el peligro podía ser una pista que lo condujera a alguna parte.

De todas formas, no necesitó decir nada porque ella seguía hablando:

—No sé si estará muy ocupado, pero si quiere puede ir a ver las filmaciones de anoche, que las están pasando en una salita del casino aquí abajo. ¿Sí? Lo acompaño. Después vuelvo aquí a esperar a Óscar, y cuando venga voy a avisarle.

Fueron. Bajaron por una escalera rodante, dieron unas vueltas (él jamás lo habría encontrado solo) y entraron a un saloncito oscuro donde proyectaban un video en una gran pantalla. En un segundo la mujer había desaparecido. Cuando sus ojos se adaptaron a la oscuridad Sabor vio que había unas cincuenta personas sentadas en sillas y sillones, y otras tantas que entraban y salían por una arcada a un ambiente contiguo. Se sentó él también y miró la pantalla.

Al principio no encontró nada de raro en las tomas que entraban y salían de foco, y saltaban bastante, hechas con cámara en mano; eran modelos en la pasarela, vistas desde abajo; parecía un video casero, más bien precario, y perfectamente convencional, con las mismas figuras delgadas de siempre, avanzando con el paso aprendido, los rostros inmutables, inexpresivos, los atuendos estudiados, ligeramente irreales. Si eso era todo lo que había que ver, pensó, no valía la pena.

Pero las risas del público le hicieron sospechar que había algo más, y siguiendo el ritmo de esas risas empezó a entender de qué se trataba. Al principio creyó que tenía que ver con el montaje, que era nervioso y un tanto irracional: los cortes imprevisibles en cualquier momento hacían cambiar una modelo por otra en la pantalla, lo que podía ser una especie de chiste, para entendidos. Pero los estallidos de risas lo condujeron en otra dirección; el montaje también alternaba los planos generales con los primeros planos de rostros de las modelos, y era ahí donde se producía la hilaridad. La clave estaba en el audio, al que hasta entonces no le había prestado atención. Sí, definitivamente ahí estaba la broma. La cámara, o más bien el montaje, que incluía el montaje sonoro, actuaba como instrumento mágico que leía el pensamiento de las modelos. Primero se las veía desde afuera, en su belleza impasible, y luego se «oían» los pensamientos que iban formulando sus pequeños cerebros mientras se deslizaban por la pasarela. Los primeros planos indicaban el paso al fuero interno. Y lo que pensaban, según el estereotipo que las quería a todas tontas, eran tictacs, zumbidos, ruiditos de objetos que se entrechocaban, roces, matracas.

El humor que presidía esta producción era primitivo, además de estar teñido de un fuerte componente de misoginia. Sabor observó que los modelos en la pantalla eran sólo mujeres, aunque en el desfile de la noche anterior había visto una buena cantidad de hombres. Y, por el sonido de las risas que lo rodeaban, el público estaba compuesto exclusivamente de hombres.

Una idea latente subió en ese momento a la superficie de su conciencia. ¿No sería Karina la autora de ese documental humorístico? La figura que había visto filmando durante el desfile, y que había creído que podía ser ella, estaba en el mismo ángulo de las tomas. Más aún, sólo una artista hábil y con experiencia en el video podía haber hecho en las pocas horas de la noche un trabajo tan complejo. Sabor no conocía otro artista que Karina, y según su vieja costumbre de sacar conclusiones de los datos de que disponía, así fueran pocos o nulos, tenía que decidir que había sido ella. A esa identificación contribuía otro elemento de la película: a intervalos irregulares, y sin explicación, se intercalaban imágenes de objetos que no tenían nada que ver, en tomas de un segundo: una cucharita, un rodete, un pato de plástico, un pie, una llave. Esa falta de sentido, esa irrupción del azar por el azar mismo, era muy propia del arte contemporáneo, al que Sabor identificaba con Karina.

Por otro lado, era imposible que fuera ella. Si los aspectos técnicos o formales la señalaban, su probado feminismo la descartaba enérgicamente como autora de este burdo chiste difamatorio. Salvo que se hubiera producido un malentendido, y esto era mucho más probable. Por lo poco que sabía del arte contemporáneo (nada, en realidad), podía imaginarse con cuánta facilidad el sinsentido general de las obras se prestaba a las interpretaciones más contradictorias. En este caso, no se le ocurría ninguna otra, pero eso podía deberse a su ignorancia y falta de roce en el mundo de las artes. Quizá los que se estaban riendo lo hacían por otro motivo, o en segundo grado. Echó una mirada exploradora a su alrededor. No, no era un público sofisticado, ni mucho menos. De hecho, era un público que ya conocía, como que se trataba de los mismos viajantes de comercio que habían asistido al remate de los números, con sus mismos trajes baratos y modales vulgares. En la media luz de colores que rebotaba de la pantalla, hasta creyó reconocer al rematador. Y lo más extraño de todo era que tenían en las manos los aparatitos rojos, con los visores brillando débilmente en la penumbra; la señal para las risas provenía de ahí, no de lo que pasaba en la película.

Perplejo, se levantó imitando a los que se estaban levantando todo el tiempo para pasar al ambiente contiguo, y fue en esa dirección. Allí tampoco había luces encendidas, salvo unos apliques rojos contra las paredes, entre vitrinas suspendidas. Los que venían de la salita de proyección conversaban de pie, entre risotadas, comiendo y bebiendo. Había mesas con bandejas y botellas, hacia las que fue él también. Empezó a descifrar lo que lo rodeaba, y algunas cosas al menos se le aclararon. Las vitrinas, y un mostrador al costado, contenían juguetes sexuales de todo tipo; era un sex-shop, que evidentemente funcionaba como hall de un microcine porno. Allí escondido en los subsuelos, en un discreto trasfondo del casino, era un servicio más que prestaba el hotel a su clientela. Hoy, por lo visto, lo habían adaptado a otra función, aunque sin adaptarlo demasiado, lo que explicaba que toda la concurrencia fuera masculina.

Decidió marcharse, pero no pudo resistir a la tentación de servirse algo, ya que estaba y era gratis. Como iba de sorpresa en sorpresa, no le sorprendió demasiado que el buffet consistiera de champagne, foie gras, caviar, Armagnac y cosas por el estilo, totalmente inadecuadas para las diez de la mañana. Probó de todo, sintiendo lo excepcional de la ocasión de degustar esas delicias carísimas. Se lo explicó, mientras bebía, como una consecuencia de la interrupción inopinada de la Fashion Week: todos los eventos previstos, ya pagados, tenían que realizarse simultáneamente esa mañana, antes de que los participantes volvieran a sus casas.

Eso también era una forma de montaje, improvisado por las circunstancias, y metía un paisaje nocturno en el día. En cierto modo, amontonar toda la Fashion Week en el instante era un modo de prolongarla indefinidamente. Era objetivo, no una mera impresión psicológica.

Un rato después estaba sentado en un sillón del lobby esperando a Óscar, como si nada hubiera pasado. La cabeza le daba vueltas. «El fastidio de la vida de hotel», que había dado origen al poema nacional, tenía sus ventajas: no había nada que hacer. Se había olvidado, pero lo recordaría pronto, que tenía que escribir. La desocupación, la disponibilidad, disolvía las sucesiones consuetudinarias del tiempo, y si ahí había el germen de una amenaza, por el momento no la notaba, atontado, adormecido, acunado por un desorden trascendental.

VI

Aprovechando este momentáneo estado de calma mental de Sabor, y embarcados en el traspapelamiento temporal que lo produjo, retrocederemos a los sucesos nocturnos que luego relató el mismo Sabor en la serie de artículos que tanto contribuyeron a su afianzamiento profesional. El impacto que causaron los artículos no se debió mecánicamente a su calidad; hubo quienes pensaron que era su obra maestra, pero también hubo lectores que opinaron que era un delirio que nadie en su sano juicio podía tomar en serio. O bien nunca se había acercado tanto a la realidad, o bien nunca se había alejado tanto de ella. En la duda, su figura se solidificó.

Esa noche los astrónomos observaron un fenómeno inusitado en el Cosmos. Su capa interna se había agujereado, en una cantidad indefinida de puntos. Los agujeros eran pequeños, de un milímetro de diámetro, y estaban espaciados en forma irregular, aparentemente al azar. Las computadoras empezaron a trabajar para hallar el patrón, pues en el Universo no hay irregularidades. Hasta las asimetrías, y sobre todo las asimetrías, tienen una razón de ser, que sólo hay que encontrar. En la época en que sucedían estos hechos, es decir en el presente, los astrónomos del mundo entero estaban comunicados en tiempo real: sus aparatos estaban interconectados, y cada observación, hasta la más casual, era procesada por todos. Por supuesto, las máquinas no lo hacían todo. Eran sólo instrumentos de la inteligencia, y la inteligencia tenían que ponerla los hombres. Pero la interconexión de los hombres era menos perfecta que la de los ordenadores numéricos, en razón de las diferencias entre individuos. La profesión de astrónomo estaba sujeta a los accidentes de toda profesión. Los había talentosos, dedicados a su trabajo, concienzudos, perfeccionistas, y también había de los otros: los que llegaban a astrónomo por ser hijo o sobrino del decano de una facultad, o eran puestos al mando de un observatorio por acomodo político, o porque eran hábiles en la conducción burocrática de sus carreras. Con cuánta irresponsabilidad se manejaban los asuntos del Universo. Qué parte tan grande quedaba librada al azar. Si la suerte quería que de un fenómeno se ocupara alguien con cerebro y conciencia profesional, las coordenadas estaban a salvo, pero si le tocaba en suerte a un acomodado, iba a un archivo dormido, cuando no al cesto de papeles.

La inocencia del mundo estaba protegida por una capa impenetrable de ignorancia. Por los agujeritos se colaba un saber difuso, todavía sin objetos concretos en los que tomar cuerpo, pero con toda la precisión y la claridad que tenía el conocimiento. Ahora bien, el escaso diámetro de los agujeros hacía imposible que pasaran por ellos las masas de conocimiento que habrían sido necesarias para iluminar a la humanidad. Tenían que ser concentrados de saber, sin extensiones discursivas ni argumentos, ni siquiera explicaciones. Es decir, tenían que ser números.

La argumentación, que la había, estaba a cargo de Sabor. Con gran habilidad lograba hacer retornar los elementos de su relato, en elegantes curvas que tenían algo de las elípticas astrales. Y en este punto, llevando su virtuosismo a una nueva cima, trajo a colación lo que había visto un rato antes en la película proyectada en el sex-shop. Si bien no tenía la seguridad de que Karina hubiera sido la autora de esa película, podía suponerlo con bastante seguridad. Y a partir de ahí su artículo (toda la serie) entraba en el campo del mensaje secreto o la carta de amor. Como la casualidad había querido que su carrera de periodista se iniciara en el momento de su encuentro con Karina, y con el amor, se le había vuelto un hábito que todo lo que escribía tuviera un costado de comunicación en clave con ella; lo que su timidez no le había permitido hasta entonces decirle directamente, se lo decía en los giros de la aventura y la redacción.

El Universo era una gran máquina de lectura del pensamiento. Eso explicaba todas las cosas extrañas que pasaban en él, y le daba una función al hombre. Todos sabían que esas sesiones de lectura del pensamiento eran trucos, algunos más ingeniosos que otros pero siempre basados en alguna trampa que había que ocultar distrayendo a los incautos. Y eso, la puesta en escena necesaria, explicaba la oscuridad y el silencio con los que se adornaban tradicionalmente los profundos abismos del éter. Toda magia, sobre todo si es falsa, necesita sombras y perspectivas trucadas.

En ese ambiente negro de simulados espantos, atravesado por los tenues hilos de luz que venían de los agujeritos, latía la amenaza. ¿Y qué había más amenazante que a uno le leyeran el pensamiento? Ese truco englobaba a todas las amenazas y las potenciaba al máximo. Pero ¿era un truco? ¿O había una posibilidad de que se volviera una realidad? Si una mente siniestra como la de Frasca, que funcionaba a fuerza de amenazas (en su creación y su verosimilización) se ponía a pensar seriamente en esa posibilidad, era inevitable que empezara por el Universo, es decir por la totalidad. El pasaje del truco a la realidad implicaba a ésta en cada una de sus manifestaciones, y no podía hacerse por recortes parciales. Quizá siempre Frasca había actuado de esa forma; habría sido necesario revisar su dossier para confirmarlo, pero todo lo indicaba. Adoptando la figura un tanto grotesca o infantil del sabio loco con la ambición desmesurada de «dominar el mundo», había disimulado sus verdaderas intenciones. El truco, el ilusionismo tramposo y teatral, quedaba en primer plano, deslumbrando con su maquinaria, y hacía creer que era él el que pretendía adueñarse de la realidad, volverla truco, teatro, fantasía.

Para actuar desde la totalidad, los números eran el arma adecuada; el lenguaje del Universo era matemático. Y los números, en su automatismo, eran un a priori de la lectura del pensamiento. Reducido al ejemplo más básico, cuando alguien pregunta «¿cuánto es dos más dos?», ya le está leyendo el pensamiento a su interlocutor, está leyendo el «cuatro» que suena en el fuero interno del otro, y con una seguridad que le envidiaría el mejor telépata del mundo. Ejemplo burdo, pero que daba una idea de lo que podía pasar si Frasca se salía con la suya.

Era nada más que una sospecha, en cierto modo una construcción en el aire; pero en el caso de que tuviera asidero, significaba que quizá todas las empresas anteriores del siniestro profesor habían sido apenas maniobras preparatorias para esta gran apuesta definitiva.

Y él, Sabor, había actuado de idiota útil, de instrumento calculado. Porque el periodismo, con la impregnación social que lograba, era lo que dictaba el pensamiento a un público perezoso que cada vez se resistía más a pensar por sí mismo. Como las iniciativas de Frasca habían tenido por escenario privilegiado, y único, las celebradas series de artículos de Sabor en *El Orden*, se habían beneficiado de esta suerte de preparación de telepatía que eran los medios masivos. Había algo de justicia poética ahí: mientras él creía estar usando los planes de Frasca para cifrar mensajes secretos a su amada, Frasca lo estaba usando a él, y quizá a sus mensajes secretos también, para preparar la Gran Amenaza.

Por suerte existía Barbaverde. Hasta ahora el célebre aventurero había logrado contrarrestar todos los planes del profesor, así que había firmes motivos para creer que lo haría también esta vez. Había desbaratado maquinaciones que parecían invencibles, armado solamente con la fuerza de la improvisación y la aventura. La identificación de Sabor con su héroe tenía algo de creativo, al punto que muchos de sus lectores sospechaban que Barbaverde era un invento suyo y en realidad no existía. Lo cual, de haber sido cierto, habría dejado a Frasca solo. Era bastante coherente, aun siendo falso. Porque el Genio del Mal siempre empezaba presentándose como un gran benefactor de la humanidad, al que las cosas le salían mal sólo porque «el camino del infierno está pavimentado de buenas intenciones». Por paradójico que pudiera parecer, el Genio del Mal funcionaba como Genio del Bien. Y Barbaverde era apenas representante del azar que hacía salir mal las cosas.

El problema en este caso era que los agujeritos en el Universo ya estaban hechos, y los números habían comenzado a entrar. La técnica de Barbaverde consistía en aparecer a último momento y arreglar todo, maniobra de gran efecto dramático pero que tenía el inconveniente de permitir que mientras tanto sucedieran hechos irreversibles, o de muy difícil reparación. Si no empezaba a actuar pronto, la marea telépata empezaría a cubrir las sociedades. Y quién sabía dónde podía estar. Lo último que Sabor había sabido de él era que estaba en la China haciendo negocios, y eso estaba muy lejos.

El hotel, que tan grande le parecía cuando se extraviaba en él, era muy pequeño en relación con el Universo. Visto desde las galaxias, era como un juguete, una maqueta miniatura con todas sus ventanitas iluminadas en el fondo de un vórtice tenebroso.

VII

La noche del sábado, cuando se iba a acostar después de haber mandado su informe, iba tambaleándose de cansancio y aturdimiento. Si alguien le hubiera recordado que era su primer día en el hotel no le habría creído, tantas eran las emociones y experiencias por las que había pasado. Y además, no era el primer día sino el segundo: ya había pasado (por poco) la medianoche, y era domingo. No habría podido ordenar sus experiencias en una sucesión coherente; no lo intentaba siquiera, porque lo vencía el sueño. Pero contra el sueño combatía una pertinaz excitación nerviosa que seguía devolviéndole imágenes y palabras y sensaciones. «Si no estuviera tan cansado —se decía—, bajaría al casino, o iría a tomar una copa a la disco, o a uno de esos bares con show…» No creía que la ocasión de estar en un establecimiento con tantas atracciones se repitiera pronto, y sentía como un desperdicio ir a encerrarse a su cuarto. Pero el cuerpo no le daba; y su cuarto no carecía de interés; con tanto movimiento, apenas si había estado en él unos momentos.

No era el único que se iba a dormir. El ascensor que tomó iba casi lleno, pero se vació en los pisos bajos (él había marcado concienzudamente el 17). Cuando creyó haber quedado solo se miró en uno de los espejos laterales, sin advertir que lo que se reflejaba, dado el ángulo del cristal, era el pasajero que estaba a su espalda. Se asustó al verse tan distinto, más gordo, más bajo, más viejo, y con la barba crecida, cosa rarísima en él que no necesitaba afeitarse más que una vez por semana. Supuso que una noche de buen sueño mejoraría sustancialmente su aspecto, y se prometió contribuir a ese mejoramiento acicalándose con esmero por la mañana antes de bajar. Se lo debía a ese ambiente tan lujoso e impecable. Quizá era el contraste el que lo hacía lucir tan mal; estaba acostumbrado a que el contraste lo favoreciera, pues el fondo habitual sobre el que desplazaba su figura era el gris Rosario de la decadencia económica. No sostuvo la mirada más que una fracción de segundo, desalentado. No supo que esos ojos no le pertenecían. Miró el marco del espejo, que era dorado, lo mismo que todo el revestimiento del ascensor. Se lo diría de oro recién lustrado. Imitaba arquitecturas muy afiligranadas, quizá asirias. La luz se filtraba desde el otro lado de los espejos, y creaba un brillo como el del interior de un sol. La espesa goma negra del piso era lo único que interrumpía el dorado; probándola, hundió primero los tacos de los zapatos, después las puntas, una y otra vez, en un balanceo adormecedor.

A la larga, notó que el viaje estaba durando demasiado. Todos sus sentidos se pusieron alerta. No todos, porque seguía sin advertir que no estaba solo. Ya había notado en viajes anteriores que esos ascensores dorados tenían una marcha tan suave que era difícil decir si estaban andando o detenidos. Trató de captar el menor movimiento, y no lo logró; pero podía deberse a su estado de cansancio. Trató otra vez. Y una tercera. Alzó la vista, que hasta entonces había tenido clavada en la goma negra del piso, al tablero, pero antes de que hubiera podido ver nada se apagó la luz, en un relámpago en el que se confundieron el resplandor más dorado y la tiniebla más impenetrable.

Quedó paralizado, sin saber qué hacer. La oscuridad se rayó de una fosforescencia verdosa, al tiempo que la inundaba un olor a la vez conocido y desconocido. No tuvo tiempo de entrar en pánico. Junto a su oreja una voz, tan cercana que parecía provenir de él mismo, dijo:

—Es así, no hay que asustarse. Sólo hay que esperar a que se abran los espejos.

Y efectivamente, ya se estaban abriendo, con el conocido zumbido electrónico con el que se abría todo en el hotel. Las franjas verdosas huyeron por unas perspectivas en penumbra, por las que también se alejaba una figura de espaldas: su misterioso acompañante en el ascensor. Lo siguió. ¿Quién sería? No le vio la cara ni siquiera cuando se volvió hacia él y se llevó un dedo a los labios pidiéndole silencio. Adivinó apenas el gesto, por el perfil hirsuto que iluminaba un vago reflejo gris, y por el contexto. De cualquier modo, estaba demasiado aturdido para hacer deducciones. Lo vencía el sueño. Reservaba sus adormecidos restos de lucidez para seguir caminando sin tropezar. Un roce en el pelo le indicó que pasaba por debajo de gruesos tubos; se agachó y siguió avanzando doblado en dos. Presentía un espacio grande frente a él. Al llegar a una reja, torció hacia la izquierda, sin pensar, y se desplazó tomándose de los barrotes. Su guía había desaparecido. Pero debía de seguir cerca, porque al mover con el pie una chapa suelta, que hizo ruido, oyó un chistido imperioso ordenándole silencio. Empezó a moverse más lento y prestando más atención. Entendía confusamente que estaba en un sitio de acceso restringido, donde no debía estar. ¿Era culpa suya? ¿O alguien estaba tratando de hacerlo caer en una trampa? En la duda, extremó las precauciones.

Esa rara sala de máquinas debía de tener las centrales de aire acondicionado que mantenían estable la temperatura tropical del vasto edificio. Por el modo en que había llegado a ella la suponía en las alturas, pero bien podía hallarse en los más profundos subsuelos.

Al salir de atrás de unos motores, se detuvo en seco. Se arrodilló en el suelo para mirar, a través de la reja. Ésta lo había protegido de caer, porque corría suspendida sobre un piso inferior, en el que se estaba desarrollando una reunión aparentemente clandestina (y eso explicaba los pedidos de silencio de su guía). No había luces encendidas, pero una gran pantalla de video apoyada en el piso proyectaba un fulgor azulado en el cual podían adivinarse las figuras. Había unos veinte hombres, todos con trajes oscuros y mirando la pantalla, o sea de espaldas a Sabor. De pie a un costado, un sujeto de baja estatura, de guardapolvo blanco, manejaba un tablero con antenas, que apuntaba a la pantalla. Era el único que hablaba, probablemente explicando algo a los demás, como en una clase ilustrada. Sabor no distinguía las palabras, así que tuvo que interpretar sólo a partir de lo que veía. Estaba acostumbrado a comprender las escenas sin oír el discurso que las acompañaba, al modo en que un niño todavía no alfabetizado se hace sus propias ideas de las ilustraciones de un libro o una revista, sin leer los epígrafes. Ignorar las palabras que habitaban los hechos o figuras tenía sus ventajas, pues el sentido se enriquecía con posibilidades imaginativas, con ambigüedades sugerentes, que le daban la marca característica a su estilo y le habían ganado la lealtad de los lectores de *El Orden*. Una feliz concurrencia de azares había hecho que Sabor a lo largo de su carrera periodística casi nunca hubiera oído las palabras. La causa podía ser la distancia, una lengua extranjera, una interferencia sonora, o con más frecuencia la distracción. Quizá había en él una voluntad determinada, asi fuera inconsciente, en negar el audio. El ser humano, el animal, todo ser viviente, y con más razón el reportero en funciones, debía interpretar lo que tenía frente a él: era parte de sus tareas de supervivencia. «Lo que tenía frente a él», las amenazas o promesas del mundo, se le aparecían en primera instancia a los sentidos; luego, la mente procesaba las impresiones. Pero si la escena también comportaba lenguaje, la mente debía retroceder del plano en el que estaba haciendo la interpretación de la escena sensorial, y hacer la interpretación lingüística, para la cual debía tener en cuenta que en la lengua los datos sensoriales ya estaban conceptualizados. Dos usos del lenguaje (el de entender lo que veía, y el de entender lo que oía) chocaban, produciendo un sinfín de confusiones.

Lo que Sabor había venido haciendo a lo largo de su ascendente carrera, sin habérselo propuesto de modo deliberado, era independizar lo que veía del discurso que lo sostenía. Las escenas entonces quedaban flotando en un vacío de sentido, que él llenaba con la historia que sus lectores esperaban. En el trabajo encarado con estas premisas se ponía en acción una creatividad afín a la de un pintor o un escultor. ¿Lo haría por una simpatía amorosa con Karina? Pero de los caprichosos misterios del arte sólo había podido enterarse de que Karina era de los artistas que abominaban de lo «retiniano»; y si lo que hacía Sabor era arte, lo era en un equivalente de sus formas convencionales y populares, como la ilustración o el cómic.

En la pantalla se llevaba a cabo una busca frenética, activada por la antena Doppler del tablero que manejaba el hombre del guardapolvo. Parecía ser una selección digital de imágenes fijas, fotos de carnet de identidad; pasaban tan rápido, duraban tan poco antes de que la remplazara otra, un centésimo o milésimo de segundo, que daban la impresión de un solo rostro móvil haciendo muecas, si bien muecas muy discretas porque todos aparecían con el gesto neutro de una foto policial. No duró mucho. Un par de minutos, y ese vértigo identificatorio se congeló en un rostro; hubo un murmullo de satisfacción entre el público, que retomó el movimiento; parecían haber estado conteniendo el aliento; el operador también salió de su inmovilidad, pulsando botones de su tablero y apuntando a la pantalla con la otra antena, que a juzgar por lo que pasó a continuación debía de ser un condensador secuenciable. El retrato de la pantalla se completó empequeñeciéndose, hasta mostrarse de cuerpo entero, y se puso en movimiento: caminó hacia adelante, con pasos mecánicos (no estaba filmado sino animado), y, para la sorpresa de Sabor… salió de la pantalla. El condensador había vuelto volumétrica la imagen plana. Al salir de la pantalla cayó, inerte; el milagro tecnológico que lo había producido no daba para tanto como para darle vida, o apariencia de vida, en su nuevo estado tridimensional. Hubo aplausos y vivas, y gritos de «Bien, erre efe», «Usted puede, erre efe»; esas iniciales volvían a aparecer. Uno de los presentes se adelantó a recoger el muñequito caído, que tendría unos treinta centímetros. Aunque en la pantalla ya se había iniciado un nuevo proceso similar al anterior, Sabor prefirió seguir los movimientos del comedido, que se empeñaba en poner de pie al muñeco en el sitio donde había caído. Le obstruía la visión, pero por sus movimientos adivinaba más o menos lo que estaba haciendo; al parecer el muñeco volvía a caerse, y él volvía a erguirlo. Los otros se reían y lo alentaban. Se demoró un rato, hasta lograrlo. Cuando hubo vuelto a su lugar, Sabor vio que el pequeño monigote había quedado entre otros, todos de pie en el suelo, frente a la pantalla. Contó seis. Un par de minutos más de registro, y salía el séptimo. Otra vez alguien fue a ponerlo de pie, y la operación se repetía, una vez más, otra…

Aunque todos le daban la espalda, y estaba muy oscuro, los movimientos y los reflejos provenientes de la pantalla le permitieron identificar a los hombres que constituían el público del curioso espectáculo como los viajantes de comercio que había visto en el remate de los números. Además creyó reconocer al rematador en el que iba cada vez con gesto servicial a parar el muñeco que salía de la pantalla. No podía estar seguro, por la falta de luz. Si eran ellos, tenían que haber venido directamente del remate a reunirse aquí, y esto tenía todo el aspecto de un reverso clandestino. Sólo había que entender qué se traían entre manos, y la explicación empezó a formarse en la mente de Sabor cuando se concentró en las imágenes que iban concretándose sucesivamente en muñecos. Un chino, un panameño, un ecuatoriano, un francés… Eran los compradores de los números en el remate. Se los estaba trayendo a la realidad, desde un catálogo universal 3D, con el propósito de manipularlos. El tablero que operaba el hombre del guardapolvo (a él habría sido imposible identificarlo por las enormes antiparras que llevaba) tenía que ser un amplificador de coincidencias cósmicas. Sintonizado con el diagrama de agujeritos en la membrana del éter, debía de poder localizar a cualquier individuo de cualquier nación, y asignarle automáticamente una serie de números. De sus válvulas supercargadas partían las instrucciones que recibían los pequeños aparatos rojos. El circuito de la comunicación numérica se cerraba sobre sí mismo.

Pero cuando ya creía haber resuelto más o menos el argumento del plan maestro, una nueva sorpresa lo esperaba. De pronto la sucesión de caras iguales-distintas se detuvo, y cuando se produjo la habitual toma de distancia y visión de cuerpo entero, no fue un hombrecito el que apareció, sino una mujer, y no pequeña sino en tamaño natural. Al empezar a avanzar, lo hizo con el paso estilizado de las modelos. Sabor pensó en la Fashion Week. Era una joven rubia, de cuerpo esbelto y rasgos bonitos. Tal como había sucedido antes con los muñecos, dio un paso fuera de la pantalla, tomando cuerpo, pero a diferencia de los muñecos ella arrastró consigo la pantalla, o mejor dicho su cuerpo se formó con la materia de la pantalla, que desapareció. Y, otra diferencia, a ella no hubo que ponerla de pie porque no cayó. Quedó de pie, entre los muñequitos, y creó un campo energético que los activó. La escena no podía parecerse más a la de Blancanieves y los siete enanos, salvo que éstos eran más de siete. Se pusieron en movimiento, ella caminando con los pasos característicos de las modelos, ellos siguiéndola con pasitos mecánicos. Dieron unas vueltas en el espacio libre, entre los aplausos y risas de los viajantes. Con la desaparición de la pantalla había desaparecido la única fuente de luz, pero igual se veía. Al fin el movimiento que había traído la modelo de su absorción de la pantalla se agotó, los pasos se fueron haciendo más lentos, como juguetes a los que se les acababa la cuerda. Los viajantes aplaudieron y se volvieron hacia el hombre del guardapolvo.

Sabor supuso que ahora dirían algo que explicara lo anterior, y sintió un invencible desaliento. Le volvió el sueño, que había retrocedido durante un rato. Además, no era una explicación lo que necesitaba, porque aun con ella los hechos que había presenciado eran demasiado incoherentes para la historia en curso. Tendría que inventar algo para hacerlos más creíbles (típico consejo del sueño).

Al menos tenía con qué ilustrar el artículo: el amplificador de coincidencias cósmicas. Este instrumento, a pesar de su nombre fantasioso, existía realmente, y databa de los tiempos heroicos de la astronomía, cuando la ciencia apenas empezaba a salir del andador de la superstición. Las «coincidencias» de marras eran las conjunciones de los planetas en sus eternos trayectos. El aparato, que indicaba los resultados por coordenadas sexagesimales, era simple e ingenioso, testigo de los orígenes de la mecánica; constaba de doce ruedas de relojería girando en círculo bajo un vidrio cuadriculado. Sabor estaba seguro de poder conseguir en algún viejo manual de astronomía, o en la enciclopedia que dormía en un rincón de la redacción de El Orden, un dibujo del amplificador. Decorativo, con el encanto de las mecánicas anticuadas, haría el mejor efecto en medio de las columnas de su próximo artículo.

Esta vez, positivamente, no estaba para registrar conjunciones astrales. O sí, pero en otro nivel. El cerebro de la operación lo había adaptado, quizá simplemente atornillándole un aspersor de protones o un fanal de antimateria, para registrar otras conjunciones: las de los números que entraban por los pequeños agujeros. A fin de cuentas, todo era adaptación; la creación, tan cacareada en las ciencias como en las artes, era una quimera bajo la cual no había otra cosa que utilizaciones más o menos inteligentes de lo viejo para producir efectos nuevos.

Estas reflexiones lo habían distraído, aparte de que la oscuridad lo tenía medio dormido. El murmullo sordo que había hecho de fondo a su meditación se precisó poco a poco, hasta tomar la forma de un discurso, hecho de advertencias y amenazas. Debía de ser el famoso R.F., aleccionando a los viajantes. Les mandaba cuidarse de un adversario temible y traicionero, que no retrocedería ante nada con tal de detenerlos. Sabor se puso alerta.

—Este ser maldito que me persigue —decía la voz—, ¿de dónde salió? Era un hombre normal, hasta que un accidente, un golpe en la cabeza, le produjo una serie de trastornos, el más molesto de los cuales fue la capacidad de oír el pensamiento de la gente que lo rodeaba. Muchos han fantaseado con tener este don, pero en los hechos es una auténtica maldición, porque produce un ruido insoportable dentro de la cabeza, e impide pensar. Y ni siquiera eso es lo peor; además, se pierde toda privacidad, porque la propia depende de la ajena. En cuanto a beneficios prácticos, no hay ninguno, porque nadie piensa nunca nada interesante ni efectivo. Lo que importa es lo que se dice, no lo que se piensa. El pensamiento es un mito, ni más ni menos.

»Entonces recurrió a mí, que era, y sigo siendo, el mayor especialista en telepatía del mundo. Fue a verme a mi consultorio en Suiza. Ahí fue donde nos conocimos. Lo examiné, estudié el caso, y le di un diagnóstico realista: tendría que resignarse a vivir con ese "don" maldito, porque no existía remedio alguno. O mejor dicho sí, existía un remedio, pero de aplicación extremadamente difícil, casi imposible…

En ese momento la narración fue interrumpida por una carcajada sardónica que provenía de un costado de la tiniebla. El orador tomó el tablero, lo encendió y apuntó sus antenas en la dirección de la que había venido el sonido. Allí al fondo, en la oscuridad, se formó un halo de un verde muy intenso, en cuyo centro se dibujaba una silueta humana en posición defensiva, levantando los puños.

—¡A él! —Quizá Sabor oyó mal y lo que dijo fue «Es él». Daba lo mismo.

Los hombres de oscuro que habían constituido el público de la conferencia, armados cada uno de su aparatito rojo, se precipitaron hacia el halo, que no tardó en volverse un torbellino en el que las figuras se multiplicaban, se golpeaban salvajemente y salían volando en todas direcciones. Mientras tanto, del tablero salía un chorro de neutrinos que daba en el tumulto y lo intensificaba.

Sabor vio en esta distracción su oportunidad de apoderarse de uno de los muñequitos. Desde que los había visto salir de la pantalla había sentido un violento deseo, casi infantil, de llevarse por lo menos uno. No lo consideraba robar. Era parte de su trabajo. Debía advertir a las autoridades de esta siniestra conspiración, fuera cual fuera, y sin una prueba no le iban a creer. Además, así tendría la primicia. El tamaño mismo de los muñecos era una invitación a robarlos.

Pero no fue tan fácil. Por lo pronto, debía bajar, y no sabía cómo hacerlo. Fue bordeando la baranda, un poco a tientas, un poco al resplandor del cambiante halo verde. No iba prestando suficiente atención, porque cuando llegó a la escalera lo supo sólo porque la baranda desapareció bajo su mano, y como tenía todo el peso del cuerpo apoyado en ella, rodó. No fue grave. Se puso de pie en los peldaños de la mitad, y terminó de bajar con otra caída. Aquí veía mejor. Frente a él estaba el almácigo de muñecos, rodeando a la bella figura de la modelo; los separaba de él un espacio vacío que le pareció peligroso cruzar sin más. Una mirada al rincón lejano le mostró que el combate seguía de pleno. Le dio la impresión de que las secuencias se repetían, pero no estaba para quedarse a estudiarlo. El más peligroso seguía siendo el hombre del guardapolvo, que le daba la espalda y seguía bombardeando la batalla con el amplificador. No quiso pensar lo que le sucedería si lo veía y le lanzaba una rociada a él.

Era más prudente dar un rodeo siguiendo la pared. Contra ésta se alzaba una enorme pila de objetos chatos que, cuando estuvo cerca, vio que eran maletines, como los de los viajantes. Debía de haber cientos, quizá miles, apilados precariamente. Entre ellos y la pared había un espacio, muy conveniente para ocultarse; el inconveniente era que allí no llegaba la luz verde, ni otra ninguna. Estiró las manos y avanzó a tientas como un ciego. Aun así, tropezaba a cada paso. Por suerte no sentía dolor. Había algo así como un acolchamiento general que hacía inofensivos los golpes. Uno de éstos sonó a hueco, y produjo un gemido. Se congeló. Tocó una especie de arcón grande, y volvió a oír unas vocecitas filtradas. Preguntó quién era, en voz baja; le respondieron con un susurro urgente:

—¡Sáquenos de aquí! ¡Por favor! ¡Dios lo recompensará!

Eran voces de mujer. Al tacto, encontró el cierre de la tapa, un cierre a botón que logró abrir. Tres jóvenes, que habían estado apretadísimas ahí adentro, asomaron como accionadas a resorte. Fue como si lo hubieran estado esperando, porque organizaron el escape de inmediato, y con gran eficacia. Lo hicieron seguirlas; obedeció, renunciando al muñeco. En los vislumbres de la carrera vio que eran tres chicas muy parecidas, vestidas con idénticos uniformes azules, ágiles como gacelas, decididas a escapar a cualquier costo de la trampa en la que habían caído.

Las reconoció: eran las tres recepcionistas que lo habían atendido por la mañana. Una de ellas tomó un maletín al pasar y se lo llevó, quizá como recuerdo de la aventura. Por lo visto conocían bien el camino. Atravesaron unas oficinas vacías, después un pasillo, y se detuvieron ante un ascensor. Sus sonrisas volvían a ser profesionales: le dijeron que por ahí podía subir hasta su piso y su cuarto. Sabor habría querido saber algo más, por ejemplo quién las había encerrado y por qué. No sabía si sería descortés preguntarles, pero de cualquier modo no le dieron tiempo: debían irse, estaban apuradas; habían contratado un taxi, y sería un milagro, dijeron, si las estaba esperando todavía.

VIII

Mientras tanto, no lejos de allí, Óscar se entregaba a sus propias investigaciones. (Otra forma de la telepatía, son los hechos que suceden al mismo tiempo en distintos lugares.)

Al llegar había encontrado a los padres levantados, frente al televisor, y su entrada produjo una interrupción brusca de la conversación, lo que, sumado al gesto de culpabilidad, le indicó que habían estado hablando de él. Se preguntó qué habría hecho; nada en particular seguramente; como siempre entre padres e hijos, no se trataba de lo que hacía el hijo sino de lo que era, de la traición a las esperanzas puestas en él, del desconocido en el que se había transformado al crecer; lo particular quedaba hundido en la infancia, en ese consejo no oído veinte años atrás. Sintió un gran desaliento. Había cosas contra las que era inútil combatir.

Pero se equivocaba: esta vez el tema era otro. Se trataba del inquilino. Cuando les preguntó por él, respondieron, o mejor dicho no respondieron, en el tono de «no queremos hablar de eso». Preguntó si estaba en su cuarto. Se encogieron de hombros y resoplaron de impaciencia. ¿Qué quería decir eso? ¿Estaba o no estaba? Realmente no querían hablar del tema. Lo único que podían decir era: «Cuanto antes se vaya, mejor».

¿Qué había pasado?

La madre se puso de pie y sacudiéndose los pensamientos indeseables que debía de haber estado compartiendo con su cónyuge, le preguntó a Óscar si había cenado, si tenía hambre, si tenía sueño y quería que le preparara la cama en el sofá (¡tener que hacer dormir a su propio hijo en el sofá por culpa de...!). Tanto comedimiento tenía una visible intención de cambiar de tema. Pero quizá el tema a evitar no era el del huésped después de todo, porque volvió a él, sin prestar atención a las respuestas del hijo (que le decía que ya había cenado, y no dormiría en la casa porque tenía pasajeros que llevar a Rosario): una no sabía a quién estaba metiendo en la casa, en el futuro tendrían más cuidado, o confiarían más en su intuición... Esto último iba apuntado contra el marido, que hizo un gesto cansado: debían de haber estado culpándose mutuamente. Óscar encontró injusta la acusación, y se lo dijo: esa mañana los había encontrado a los dos por igual entusiasmados y prodigando encomios a «ese caballero tan amable y educado»… La madre lo negó: si había puesto buena cara era sólo para complacer al marido, porque ella había sospechado de entrada. Le había dado mala espina desde el primer momento, cuando ella le ofreció en venta el último número de su revista…

Óscar soltó una exclamación de espanto. ¿Le había querido vender la revista? ¿Y «desde el primer momento»? Qué desubicada.

La madre hacía una revista casera, toda escrita por ella, con chismes del pueblo y arrebatos cívicos, alternados con poemas y aforismos; la reproducía en fotocopias y la llevaba a los puestos de diarios, que después iba a supervisar todos los días; además la vendía directamente a todos sus conocidos. Óscar, que se habría muerto de vergüenza si no fuera porque vivía en Rosario, en el fondo no se preocupaba gran cosa por el descrédito que esa actividad pudiera costarle a la familia; al contrario, la habría encontrado beneficiosa, por mantener ocupada e interesada a su madre; lamentablemente, la señora no obtenía esos beneficios, pues escribía demasiado rápido, en una tarde terminaba la redacción de todo un número, y a la mañana siguiente la tenía impresa y distribuida, y después pasaba una quincena o dos o tres (la publicación era aperiódica) sin nada que hacer salvo quejarse de la mala recepción que había tenido el número, las pocas ventas, la envidia de las viejas ignorantes de San Lorenzo, acumulando rencor para el próximo número.

Su hijo, apoyado por el padre (pero poco, porque el pobre señor ya estaba resignado a lo incorregible de su esposa) trataba de hacerle entender cuánto ganarían los textos, y la revista en general, con una elaboración más lenta, menos improvisada. Si bien él no pretendía saber nada de literatura, era de simple sentido común que la ventaja de lo escrito respecto de lo oral estaba en la posibilidad de corregir, antes de hacerlo público. Ella, con su precipitación, no ganaba nada, sobre todo porque no tenía fechas límite que respetar. Y si ya se había convencido, a juzgar por sus repetidas quejas, de que no podía esperar ninguna gratificación de parte de sus escasos y remisos lectores, al menos podía aspirar a la satifacción de un trabajo bien hecho (y no le decía, pero preparaba el camino a su deducción, que ese trabajo bien hecho mejoraría las expectativas de recepción). Pero era tan inútil como hablarle a una pared.

De todos modos, en esta ocasión no pudo siquiera empezar con las reconvenciones. La madre no aceptaba que la tratara de desubicada. Se consideraba por el contrario un modelo de ubicación y oportunidad. ¿Qué más adecuado que ofrecerle a un forastero recién llegado a San Lorenzo su revista, *La Sanlorenceña*, en la que podía ver un panorama de la vida del pueblo en algunos de sus resortes secretos, su historia, sus envidias, y hacerse una idea de la cultura y calidad humana de una de sus habitantes? ¡Y al precio de dos pesos, que era francamente ridículo y a ella le hacía perder plata…!

La interrumpió, en parte porque ese discurso ya lo conocía, en parte por una sincera curiosidad por la reacción del desconocido.

−¿No te la quiso comprar?

No. Se había negado, y con la excusa más ridícula… Más ridícula todavía que la de la vecina que se había negado a comprársela diciendo que no podía leer porque se estaba haciendo la auriculoterapia.

Como había recibido muchas excusas de ésas, y las había registrado indeleblemente en la memoria, que tanto la traicionaba en otros aspectos, se dispuso a hacerle la lista al hijo, olvidando que ya se la había hecho innumerables veces. Él se lo impidió preguntándole cuál había sido la excusa del visitante.

−Que ya la tenía. ¿Cómo la iba a tener, digo yo, si llegó hoy a San Lorenzo?

Óscar debía admitir que no valía nada como excusa, y qué más habría valido negarse sin dar explicaciones. Pero, como se enteró de inmediato, ése no había sido más que el motivo de una primera intuición negativa, que la madre había sido conminada a ignorar, y a abrir, cosa que hizo de mala gana, un crédito que duró hasta momentos antes de la llegada de Óscar. La televisión local acababa de confirmar su intuición. En efecto, el noticiero había entrevistado a un distinguido científico de visita en el hotel, y éste había alertado a la población sobre las maniobras que estaba llevando en la zona un estafador que utilizaba como disfraz la identidad de un simpático personaje televisivo llamado Barbaverde. No habían entendido bien el motivo y los argumentos de la denuncia, pero tenían que ver con unos muñecos que el impostor estaba tratando de infiltrar entre los zombies matemáticos que el profesor había venido a presentar a San Lorenzo. El falso Barbaverde había respondido, en una comunicación telefónica en vivo, a las acusaciones, acusando a su vez al profesor Frasca, y en eso habían quedado.

—No me importa quién diga la verdad y quién mienta —concluyó la madre—. ¡No quiero tener en mi casa a un sospechoso!

—¿Qué sospechoso? —preguntó Óscar sinceramente intrigado, pues no había entendido qué tenía que ver todo ese asunto con el pasajero alojado en su cuarto.

—¡Es él! —exclamó la madre. Al parecer habían pasado para ilustrar la entrevista fragmentos del dibujo animado *Las aventuras de Barbaverde*, y ellos habían caído en la cuenta de que, a través de la simplificación grotesca del dibujo, podían reconocer al mismísimo «educado caballero» que habían metido en su casa.

Óscar trató de restarle importancia al asunto: si pagaba, ¿a ellos qué podía importarles la índole de sus actividades? La esencia del negocio hotelero, y del negocio de los servicios en general, era la neutralidad en materia personal. Un fontanero iba a arreglar una cañería a la casa de un santo y de un criminal sin hacer distinciones. Habría dado el ejemplo más cercano de él mismo, que no pedía un certificado de buena conducta a los que se subían a su taxi; no lo hizo porque sabía que, aunque no lo admitieran, sus padres se deprimían con cada recordatorio de su profesión; para ellos era una herida abierta que su hijo no fuera médico o abogado.

La conversación tuvo otra vuelta, más personal y mucho más perturbadora para Óscar, a solas con su madre en la cocina. Ella lo había seguido, con la evidente intención de hablarle fuera del alcance del oído del padre, y sus preguntas se fueron haciendo más ansiosas y más vagas a partir de los clisés maternos clásicos:

¿tenía hambre?, ¿estaba cansado?, ¿se estaba alimentando bien?, ¿trabajaba demasiado?, ¿dormía lo suficiente?, ¿por qué no venía a pasar un fin de semana con ellos?

Todo lo cual apuntaba a otra cosa, pero no llegaba. En algún nivel del inconsciente de Óscar debía de estar anunciándose, quizá clamorosamente, el tema oculto; pero su conciencia hacía resistencia, en sintonía con la notoria resistencia que le impedía a la madre ponerlo sobre el tapete. Ella no se caracterizaba por su delicadeza o timidez. Era más bien brutal, y no retrocedía ante lo escabroso. Pero su hijo era un caso especial.

De pronto los dos supieron de qué se trataba. Estuvo en el aire, entre ellos. Sin mencionarlo directamente, la madre lo soltó todo, en rodeos que se superponían y enredaban. ¿Por qué no le había traído la ropa sucia? No le gustaba que se la lavara él solo, no era tarea para un hombre… Óscar siempre había sido tan quisquilloso con su ropa, tan de cambiarse la camisa todos los días, en verano dos veces por día, los pantalones bien planchados, desde chico… Un gesto de dolor, muy fugaz, indicó que no quería pensar siquiera en su hijo planchando; no quería preguntar quién le planchaba. Prefería volver sobre la mala alimentación; no había como la comida casera.

Al fin los rodeos se deshilacharon, y dejaron ver lo que había en el centro: lo habían visto por la televisión. Sí, lo habían visto… Aun entonces, una suerte de repugnancia trascendente le impedía entrar en materia. Lo habían visto de casualidad, sin poder creer del todo que fuera él… Pero lo repetían sin cesar, no por él, por supuesto, sino porque el azar había querido que él avanzara de frente por otra pasarela mientras en primer plano lo hacía la chica muerta… Debía de ser la única filmación de ella que tenían, por eso volvían a pasarla una y otra vez, mientras ellos, los padres, fijaban la vista en ese modelo anónimo al fondo, no anónimo para ellos… Ahí encontraba una excusa para revivir los exhaustos rodeos, con el tema favorito de la buena alimentación: esa pobre chica… como todas las modelos, hacían sacrificios aberrantes para mantenerse flacas, se mataban de hambre.

—¿Lo dieron por televisión? —Fue la única pregunta que se le ocurrió a Óscar.

—¿Y cómo íbamos a saberlo si no? —dijo la madre con un toque de reproche—. Si no es por la televisión no nos enteramos de nada. Vos no nos contás nada.

—Pero ¡si yo no lo sabía! Lo único que sabía era que el desfile se suspendió por la muerte de una modelo, pero no sabía que era por anorexia.

—¿Y por qué va a ser, tratándose de una modelo? Aunque en realidad no se sabe. Está en duda. Tienen que hacerle la autopsia.

Óscar vio una oportunidad de cambiar de tema, o de no llegar al tema que ambos preferían evitar, y dijo que no tenía nada de extraño que ella, desde su casa, supiera más que él, que había estado en el lugar de los hechos. Siempre pasaba así: en la escena misma las cosas sucedían en una especie de caos, de improvisación; no había centro, no había perspectiva. Cada uno de los presentes veía un fragmento, con todas las deformaciones de la percepción y los huecos de atención; tenía que venir un agente ulterior, en este caso la televisión, para crear un orden y un sentido.

Pero la madre no estaba para teorías, y no lo escuchaba. El rostro se le deformaba por la angustia.

—Pero querido, ¿por qué hacés eso? Oscarcito…

—¿No les conté hoy que me habían ofrecido…?

Lo interrumpió, trémula, casi implorante:

—¿Te pagan? Si necesitás plata recurrí a nosotros, yo puedo privarme de todo para que vos estés contento.

—¡Por Dios!

—Te doy la plata con la que iba a hacer el próximo número de la revista. Total, ya estoy cansada de que me critiquen…

—A veces me pregunto si no estarás un poco loca.

—Si no querés casarte podés juntarte, como se hace ahora, con una chica que te guste…

Óscar se demudó. No tanto por la revelación de los temores que su madre había venido disfrazando tan mal, sino por lo repentino e inconexo de su confesión. Y no porque este cortocircuito fuera fantástico, sino, al contrario, porque se parecía demasiado a la realidad.

Nunca había sentido inclinaciones homosexuales, pero, aunque así hubiera sido, los temores de la madre le habrían sacado las ganas. Tampoco entendía bien estos temores. Después de todo, por lo que sabía del tema, los homosexuales eran devotos de sus madres, y vivían con ellas toda la vida y las tenían como reinas. Claro que, aparte de que él carecía de la plata como para mantener como una reina a ninguna mujer, ella jamás habría aceptado ser mantenida. Sus miedos parecían brotar de una difusa y bastante convencional concepción de la normalidad. Su misión autoimpuesta de periodista y conciencia moral de San Lorenzo se veía amenazada por el menor desvío de su familia. Fuera de sus paradigmas acechaba un mundo de monstruos. Habría querido decirle que se podía ser homosexual sin tener que pintarse los labios o vestirse de mujer por las noches. Pero era inútil.

Muchas veces Óscar, arrastrado por estos pensamientos, que perseguía largamente en sus noches solitarias de la pensión rosarina, había llegado a preguntarse si a fin de cuentas la homosexualidad sería tan mala para él. Quizá, se decía, no había una frontera tan marcada. Esto lo pensaba porque cuando dejaba errar su fantasía por la posibilidad del amor, un compartimento vecino al de estos sueños, y comunicado con él, era el de la amistad. Sí, le gustaría, como a todo joven de su edad, encontrar a la chica bella y sonriente a la que estrechar en sus brazos… pero también le gustaría, quizá antes, quizá más, encontrar al buen amigo con el que compartir estos sueños: en cierto modo, se harían realidad.

¿Cómo convencer a su madre? ¿Cómo hacerla entrar en razones? El episodio de Vanessa lo había mantenido en secreto, y el fracaso de este episodio lo había hundido en un pesimismo sin regreso. Además, su madre no era de las que pudieran convencerse con razones, y ni siquiera con hechos: se necesitaba un milagro. En su alma romántica, Óscar creía que el amor se alimentaba de milagros, y si Vanessa hubiera muerto, tendría que resucitar. Esto lo pensaba metafóricamente, porque todavía no se había enterado del alcance de la realidad. En ese momento le volvió a la mente, casi como una alucinación, el rostro sonriente, ingenuo, algo tonto, de Sabor. ¿Y si la suerte había querido que encontrara al amigo que tanto había buscado? Una parte de su sueño se habría realizado. Pero como un sueño no tiene partes, existía la posibilidad de que se hubiera realizado todo, completo.

La eficacia del sueño se realizaba en un plano distinto al de la realidad. El gesto ansioso de la madre frente a él estaba hecho todo de realidades, domésticas, prácticas, sociales. Se preguntó si al acercarse a las puertas del sueño no estaría al fin, después de tantos años, abriendo los cerrojos que lo habían mantenido encerrado en la infancia. Claro que para que la liberación tuviera efecto, el sueño debería volverse realidad. Y no una realidad onírica sino una real, que se sostuviera interna y externamente y que además se pareciera lo más posible a la realidad. Pero no quería pedir lo imposible: se conformaba con un simulacro.

Minutos después, conducía su taxi por los laberintos negros del parque del hotel. Todo a su alrededor se sacudía con la furia del viento; el auto mismo se hacía difícil de controlar. Se habría imaginado que en el parque por la noche habría faroles encendidos, luces en las fuentes, reflectores sobre las estatuas, insinuantes claroscuros en las pérgolas, como para alentar caminatas nocturnas o encuentros románticos de los pasajeros. ¿De qué servía haber construido, y mantener, esos costosos jardines, si no era para hacer de ellos un ambiente más del hotel? Es cierto que servían de día, pero, al no utilizarlos de noche, el beneficio de tenerlos se reducía exactamente a la mitad. Aunque quizá la iluminación existía, y sólo se la utilizaba con buen tiempo; en una noche tan atroz como ésta eran impensables los paseos de medianoche. De todos modos, aun en pleno invierno podía haber noches templadas y agradables, que quedarían desaprovechadas si la administración del hotel se regía mecánicamente por el almanaque. Y estaba la posibilidad de circular en un vehículo cerrado, como lo estaba haciendo él.

No creía que lo hicieran por ahorrar electricidad. Derrochaban demasiado en cosas más inútiles como para hacer estos cálculos. Tratar de explicarse las cosas por la Razón, pensaba Óscar, podía ser en ocasiones un ejercicio vano. Había una lógica estricta, según la cual cada causa y efecto se ajustaban sin fallas, y había una completa falta de lógica, de acuerdo con la cual no había explicaciones posibles. Pero entre ambas había una media lógica, o una lógica infiltrada de falta de lógica, que obligaba a manejarse con hipótesis.

Sea como fuera, las ráfagas arreciaban. Los árboles se retorcían, los setos parecían desplazarse, flores y ramas eran arrancadas y volaban como proyectiles a incrustarse en otras plantas. Los faros del auto abrían surcos trémulos en la revuelta tiniebla, pero a Óscar lo confundía el movimiento frenético del aire. Aunque las dos torres estaban iluminadas por dentro, no difundían ninguna luz; al contrario, la absorbían haciendo más negro todavía el parque. Un tubo fluorescente desprendido de quién sabe qué marquesina, todavía brillando débilmente (no se lo habría notado de no ser tan negra la oscuridad) se estrelló contra un gran ananá de piedra; el vidrio pulverizado, arrastrado por un viento contrario, se pegó como talco al parabrisas del taxi.

Óscar no lo sabía aún, pero en el parque que atravesaba se estaba librando un combate, entre dos principios opuestos; no estos o aquellos principios opuestos, sino «los» principios opuestos, los contrarios por excelencia. El Bien y el Mal eran sus formatos más triviales, tras los cuales se escalonaban otros más sutiles: el Sueño y la Realidad, lo Femenino y lo Masculino, la Sintaxis y el Balbuceo, y muchos más. En el extremo de la serie: la Corriente Continua y la Corriente Alterna. Los principios se habían materializado en dos vientos, que eran los que luchaban, encarnizados y a la vez siempre fugitivos, sacando fuerzas de la infinita plasticidad de su naturaleza. Sus abrazos, sus choques, los confundían, a tal punto que habría sido difícil distinguirlos; estaban siempre mezclados, los tentáculos de uno eran los del otro, sus faldones eran puro revés. Si en cualquier combate cuerpo a cuerpo se producen estas confusiones por entrelazamiento, cuánto más se daría en este box de vientos.

Quizá para diferenciarse (y no perderse ellos mismos), quizá porque no podían hacer otra cosa o la furia que los poseía no los dejaba contenerse, cada uno soltaba su silbido propio. El de uno sonaba BBBB…, el del otro FFFF…

Óscar había disminuido al mínimo la velocidad del taxi, y se inclinaba sobre el volante forzando la vista. Temía que a pesar de toda su prudencia debía de estar aplastando canteros y parterres; los caminos mismos del parque, ya sinuosos de por sí, se retorcían bajo la acción de esas atmósferas desencadenadas. El auto se sacudía como una canoa en aguas turbulentas. El sistema de suspensión de los ejes no iba a aguantar mucho más, y encontrar el lugar de la cita se hacía más improbable a cada momento. Estaba perdido; su única referencia visible eran las grandes torres del hotel, pero aparecían y desaparecían entre el follaje convulsivo, a un lado, al otro, de frente, atrás. Los dos gigantes en forma de viento valsaban por todas partes, en la tiniebla impenetrable. Decidió buscar más bien la salida, aunque perdiera el viaje; afuera estaría a salvo. Sabía que al pie de los edificios altos es donde se embolsan los peores remolinos; al ser dos las torres del hotel, tenían que ser dos los vientos. Quizá a fin de cuentas no había nada de sobrenatural.

Cuando ya estaba a punto de renunciar, o ya había renunciado, se encontró en el sitio que le habían indicado, la entrada de la avenida de la gran fuente circular, que marcaban dos enormes topiarios, dos gallinas de laurel de seis metros de alto, que ahora se hinchaban y cacareaban (una BBBB…, otra FFFF…) como si estuvieran poniendo huevos que fueran planetas. Y allí estaban, las tres chicas, todavía con sus uniformes azules; por lo visto no se cambiaban al entrar o salir del trabajo; o tal vez no habían tenido tiempo de hacerlo esta noche, por alguna clase de huida, posibilidad abonada por el hecho de que no llevaban carteras ni bolsos, cosa rarísima en mujeres; lo único que traían, que traía una de ellas, era un maletín.

Se metieron deprisa en el taxi, una adelante y las otras dos atrás, quejándose ruidosamente por lo que las había hecho esperar y el frío que habían pasado. Pero las recriminaciones se cambiaron pronto en risas y coqueteos y felicitaciones a Óscar por lo bien que había desfilado, «como si no hubiera hecho otra cosa en la vida». Empezaron a guiarlo hacia la salida, pero cada una le daba instrucciones distintas, y estaban tan risueñas y bromistas, y mezclaban tantos comentarios sobre los desfiles, la ropa, la chica muerta, y tanto reclamaban la atención del conductor, que éste terminó más perdido que cuando estaba solo. Pero su ánimo había cambiado; ahora no se preocupaba, y él también se reía, y manejaba despreocupado. Le sorprendía ver cómo se transformaban las circunstancias por una modificación del humor del que las vivía. Ahora, charlando alegremente con las chicas, la batalla de los gigantes de viento le parecía un cuento infantil, y sonreía con desdén al oír, como trasfondo de la cháchara de sus amigas, sus iracundos BBBB… FFFF…

Ellas sólo se pusieron serias (pero no mucho) al buscar un escondite para el maletín, que, según creyó entender Óscar, debían proteger, pues era peligroso que cayera en manos equivocadas. ¿Sería robado? Les dijo que podían guardarlo en el baúl, pero para eso alguien tendría que bajar del auto. Al fin lo metieron bajo un asiento.

No sabía qué estaban tramando, pero les pidió un poco de compostura. No entendía, les dijo, cómo una empresa de la importancia del hotel Savoy ponía una tarea tan fundamental como la recepción en manos de niñas así de locas. Le respondieron con un coro de risas, muy halagadas. ¿Sus jefes no les pedían seriedad? ¿No? Entonces se la pedía él, o al menos se la pedía hasta que encontraran el camino de salida, porque este combate de los dos gigantes eólicos lo estaba poniendo nervioso.

¡Qué cagón! ¡Qué mariquita!, exclamaron ellas entre carcajadas. Cómo podía ser tan timorato para creer en lo que no era más que un bluff. Todos los gigantes tenían pies de barro (y cerebro de mosquito) y éstos dos se estaban desprestigiando tanto uno al otro en la guerra de comunicados que habían lanzado esa noche por televisión que ya era imposible tomárselos en serio. Recurrían a argumentos demasiado grotescos. Si por lo menos uno hubiera dicho que el otro producía cáncer, habrían ganado más credibilidad. Pero en su afán de ser barrocos e impresionantes habían terminado por caer en el ridículo. Por ejemplo, uno había acusado al otro de haberse robado un elefante de un circo y después haberlo dejado escapar. El elefante había hecho destrozos en San Lorenzo, y había sido necesario traer uno de los viejos cañones del campo de batalla histórico para meterle un cañonazo en el culo. ¿Quién podía creer eso?

Óscar no entendía cómo los gigantes podían estar combatiendo en el parque y despachando comunicados por televisión a la vez (no dudó que estuvieran haciéndolo porque coincidía con lo que le habían contado sus padres) y les habría pedido que se lo explicaran, si no fuera porque en ese momento encontraron, por casualidad, la salida del parque, y ellas volvieron a sorprenderlo: cuando ya tomaba el camino de Rosario, le gritaron que doblara para el otro lado. Iban al pueblo, a San Lorenzo. Y ahí mismo le dieron la dirección precisa... que no era otra que la de la casa de los padres de Óscar.

IX

Al morir, Vanessa le dejó una carta a Óscar. Decía así:

Sé por qué te alejaste de mí. Me creías una frívola niña burguesa, que no soportaría la idea de ser la novia de un taxista. No te lo reprocho, porque era más o menos la imagen que yo misma tenía de mí. De modo que cuando comprendí que te retirabas, pensé en dar vuelta la página y mirar a mi alrededor en busca de otro hombre. No te traicioné, mi Óscar. Solamente abrí los ojos. Los había tenido cerrados a todo lo que no fueras vos. Y me bastó abrirlos (¡qué tonta y frívola fui de no mirar antes!) para ver que ninguno se te comparaba. No porque fueras perfecto, que estás lejos de serlo, y tu huida me lo probaba, sino porque me di cuenta de que yo estaba hecha para vos, y en ningún otro hombre cabría tan perfectamente. En eso sí sos perfecto: sos el hombre en el que todo lo mío caerá en su lugar, y no hay ni podrá haber otro igual. La última vez que nos vimos te conté que en la facultad estaba cursando Estadística II, materia fundamental en la carrera, y recuerdo haberte dicho que todos mis compañeros me habían asustado con lo difícil que era; pero yo la encontraba tan congenial a mí que me había entusiasmado y hasta exaltado y conmovido con este mundo de matemáticas especulativas que se me abría. Esto que parece una digresión colgada del vacío viene a cuento de lo que te decía antes. No es imposible que exista otro hombre que llene mis aspiraciones como lo hiciste vos. Puede estar oculto en el innumerable hormiguero que es la humanidad. Las leyes de la estadística superior que estoy aprendiendo, y con las que estoy tan compenetrada, me indican que por sutiles y numerosas que sean las cualidades que tenés, o que te adjudico, podrían reunirse en otro individuo de nuestra especie (así sea con un pequeño margen de error que no alteraría el efecto). Pero al mismo tiempo, y ésa es la lección de la estadística de veras superior, ese hombre posible no existe, porque lo posible en general no existe. Todo el gran cálculo da por resultado lo realmente existente, y esto no se repite. Así fue como descubrí el amor, o mejor dicho descubrí que yo amaba. No sos cobarde, mi Óscar: sos inmensamente valiente. Ahora lo sé. Perdoname si no soy muy clara ni ordenada, en estas líneas que te escribo en el umbral del gran experimento que es la muerte. Para más esclarecimiento, te pido que recurras al profesor de Estadística II en la facultad a cuya puerta ibas a esperarme. Es un profesor visitante, una eminencia, viene de Europa y estará entre nosotros sólo hasta el fin del cuatrimestre. Se llama Richard Frasca. No tengas celos de él (ni de nadie), fue una figura paterna para mí. Tuya, con los tres besos que me diste una vez (fue la única vez que nuestros labios se tocaron): Vanessa.

La letra era redonda, infantil, y había miles de faltas de ortografía (Sabor las corrigió piadosamente al transcribirla en su artículo), pero el sentimiento era genuino.

Los dos amigos la leían a la vez, con las cabezas juntas, como dos niños inclinados sobre un libro de aventuras, igual de absortos que podían estar los niños para los que el mundo real había dejado de existir, remplazado por el de la aventura y el sueño. Y también el Ideal.

Sabor era el más emocionado de los dos. El doloroso trabajo que llevaba hecho sobre su timidez para lograr acercarse a Karina lo ponía en condiciones de apreciar algunas cosas. Se emocionaba por su amigo, identificándose con él. Se preguntaba si no habría habido, en sus vacilaciones respecto de la bella artista, un elemento de clase social también. Pero se identificaba con Óscar como con un personaje de ficción. A él no le sucedían cosas así. Esto se debía a una identificación previa: la de Sabor con la realidad, en la que no sucedían esas cosas novelescas.

Óscar de algún modo sentía la identificación de Sabor, sentía su emoción, y eso hacía que se sintiera absorbido, por una fuerza cuyo alcance desconocía.

Los dos estaban descubriendo, asimétricamente, la amistad.

—Cómo querría que mi vieja leyera esta carta —dijo Óscar.

—¿Por qué?

—Para que se convenciera. Tiene miedo que me quede soltero.

Sabor no quiso decirle que esa carta, en tanto era la carta de una muerta, era lo menos apropiado para persuadir a la señora de un inminente matrimonio. Y al mismo tiempo, lo entendía.

—Qué raro —decía Óscar—. Todavía no caigo. Cuando me dijeron que había muerto una chica, una modelo, pensé, como uno piensa siempre, que chicas hay muchísimas. Hasta me sorprendió que suspendieran el desfile (después lo entendí). ¿No podían remplazarla con otra? Jamás habría pensado que podía ser Vanessa. Ahora mismo, trato de pensarlo y no puedo. Es como tratar de hacer coincidir dos piezas que están en juegos distintos… Hasta por el tamaño.

—Es lo que me pasa a mí con Karina. —La mencionó porque ya antes se habían hecho confidencias, y Sabor, que en un año entero de amor secreto no había pronunciado en voz alta el nombre de su amada una sola vez, se sorprendió haciéndolo con la mayor naturalidad.

—Pero tu Karina está viva.

—Pero no me quiere como a vos Vanessa. O, mejor dicho, no sabe que yo la quiero. Me ignora olímpicamente. La tuya tiene más sustancia. Además…

—¿Además qué? —Un poco agresivo.

—¡No te vas a comparar conmigo! Vos sos un Adonis, podés tener todas las mujeres que quieras.

Óscar se limitó a responder con una risita desilusionada.

Sabor:

—Creo que nos hemos concentrado demasiado en cuestiones marginales, o externas, y nos estamos olvidando del contenido, que es bastante sorprendente.

—¿Por qué lo decís? —Óscar no entendía. Le parecía haber estado hablando de lo más fundamental hasta aquí.

—No sé si lo notaste, pero en la carta Vanessa menciona al profesor Frasca…

Pero no se trataba de eso: lo que Óscar no entendía era la diferencia que había mencionado Sabor entre lo externo y lo interno del mensaje.

Se lo explicó con ejemplos. Unas iniciales marcadas en la corteza de un árbol, encerradas en un corazón y atravesadas por una flecha. La tarjeta impresa en el ramo de flores (lo que tiene impreso es la frase «Te amo»). El blanco que queda en el lugar de la firma, al pie de un anónimo por el que un marido se entera de que su esposa lo engaña. Pero no tardó en arrepentirse, como se arrepiente uno casi siempre al explicarle algo a alguien que no sabía. Porque ahora Óscar parecía entender mejor que él, como lo demostró con la siguiente pregunta:

—¿Por qué Vanessa escribió esta carta? ¿Acaso sabía que iba a morirse?

Sabor, sorprendido por la pregunta, que a él no se le habría ocurrido ni en mil años, propuso alguna hipótesis; que la tuviera escrita desde su infancia… No, no podía ser. Que la carta la hubiera escrito otro. Esto último Óscar lo rechazó con energía: podía reconocer su tono, su voz, en las palabras escritas. La había escrito ella, de eso no había duda alguna.

—¿No será —propuso Sabor— un caso como el de una película que vi, en la que un tipo está con una chica, muy cariñoso y tierno, y después aparece un cartelito diciendo «El Día Anterior», y se ve a ese mismo tipo asesinando a sangre fría y con sadismo a esa misma chica?

Óscar pensó: Este muchacho es un completo idiota. Tenía sus motivos, porque el recuerdo de esa película no venía a cuento en lo más mínimo. Óscar, que nunca había tenido un amigo de verdad (salvo su viejo taxi), siempre había identificado confusamente la amistad con la inteligencia; si no era así, sentía que no valía la pena. Y sin embargo, en este momento supremo en que creyó captar en su nuevo amigo un abismo de estupidez, se sintió dispuesto a perdonar. Se aferraba a la amistad con la misma fuerza con que sentía que había perdido para siempre el amor.

Sin embargo, Sabor se reivindicó. Podía hacerlo con relativa facilidad, siempre que lo dejaran pasar a los temas que dominaba.

—Perdón —dijo—, estoy diciendo pavadas. Es que me distraje porque me había quedado colgado en lo que hablábamos antes. Vale decir, en el profesor Frasca.

—¿Quién es? ¿Lo conocés?

A su juego lo llamaron. Él lo sabía todo, nadie sabía más. Era su ocasión de lucirse ante su amigo. El siniestro profesor Frasca era… En fin, era todo lo que no era. Aprovechó para ensayar el artículo que enviaría esta tarde: originalmente médico, especialista en telepatía, había descubierto que un médico quedaba ligado a su paciente por lazos secretos que no se cortaban nunca. A eso se lo había llamado «telepatía»… En el fondo, todo era cuestión de palabras. Sin ir más lejos, lo mismo pasaba con las palabras «médico» y «paciente». Sólo en los casos particulares se ponía el nombre propio. En este caso particular, el nombre que correspondía, y pedía perdón por no haberlo mencionado antes, era el del archienemigo de Frasca, Barbaverde, el célebre aventurero cuyas andanzas él había venido registrando desde hacía un año en el diario *El Orden*…

—Un imitador de él está en mi casa —dijo Óscar.

—¿Qué?

—Anoche dieron por televisión unos «comunicados» en los que Barbaverde y Frasca se acusaban mutuamente; yo no lo vi pero mis padres sí y me contaron. Estaban indignados porque ese supuesto Barbaverde estaba alojado en la casa de ellos, porque este hotel está lleno, por causa de los eventos.

—¿Está en tu casa? ¿Por qué no me lo dijiste antes?

—Pero, ojo, es falso.

—No, no hay «falso» Barbaverde. No puede haber. Y si lo hay, es el mismo que el verdadero.

—Ahora que me lo decís, me acuerdo de algo: las chicas, las recepcionistas. Anoche me hicieron llevarlas a mi casa y se encerraron en la pieza con él, dijeron que tenían que llevarle un importante mensaje. Por suerte, mis viejos ya se habían acostado, porque no sé lo que habrían pensado.

—Hermano, tenés que conseguirme una entrevista.

—¿Con quién? —Óscar pensó que podía referirse a las chicas.

—Con Barbaverde.

—¿El que está alojado en mi casa?

—Es el único que hay.

—No lo conozco, ni siquiera lo vi.

—Pero podés llevarme a tu casa.

—Ahora no puedo. Estoy esperando a la televisión, vienen a hacerme un reportaje por lo de Vanessa. Y además no está. Esta mañana había desaparecido a primera hora.

—Podríamos preguntarles a las chicas…

Óscar recordó algo:

—Escuchame. La carta, esta carta de Vanessa, estaba en el maletín que ellas se dejaron olvidado en el taxi. Esta mañana lo abrí por curiosidad y la encontré. No miré lo demás, pero tiene reproducciones, muñequitos, una cantidad de cosas. Quizá a vos te interese.

¡Claro que le interesaba! No podía esperar a verlo. Le preguntó dónde estaba.

—En el auto.

En ese momento llegaba el equipo de la televisión; quedaron en que Óscar le subiría el maletín a su cuarto, donde lo esperaría Sabor.

Cuando se dirigía al ascensor, lo interceptó Herminia. ¿Dónde estaba? ¡Lo había estado buscando por todas partes! ¿Dónde se había metido? Sonaba irritada y mandona. Sabor quiso decirle que no tenía por qué darle explicaciones, y que él hacía lo que se le daba la gana con su empleo del tiempo. No sabía que lo de ella era una maniobra bien calculada: con ese fingido enojo, que no le costaba nada adaptar a su natural de por sí agrio, ocultaba que lo había estado vigilando todo el tiempo. Aunque en ese momento se dio cuenta de que Sabor como contrincante era demasiado incauto como para que estas precauciones se justificaran. Él las superaba y derrotaba a fuerza de distracción e inocencia. Era ella la que debía tener cuidado.

Aun así, siguió adelante con el plan que le había transmitido Nildo. Le preguntó por Karina.

—¿Karina? ¿Qué Karina?

Sabor se lo preguntaba sinceramente, tal era su sorpresa. Sintió como si le hubieran leído el pensamiento.

—¿Cómo qué Karina? —le dijo Herminia con una sombra de sarcasmo—. Su amiga la artista… ¿O es su novia?

Sabor iba de atónito a perplejo. Apenas si atinó a balbucear una negativa, que in péctore aplicó a la pregunta de si era su novia.

—Pero ¿no iba a encontrarse con ella? ¿Me está tomando el pelo, joven?

Aprovechando el desconcierto que le había provocado, Herminia volvía a exhibir lo peor de su carácter de escorpiana. Había calado bien a su interlocutor, que era de los que concedían todo por las malas. Pero no tan bien, porque se le había ido la mano. Al retroceder al fondo de su timidez, Sabor se sintió protegido, y pudo esbozar una estrategia. Dominó el impulso de negarlo todo, que lo había poseído en un primer momento, porque pensó que con una negativa rotunda se impedía averiguar algo:

—No, no la vi. ¿Usted no sabe dónde estará?

—Venga, vamos a buscarla.

Con aire de propietaria lo condujo sin hablar a través de varios salones; subieron a un entrepiso donde se repetían los salones, que atravesaron en sentido inverso, y se metieron por una puerta a un largo pasillo en penumbras; hacía rato que Sabor se había perdido. Salieron a un espacio no muy grande, y con poca luz. Parecía un depósito, con pilas de muebles contra las paredes, y en el centro mesas de trabajo con distintos materiales. Herminia, que de pronto parecía más cautelosa, miró en todas direcciones, y sobre todo hacia arriba, a unos balcones de hierro. No había nadie.

—Éste es el lugar que le dieron para trabajar.

Sabor miró a su alrededor con más interés. Se sintió excitado, con una curiosidad feliz, olvidado de todos sus problemas. No sabía nada de arte, nunca había sabido, y desde hacía un tiempo, desde que había empezado a buscar su clave, sabía menos. Sólo sabía que la mujer de la que se había enamorado era artista. Pero si quería recurrir a las viejas definiciones de las palabras «arte» y «artista» que utilizaba intuitivamente desde chico, descubría que no servían. Quizá no habían servido nunca. En una materia de la que ignoraba tanto no podía adoptar una perspectiva histórica. Karina con sus videos, sus instalaciones, sus performances, sus apropiaciones, su neoconceptualismo, lo desconcertaba al punto de hacerle sospechar que nunca iba a encontrar con ella un tema de conversación. El arte, fuera lo que fuera, envolvía al amor como una cáscara. A veces se le antojaba que era una cáscara como la del coco, inexpugnable. Pero otras veces la imaginaba como la cáscara de un huevo, que cedería al golpecito de la punta de un dedo. Y entonces lo dominaba la euforia que estaba sintiendo en ese momento.

El arte tenía que ver con lo que se veía y con lo que no se veía. Lo que no se veía y hasta (o: sobre todo) lo que no podía verse, podía ser arte, en estas nuevas definiciones de arte a las que se inclinaba Karina con tanta pasión. Sintió que quería verla, en este mismo instante. Sintió que no había aprovechado bien las ocasiones en que pudo verla; y sintió que esas ocasiones eran las verdaderas aventuras.

Lo que estaba viendo era básicamente un set de filmación, aunque muy precario y desordenado. No se demoró en examinar la utilería, cosa que no habría sido fácil, con la poca luz que había. Unos muñecos o maniquíes de tamaño natural, arrumbados contra las paredes, debían de ser, pensó, los «actores» del film conceptual.

Aunque no los únicos actores, a juzgar por la información que le dio Herminia: Karina estaba filmando una película, sí, pero había traído sus actores, o mejor dicho actrices, porque eran tres chicas jóvenes, miembros de un colectivo de teatro independiente. Representaban a tres recepcionistas del hotel, que se metían en problemas. Las distintas escenas sucedían en tono de comedia slapstick, con mucho absurdo y el socorrido recurso al cine primitivo, Meliès, el kinetoscopio giratorio, etcétera. No había argumento preestablecido, porque se aprovechaba la improvisación y la interacción con pasajeros y personal del hotel que no estaba al tanto. Su cobertura la había conseguido de parte de los organizadores de la Fashion Week, con la excusa de filmar un documental sobre ésta.

–Qué interesante… –comentó Sabor con cierta vaguedad.

–¿Interesante? ¿Le parece interesante? ¿Cómo sabe que no va a ser un bodrio?

–Bueno, ella es muy inteligente…

–Sí, muy «inteligente», cómo no. Pero es la «inteligencia» –le daba un tonito siniestro a la palabra cada vez que la pronunciaba– lo que mete en problemas a la gente.

–¿Por qué lo dice, señora? ¿Karina está en problemas?

–¿Y qué le parece? ¡La está buscando la policía!

A Sabor se le heló la sangre en las venas.

—¿Por qué? ¿Qué hizo?

Herminia suspiró adoptando una actitud misteriosa. Sugería que ella por su parte no quería meterse en problemas hablando de más.

—Tiene fotos y filmaciones comprometedoras. No me pregunte más.

Sabor pensó un momento y después dijo:

—Perdóneme la curiosidad, pero usted, ¿por qué la busca?

Herminia se mantuvo en la postura jeroglífica:

—Para darle un buen consejo.

Un pitido insistente en las sombras interrumpió la interesante conversación. Buscaron en el desorden de las mesas y sillas y sillones, entorpecidos por la falta de luz, siguiendo el sonido, hasta encontrar una tableta personal. La pequeña pantalla azul estaba encendida. Herminia la arrebató con un grito de triunfo y salió corriendo.

Por las circunstancias, por lo poco que sabía del misterioso personaje de Herminia, y por lo que había alcanzado a ver de la tableta, Sabor dedujo que ésta contenía el diagrama perdido de los agujeritos abiertos en el Universo por la perforadora de Frasca. El profesor, que aun siendo un genio no podía estar en todos los detalles, sobre todo si eran tantos como esta vez, había extraviado el diagrama, que le servía de clave para coordinar sus aparatos de numerología, y la había mandado a Herminia a recuperarlo. Era muy de él, esa costumbre de delegar tareas. Ella lo había usado a Sabor como excusa por si la encontraban a Karina en su taller improvisado; el amor podía ser la perfecta maniobra de distracción. La ausencia de la artista había hecho innecesaria cualquier maniobra, y Herminia escapaba con su presa soltando gritos de triunfo.

Se preguntó por un instante si debía seguirla y disputarle la tableta. Devolvérsela a Karina y quedar como un héroe sería un modo por demás interesante de entablar al fin una relación seria. Pero no lo hizo, por diversas razones, una de las cuales (la más importante, para qué engañarse) era que Herminia le daba la impresión de ser recia y combativa; quitarle algo por la fuerza tenía que resultar por lo menos difícil. No obstante, estaba tan acostumbrado a tapar las verdaderas razones de las cosas con las razones barrocas y fantásticas del pensamiento que se dijo que le convenía quedarse a esperar a Karina, y hablar con ella de lo que había pasado. Sería una buena ocasión, si no de quedar como un paladín, al menos de aclarar un poco la enredada trama de los hechos.

Cuando los gritos de Herminia se hubieron perdido en las imponderables distancias de los pasillos, Sabor se entretuvo, dispuesto a esperar todo lo que fuera necesario, mirando lo que lo rodeaba. Se sentía agradecido a la resentida divorciada por haberle revelado esta guarida secreta donde la bella artista había estado realizando sus alquimias. Lamentó el tiempo que había perdido dando vueltas sin objeto por el hotel, admirando como un ingenuo pueblerino sus lujos y riquezas (oropeles kitsch, alardes, la plata fácil) mientras aquí lo esperaba «lo real». Así lo consideraba en su corazón, aunque sus ojos le decían que no era tanto lo real como «el arte». Si no hubiera sabido que Karina era artista, jamás habría podido deducirlo por el aspecto de su taller.

X

En efecto, no había caballetes ni bastidores ni pomos de pintura, tampoco tablero de dibujo ni plumines, lápices o tijeras. Ni mucho menos arcilla o pasta de modelar o como se llamara. Se veían algunos papeles, pero como podrían verse en cualquier parte, algunos libros apilados (almanaques, tablas de logaritmos, un viejo manual de aeromodelismo). Todo lo demás eran aparatos ópticos, la mayoría obsoletos, conservados más por su valor decorativo que por su utilidad, membranas de filmación, teodolitos de bronce, unas gruesa manguera de goma blanca muy flexible, y otras cosas por el estilo. Era bastante difícil imaginar para qué podían servir.

Cuando levantó la vista del instrumental, renunciando a entender, pudo apreciar que el espacio era grande, polvoriento, daba la impresión contradictoria de haber pasado mucho tiempo abandonado y a la vez estar muy trajinado. De esto último eran pruebas las botellas vacías, las colillas en el piso, las sillas y sillones, los biombos, las lámparas: se diría que pocas horas antes habían estado trabajando allí, o reuniéndose… Una idea repentina lo hizo detenerse en seco. Alzó la vista: un balcón o pasillo suspendido recorría a media altura dos de las paredes. Reconoció la escalera por la que él mismo había bajado. Todo el resto del reconocimiento se precipitó en un relámpago: era el sitio en el que la noche anterior había presenciado la generación de los muñequitos y la pelea… ¿O se equivocaba? Podía ser un espacio gemelo. Nada más probable que en distintos puntos del hotel hubiera dos depósitos o desvanes con el mismo formato y dimensiones. Y si a la noche había podido comprobar que el sitio era el laboratorio y guarida de Frasca, ¿cómo podía ser al mismo tiempo el taller de Karina? Buscó con la vista las pilas de portafolios, y allí estaban. Su perplejidad se acentuó. Volvió a la mesa de donde había partido, para examinar con más cuidado los objetos que la cubrían.

No sabía bien qué hacer con todo eso. ¿Qué eran, al fin de cuentas? Juguetes con los que no jugaría ningún niño, expropiados para el arte, y del arte, quizá, expropiados para fines desconocidos. Uno de los que pasó por sus manos era una pequeña caja de plástico, chata, de cinco por cinco centímetros y uno de espesor, decorada con conejos y osos pueriles, con un agujerito en un ángulo provisto de un vidrio de aumento, y una perilla al otro lado. Aplicando un ojo al agujerito se veía una escena dibujada, que al hacer girar la perilla cambiaba, y las escenas formaban una historia. Sabor descifró con facilidad el mecanismo porque de chico había tenido de estas cajitas (venían de regalo con los paquetes de cacao en polvo). Cedió a la tentación de ver la historia que contenía ésta. Y fue una suerte que lo hiciera, porque resultó estar intervenida por Karina, que había remplazado los dibujitos de la historia con la que venía de fábrica por escenas de su película. (Si es que ésta no era la película propiamente dicha.) No pudo evitar un suspiro de impaciencia.

¡Arte! ¡«Arte»! ¿Qué nueva extravagancia se les ocurriría para poder seguir empleando esa palabra mágica? Una magia que con el correr del tiempo a Sabor se le iba haciendo cada vez menos mágica. Si bien su noviazgo con Karina seguía casi todo dentro de su mente, había momentos en que se preguntaba con inquietud cómo sería convivir con una artista contemporánea. La inquietud no venía de que él se hiciera una idea convencional del matrimonio y de la función del ama de casa; al contrario: no concebía una esposa que no trabajara y tuviera una exitosa vida profesional. Pero, sinceramente, aunque jamás lo habría reconocido en voz alta, habría preferido una contadora, una arquitecta, hasta una médica. En un año, había aprendido a desconfiar del arte. Temía que, por acción del arte, entre la realidad y él siempre iba a interponerse algún simulacro, alguna falsa realidad o una historia increíble. Sabía, o sospechaba, que en algún punto el Arte y el Amor debían converger, pero se preguntaba, con un desaliento anticipado, si él estaría a la altura de ese gran vuelo intelectual-erótico.

Estos resquemores le hicieron apretar la cajita en el puño hasta que la sintió crujir. Abrió la mano y la contempló pensativo. ¿Tenía derecho a ver lo que había hecho Karina? ¿Debía pedirle permiso? ¿O era un escrúpulo fuera de lugar? Después de todo, era un periodista, y estaba enamorado de ella, aunque ella no lo supiera.

Acercó el ojo al agujerito, y puso el dedo en la perilla, que en realidad no era tal sino una diminuta palanca, que debía de hacer girar un rodillo, y éste iba poniendo las imágenes, miniaturas impresas en papel de seda, entre el visor y una ventanita de mica por donde penetraba la luz. Empezó a hacer pasar las escenas; el sistema tenía la ventaja de que este paso podía hacerse a la velocidad que más le conviniera al espectador, acelerando cuando se trataba de imágenes simples de fácil interpretación, deteniéndose en las más difíciles. En cambio, no se podía retroceder. A esto último debió resignarse y tratar de entender a pesar de todo, pues el dispositivo no había quedado en el comienzo sino en una escena cualquiera, y tuvo que ver a partir de ahí, in media res.

La historia tenía como protagonista a Barbaverde. Esto Sabor lo tomó como un triunfo personal. De algún modo, en el curso de su breve y exitosa carrera periodística, había ido sintiéndose cada vez más dueño del personaje, aun cuando sabía que el célebre aventurero no tenía dueño, y aun cuando recordaba que había conocido a Karina gracias al interés previo de ella por Barbaverde.

No había pasado más de dos o tres imágenes, y todavía no le había tomado bien el hilo a la historia, cuando se le ocurrió una brillante idea: si alcanzaba a ver toda la «película» antes de que Karina volviera a su taller, él se marcharía sin esperarla dejando todo como estaba, y contaría el argumento como su crónica del domingo en *El Orden*, haciéndolo pasar por los hechos reales. Karina al leerlo se maravillaría de esta coincidencia de historias, sin explicarse cómo podía haberse dado. Sería un mensaje secreto que los uniría. Este proyecto hizo que se apurara para no ser sorprendido, y como al apuro se sumó una disminución de la atención, la mitad de la cual estaba puesta en acechar la llegada de la artista, la lectura ya de por sí difícil de una historia contada sin palabras, sólo con imágenes fijas, se le hizo muy aleatoria, y tuvo que colmar los huecos con imaginativas conjeturas.

Barbaverde había descubierto (¡cuándo no!) cuál era el designio secreto que el profesor Frasca ocultaba bajo su promocionado plan de hacer rendir a los números. No se trataba de acabar con el hambre del mundo. Más bien lo contrario. Y no le costó mucho descubrirlo, porque no tuvo más que relacionar dicho plan con otra acción simultánea que había llevado a cabo el profesor: la abertura de los agujeritos en el Universo.

Era una estrategia que Frasca había practicado otras veces. Consistía en lanzar al mismo tiempo eventos independientes y lo más inconexos que fuera posible, de modo que diera la impresión de que no tenían nada que ver, y que si sucedían a la vez era por casualidad. Y realmente algunos no tenían nada que ver. Así lograba hacer pasar inadvertido algún elemento clave para el éxito de su plan de turno para la dominación global. Muy astuto. La opinión pública estaba habituada al surrealismo, y cuanto más disparatado fuera el programa que se le ponía ante la vista menos sospechaba.

Los agujeritos que a esta hora se habían abierto en el forro del Universo ya eran innumerables. Formaban filas, columnas, cuadriculados, círculos, espirales, todo al mismo tiempo. A nada se parecían más que a esos diminutos pinchazos que se sienten cuando a uno se le duerme una pierna o un brazo. Parecía como si el Cosmos fuera a ponerse en movimiento, a hacer unos ejercicios calisténicos para disipar esa molestia.

Barbaverde (en estas escenas representado por una B mayúscula de tubos de neón verdes, los mismos que la noche anterior Sabor había visto trenzarse en combate con los viajantes) descubría que la cantidad de agujeros se correspondía con los números que vendía Frasca. Cómo podía ser esto, no quedaba explicado, y habría sido difícil explicarlo sólo con imágenes. La explicación, o lo que hacía las veces de tal, era expulsada hacia adelante con ayuda de nuevas imágenes. Esto en cierto modo replicaba la técnica de Frasca, que se basaba en un montaje de atracciones que distrajeran de la cosa en sí. Una de estas atracciones era, por lo que podía verse, el desfile de modelos. Sucesivas fotos mostraban a las modelos en las pasarelas pero no tal como habían desfilado sino con los pies rodeados de poblados círculos de muñequitos animados que caminaban a la par de ellas y representaban a campesinos chinos, obreros sudamericanos, mineros africanos, amas de casa, hombres de negocios... en fin, una rica muestra de la humanidad. Cada modelo tenía su círculo de enanitos marchando con ellas. La B verde fluorescente irrumpía por sorpresa y se llevaba a uno de los muñequitos vivos, el primero que lograba arrebatar con su mano de neón verde. Había un gran revuelo entre el público, gritos y corridas del personal de seguridad, pero Barbaverde lograba escapar. Luego, en un escondite del hotel (muy parecido al sitio donde se encontraba Sabor), procedía a una vivisección del muñequito, que era un ser vivo a pesar de su tamaño, y el azar había querido que fuera el agricultor peruano. Lo sorprendían los viajantes y había una pelea. (Sabor se preguntó si lo que había visto la noche anterior sería la filmación de esa secuencia.)

Un flashback llevaba la acción a una época muchos años anterior. Las cosas se ponían interesantes, pensó Sabor. Más de una vez, en sus ensoñaciones más gratuitas, había proyectado internarse en ese continente desconocido que era la juventud de Barbaverde, pero nunca lo había hecho.

La primera escena sucedía dentro de la cabeza del héroe. Los mismos tubos de neón verde, pero retorcidos en una maraña, representaban la red de neuronas y sus sinapsis. Tres personajes se deslizaban por sus huecos, trepaban, caían: eran tres muchachas, a las que Sabor reconoció por las caras, las sonrisas y los uniformes azules. En la película hacían del Recuerdo, el Olvido y el Déjà-vu. Se entregaban a las más locas acrobacias, se ponían cabeza abajo, se abrazaban formando figuras erráticas, se daban fingidos puntapiés y piquetes de ojos, todo lo cual simbolizaba, muy en el estilo de un Meliès de neurociencia, los sobresaltos y condescendencias de esas tres operaciones cerebrales, de las que dependen todas las demás.

De pronto, las tres empezaban a actuar como robots programados. Interminables pasarelas por las que desfilaban modelos bobas (con ropa de época, más o menos los años cuarenta) llenaban todo el espacio mental de Barbaverde, y lo colapsaban.

Paisajes suizos. Aquí Karina no se había tomado mucho trabajo: se había limitado a fotografiar unas viejas tarjetas postales en blanco y negro. La clínica de Frasca. Barbaverde llamando a la puerta. En la primera foto se lo veía de espaldas, pero Sabor creyó reconocer al actor, y lo confirmó en las siguientes: era Óscar. Seguramente ni él mismo sabía que había representado a Barbaverde joven. Karina lo habría fotografiado durante el desfile y después lo había pegado sobre los fondos correspondientes.

Venían a continuacion las escenas de consultas con el profesor Frasca (también interpretado por Óscar): pruebas, tests, y unas extrañas radiografías volumétricas en gelatina. El diagnóstico era inapelable, y el profesor se lo daba durante una cena a solas en el gran comedor de la clínica: su caso de telepatía no tenía cura. Después de este diálogo, transmitido con cartelitos, Barbaverde tenía una noche de insomnio. En su angustia, consideraba seriamente el suicidio. Lo descartaba. Pero, si seguía viviendo tendría que renunciar a su trabajo de crítico de artes plásticas. La cualidad primordial de un crítico es la independencia de criterio, y él no podía confiar en la suya, con la cabeza invadida como la tenía.

Pero a la mañana siguiente el profesor lo citaba en su oficina y le anunciaba que había una cura. No se lo había dicho antes porque no había creído que valiera la pena, ya que esa cura implicaba un costo tan alto que casi ningún ser humano se habría atrevido a encararla. Pero había reflexionado y llegado a la conclusión de que sería injusto con su paciente si no le planteaba, con toda franqueza, esta opción. En realidad, no se lo había dicho antes para dejarlo macerarse toda la noche en la desesperación, y prepararlo para aceptar.

Y en efecto, Barbaverde aceptaba. La cura consistía en una operación (mostrada en una serie de abismales primeros planos) en la que se le extraían del cerebro las tres muchachas saltarinas.

Quedaban como rehenes del profesor Frasca. Así era como Barbaverde se había librado del incómodo don de la telepatía, pero se destinó a una vida de aventuras en pos de recuperar a las tres hijas de su alma. El simbolismo de lo cual era un tanto confuso, pero no impermeable a la lógica.

En el curso de la tarde, que le pareció larguísima y llena de ocasiones memorables, se encontró un par de veces con Óscar. Por un motivo u otro, el taxista fue postergando el cumplimiento de la promesa que le había hecho de llevarlo a su casa. Los motivos fueron la recomendación de la policía de que no se alejara, la espera de la llegada de los padres de Vanessa, los periodistas, y sobre todo la desaparición del cadáver. Sabor tampoco puso mucha insistencia, porque estaba seguro de que no encontraría allí a Barbaverde. Tenía más probabilidades de toparse con él en el hotel, donde debía de estar preparando el golpe final al siniestro complot de los números. Además, Karina también tenía que estar dando vueltas por ahí, y no perdía la esperanza de verla. Era como si todo lo que podía pasar, una vez puestos en movimiento los engranajes complejos de la aventura, sólo pudiera pasar en las torres del Savoy; esta impresión disimulaba piadosamente el ansia infantil de Sabor de aprovechar al máximo, cada instante, su breve estada gratuita en el lujoso hotel.

En una de las charlas le preguntó a Óscar cómo había sido la experiencia de la filmación.

–Mirá –le dijo el joven taxista–, no es como te lo cuentan. No es ni siquiera como te lo contás a vos mismo. La historia, directamente no te enterás cuál es.

–Claro. Después la arman en el montaje.

–¿No pasará lo mismo con nuestras vidas?

–No. No creo –dijo Sabor con falsa convicción. No quería irse por el lado de las generalizaciones filosóficas. En realidad había sacado el tema de la película para hablar de Karina. Consideró indigno de él andarse con rodeos, tratándose de una amistad como la que lo unía con Óscar, hecha de confianza y transparencia. Así que le preguntó sin más qué le había parecido, como artista y como persona.

—Como artista, es evidente que sabe lo que quiere. —Al ver el gesto de irritación de Sabor se rió—: Quizá todavía no sabe que lo que quiere sos vos, pero eso ya llegará.

—No, perdón. Lo que me molestó fue que usaras ese lugar común tan gastado: «Sabe lo que quiere». Es lo que dicen siempre los críticos cuando no saben qué decir.

—Pero encierra una profunda verdad. Como todos los lugares comunes. En fin, eso no tiene nada que ver. Te estaba diciendo que Karina es inteligente. Y linda.

—¿Sí? ¿Te parece?

—¡Una belleza!

¿Lo diría por compromiso? Había sonado un tanto distraído, como si estuviera pensando en otra cosa, que quizá era la que se manifestó de inmediato al preguntarle:

—¿Es mayor que vos?

—No. Sí. No sé… ¿Por qué? ¿Te pareció vieja?

—Es muy madura… mentalmente.

A Óscar no le podía pedir mucha coherencia ni mucha atención. La muerte misteriosa de Vanessa lo había descolocado. Todavía no había empezado a hacer el duelo, no sólo por lo repentino del deceso sino por todo el trajín consiguiente: el interrogatorio de la policía, los periodistas, los padres de ella (que no llegaban), la autopsia, y la desaparición del cadáver.

Además, de una manera misteriosa, el golpe afectivo que significaba esa muerte se contaminaba de esperanza, por todo lo que le había pasado el día anterior: el descubrimiento de que podía ser modelo, y actor, la abertura a la independencia de sus padres, la aventura. Y, aunque esto no se lo decía a Sabor, el encuentro de un amigo, que lo cambiaba todo.

—Es como si ella, con su sacrificio, me hubiera dado un mundo que estaba a mi alcance y yo no lo veía.

Sabor no sabía qué pensar. El ejemplo de lo que le había pasado al otro le hacía ver que él, que tenía una amada viva, debía aprovecharla al máximo, cada minuto. Pero no sabía cómo empezar. Sentía que estaba actuando en dos planos a la vez. Que siempre había actuado en dos planos.

Lo invadía una cierta impaciencia con Óscar. Lo veía tan insensible a sus intereses, a su trabajo; hasta su relación, o falta de relación, con Karina, parecía contemplarla desde afuera, con desinterés, como si en el fondo no le importara la felicidad de su amigo. No quería ser injusto; reconocía que Óscar, a horas de haber perdido a su novia, no podía dedicarse en cuerpo y alma a los problemas sentimentales de otro. Pero eso no era excusa. Con un pequeño esfuerzo de la atención, poniendo por un momento entre paréntesis su propio predicamento, podía compenetrarse con la relación de Sabor y Karina, y aportar un consejo, o al menos un comentario, proveniente de la experiencia de la calle. Era un privilegio tener de confidente a un buen amigo que además era un taxista, que a pesar de su juventud había palpado la realidad en crudo. No se le ocurría pensar que Óscar estaba reprochándole lo mismo, desde su punto de vista: ¿por qué Sabor se empecinaba en llevar la conversación al tema frívolo de su pretendida novia artista, cuando él se hallaba en la más dolorosa encrucijada de su vida? Sobre todo que Sabor podía aportar la perspectiva del periodista culto e informado…

La amistad, aunque reciente en términos de cronología objetiva, había envejecido en las prolongaciones subjetivas del tiempo, y pasado el primer deslumbramiento de hallar un alma gemela ya empezaban a encontrarse defectos, a practicar rencores por injusticias y olvidos. Era una prueba por la que debían pasar todas las amistades, que si eran genuinas (siempre lo eran, porque la amistad era un sentimiento de oro), salían fortalecidas.

Cuando se volvieron a encontrar, ya al anochecer, estaban más amigos que nunca. Los padres de Vanessa todavía no se habían presentado, con lo que la autorización de la autopsia no estaba. Tampoco estaba el cadáver, aunque se dudaba de si esta desaparición no sería un invento del periodismo. Si Óscar tenía alguna esperanza de que Sabor lo sacara de dudas, se frustró. Su amigo tuvo que explicarle que a él lo había enviado el diario por otro tema, una venta de números sustanciada por el archienemigo de Barbaverde, y que éste se encargaría de desenmascarar en lo que tuviera de fraudulenta o peligrosa para la humanidad.

—Por eso —agregó— en cierto modo vos caíste dentro de mi área, y vas a aparecer en el artículo que escriba esta noche, porque interpretaste a Barbaverde en esa película.

—A propósito, ¿qué es lo que va a pasar esta noche?

—Es el segundo remate de números. ¿Querés venir?

—No sé si podré.

—¿Por qué me lo preguntabas?

—Porque hace un rato cuando estuve en casa mi vieja me dijo que el inquilino, el que vos decís que es el verdadero Barbaverde, pagó y dejó la valija cerrada, y les dijo que no iría a cenar porque tenía mucho que hacer aquí en el Savoy.

—¡¿O sea que está aquí?!

Óscar se encogió de hombros. Los dos quedaron pensativos, cada uno rumiando sus cosas. Cuando el joven taxista rompió el silencio con una cuestión que lo preocupaba, Sabor creyó justo prestarle toda su atención:

—Lo que sigo sin entender —decía Óscar— son las circunstancias concretas en las que Vanessa pudo escribir esa carta.

—¿Qué querés decir?

—Que entiendo que haya querido escribirme, y entiendo lo que me dijo en la carta… Pero ¿por qué la escribió? ¿Acaso sabía que iba a morirse? ¿Y a quién se la dejó?

Habría que empezar por esto último, opinó Sabor. ¿Quién se la había dado a Óscar? No, no era necesario que le contestara: la había encontrado en ese maletín… Ahí fue que recordó que se habían propuesto examinar el contenido del maletín, y no lo habían hecho. ¿Dónde estaba?

—¿Sabés que no sé? —dijo Óscar—. Creo que me lo dejé en el lobby cuando estuvimos charlando hoy a la mañana.

—Qué nabo.

—No tiene importancia.

—¿Cómo que no tiene importancia? Es una prueba fundamental para esclarecer el caso.

—No, no hay problema, porque hay muchos de esos maletines, y todos iguales.

—¿Cómo «iguales»?

—Contienen lo mismo, incluida la carta. Lo sé porque vi varios abiertos. Los regalan como souvenir a todos los que vinieron a la Fashion Week.

Sabor sintió que este dato sorprendente era la clave que le faltaba para que las cosas empezaran a aclararse. Lo sintió oscuramente y de lejos, como una de esas intuiciones que se presentaban con toda su materia y nada de su forma. Pero poner la forma era su trabajo, casi podía decir: su especialidad.

Entonces, ¿Óscar había visto los maletines por dentro? Le pidió que se los describiera.

—Tienen muchas cosas, todas chicas, algunas parecen juguetes, ubicadas en unos compartimentos que se despliegan…

No podía decirle mucho más. Había sido por el orden en que estaban acomodados los objetos que se había dado cuenta de que todos los maletines contenían lo mismo. Si no había prestado más atención era por el comprensible motivo de que la carta lo había absorbido y había hecho pasar el resto a un segundo plano.

Evidentemente, dijo Sabor, estaban en presencia de un «museo portátil», con toda clase de obras de arte miniaturizadas, todas ellas referidas al evento y a los hechos que lo habían rodeado. El juguete que había examinado en el taller era una de esas obras (el ejemplar debía de haber sobrado en el armado de los maletines, o quizá no había sido incluido por tener alguna falla). Y se explicaba que hubiera sido necesario reducir la película a una sucesión de imágenes fijas, para hacerla caber en el pequeño formato. La carta no estaba miniaturizada, era cierto, estaba en tamaño natural, pero Sabor opinaba que la escritura ya era de por sí una especie de miniaturización (por ejemplo, toda Rusia, en una descripción escrita, cabía en un libro).

Los organizadores de la Fashion Week habían contratado a Karina para confeccionar estos preciosos presentes, que ella había hecho a partir de registros tomados a medida que sucedía el evento. El trabajo había tenido que ser titánico, contra el tiempo; por eso no la había visto; había estado encerrada en su taller, trabajando sin pausa. Era admirable. Además, la interrupción intempestiva de la Fashion Week por culpa del lamentable incidente, y la partida anticipada de los invitados, la había obligado a completar los maletines como fuera, y ése debía de ser el origen de los errores e incoherencias que a él lo habían extrañado, esos huecos del verosímil tan raros en las aventuras de Barbaverde.

Desde que tenía trabajo estable con buen sueldo, Sabor había adoptado el taxi como medio de locomoción para las distancias rosarinas que superaban las que hacía a pie. Y había notado algo bastante extraño: los taxistas, cuando hablaban (y casi todos lo hacían, al menor estímulo) hablaban de sí mismos, contaban su historia de vida, sus problemas, sus logros, exponían sus opiniones. Nunca mostraban interés en lo que pudiera decir el pasajero, y si éste intentaba contar algo lo interrumpían de inmediato para seguir con su propia historia. Era como un servicio extra que prestaban. Lo curioso, por un lado, era que existía, y los mismos taxistas la alentaban, la leyenda del taxi como «confesionario»; ellos mismos estaban jactándose de «las cosas que oían» y del privilegio que les daba su trabajo de palpar la realidad «de la boca de la gente», lo que era completamente ilusorio porque en el taxi no hablaba nadie más que ellos. Por otro lado, era extraño porque no tenían otra historia que contar que la suya propia, que era una sola, y contarla veinte o treinta veces por día, todos los días, tenía que volverse tedioso a la larga; mucho más entretenido habría sido callarse y escuchar las historias y confidencias de los pasajeros. Pero en realidad no tenía nada de sorprendente; era ilógico pero no extraño; y ni siquiera ilógico: tenía su lógica. Todo el mundo quería contar su historia y no quería oír la ajena. Contar era una manifestación de poder, oír era una subordinación. El arrobo con el que se escuchaba en silencio a los narradores, a la luz del fuego primitivo, debía de ser una leyenda con tan poca base real como la del «confesionario» de los taxistas. La estrategia de Scherazade era equivocada; si en lugar de ser ficción eso hubiera pasado de verdad, el modo de seguir con vida debería haber sido dejarlo al sultán que contara mil veces su propia historia.

Estos razonamientos para Sabor habían quedado adheridos a la figura que les había dado origen: la del taxista. Y como allí en el Savoy su ocasional compañero de aventura había resultado ser un taxista, lo perseguía la sospecha de que hiciera lo que hiciera, dijera lo que dijera, la perspectiva del relato se invertiría.

Y esa inversión ¿podría tener consecuencias prácticas? Miraba de reojo a Óscar, que iba a su lado. Se dirigían a la sala del entrepiso, donde según los carteles que habían aparecido, se realizaría el segundo y último remate de presentación de los números. Al pie de estos carteles, colocados estratégicamente en el lobby, en las entradas a bares y restaurantes, al pie de las escaleras, había canastas llenas de anteojos de plástico de distintos colores. No había cartel que se refiriera a ellos, pero todo hacía pensar que estaban para que la gente tomara uno. Los dos amigos se preguntaron si realmente sería así.

–Debe de ser un souvenir, como los que dan en los casamientos.

–Se parecen más a los gorritos de cartón que dan en los cumpleaños –dijo Sabor–. Y además, ¿otro souvenir?

–Quizá es otra idea de tu famosa Karina.

No querían quedar ante el otro como niños ávidos de juguetes, pero los dos querían llevarse un par, y descubrieron que podían hacerlo, dándole un tonito irónico, como una broma. Óscar eligió unos violeta (el armazón y los vidrios, que no eran de vidrio sino de plástico, eran todo del mismo color). Sabor los quiso verdes, como homenaje a su héroe, y tuvo que revolver en la canasta hasta encontrar un par.

Siguieron, pero no llegaron a la escalera, porque de pronto el periodista vio a un joven que iba caminando rápido desde la zona del Business Center hacia las islas de ascensores. Se detuvo y lo tomó del brazo a Óscar:

–Yo a ese tipo lo conozco.

–¿A quién?

Se lo señaló. Óscar también lo reconoció, y además él pudo ubicarlo antes: lo había visto en una suite, a la que lo mandaron por error cuando lo buscaba a Sabor…

Eso bastó para que la memoria de Sabor hiciera un clic:

–¡Nildo! Es Nildo, el asistente del profesor Frasca. Esto me confirma que el profesor está en el hotel, como lo sospechaba. –Y en una inspiración repentina–: ¡Sigámoslo!

Era más fácil decirlo que hacerlo. Por lo pronto, vieron que se detenía ante los ascensores y apretaba el botón de llamado. Ellos dos se quedaron en el pasillo lateral observándolo de lejos. Estaba fuera de cuestión viajar en el mismo ascensor, porque los reconocería.

—Cuando lo haya tomado nos acercamos —propuso Sabor— y vemos en el tablero en qué piso baja.

—Con eso no vamos a adelantar mucho —dijo Óscar—. En cada piso hay veinte cuartos.

Sabor se encogió de hombros en un gesto muy suyo que quería decir: «Ya veremos; improvisaremos sobre la marcha; no conviene anticipar mucho la planificación».

Mientras esperaban, un movimiento a un costado le llamó la atención. Estaban junto a uno de los arbolitos decorativos plantados en grandes tiestos, que daban vida a los rincones del lobby. Algunos, como éste al lado del cual habían quedado, extendían muy alto sus copas frondosas. El movimiento que Sabor había captado con la visión periférica lo había producido un pájaro, saltando con un fugaz batir de alas del tronco a una rama; era un ave del tamaño de un pingüino y el perfil de un cardenal, con ese característico copete en punta hacia atrás, todo blanco y negro, a lunares, el negro brillante y el blanco más bien amarillento o marfilino. El pico era negro, muy largo y fino, en punzón, lo que seguramente indicaba que era de los que buscaban su alimento en los agujeros de los troncos; sus grandes patas adherentes reforzaban esta presunción.

El reverso de esa visión que lo maravillaba era la desazón de comprobar cuánto le quedaba por ver en el hotel. Por más que su estada le hubiera parecido larguísima, en realidad había sido breve, y ya estaba llegando a su fin. Con su modesto sueldo, quizá nunca más volvería a alojarse aquí. A lo breve de la estada había que restarle además lo ocupado que había estado, la cantidad de distracciones y preocupaciones que conspiraban contra un empleo racional de la atención. Siempre había pensado, y en cierto modo seguía pensándolo a pesar de todo, que las aventuras eran el modo más denso de vivir; pero quizá estaba equivocado.

—¡Ahora! —dijo Óscar.

Nildo acababa de meterse al ascensor. Solo, por suerte, pues de otro modo no habrían podido saber en cuál de los pisos que se detenía el aparato bajaba él. Se acercaron. Vieron en el panel sucederse los números, hasta quedar en el 20.

Subieron al ascensor de al lado, que ya habían llamado. Marcaron el piso 20. Nervioso, Sabor se metió las manos en los bolsillos, y tocó los anteojos. Los sacó y se los puso:

–Qué nabos. Si nos los hubiéramos puesto no nos habría reconocido, y podríamos haber ido con él.

–¿Te parece? –dijo Óscar sacando los suyos y poniéndoselos.

Se miraron en los espejos, que seguían el contorno del interior del ascensor en ángulos torcidos, de modo que quien se miraba en ellos nunca podía saber si se estaba viendo a sí mismo o a quien tenía al lado. Con los anteojos que los hacían irreconocibles, la confusión se duplicaba. Los que había elegido Óscar eran violetas, pero un violeta claro, que a la luz del ascensor se veía decididamente rosa. Como además tenían las puntas afinadas hacia los costados, afeminaban el rostro ya de por sí bonito y delicado del taxista. Sabor recordó algo que había oído decir: que todo hombre que tuviera una novia muerta era maricón. Pero rechazó con energía el recuerdo, moviendo involuntariamente la cabeza en un gesto de negación. Con sorpresa, vio en el espejo al supuesto Óscar sacudir la cabeza, y comprendió que se había estado mirando a él mismo.

Al desembarcar en el piso 20 quedaron desorientados ante la extensión de los pasillos, que doblaban en todas direcciones y repetían como espejismos superpuestos las margaritas negras de las alfombras, las semiesferas de opalina que coronaban las columnas, los apliques dorados en ala de murciélago. Reinaba el mayor silencio. Las puertas blancas, en sus marcos de peluche, estaban todas cerradas.

–¿Viste? –dijo Óscar–. Yo te lo dije.

–Shhh. Vamos a explorar.

Se internaron por uno de los pasillos. Les daba la impresión de haberse alejado del mundo… Entonces Sabor vio una sombra, o mejor dicho una silueta… o más bien un hueco que se había producido en el espacio frente a ellos, como si algo, una bola de energía, estuviera abriéndose paso a través de lo que para ellos era sólo aire… Esa masa negativa tenía forma humana, la de un hombre más bien robusto, que a pesar de que lo veía de espaldas no le fue difícil identificar, por el halo de luz verde que aureolaba la parte inferior de la cabeza.

Óscar, al que le señaló la aparición, no la veía. Sabor supuso que él podía verlo por los anteojos verdes. Corrió para alcanzarlo. Sentía una emoción que lo ahogaba y a la vez le daba alas: ¡era Barbaverde! ¡Y lo tenía al alcance de la mano! Unos pasos más y se le pondría a la par, y le tocaría con un dedo el hombro (si es que esa convergencia de fluidos invisibles se dejaba tocar) y podría hablar con él, oír su voz… En ese momento se olvidaba de que era un periodista, y que tenía una historia en marcha. Lo movía algo más infantil y primitivo.

Pero de pronto, al llegar a un ángulo, el ser impalpable frenó de golpe, y Sabor, que no tenía respuestas motoras tan rápidas como las de los átomos, no lo hizo a tiempo y se precipitó sobre su querido Barbaverde, tal vez lo atravesó (en ese caso debía de ser una proyección holográfica), y quedó colgado del ángulo del pasillo, viendo y sin ser visto cómo Nildo salía de una habitación y marchaba rápido hacia los ascensores.

Óscar ya lo había alcanzado, y le preguntaba si se había vuelto loco. ¿Por qué había salido corriendo?

—Me pareció ver algo. Pero ya sé cuál es el cuarto.

No bien oyeron que se cerraba el ascensor corrieron hacia la puerta por la que había salido el joven frascoide y la abrieron aprovechando los segundos de reacomodación de la cerradura electrónica.

Entraron. Era una suite parecida a la que le habían asignado a Sabor, pero con distinta orientación. Como solía pasar en los hoteles, daba una impresión de déjà-vu. La impresión se acentuó en este caso porque Óscar exclamó:

—¡Yo ya estuve aquí!

Lo reconocía por la gran caja roja entre la cama y la ventana. Una vez que su amigo se la hizo notar, Sabor no vio nada más. Era una réplica sobredimensionada de los aparatitos rojos que había visto en manos de los viajantes. Fueron a verla de cerca, y pudieron contemplar, como ya lo había visto Óscar en su primera visita a la suite, que por el visor pasaban números, intercalados con la figura de una bella joven caminando como lo hacían las modelos.

—¡Es Vanessa!

Sabor no estaba tan seguro. Parecía una mujercita más bien genérica. Pero no quiso discutir. Además, había descubierto una ranura en la cara derecha, y una muesca, en la que metió el dedo y apretó. Hubo un clic, y la parte delantera se abrió, como una puerta. Las paredes interiores de la caja estaban forradas de tableros y mapas celestes, y cables de colores que colgaban. Antes de que tuvieran tiempo de ver mucho, oyeron que la puerta se abría, y voces. En el susto y la precipitación, no vieron mejor lugar para esconderse que la caja misma. Cabían, por suerte, pero muy apretados. Cuando cerraron la tapa, quedaron fundidos en una sola masa.

Los que entraban eran Nildo y Herminia, veteranos secuaces de Frasca. Nildo venía protestando:

—¡Otra vez nos está molestando, el muy cabrón. ¿Nunca se dará por vencido? Es el aguafiestas por excelencia.

—¿Quién? ¿Barbaverde?

—¿Y quién si no? ¿Lo viste?

—No.

—¡Pero si andaba rondando por el pasillo! Ahora se disfraza de Torbellino Atómico. No sé a quién quiere engañar. Qué viejo choto.

—Yo soy de las que prefieren no verlo —dijo Herminia—. Qué asco me da, con esa barba inmunda…

—Está gagá, eso es lo que pasa. No se da cuenta de que meterse en esta clase de aventuras lo vuelve todo confuso, repetitivo, cansador… ¿No te ha sucedido, al tratar de hablar con un viejo, que tenés que empezar por repetirle lo que él mismo dijo antes, porque se olvidó? ¡Qué difícil es mantener una conversación con alguien así! Mucho más vivir hechos complejos y de grandes consecuencias. Hay que decirlo todo dos veces. Al final las cosas mismas empiezan a duplicarse.

—Es un pelotudo.

Adentro de la caja, Sabor sentía la mayor indignación por el modo en que se difamaba al héroe de tantas aventuras, el hombre que había dedicado su vida y sacrificaba su bienestar en el altar de la humanidad, además de ser la figura en la que Sabor había basado su carrera profesional. Habría querido intervenir, pero no podía hacerlo ni siquiera en silencio, pues estaba impedido de efectuar el más mínimo gesto, tan apretado se hallaba cada centímetro de su cuerpo contra el de Óscar. Y los otros dos seguían:

–Si se le pudiera hablar –decía Herminia–, yo le recomendaría un remedio infalible para el desgaste mental: el Agua de la Reina de Hungría.

–Psst –dijo desdeñosamente Nildo–. Ya es tarde para remedios. El tiempo es implacable. Barbaverde es como esas cosas preciosas, o que uno cree preciosas, tanto que las guarda sin usar, y pasan los años, y un día se han vuelto trastos viejos que no sirven para nada y hay que tirar a la basura…

Herminia no respondió. Pensaba: «Es lo que pasó con mi juventud». Prefirió cambiar de tema:

–¿Y con la loca, qué hacemos?

–¿Qué loca?

–La «artista» –respondió ella con unas rencorosas comillas. Sabor paró la oreja (metafóricamente, porque no tenía lugar ni siquiera para hacer ese gesto).

–El profesor se va a hacer cargo de ella. Lo importante es que no hable, y va a ser fácil suprimirla. No le van a quedar ganas de seguir haciendo «arte», a esa turrita de mierda.

Al oír esto, la indignación de Sabor se volvió alarma. Habría querido salir de la caja, junto con Óscar, aprovechar la sorpresa que producirían en los dos conspiradores para arremeter entre ellos y escapar. Pero descubrió que no podía moverse, y si intentaba hacer fuerza desde el interior de los músculos, lo único que lograba era incrustarse más y más en el cuerpo de su amigo el taxista.

–Seguramente el viejo barbudo tratará de protegerla –dijo Herminia.

–No te preocupes, que no podrá hacer nada. Sus armas se vuelven contra él. Porque todo su poder le vino del origen, podría decirse: del nacimiento de su personaje. No sé si sabrás que él viene de la telepatía. Y la telepatía, para demostrarse, tiene que operar con pensamientos inconexos, lo más disparatados posibles. –Debió de notar la incomprensión de su secuaz, porque tras una pausa retomó, más didáctico–: A ver si te lo explico. Si vos estás conversando conmigo, y el hilo del diálogo es normal y razonable, vos podés anticipar más o menos lo que yo voy a decir, y no tendría nada de asombroso que «adivines» lo que estoy pensando en determinado momento. Para probar realmente una condición de telepatía, yo tendría que pensar en algo que no tenga nada que ver con nada, un tenedor, un hipopótamo, Napoleón, el diccionario. De ahí vino la ventaja relativa de Barbaverde, con la que logró medrar tanto tiempo y embaucar a tanta gente. Nadie sabía con qué le iba a salir. Él mismo se presentaba como un producto de la telepatía, y justificaba su absurdo, incluida la barba. Pero ahora, para su desgracia, las conexiones se han establecido, y sus viejos trucos ya no funcionan.

Parecía con ganas de seguir hablando, y Sabor habría querido que lo hiciera, porque a él eso le servía. Apelmazado dentro de la caja, registraba todo. Aunque se preguntaba si alguna vez podría estirar la mano para escribirlo.

Pero Nildo no siguió con el tema. De pronto debía de haber mirado el reloj, porque exclamó:

—¡Ya es la hora! Debe de estar empezando la transmisión del remate. ¡A trabajar!

Los encerrados oyeron encenderse un televisor y la voz de Frasca leyendo una proclama inundó la habitación:

—Ante los infundios malintencionados que están circulando…

Ahí mismo Sabor perdió el hilo, paralizado de terror; no es que pudiera paralizarse más allá de la forzada inmovilidad a que lo conminaba el encierro compartido en tan exiguo espacio, pero así fue como lo sintió. Unos pasos, probablemente los de Nildo, se acercaban a la caja, y una mano empezaba a hacer girar la perilla. Temió una electrocución fulminante, por lo menos. Pero no hubo tal. Sólo un cosquilleo en las células cuando los circuitos se despertaron, y una especie de iluminación rosa que los penetraba; y se sintieron, si cabía, un poco más apretados.

XII

—… quiero asegurarles a todos nuestros amigos, asociados, colaboradores y personal de seguridad en general que la operación sigue adelante, y que en las veinticuatro horas que lleva de funcionamiento ya ha producido resultados tangibles. El señor Erwin Ruckert, de Montana, dejó caer dos números y a su esposa le diagnosticaron un tumor maligno; recogió uno de los números y le comunicaron que el tumor era benigno y podía ser extirpado con una operación de cirujía menor; recogió el otro, y su hija ganó una beca. La señora Tsong, de Cantón, expuso sus números y obtuvo un automóvil. El presidiario Ángel Lúquez, de Antofagasta, perdió sus números en una riña y un alud destruyó la casa de su familia en Ancud. Francis Bobbio, de Lausana, obtuvo un número extra y ganó la lotería. No abundo en ejemplos para no aburrir. ¿Qué tienen que decir a estos datos fehacientes nuestros enemigos?

Las risas que saludaban puntualmente cada «ejemplo» indicaban que el público percibía la ironía. Su discurso debía de contener una solapada requisitoria contra los intelectuales burgueses que se burlaban de las humildes supersticiones con las que el pueblo soportaba las pruebas que le imponía la adversidad. Pero era dudoso que el público presente, al que mostraba la cámara en un paneo, captara esas sutilezas. De hecho, nadie parecía estar prestando atención; todos charlaban entre sí, iban de una mesa a otra (porque era cena-show), comían y bebían, se reían, llamaban a los mozos por más champagne. Daba la impresión de que reinaba un ruido que de cualquier modo habría impedido oír ningún discurso. La imagen y el audio iban por canales independientes, y bien podía ser que las risas estuvieran grabadas. Un cartelito indicaba que Frasca estaba transmitiendo desde Auckland, pero nuestros amigos sabían que lo estaba haciendo desde algún rincón oculto del hotel.

A diferencia del primer remate, que se había llevado a cabo de modo casi clandestino en un cuartucho de subsuelos, éste tenía lugar en el salón principal del primer piso, el Royal Regency, del que se habían desocupado a medias las instalaciones de la Fashion Week. El público también era muy diferente; además de ser mucho más numeroso, era más mundano, más elegante, mejor vestido. Los viajantes brillaban por su ausencia.

Las pantallas gigantes empezaron a transmitir imágenes de las bolsas de las grandes capitales financieras del mundo. Un llamado de trompetas, y la ya tradicional explosión de fuegos artificiales, en las noches simultáneas y unánimes de Tokio, Singapur, Nairobi, Zurich, Dublín, Nueva York, Caracas y San Francisco anunciaron el inicio del remate. Pero el anuncio del primer número se demoró, y en las pantallas aparecieron unas figuras geométricas que se transformaban monótonamente.

—¿Qué estará pasando? —se preguntó Nildo, y le respondió la voz de Frasca desde uno de sus muchos walkie-talkies.

Sonaba irritado, pero todavía al mando de la situación. Decía que se habían presentado anomalías en las emisiones, y pedía que pusieran más presión en la máquina.

Como podría haberse anticipado, era el contraataque de Barbaverde, que bastante se había hecho esperar. Poco a poco, entre gritos y apurones, fue aclarándose la naturaleza de los ataques. El célebre aventurero había adoptado una estrategia de tres pasos, escalonados sabiamente de modo que hicieran más daño. El primero, que era el que había producido las anomalías, consistía simplemente en introducir el sistema sexagesimal en los circuitos, programados para actuar sólo con el sistema decimal. No era, como trató de hacerle creer Frasca al público, un mero sabotaje ciego. Por el contrario, la injerencia apuntaba a la más artera trampa oculta en el plan de Frasca, quien, él sí, estaba llevando adelante un genuino sabotaje contra el tiempo. Alguien con más capacidad de observación que el público borracho que llenaba el Royal Regency podría haber notado durante el show de fuegos artificiales que la noche de Tokio no podía ser simultánea a la de Nueva York.

Pero Frasca no era un enemigo menor. Los muchos combates que había librado contra las fuerzas del Bien le habían enseñado, aunque no le hubieran enseñado nada más, a improvisar. Cambió sobre la marcha todo su plan de acción, y sacó a la venta un número inesperado:

—¡Siete mil docenas!

Mal que bien, los programas se estabilizaron y se echaron a andar. Hubo una oferta… Por lo visto, la humanidad no aprendía.

Pero tampoco esta vez Barbaverde permitió que las cosas fueran adelante. El segundo paso de su campaña relámpago consistió en introducir la unidad en los procedimientos. Casi de inmediato el castillo de naipes levantado por la codicia del profesor comenzó a derrumbarse. No es que éste se hubiera olvidado del número uno. Por el contrario, le había dedicado un cuidado especial; y, como es lógico, se preparaba a vender su concesión por una suma sustanciosa, quizá la más sustanciosa de todas, porque el uno era el número que más se usaba: todo ser aislado lo estaba evocando, y toda multiplicidad tenía un comienzo singular. La primera gota de lluvia contaba como todas las que venían después, y, como lo decía el proverbio chino, «Un camino de mil li empieza con un paso». Aun en las multitudes más convencidas, el anhelo de estar solo solía depositar su larva melancólica en muchas o muchísimas almas. Sin contar los récords: el famoso libro Guiness estaba lleno a reventar de singularidades certificadas. Pero, por supuesto, el clarividente profesor había percibido el peligro latente en el uno, y lo había acorazado de modo que pudiera actuar sólo como número y no como unidad. Como creyó, en su típica soberbia de genio destructivo, que nadie más que él vería este punto débil mimetizado en el infinito, se limitó a protegerlo con el mismo método con que los bancos centrales «acorazaban» sus bonos externos, vale decir, poniendo colaterales. Barbaverde no tuvo más que gestionar, en un banco cualquiera, un crédito por un peso, para que el globo se pinchara.

Una vez suelta del cepo de los colaterales, la unidad comenzó a disgregar todos los números, no importaba que fueran grandes o chicos.

La disgregación de los números produjo una sobreabundancia que dejó a todos atónitos. La manipulación de los números, su compra y venta, la repetición amplificada de sus sonoras denominaciones, había inducido en la clientela global el error de creer que lo grande era solamente grande, que lo numeroso era simplemente numeroso. Nadie había pensado que un millón (por poner un ejemplo), al que veían circular como una bola compacta por las dichosas dobles hélices, cuando soltaba su millón de unidades éstas ocupaban mucho más espacio y lo ocupaban de un modo incomparablemente más invasivo y proliferante. Porque al millón de unidades del millón había que sumarle las novecientas noventa y nueve mil novecientas noventa y nueve del número contenido inmediatamente inferior, y las novecientas noventa y nueve mil novecientas noventa y ocho del inferior a éste, y así sucesivamente hasta llegar a uno. Era de nunca acabar.

Y como lo mismo sucedía con todos los demás números, resultaron tantos que los sistemas no los contuvieron y se desparramaron fuera de éstos, en el mundo real. Una vez ahí, se dispersaron subiendo, pero subiendo en todas direcciones, incluidas las que bajaban. En el Cosmos, como lo sabían hasta los escolares, no había arriba ni abajo.

Como un enjambre de abejas matemáticas, los números volaron hacia la membrana interna del Universo, y allí fueron atraídos por los agujeritos que había abierto Frasca. Los obstruyeron. Simplemente, no hubo más agujeros. El único que entendió cómo pudo suceder esto (aparte de Barbaverde) fue Sabor, que aunque se hallaba comprimido al máximo y sin poder mover un dedo, sí podía pensar. En realidad, no había dejado de pensar un solo instante, y en los últimos minutos, a pesar de las alarmas que le producía su situación, había sentido que sus pensamientos se integraban y coordinaban del modo más satisfactorio.

Más temprano ese mismo día había experimentado cierta sorpresa al comprobar cómo los contendientes en esta guerra entre el Bien y el Mal habían tomado como reales, y habían actuado en consecuencia, los agujeritos que él había inventado y de los que lógicamente había creído que no tenían más existencia que la que les prestaba su imaginación. No era tanto que los hubiera inventado, como que los había postulado al modo de hipótesis. Lo había hecho en sus artículos sobre este caso (el que había escrito, y los que escribiría), y no era la primera vez que para hacerse entender, o para entenderse él mismo, en cuestiones donde la realidad se adelgazaba y retorcía, debía proponer algún dispositivo tangible. Lo hacía su imaginación, pero no en un espasmo incontrolado sino con objetivos bien calculados. Si ese cálculo estaba de verdad bien hecho, su invención se volvía útil para otros; después de todo, quizá con los números había pasado lo mismo, quizá habían empezado siendo una hipótesis personal de un loco suelto, y después fueron adoptados por los demás.

Frasca estaba positivamente frenético. Usaba todos los intercomunicadores a la vez para chillarle instrucciones a Nildo, al que se lo veía bastante abatatado y superado. De más está decir que no recibía ninguna ayuda de Herminia, que estaba histérica y además no entendía nada de tecnología. De cualquier modo, habría sido imposible ejecutar las órdenes de Frasca, porque se contradecían entre sí, aparte de que cada una violaba alguna ley de la física o la lógica… y de la gramática también. Como un animal acorralado, el profesor perdía la coherencia con la que había empezado.

¿Y qué podían hacer? Los agujeritos se estaban taponando uno a uno, eso hasta ellos podían verlo. Una vez puesto en marcha el proceso era imparable. Con un chispazo postrero de lucidez, el Genio del Mal comprendió que era inútil tratar de improvisar respuestas, o contraataques. Caía su arma principal, la improvisación, porque la naturaleza misma de los agujeritos, su cuantioso azar, la hacía redundante.

Su única chance, entonces, era recurrir a lo cuantitativo. Hacer más de lo mismo. No era muy ingenioso, pero a fin de cuentas, tratándose de números, podía funcionar.

—¡Apliquen más presión! —gritó.

Nildo aprobó, sin entender. Era el mandadero, el brazo ejecutor, pero preservaba su cerebro para sus asuntos personales.

Más presión significaba: perilla. Y efectivamente, hubo giros y más giros de perilla, que descargaron sobre los dos subrepticios encerrados toneladas de radiación analógica.

Y aun así, no alcanzaba para devolver a los números a sus formas intuibles. La unidad seguía disgregándolos. Se volvían un papel picado subatómico. Frasca no veía más solución que seguir subiendo la apuesta:

—¡Más presión!

Nildo, como un autómata, hacía girar la perilla.

Sabor sentía como si el combate se estuviera librando a expensas de su cuerpo y el de su amigo, y se preguntaba hasta dónde podían seguir comprimiéndolos.

—¡Más presión!

—¡¡Más presión!!

Perilla, perilla, perilla.

Sabor y Óscar sentían la presión analógica como una especie de enema incesante. Tuvo un efecto permanente sobre los dos jóvenes.

Pero el ataque de Barbaverde, si bien destructivo y formidable, era también, como lo eran siempre sus movidas, una maniobra de distracción. El tercer paso de su estrategia consistió en la introducción del elemento humano, que era lo más sorpresivo e inesperado que podía pasar en el contexto de alta abstracción en que se estaban sucediendo los hechos.

–¡Más pre...!

Cuando Nildo estiraba la mano hacia la perilla, se congeló. Un grito de Herminia lo hizo mirar la pantalla, en la que había aparecido la escenografía de una conferencia de prensa, y los titulares indicaban que quienes la daban eran los padres de Vanessa. Los periodistas que montaban guardia desde la mañana habían acudido al salón, y ya enfocaban las cámaras y probaban los micrófonos. Los números quedaron instantáneamente olvidados, relegados al desván de la memoria como trastos inútiles. El público, hasta ese momento ruidoso, glotón y ocupado sólo de sí mismo, se despertó y concentró. El interés incomparable del drama humano se imponía una vez más.

Frasca, desde el centro de control, había enmudecido de furia. La representación analógica se volvía contra él en su forma más esperpéntica. Lo que más lo enloquecía era no concebir cómo lo había logrado Barbaverde, pues él se las había arreglado previamente para poner fuera de circulación a los padres de la joven modelo. La respuesta la tuvo cuando los vio subir al estrado, acribillados a flashes: simplemente no eran los padres de Vanessa, sino una pareja de su misma edad que los representaba. Se trataba de los padres de Óscar. Barbaverde, que había hecho las paces con ellos después de un pasajero malentendido, los había convencido de colaborar en la mascarada, con el argumento de que era inofensiva y que podía servir para tranquilizar a la opinión pública en el caso resonante de la modelo. En realidad, lo último que necesitaba era argumentos. La pareja estaba convencida de antemano, y más que convencida entusiasmada, casi en exceso. Tuvo que calmarlos, y explicarles que todo lo que debían decirles a los periodistas era que no podían hablar, por el secreto del sumario. Y entonces, ¿para qué daban una conferencia de prensa?, le preguntaron ellos adelantándose a la pregunta que seguramente les harían. Los designios de su misterioso inquilino eran impenetrables. Lo único que les dijo fue que los acompañarían, en representación del hotel donde había sucedido el hecho, tres jóvenes recepcionistas, y a ellas podían desviar los interrogantes.

Tal como podía esperarse, y como seguramente Barbaverde había calculado que sucedería, la conferencia de prensa fue un caos. Pero sirvió a su objetivo, que fue preparar la atención del público para el anuncio de que a continuación la artista Karina del Mar, o Delmar, como apareció escrito al pie de las pantallas, haría una declaración con la que el caso quedaría completa y definitivamente aclarado.

Al oír esto, los conspiradores comprendieron que estaban perdidos, si no los salvaba un milagro… o un crimen. Por supuesto, decidieron poner sus esperanzas en la segunda opción. Con tantos problemas en tantos frentes distintos, Frasca se había olvidado de Karina y el peligro de que hablara. Pero su vieja y probada capacidad de improvisación no lo abandonó en este momento decisivo. A los gritos esbozó por los walkie-talkies un plan de emergencia. Era brillante, como todo lo suyo.

Básicamente, consistía en que Herminia tomara el lugar de Karina e hiciera una declaración favorable al profesor. No había peligro de que la reconocieran en el momento; el bajo perfil mediático que había mantenido la artista, y, más crucial, la escasa o nula importancia que tenía una artista conceptual en la pragmática sociedad contemporánea, aseguraban el éxito de la sustitución. Herminia se dispuso a actuar. Antes de saber qué debía hacer, antes de calcular los riesgos o su propia capacidad para enfrentarlos, ya había aceptado, y con un entusiasmo arrasador. La idea de Frasca, aunque desesperada, sacaba el mejor provecho posible de la psicología de su colaboradora. Dadas las circunstancias en las que la había puesto el destino (y en estas circunstancias la separación y la consiguiente problemática de la mujer sola ocupaba el primer lugar), su dolorosa necesidad de ser aceptada y de integrarse a algún núcleo humano la había llevado a acercarse a Frasca y su equipo. Pero su integración ahí había sido frágil, problemática, la había obligado a insistencias humillantes, a mendigar una tarea, a inventarla. Los métodos del profesor contribuían a dificultar sus contribuciones. Como todo genio operando con ideas fantásticas de barroca complejidad, se movía en solitario; pero por otro lado esa misma complejidad lo obligaba a mantener una distancia y a utilizar personal ejecutorio.

Era la primera vez que Herminia recibía una orden de esa naturaleza, la primera vez que se le encomendaba una misión que, a todas luces, parecía vital. Si la sacaba adelante, su futura participación en los grupos de tareas del profesor estaba asegurada, y con ella estaba asegurado su bienestar económico, y quizá hasta su felicidad. Decidió poner lo mejor de sí.

Las instrucciones fueron someras y drásticas. Jugada como estaba, Herminia habría aceptado tener que eliminar a Karina con sus propias manos, pero eso no sería necesario. Se encargarían los enanitos que salían de la pantalla, movidos por telecomando desde la cámara de analogía. Sabor, que desde la angustiosa impotencia de su compresión oía todo esto sin poder intervenir, supo que se referían a los pequeños seres que había visto materializarse desde sus imágenes, los supuestos compradores de los números.

Herminia partió a la carrera, con la linterna que enfocada en una membrana haría desprenderse los muñequitos; y no había peligro de que no hubiera una de esas membranas en el sitio donde encontrara a Karina, porque Frasca las había sembrado por todo el hotel, haciéndolas pasar por biombos, cortinas o empapelados o cualquier otra superficie. Al oírlo, Sabor pudo explicarse muchas cosas que lo habían intrigado. Toda su estada en el hotel había transcurrido entre esas visiones tridimensionales.

Pasaron unos minutos de intolerable suspenso. La transmisión por los canales de aire estaba en punto muerto, con los falsos padres de Vanessa tomando agua, dándose aires, y negándose a responder preguntas, las tres recepcionistas lanzando sonrisas a diestra y siniestra, todos esperando la entrada de la artista conceptual que pondría los hechos en claro.

Herminia debió de interceptarla justo antes de que entrara al salón. La arrinconó y accionó la linterna sobre unos cartones apoyados contra la pared (en realidad, membranas Frasca). Eso lo supusieron porque la linterna al encenderse accionaba un timbre en la suite de Nildo, que de inmediato fue a la caja roja y le dio varias vueltas a la perilla. Sabor y Óscar sintieron fluir por sus cuerpos una multitud de hombrecitos y mujercitas, ese pueblo imaginario de la utopía númerica, ahora convocado para llevar a cabo una eliminación.

Pero ¿quién había dicho que se comportarían como asesinos? Frasca sin querer había coincidido con esa antigua herejía según la cual Dios se ocupaba sólo de las especies, y dejaba a los individuos librados a su suerte. Los enanitos, si bien eran la especie de la representación analógica, una vez en contacto con la realidad aspiraron a ser individuos, y no obedecieron órdenes. Hicieron las más locas piruetas trepándose por las paredes y caminando por los techos cabeza abajo.

Karina salió al estrado riéndose, y tomó el micrófono muy decidida. Su discurso, pese a que había sido programado como la gran sorpresa de la noche, resultó bastante previsible. La seguridad en sí misma, la convicción, suplieron sus falencias oratorias. Dado el apriete en que se hallaba, lo último que debería haber preocupado a Sabor era que ella saliera airosa o no de la prueba. Pero no pudo evitar preocuparse, y de haber tenido lugar para hacerlo habría suspirado de alivio al oír que lo hacía bastante bien. Si hubo algunas frases confusas, y la repetición abusiva de algunas muletillas (como «digo» o «nada») las justificó pensando que una artista plástica no tenía por qué ser una maestra de la palabra.

Lo que estaba diciendo, en resumen, era que no había muerto nadie. Su amiga Vanessa Ligamenti se había prestado a colaborar con ella en una acción artística destinada a sensibilizar al público sobre los peligros de la anorexia. Aclarado esto, pasó a detallar esos peligros, con ingente acopio de ejemplos y recomendaciones. Sabor, que estaba harto de oír por la televisión esa cháchara sobre trastornos de la alimentación, se preguntaba: ¿y eso era arte? ¿O habría un doble fondo irónico? No parecía, a juzgar por la seriedad con que se pronunciaban esas verdades. Un aplauso indicó que debía de haber subido la misma Vanessa rediviva, a quien la oradora le cedió el micrófono, para que repitiera, con la misma convicción y la misma falta de sintaxis, los mismos conceptos. Fue el turno de Óscar de emocionarse, y de no poder expresar su emoción ni con un parpadeo; si una lágrima hubiera asomado a sus ojos, habría tenido que rehacer el camino del lagrimal, pues tan apretado estaba contra su amigo que no había lugar para que saliera.

Frasca a todo esto había llegado a un límite de exasperación, al ver que su plan hacía agua por todos lados y ya no se le veía arreglo. En el límite, su capacidad de imponer sus ideas a las de su oponente se agotaba. Su voz, distorsionada por los equipos que usaba para amplificarla y transmitirla, al no encontrar las palabras, sonaba como la de un animal prehistórico agonizando. Su fiel asistente Nildo debió de sentir que no quedaba otra alternativa que huir. Pero no lo haría antes de agotar el único recurso que quedaba a su disposición, que era la gran caja de resonancias analógicas a la que le había venido dando presión. No sabía que la caja estaba habitada por intrusos que habían hecho de filtro a su actividad. Lo habría sabido si se le hubiera ocurrido el simple expediente de abrir la tapa y mirar adentro; no lo hizo porque estaba habituado a manejar a ciegas las invenciones de su amo, sin preguntarse cómo funcionaban.

Lo cierto es que volvió a hacer girar la perilla, pero esta vez hasta el tope. Más presión no podía dar. Eran unas catorce mil atmósferas. Sabor y Óscar, comprimidos adentro, sintieron de verdad lo que era estar apretados. Los resquicios de espacio que quedaban entre ellos fueron exprimiéndose átomo por átomo, hasta el último. Era como si ya no pudieran soportar más, y a la vez como si empezaran a fluir...

Mientras tanto, en el salón, Karina y Vanessa pronunciaban las últimas palabras de su exhortación contra la anorexia. A espaldas de ellas, un gran cuadro representaba un suceso histórico por todos conocido: la batalla de San Lorenzo, primer hecho de armas (y primera victoria) de los ejércitos patriotas. El combate se había librado en las barrancas del río, en un terreno lindante con el hotel; le había dado su nombre el convento en el que San Martín había ocultado a sus hombres para emboscar a las tropas españolas. A su vez el combate le había dado su nombre al pueblo, y éste al Savoy. Los arquitectos o decoradores del hotel seguramente pensaron que un toque kitsch daría la vuelta de tuerca de sofisticación que estaban buscando para el establecimiento. Para el pintor que recibió el encargo, debió de ser como sacarse la lotería: no tenía que hacer más que ampliar una ilustración escolar, y cuanto peor le saliera más sería apreciada. Puesto a ir a fondo en lo convencional, eligió el momento climático de la batalla según el manual de primer grado: el salvataje heroico del Gran Capitán, a cargo del celebrado sargento Cabral, quien dejó la vida en el hecho. A San Martín le habían herido el caballo, al caer éste quedó a merced del enemigo, y ahí intervino el sargento. Las figuras del primer plano, que representaban este episodio, estaban pintadas en tamaño natural, incluido el caballo blanco caído, o en tren de caerse, que dominaba la escena por sus dimensiones y un poco también por la retorcida torpeza del dibujo; parecía inspirado, quizá contra la voluntad del artista, por el caballo del *Guernica*; para dar idea de la caída, lo había hecho con las patas traseras muy abiertas, una apuntando al cielo. Y precisamente en esa región de la panza comenzó a producirse una turbulencia, como si el óleo blanco se erizara o hirviera. El público lo notó, y las dos oradoras también: volvieron las cabezas, se apartaron asustadas...

Sobre ese cuadro también había aplicado Frasca una de sus membranas. Las patas del caballo parecieron abrirse más y más, en un terrible parto que rompía las barreras de las dimensiones... y saltó una masa cúbica (aunque más bien rectangular) que cayó sobre el estrado con un golpe sordo y quedó entre las dos jóvenes. Sus caras lisas, sus ángulos rectos, hacían pensar en un volumen geométrico artificial, pero estaba hecho de piernas, brazos, pechos, espaldas, cabezas y caras, y no eran otros que Sabor y Óscar. Antes de que pudieran estirarse y recuperar sus formas, las dos chicas, y el público embelesado, tuvieron tiempo de admirarlos en su forma conjunta de cubo, y no pudieron contener la risa. Por su parte, ellos se resintieron de que la mala suerte hubiera querido que hicieran el ridículo justo entre las dos mujeres que amaban, pero se consolaron pensando que las aventuras, para ser de verdad aventuras, tenían siempre momentos formalmente grotescos.

El bando de los conspiradores se había dispersado. Frasca huía por las escaleras de servicio, hacia arriba. Barbaverde lo perseguía, subiendo más rápido que él. A pesar de la edad y el sobrepeso, ambos eran ágiles, o quizá los ayudaba una especie de ingravidez. El célebre aventurero redentor iba descargando una radiación magnética que impregnaba las paredes y las traspasaba. Los habitantes del pueblo se despertaron, alertados por algunos trasnochadores, y se asomaron a mirar la mole oscura del hotel, que se iba encendiendo de una suave fosforescencia verdosa, de abajo hacia arriba, piso tras piso. Parecía un efecto especial, y como tal lo tomaron. Nunca habían visto tan bello ese edificio desmesurado que los dominaba y que con la plausible excusa de crear fuentes de trabajo había transformado el paisaje local. Cuando el verde llegó al último piso, vieron emerger las figuras de Frasca y Barbaverde, los enemigos irreconciliables, reducidos por la distancia a dos inofensivos muñequitos. Pero... había habido un error en la persecución: habían ido por torres distintas, así que al salir a las terrazas quedaron separados por el vacío, frente a frente. No por mucho tiempo, porque el viento, que allá arriba soplaba con aullidos pavorosos, los arrebató y se los llevó, en locos giros, quién sabe adónde.

30 de enero de 2007

ESTE LIBRO HA SIDO IMPRESO
EN LOS TALLERES DE
LIMPERGRAF. MOGODA, 29
BARBERÀ DEL VALLÈS (BARCELONA)